btb
Aus Freude am Lesen

btb

Buch

Helen West, die hochbegabte, attraktive Anwältin der Krone kann auch in ihrem Privatleben dem Verbrechen nicht entfliehen. Als sie die Putzfrau Cath engagiert, damit diese ihr hilft, ihre Wohnung in Ordnung zu halten, ahnt sie nicht, daß die junge Frau in einen Mordfall verwickelt ist: Ihr Bruder Damien, ein Preisboxer, ist umgebracht worden und ihr gewalttätiger Mann Joe gehört zu den Hauptverdächtigen. Die Ermittlungen zu diesem Fall leitet ausgerechnet Chief Superintendent Bailey, Helens Wests »Beziehung«. Nach und nach findet Helen heraus, was ihre verhärmte Hausangestellte in ihrem Leben schon alles ertragen mußte. Sie lernt ein Milieu kennen, in dem Brutalität und Skrupellosigkeit zur Tagesordnung gehören. Zusammen mit der Polizistin Mary versucht Helen, Cath dazuzubringen, ihren Mann, der sie regelmäßig verprügelt, zu verlassen. Aber Cath läßt sich nicht überzeugen. Schließlich kommt Helen der Verdacht, daß hier gleich zwei Morde ungesühnt bleiben werden …

Autorin

Frances Fyfield, geboren 1948 in Derbyshire, arbeitet seit Mitte der siebziger Jahre als Anwältin und Strafrechtlerin in London. Ihr Roman »Tiefer Schlaf« (1991) wurde mit dem Silver Dagger Award ausgezeichnet. In Deutschland wurde sie vor allem mit ihren Kriminalromanen bekannt, für die sie

auch mehrfach ausgezeichnet wurde. Fast ebenso berühmt sind inzwischen ihre psychologisch inspirierten Spannungsromane, die sie unter ihrem richtigten Namen Frances Hegarty veröffentlicht.

Frances Fyfield bei btb

Roter Rausch. Roman (72649)

Frances Fyfield

Ein reines Gewissen

Roman

Aus dem Englischen
von Pociao

btb

Die Originalausgabe erschien 1994 unter dem Titel
»A Clear Conscience« bei Bantam Press, London

Umwelthinweis:
Alle bedruckten Materialien dieses Taschenbuches
sind chlorfrei und umweltschonend.

btb Taschenbücher erscheinen im Goldmann Verlag,
einem Unternehmen der Verlagsgruppe Bertelsmann GmbH.

1. Auflage
Genehmigte Taschenbuchausgabe Januar 2001

Umschlaggestaltung: Design Team München
Umschlagfoto: Wolf Huber
MD · Herstellung: Augustin Wiesbeck
Made in Germany
ISBN 3-442-72711-1
www.btb-verlag.de

Teil I

Prolog

Das Leben war langweilig, eintönig. Man mußte gefährlich leben. Risikobereitschaft entsprach ihrem Selbstverständnis. Zum Beispiel sah sie weder nach rechts noch nach links, wenn sie die Straße überquerte, sondern starr geradeaus, und sie bewegte sich im Schneckentempo. Sie lief nicht absichtlich vor den Bus – anscheinend hatte sie das Kreischen der Hupe und das Quietschen der Bremsen einfach nicht gehört. Aus derselben Achtlosigkeit heraus, die durch Erschöpfung noch verstärkt wurde, nahm sie die Abkürzung, dabei wünschte sie sich nichts sehnlicher, als ihre Ankunft zu Hause hinauszuzögern. Sie schwitzte in dem dicken Mantel, den sie natürlich gebraucht gekauft hatte. Der Pub, an dem sie auf der Hauptstraße vorbeigemußt hätte, war bestimmt voller Leute, die sich hinter den Fenstern drängten. Ein paar hübsche Mädchen hingen wie halbverwelkte Blumen um die Billardtische und warteten auf nervöse Jugendliche mit Oberkörpern wie gemeißelt und kleinen, muskulösen Hintern. Die Mädchen langweilten sich, deshalb suchten sie nach einem Opfer, über das sie herziehen konnten. Irgendein häßliches Entlein. Eine von ihnen würde sie bemerken, mit dem Finger auf sie zeigen und lachen. Obwohl sie sich weiter keine Gedanken mehr machte, wußte sie, daß sie nicht Gegenstand irgendwelcher dummen Sprüche sein wollte. Doch ihre Konzentrationsfähigkeit war auf höchstens zehn Sekunden beschränkt.

Jedenfalls steuerte sie jetzt durch den hinteren Teil des Freizeitzentrums Richtung Park. Eine Laufbahn führte um ihn herum. Sie mochte das Gefühl von Asche unter den Füßen, ebenso den schäbigen Zustand und das erhabene Gefühl, das sie erfüllte, wenn sie das Tor am anderen Ende aufhakte und hindurchging, als sei sie der einzige Mensch auf der Welt, der von seiner Existenz wußte. Wenn sie durch den Park ging, konnte sie die Straße meiden. Früher hätte sie diesen Weg aus pragmatischen Gründen gewählt, doch das war lange her.

Das Freizeitzentrum wurde wie eine Gospelkirche geleitet und wirkte von außen wie ein Lagerhaus. Kinder aus der Nachbarschaft, denen der Zutritt verwehrt war, da sie sich weder der Architektur noch den unerklärlichen Zwecken des Gebäudes unterordnen wollten, umlagerten es, angezogen von eifersüchtiger Sehnsucht nach den Geheimnissen in seinem Inneren. Das Freizeitzentrum war nicht für die Unberührbaren gedacht. Sie kannte den Ruf dieser Gegend – sie lebte hier und konnte den Lokalteil der Zeitung ebenso lesen wie jeder andere –, doch spielte das nicht die geringste Rolle, denn sie betraf es nicht, und außerdem war es sowieso egal. Da war der Weg.

Räuber würden an einem milden Frühlingsabend wie diesem bestimmt nicht lange fackeln. Sie waren wie Hunde, die sich über eine Mülltonne hermachen. Für den Inhalt ihrer kleinen überquellenden Einkaufstüte würden sie sie, ohne zu zögern, niederschlagen. Solange sie sich mit zwei Flaschen Bleiche, ein paar billigen Lebensmitteln, einer Packung Waschpulver und ihrem Hausschlüssel zufriedengaben, sollte es ihr recht sein. Falls sie sie vergewaltigen wollten, würden sie nach dem ersten Blick garantiert kehrtmachen und sich nach einem geeigneteren Opfer umsehen. Man müßte mit Blindheit geschlagen sein, um sich an ihr zu vergehen. Die Jugend ist zwar grausam, aber so verzweifelt kann sie nicht sein. Nicht mal ein geiler alter Bock würde dieser grauen Maus undefinierbaren Alters zu nahe treten. Sie schleppte sich durch die Gasse, die parallel zur Smith Street verlief und um den

Spielplatz herumführte, der wie ein Gefängnishof eingezäunt war. Ob um die Kinder zu schützen oder abzuhalten, wußte sie nicht. Daneben lagen die ebenfalls eingezäunten Tennisplätze, gesäumt von einem Weg, der zum Tor führte und dann in eine gepflasterte Straße überging, auf der sie bis vor ihre Haustür gelangte.

Sie hätte einen Blick auf die beiden Hochhäuser, die links von ihr aufragten, werfen können, in dem dankbaren Bewußtsein, daß sie nicht dort wohnen und sich nie wieder unzählige Treppen bis zum Gipfel ihrer spartanischen Größe emporkämpfen mußte. Sie funkelten wie Sterne in der Dunkelheit, seltsam verführerisch, es sei denn, man wußte es besser, und das tat sie auf ihre Art. Das Bevan House wirkte beinahe unheimlich, wie es sich so dem Himmel entgegenstemmte, aber im Moment war sie nicht in der Stimmung, sich an die großen Glücksfälle im Leben zu erinnern, ganz zu schweigen von den kleinen. Schmerz, Kummer und Blessuren, mehr hatte sie nicht im Sinn, als sie dahintrottete. Der zerschlissene Baumwollstoff ihrer Bluse rieb sich an der schlaffen Haut. Der Rock zog sich zwischen den Beinen hoch, obwohl sie ganz langsam ging, und bildete vorn unter dem Mantel einen Wulst, der ihren etwas vorstehenden Bauch noch betonte. Sie hatte den Ansatz eines Doppelkinns und teigige Wangen. Das Haar wurde von einem Gummiband gehalten, und die Augen waren bereits von einem Kranz feiner Fältchen umgeben. Sie ging leicht gebeugt. Vergewaltigung? Daß ich nicht lache, dachte sie, um den Anflug von Angst zu verscheuchen. Sie würden mich dafür bezahlen zu verschwinden. Wenn man Wert auf gutes Aussehen legte, mußte man sich an ihren Bruder halten. Er war derjenige, welcher. Die Angst schwoll wie eine Luftblase in ihrer Brust. Das Gefühl erinnerte sie an einen verdorbenen Magen: erst war es einfach nur unangenehm, und dann ein brennender Schmerz, der ihr die Kehle zuschnürte.

Mit dem Wind, der plötzlich durch die Bäume rauschte, hatte es begonnen. Er brachte die hohen Zweige zum Flüstern, deren knospende Blätter für Vandalen unerreichbar waren, und mischte einen zischelnden Unterton in das Kratzen der kahlen Äste. Vielleicht war nichts daran neu, und es war bloß eine neue Fähigkeit in ihr, die Symptome der Jahreszeiten wahrzunehmen. Sie registrierte den Sommer, weil es heiß war, und den Winter, weil es kalt war, das war alles, denn jetzt machten die Bäume ein Geräusch, das einem geflüsterten Befehl glich. Tu's nicht. Tu's nicht. Die Angst wurde größer und machte sie wütend.

»Was denn?« rief sie zurück und blieb stehen, um Luft zu holen. Die Bäume schienen zu gehorchen und verstummten einen Augenblick, dann fingen sie von neuem an zu seufzen. Bäume waren hier fehl am Platz, sie gehörten woandershin. Im Herbst warfen sie staubige Blätter ab und verursachten eine Menge Dreck. Sie hatte sich über den Triumph ihres Überlebens noch nie freuen können. Jetzt sah sie weder zu ihnen auf noch zu Boden, sondern einfach vor sich hin, ohne sich ablenken zu lassen. Alles war in Ordnung, solange sie im gleichen Tempo und starr geradeaus blickend weiterging, und doch ertappte sie sich dabei, daß sie ihren Schritt beschleunigte.

Immer stand sie irgendwann vor der Wahl, welchen Weg sie nehmen sollte, den linken oder den rechten, um den Kreis zu schließen, das andere Ende zu erreichen und das Tor zu passieren. Durch das Rauschen in den Bäumen verwirrt, hatte sie versehentlich den längeren Weg erwischt. Als sie unbeholfen schneller ging, stolperte sie über einen Schnürsenkel. Ein kleines Mißgeschick, weil sie versucht hatte, sich zu beeilen, und die Schnürsenkel waren zu lang, doch ihr schlug das Herz bis zum Hals vor lauter Angst zu fallen. Sie taumelte wie ihr Bruder, wenn er zuviel getrunken hatte, und prallte gegen den Drahtzaun. Beinahe zu fallen war schlimmer als ein richtiger Sturz. Sie fing sich gerade noch und umklammerte die Tüte, deren Griff ihr in die schwielige, plötzlich schweißbedeckte Handfläche schnitt. Sonst fühlte sich ihre Haut, die so trocken war wie die Wäsche, die sie vormittags bügelte, wie rauhes

Pergament an. Sie stellte sich ein Messer vor, das durch runde Papierwangen schnitt: sie würden nicht bluten, jetzt nicht. Was war bloß los mit ihr? Nun komm, komm schon! Kein Mensch wollte was von ihr, und keiner kannte sie gut genug, um ihr was Böses anzutun. Es gab nichts zu fürchten, und dennoch wuchs die Angst. Die kurze Strecke, die noch vor ihr lag, schien endlos und zog sich um so länger hin, je schneller sie zu gehen versuchte. Die Tasche wurde von Schritt zu Schritt schwerer, und die Bleiche gluckste in den Flaschen. Als sie dann endlich vor dem Tor am Parkausgang stand, war es zu. Nicht nur zu, sondern zwei Meter hoch und abgeschlossen. Um die einen zu schützen und die anderen abzuhalten.

Als sie sich umdrehte und bewußt tief Luft holte, sah sie ihn. Er lauerte hinter einem Baum. Wer auch immer. Ein Jugendlicher, der keine Probleme hätte, über den Zaun zu klettern. Wahrscheinlich ein Schwarzer: sie konnten klettern wie die Affen und überfielen alles, was sich bewegte. So hatte sie es jedenfalls gehört, und sie glaubte es auch, obwohl sie nicht sicher war. Sie wußte nur, daß sie, ohne eigentlich eine Entscheidung getroffen zu haben, plötzlich in die andere Richtung rannte, an der Einzäunung entlang zurück zu den Bäumen. Doch im gleichen Augenblick wurde ihr klar, daß das ein Fehler war: auf dieser Seite gab es keine Straßenlaternen, und nur ihretwegen hatte sie sich zunächst für den längeren Weg entschieden. Neben der Laufbahn wuchs schmutziges Gestrüpp. Die Asche war so tief, daß sie stolperte. Er folgte ihr. Sie mußte sich nicht umdrehen, um sich zu vergewissern; er war da, hinter ihr her, seine Schuhe knirschten in der Asche, und seine weit aufgerissenen weißen Augen verfolgten ihre ungelenke Flucht. Er hatte Zeit. Er wußte, daß sie keine Chance gegen ihn hatte. Der Schnürsenkel riß, wieder verlor sie den Halt, raffte sich auf und stolperte weiter. Das Rauschen der Bäume wurde lauter, je näher sie kam. Jetzt lag nur noch die Gasse vor ihr, die am Schnapsladen vorbei und um die Ecke zum Pub führte, den sie hatte meiden wollen. Tu's nicht, sagten die Bäume, tu's nicht.

Kurz vor der dunklen Gasse hielt sie inne und drehte sich schwankend um sich selbst, wobei die schwere Plastiktüte sie in Schwung versetzte wie ein Kreisel und sie die Augen schloß, um nichts zu sehen. Gar nichts. Die Tüte klebte an ihrer Hand, brachte sie aus dem Gleichgewicht und trug sie in den Eingang der Gasse, bevor sie klirrend gegen die Mauer schleuderte und die Luft mit dem beißenden Geruch nach Bleiche erfüllte. Eine große, nach Alkohol stinkende Hand griff in ihr Haar und riß ihr den Kopf nach hinten.

Zitternd blieb sie stehen, benommen, mit herabhängenden Armen. Die rechte Hand umklammerte noch immer die tropfende Tüte, als könnte sie nicht loslassen, und flüchtig kam ihr der abwegige Gedanke in den Sinn, was wohl mit dem Sicherheitsverschluß passiert war, als ihr Kopf nach hinten gezerrt und der Hals entblößt wurde. Der Rock hatte sich um ihre Taille gewickelt, der Mantel war tonnenschwer. Aus den Achselhöhlen sickerte kalter Schweiß, sie würde stinken, und er atmete nicht mal schneller, er war völlig ruhig. Sie spürte das unruhige Licht einer Straßenlaterne unter den schwankenden Ästen der Bäume, das über ihr Gesicht flackerte. Tu's jetzt. Ich werde weder schreien noch bluten: mein Loch ist so trocken, daß du ganz schön Mühe haben wirst. Von mir aus kipp mir die Bleiche in den Hals, aber nimm kein Messer, bitte, nimm kein Messer, und vor allem: mach schnell.

Die Hand löste sich aus ihrem Haar. Der Ellbogen schloß sich enger um ihren Hals. Sie spürte ein rauhes Kinn, das schmerzhaft ihre Haut streifte.

»Ich will«, flüsterte eine honigsüße Stimme, »ich will …«

Mühsam wandte sie sich zu ihm um. »Oh«, sagte sie, »du bist es. Wirklich?«

»Ja, ich bin's.«

Der Klang seines Lachens steigerte sich zu einem ausgelassenen Kreischen. Sie kannte diesen Klang, genauso unbefangen hatte er gelacht, als er ein kleiner Junge war. Er lachte und lachte, und das Lachen übertönte den fernen Trubel aus dem Pub. Der Dieselmotor eines Busses dröhnte in der Ferne, und er hörte nicht auf zu lachen.

Die Bleiche tropfte aus der Tüte auf ihre Schuhe. Die sind hin, dachte sie und hob dann langsam, im ewig gleichen Gehorsam gegenüber Leidenschaft und Schrecken, den Mund, um sich küssen zu lassen.

I

Solange es noch funktioniert, laß die Finger davon. Leg dich nicht mit dem System an. Halt dich raus. Und so weiter. Solange es noch funktioniert, laß die Finger davon. Leg dich nicht mit dem System an. Halt dich raus. Und so weiter. Solange es noch funktioniert, laß die Finger davon. Leg dich nicht mit dem System an. Halt dich raus. Und so weiter.

Wenn ich alt bin, sagte sich Helen, werde ich gar nicht erst versuchen, gut zu sein. Lieber bin ich gewissenlos, trage Lavendel, Spitzen und falsche Busen, und sicher lerne ich auch bis dahin nicht, mit einem elektrischen Bohrer umzugehen.

Leise vor sich hin murmelnd, um nicht laut zu fluchen, stand sie kopfschüttelnd da und sah zu, wie sich der Staub wieder legte. Nach all den Jahren hatte ein alter Freund das Zeitliche gesegnet und lag jetzt unter einem Schwarm von aggressiven Fliegen und den Frühstücksresten auf dem Boden. Seine teilweise von ihren klebrigen Fingerabdrücken gezeichneten Extremitäten zuckten noch. Mörderin.

Dann sah sie, wie die Butterdose auf der Tischkante schwankte und mit der schmierigen Seite nach oben zwischen dem anderen Unrat landete. Ein Laborspezialist hätte den Lebenszyklus der toten Fliegen untersuchen können, um abzuschätzen, wie viele Sommer es her war, daß das Rollo sich weigerte, mehr als halbmast anzuzeigen, und auch das nur nach sanfter Bearbeitung.

Helen hatte ganz einfach vergessen, daß sie es überreden mußte, statt bloß zu ziehen. Gedankenlosigkeit führt oft zum Tod, doch angesichts der Unbeständigkeit des Lebens, die ihr enormes Grauen einflößte, machten sich ihre Gedanken jetzt selbständig. Warum war das Rollo überhaupt dagewesen? Und warum sollte sie darum trauern? Weil es drei Glasscheiben verborgen hatte, eine gesprungene und zwei schmutzige, die zu einem Fenster gehörten, das sich schon lange nicht mehr richtig auf- und zuschieben ließ. Dieser Zustand erinnerte an alles mögliche andere in der Wohnung: die Kommode, deren Schubladen erst nach kräftigem Ziehen und Zerren aufgingen, den Klopapierhalter, der an einem einzigen rostigen Nagel hing, die wackligen Stühle auf dem unebenen Fußboden, die undichten Fenster. Alles in ihrer Umgebung verlangte konzentrierte Koordination von Körper und Geist, damit es funktionierte, aber nichts war so hinüber, daß es repariert werden mußte. Die Wohnung ähnelte einer Art Hindernis-Parcours, der hartes Training erforderte. Fremde mußten wissen, daß man die Klospülung nur mit gebremster Kraft betätigen durfte oder daß die Wohnzimmertür vorsichtig über den Läufer anzuheben war. Der Schrank im Flur ging erst auf, wenn man einmal kräftig dagegengetreten hatte, und für das Rollo in der Küche brauchte man eine Menge Fingerspitzengefühl. Solange es noch funktioniert, laß die Finger davon.

Helen West saß da und wartete, daß ihr Ärger sich legte. Sie fühlte sich heiß und verschwitzt nach einem langen Arbeitstag. Die einzige Frage, die noch blieb, war: Gin oder Weißwein? Doch selbst solche Entscheidungen waren in diesem Haus rein abstrakter Natur. Es gab kein Eis für den Gin. Der Kühlschrank, der japste wie ein Hund in der Wüste, war nach all den Jahren zwar imstande, etwas kühl zu halten, aber Eis zu produzieren ging über seine Kräfte. Mit der Weinflasche in der Hand wanderte sie von einem Zimmer zum anderen. Es waren nur vier, plus Bad. An den Wänden im Schlafzimmer breitete sich Schimmel aus. Ein paar Sommerkäfer waren vor den Feinden im Garten in den Schutz einer Gastgeberin geflüchtet, die ihre Teppiche höchstens einmal im Monat staubsaugte. Wenn ich die Wand zwischen dem dunklen Flur und dem Wohnzimmer wegnähme, wäre es viel heller, dachte Helen, besonders ohne das Rollo am Küchenfenster. Ihr juristisch geschultes Bewußtsein, Fluch und Berufung zugleich, rief ihr allerlei Komplikationen ins Gedächtnis – Umbaugenehmigungen, Bauvorschriften und andere bürokratische Hindernisse –, bevor es sich einfacheren Fragen wie der einer völlig neuen Farbgestaltung zuwandte. Das war weniger aufreibend. Größere Veränderungen würden nur tausend neue kleine Probleme aufwerfen; also zur Hölle damit.

Das zweite Glas Wein war fast geleert und das Chaos auf dem Küchenfußboden so gut wie beseitigt, als Bailey aufkreuzte. Sie war dran mit Kochen. Nach dreijähriger Verweigerung lernte sie jetzt endlich, ihren Widerstand zu überwinden, indem sie nur die besten und einfachsten Zutaten kaufte, die sich innerhalb von zehn Minuten zubereiten ließen. Trotzdem schien er immer zu befürchten, daß sie ihn verhungern lassen könnte, und kam mit einer Plastiktüte. Heute enthielt sie Käse, Brot und ein Körbchen zermatschter Erdbeeren. Normalerweise war sie dankbar und manchmal irritiert, heute nur gleichgültig. Sie umarmte ihn geistesabwesend.

»Was ist mit dem Rollo passiert? Hat es endlich seinen Geist aufgegeben?«

Er hütete sich, sie auszulachen. In seiner Wohnung funktionierte fast alles. Er hatte das ganze obere Stockwerk eines Lagerhauses gekauft, sehr praktisch, obendrein, bevor Spekulanten die Preise in die Höhe trieben und anschließend wieder in den Keller fallen ließen. Es war eine ausgezeichnete Wohnung, sauber, spartanisch, leicht zu pflegen. Helen mochte sie, ohne tauschen zu wollen.

»Einen Drink im Garten?«

»Prima.«

Sie haßte ihn, weil er anscheinend immer wußte, wann er den

Mund halten mußte. Oder weil er den Eisenstuhl abwischte, bevor er sich setzte. So bekam die Hose seines dunkelgrauen Sommeranzugs keine Flecken. Er war ein Mann, der seine Spuren gern verwischte. Auf ihrem Baumwollrock dagegen bildete sich prompt das staubige Muster des Sitzes ab. Der Garten wirkte immer beruhigend auf ihr Gemüt, weil er einem warmen, feuchten Dschungel ähnelte. Er beanspruchte ungeteilte Aufmerksamkeit, die sie für die Wohnung einfach nicht aufbrachte. Doch als sie jetzt das frisch wuchernde Unkraut bewunderte, ging ihr das kontrollierte Chaos in der Küche nicht aus dem Kopf.

»Ich dachte daran, die Wand im Wohnzimmer einzureißen«, sagte sie. »Oder alles gelb zu streichen. Neue Vorhänge, neue Möbel.«

Er nickte verständnisvoll und trank einen Schluck Lagerbier. Zwei Flaschen, und er würde die Wirkung spüren. Baileys diplomatisches Geschick ließ auch nach unvorstellbaren Mengen Alkohol nicht nach, Helen dagegen wurde bloß mitteilsamer und überschwenglicher. Normalerweise stieß sie bei solchen Gelegenheiten irgendwas vom Tisch, so lebhaft wurde ihre Gestik.

»Kostspielige Pläne«, murmelte er. »Hast du wieder Schmiergelder angenommen?«

Sie lachte, und ihre Mißstimmung war fortgeblasen wie eine Wolke.

»Genau. Wäre nicht schlecht, was? Stell dir vor, jemand bezahlt die Anklage, damit sie einen Fall verliert. Nur ein Verrückter kann auf die Idee kommen, daß das nötig ist. Sie verliert doch sowieso. Na ja, jedenfalls dachte ich an Gelb. Alles würde viel heller.«

Ach, meine großzügige Kleine mit dem dunklen Haar, der dunklen Wohnung und der Sehnsucht nach Licht. Bailey dachte an seinen Fall – mehr Dunkelheit als Licht und jede Menge Witze. Eine Kronanwältin und ein höherer Polizeibeamter sollten sich nicht so treffen, um das Dekor ihres Lebens zu erörtern. Sie hatten versucht, ihre beruflichen Rollen zu trennen, obwohl ihre persönlichen Schicksale unentwirrbar miteinander verbunden waren. Eine Hälfte der Woche verbrachten sie in seiner Wohnung, die andere in ihrer, und dazwischen gab es hin und wieder freie Tage. Ihre Beziehung blieb verworren, geprägt von Zuneigung und Reibereien, als warteten beide nur auf eine bessere Formel, die ihnen gleichzeitig einfallen würde. Bailey warf Helen einen Blick zu. Solange es noch funktioniert, laß die Finger davon.

»Hm«, sagte er. »Gelb ist eine hübsche Farbe. Bestimmte Gelbtöne jedenfalls.« Die Frau, die er heute morgen hatte befragen müssen, trug eine gelbe Bluse mit Blutspuren. Ihre Nase war gebrochen. Das Bild hatte ihn an Vanillepudding mit Rhabarber erinnert. Die Farbe des Rocks wußte er nicht mehr, nur daß sie ihn beim Sprechen mit beiden Fäusten zerknüllte und daß ihre nackten Arme mit blauen Flecken übersät gewesen waren. Sie liebte den Mann, erklärte sie. Sie hätte keine Ahnung, warum er ihr das antat. Bailey verstand es nicht. Und noch weniger wollte er, daß Helen es verstand.

Bailey liebte Helen. Helen liebte Bailey. So kompliziert war es. Der Gedanke, daß einer von ihnen die Hand gegen den anderen erheben könnte, war beiden unvorstellbar. Allein die Anspielung war schlimm genug. Die Katze hatte sich im feuchten Gras gewälzt und strich jetzt um seine Beine. Ein grüner Fleck blieb zurück, den Helen mit Genugtuung registrierte.

»Aber«, fuhr er vorsichtig fort, »ob du sie nun gelb streichst oder nicht, es ist und bleibt eine Souterainwohnung, und die sind nun mal dunkel. Warum besorgst du dir nicht endlich jemand, der deine Sachen repariert, und eine Putzfrau, die alles gründlich saubermacht? Dann kannst du vielleicht besser beurteilen, was du brauchst.«

Sie schnitt eine Grimasse und streichelte mit dem nackten Fuß die Katze. Bailey hatte ihr schon öfter seine handwerklichen Fähigkeiten angeboten, war jedoch in letzter Zeit immer wieder abgewiesen worden. Es hatte ihn verletzt. Im Rückblick jedoch empfand er es als Tribut an die Doktrin von der unabhängigen, emanzipierten Frau, die Helen nie ganz sein würde.

»Willst du etwa sagen, daß ich die Wohnung verkommen lasse?«

»Natürlich nicht. Nur daß dir die Zeit zum Saubermachen fehlt. Schlampig ist nicht dasselbe wie dreckig. Mindestens einmal im Monat machst du ja wenigstens Katzenwäsche. Aber warum mußt du das unbedingt selbst erledigen? Emanzipierte Frauen lassen sich helfen.«

»Von Frauen, die nicht emanzipiert sind, meinst du?«

»Hausarbeit ist keine schlechte Sache. Es macht dir nie was aus, anderen beim Frühjahrsputz zu helfen, nur in deiner eigenen Wohnung magst du es nicht. Aber stell dir vor, du wärst arbeitslos, dann wärst du froh über die heutigen Löhne.«

»Die heutigen Hungerlöhne, meinst du wohl.«

»Regelmäßige Arbeit, ein für beide Seiten vorteilhaftes Arrangement und saubere Fenster.«

Sie ging hinein, um Wein und ein neues Bier für ihn zu holen. Die Katze kam hinterher und schleckte genüßlich die Butterreste vom Küchenboden. Baileys lässige Gestalt im Garten erschien in der Dämmerung leicht verwischt.

Er war alles andere als eine Zierpflanze in ihrem Leben. Er konnte sie auf die Palme bringen, aber wenigstens hatte er seine Prinzipien. Er war immer noch ein kleines bißchen zurückhaltender als sie. Er hatte nie um sie geworben, es hatte sich einfach so ergeben. Solange es noch funktioniert, soll man feiern.

Der Wein schimmerte golden in dem leicht verschmierten Glas; das Lagerbier hatte die Farbe dunklen Bernsteins. Im Abendlicht erinnerten die roten Wände im Wohnzimmer gelegentlich an eine frische Wunde, besonders nach einem Sommerregen. Wie das Innere einer samtigen Höhle im Winter, wenn das Flackern des Feuers alle Risse verbirgt, waren die Wände jetzt stumpf und häßlich.

Sie könnte alles maisgelb streichen. Sich guten altmodisch-biederen Chintz besorgen. Das Katzenklo saubermachen, das Rollo vergessen. Ganz von vorn anfangen. Sich selbst und ihrer Wohnung zu Eleganz und Sicherheit verhelfen.

Cath' Lampenschirm war gelb. Früher hatte er wie Pergament ausgesehen, ein hübscher Schirm aus einem Second-Hand-Laden, schon damals verblichen, mit dunkelbraunen Fransen. Zum Nähen völlig ungeeignet, aber Cath mochte das Licht. Nicht daß sie hier hätte nähen können, das war schon seit Monaten nicht mehr vorgekommen. Vielleicht sogar seit Jahren nicht. Sie saß einfach nur neben der Lampe und wartete.

Es war nicht zu übersehen, daß sich jemand Mühe gegeben hatte, in diesem Zimmer Spuren zu verwischen. Die Wände waren so oft abgewaschen und teilweise überstrichen, daß sie fleckig wirkten. Sie schauderte, als sie daran dachte, was sich darunter verbarg. Ein bißchen Blut, eine Menge Schweiß und eimerweise Tränen.

Joe hatte angeboten zu kochen. Tiefgefrorene Pfannkuchen mit einer Füllung aus Hühnerfleisch und Käse, dazu Tiefkühlerbsen, zu Matsch gekocht, und Brot und Butter natürlich, die besser waren als alles übrige. Das war ihr Beitrag. Sie saß erschöpft, aber wachsam da, bereit, jeden Augenblick ihre Dankbarkeit zum Ausdruck zu bringen. Ihr Blick folgte seinen Bewegungen in der Küche, obwohl sie dem Fernseher zugewandt war. Wenn das Essen kam, mußte sie Anerkennung zeigen, »oh« und »ah« machen, als sei der Mann ein Genie, bloß weil er einen Teller gefunden hatte. Sie übte bereits die entsprechenden Worte. Sie wagte nicht daran zu denken, was er alles anbrennen lassen könnte, und war auch nicht imstande, ihm eine bessere Methode vorzuschlagen. Bislang war die Stimmung nicht schlecht. Cath wußte eigentlich nicht genau, was Entspannung heißt, gestattete sich jedoch eine gewisse Lethargie, soweit ihr das möglich war. Sie horchte auf seine Bewegungen und seine Stimme, während sie immer tiefer im Sessel versank und dabei das übliche schlechte Gewissen verspürte.

»Na ja, jedenfalls sagt der Bursche zu mir: ›Jack, du bist ein feiner Kerl. Ich erkenn einen ehemaligen Kumpel vom Barras auf den ersten Blick. Erstens hast du Disziplin, und zweitens mixt du die Cocktails schneller, als ich sie trinken kann, ho, ho, ho.‹ ›Na schön‹, sag ich, ›aber ich heiß Joe, Sir, obwohl das nichts zur Sache tut.‹ Und weißt du, was er dann gemacht hat, Cath? Der Mistkerl stürzt den Drink in einem Zug runter und kippt vom Hocker. Direkt vor mir an der Bar vom Spoon. Und ich krieg den blöden Kerl nicht mehr hoch. Das war vielleicht ein Anblick, ich kann dir sagen! Die ganze Zeit macht er dieses verwunderte Gesicht, grinst vor sich hin und versucht, sich zu konzentrieren, bevor er wieder zusammensackt. Es war zum Schreien.«

Sie versuchte, ihr Lachen seinem schrillen Kichern anzupassen. Es ging ganz gut, was ihn nur noch mehr in Fahrt brachte. Bestimmt, ganz bestimmt gab es eine Formel, um ihre Zunge im Zaum zu halten.

»Aber was hast du ihm bloß gegeben, Joe? Wie konnte er einfach so vom Stuhl kippen?«

Joe arbeitete in einem Pub, in dem vor allem Leute der feinen Gesellschaft verkehrten, wie er es nannte. Und ihre verfluchten Sprößlinge, die rumkrakeelten und sich gegenseitig Pommes frites in die Ohren steckten. Ha, ha, ha. Nur ein harmloses Späßchen, und wenn ihnen schlecht war oder sie auf dem Weg zum nächsten Pub mit ihren teuren Absätzen auf der Straße parkende Autos traktierten, kam Daddy und zahlte für alles. Joe empfand so was wie Haßliebe für die Offiziersklasse, mehr Liebe, fast Bewunderung, doch es erregte ihn maßlos, sie im Staub zu sehen.

Cath war müder, als sie gedacht hätte. Sie wunderte sich immer, wie erschöpft und verletzt man sein kann, ohne das Bewußtsein ganz zu verlieren. Trotzdem tat sie manchmal so, als hätte sie dieselben Vorurteile wie er. Die Leute hatten alle die gleichen Probleme, fand sie insgeheim, vorausgesetzt, man mochte sie und hatte Lust, ihnen zuzuhören.

»Was hast du dem Kerl gegeben, daß er umgekippt ist, Joe?« Aus der kleinen Küche roch es verbrannt, die Transformation von tiefgekühlt zu verkohlt. Doch nicht so einfach.

»Wermut, Gin, hauptsächlich Gin. Ach ja, ein Spritzer Campari wegen der Farbe und ein Schuß Orangensaft. Hauptsächlich Gin und trockener Wermut. Er hat es in einem Zug runtergestürzt. Dreimal hintereinander, unglaublich, was?«

Der Geruch nach Verbranntem wurde stärker, eine Rauchwolke stieg vom Herd auf und setzte der Entspannung ein Ende.

»Kann ich dir helfen, Joe?«

»Nein.«

Sie war wütend. Weil er nicht zuließ, daß sie das Essen rettete, und wegen der Vision eines einsamen alten Mannes, der entschlossen war, sein Geld zum Fenster rauszuwerfen, bis er vom Hocker fiel – und dann von einem Barmann, dem er vertraute, vergiftet wurde.

»Joe, das hättest du nicht tun dürfen …«

»Was meinst du?«

Er hantierte in der Küche und fand das Ding nicht, in das er die Erbsen abschütten wollte. So was brachte ihn auf die Palme. Cath wußte, wohin das führen würde. Sie sollte nicht an seinen grausamen Witzen mit betrunkenen Gästen herumkritteln, aber aufhören konnte sie auch nicht.

»Was du getan hast. Dem Kerl ein solches Gesöff vorsetzen. Er hat dir vertraut, oder? Der arme Kerl!«

Er antwortete nicht. Sie wandte sich wieder den Nichtigkeiten auf dem Bildschirm zu und dachte zu spät daran, in Deckung zu gehen. Im nächsten Augenblick landete das Essen in ihrem Schoß. Ohne Teller oder Tablett. Ein Haufen heißer verkohlter Pfannkuchen und weicher Erbsen, die durch den Rockstoff hindurch die Haut verbrannten. Sie wappnete sich und verbarg ihr Gesicht unter dem Haar. Er stürzte sich auf sie und schlug ihr mehrmals die Faust in die Rippen, bevor er die Attacke mit einem Hieb in den Unterleib beendete, während sie vergeblich versuchte, mit den Armen ihre Brust zu schützen. Es waren harte Schläge, die ihre Wirkung nicht verfehlten. Die Erbsen rollten zu Boden oder setzten sich in den Falten ihres Rocks fest. Als er endlich von ihr abließ, brachte sie nur noch ein schwaches Stöhnen hervor.

»Sau«, sagte er verächtlich. »Was anderes bist du nicht. Du grunzt sogar wie eine Sau.«

Er holte seinen Teller aus der Küche, setzte sich wieder und aß, wobei er auf den Bildschirm starrte. Eine Weile war sie ganz still, dann stand sie auf und trug ihren Rock vor sich her wie eine Schürze. Sie bewegte sich lautlos und unsicher. Er wandte den Blick nicht vom Bildschirm, und sie sagte nichts. Fünf Minuten später kam sie mit einem Teller Brot und Butter wieder. Cath aß mehr Brot und Butter als alles andere.

»Was hast du mit dem Essen gemacht, das ich für dich gekocht habe?« fragte er.

»Es aufgegessen, was sonst?« flüsterte sie.

»Du könntest es weggeworfen haben.«

»Nein, es war sehr gut. Danke.« Sie fing an zu husten und unterdrückte den Reiz, weil es weh tat, und außerdem würde es ihn ärgern. Husten führte zu Brechanfällen, und das ärgerte ihn noch mehr. Sie hatte gelernt, ihre Übelkeit zu kontrollieren, sie nur als letzte Rettung einzusetzen, weil ihr Mann äußerst anspruchsvoll war. Zwar hörte er auf, sie zu schlagen, wenn sie sich übergab, aber der Nachteil war, daß ihn der Anblick von Erbrochenem so ekelte, daß er sich später nicht entschuldigte.

»Sie geben dir nichts zu essen«, brummte er, ohne den Blick vom Bildschirm zu nehmen.

»Nein, da hast du recht, Joe.«

Sie nagte an ihrem Brot mit Butterersatz. Nicht das Zeug, aus dem man feine Sandwiches machte, und auch nicht, was man einem Bettler geben würde. Allein von seinem Anblick wurde ihr schlecht: farbloses Brot, goldenes Fett. Bei der Arbeit bekam sie was ganz anderes: Nußbrot mit einer dicken Schicht Butter.

Sie hätte aus Emilys Kühlschrank nehmen können, was sie wollte. Sie hätte ihr sagen können, daß sie Probleme hatte, aber eigentlich waren es keine richtigen Probleme. Solange er nicht zu brutal zuschlug oder ihr Gesicht verunstaltete und sie klug war und ihm weismachen konnte, daß ihr Putzjob genauso schrecklich war wie die Leute, die sie eingestellt hatten.

»Joe?« sagte sie unterwürfig. »Würdest du mir was zu trinken bringen? Tee, meine ich?«

Joe trank zu Hause nur Tee. Alkohol gab es an der Bar, wo er arbeitete, mittags und abends, aber das merkte man erst, wenn er nach Hause kam, es sei denn, man betrachtete seine gelegentlichen Ausfälle als Symptom. Sie konnte sich vorstellen, wie er war, und fragte sich, wie die anderen es mit ihm aushielten. Sie hoffte, daß sie es auch in Zukunft täten, denn die Vorstellung, daß Joe seine Arbeit verlor, war ein Alptraum. Wenn er nicht arbeitete, würde er auch ihr verbieten zu arbeiten, doch solange er blieb, wo er war, und sie so tat, als würde bei ihrem Job kein Wort gesprochen, war alles in Ordnung. Alkohol zu Hause dagegen war tabu. Unter sich wahrten sie den Schein, daß er das Zeug nicht anrührte. Und auch jetzt tat sie so, als könnte er es nicht vertragen, was auf gewisse Art ja sogar stimmte. Sein Körper schaffte es einfach nicht. An einem schlechten Tag, das heißt an einem Tag, an dem er Mühe hatte, die Straße zu überqueren, sich mit einem Gast anlegte oder sich nur geringfügig in seiner Ehre gekränkt sah, vereinigten sich Alkohol und Frustration zu einer explosiven Mischung. Es war der Alkohol, der ihn vom Heiligen zum Sünder machte, sonst nichts. Er starrte auf den Bildschirm. Der Teller war leer, sein Magen noch nicht zufrieden.

»Joe? Bitte. Mir tut alles weh, Joe.«

Er winkte ab, verhakte dann den rechten Daumen im Ohr und benutzte die ganze riesige Pranke, um sein Gesicht zu bedecken. Sie beobachtete ihn und versuchte ohne großen Erfolg, ihr Herz zu verhärten. Dabei strich sie vorsichtig über die schmerzenden Rippen. Er versteckte immer das Gesicht, wenn er sich schämte.

Sie stand auf und schleppte sich schmerzverkrümmt Richtung Küche, um Tee zu kochen, obwohl sie sich nur noch nach ihrem Bett sehnte. Da sagte er mit leiser Stimme, die weniger zu seiner muskulösen Gestalt als zu seinem kleinen Wuchs paßte: »Ich liebe dich, Cath. Es tut mir leid.«

Sie fühlte, wie seine Linke ihren Rock packte, als sie vorbeiging, und tat, als sei sie wütend. Dann räumte sie langsam und traurig die Küche auf, mußte husten und spuckte in die Spüle. Sorgfältig suchte sie im Schrank nach seiner Lieblingstasse, hängte einen Teebeutel hinein und goß kochendes Wasser darüber. Die Küche blitzte wieder. Cath holte tief Luft, was nicht nur schmerzhaft, sondern auch anstrengend war, und brachte ihm den Tee.

Er war im Sessel eingeschlafen, das Gesicht von Tränen überströmt. Sie holte die Bettdecke aus dem Schlafzimmer, breitete sie über ihn und ging hinaus.

Aus der Schublade unter ihrem nagelneuen Bett nahm sie eine Extradecke, die ebenso unberührt war wie die über seinen Knien. Es gab noch mehr Zimmer, und alle waren vollgestopft mit irgendwelchem Zeug.

Tag für Tag rackerte Cath sich für diese Verheißung auf Vergessen ab. Das Baden verschob sie auf den nächsten Morgen, so wie sie es immer machte, wenn nicht gerade Blut geflossen war. Statt dessen spritzte sie sich widerwillig kaltes Wasser auf den erhitzten Körper und ins Gesicht. Ursprung und Ausmaß dieser Art von Schmerz waren ihr bekannt, daher tat sie ihr Bestes, um sie zu ignorieren. Sie wandte den Blick von der runzligen Narbe auf dem Unterleib und wusch sich vorsichtig, wobei sie versuchte, sich vorzustellen, wie groß morgen die blauen Flecken sein würden. Er schlug sie nie ins Gesicht. Nie.

Nichts gebrochen – nichts, was repariert werden müßte.

»Kann sich einer an Cath' Telefonnummer erinnern? Wo hab ich sie bloß hingelegt, Herrgott noch mal?«

»Wozu brauchst du sie, Darling, willst du sie etwa anrufen? Sie kommt doch sowieso morgen früh. Außerdem mag sie es nicht, wenn man sie zu Hause anruft, und erst recht nicht so spät.«

»Spät? Dann komm endlich ins Bett«, sagte Emily Eliot liebevoll, fuhr ihm durchs Haar und blinzelte ihm im Spiegel über seinem Schreibtisch zu. Er blickte von seinen Akten auf, die in einigermaßen geordnetem Durcheinander vor ihm lagen, erhaschte ihren Blick und lächelte.

»Heute nicht, Josephine. Ich brauche noch etwa eine Stunde. Was um Himmels willen war da unten los? Hörte sich an wie ein Streit.«

»Oh, tut mir leid, wir haben Scrabble gespielt. Mark hat gewonnen, und du weißt ja, wie er sich dann aufführt. Ein schrecklicher Bengel. Mußt du wirklich noch arbeiten?« Sie schlang die Arme um seinen Hals, und sie lächelten sich im Spiegel an.

»Tja. Du weißt ja, wie das ist.«

»Fürchterlich«, sagte sie spöttisch, doch der Kuß auf die Wange bewies, daß sie nicht den kleinsten Anflug von Groll empfand. »Du verweigerst deiner Frau ihre ehelichen Rechte, bloß um die Hypothek abzustottern. Okay, ich kenne meinen Platz, ich wärme dir bloß das Bett an. Also, wo zum Teufel ist die Nummer?«

»Und zum zweitenmal: Wozu zum Teufel brauchst du sie?«

»Oh, Helen hat angerufen. Sie hat gesagt, daß sie mich fragt, weil wir so ein gut organisierter Haushalt sind, stell dir vor. Wenn sie wüßte!« Emily lachte laut auf. Es klang echt. »Jedenfalls sucht sie eine Putzfrau. Unsere Cath hat neulich gesagt, sie hätte nichts dagegen, sich noch ein bißchen was dazuzuverdienen, und wie ich Helen kenne, zahlt sie gut, deshalb suche ich Cath' Nummer.«

»Um diese Zeit?«

»O ja, stimmt. Schlafenszeit.«

Sie stand leicht verwirrt da, als hätte sie die Dringlichkeit völlig vergessen. Emily setzte stets hektisch Prioritäten und hatte das Bedürfnis, jede Aufgabe zu erledigen, sobald sie sich stellte. Das war anstrengend für die Familie, aber es sorgte dafür, daß alles im Haus funktionierte. Die gelegentlichen Irritationen, die Emilys Eigenart bei einem hart arbeitenden, ehrgeizigen Barrister auslöste, wurden allein durch ihre Gegenwart und die ihrer drei Sprößlinge kompensiert. Emily strahlte dieselbe Energie aus wie ihre Kinder und erweckte denselben sandfarbenen Eindruck: bleich, interessant und temperamentvoll. Eine starke Frau. Im Augenblick trug sie einen uralten Morgenmantel mit Drachenmuster auf dunkelrotem Hintergrund. Die Haare standen ihr zu Berge, ihr Gesicht war frisch gewaschen und glänzte. Alistair zog sie auf seinen Schoß.

»Umarme mich! Hm, du riechst umwerfend!«

Sie kuschelte sich an ihn, während er so tat, als stöhnte er unter ihrem Gewicht. Sie legte die Arme um seinen Hals und drückte ihn so fest, daß er keine Luft mehr bekam. Dann ließ sie ihren Blick über die Akten auf dem Schreibtisch wandern. Sie lagen teilweise offen da, daneben die rote Kordel, mit der sie verschnürt wurden.

»Was ist das, Schatz? Mord und Totschlag?«

»Beides. Ich hab dir schon davon erzählt.« Das stimmte; er erzählte ihr immer von seinen Fällen, selbst den langweiligsten, und selbst mitten in der Nacht hörte sie zu. »Mord natürlich. Wie soll man es sonst nennen, wenn es eine Auseinandersetzung im Pub gibt, bei der eine Seite verliert, rausgeht und bewaffnet zurückkommt? Ein junger Mann ist erstochen worden, ein Tatverdächtiger wurde gefaßt. Der andere läuft noch frei rum.«

»Will er nicht sagen, wer sein Kumpel ist?«

»Nein.«

»Ist das einer von Helens Schriftsätzen?«

»Nein, das ist Baileys. Das hier sind Helens.« Er deutete auf die mit weißer Kordel verschnürten Akten. »Noch schlimmer. Gewalt in der Ehe. Männer, die ihre Frauen verprügeln. Sie scheint sich im Moment mit nichts anderem abzugeben. Ob sie deshalb eine Putzfrau sucht?«

Emily erhob sich und küßte ihn auf die Stirn.

»Du würdest mich nie verprügeln, nicht wahr? Egal, was ich anstelle?«

Er gab ihr einen zärtlichen Klaps auf den Hintern, daß es klatschte, doch nahm sie diese Art von Liebkosung gelassen hin. Es klang wie schüchterner Applaus. »Dich verprügeln? Könnte ich nicht, nicht mal, wenn du mich drum bitten würdest. Dafür muß ich mich anderweitig mit dir rumschlagen ...«

»Naja, bisher hat dir das ja nicht gerade geschadet. Im übrigen finde ich, daß deine Arbeit auch bis morgen warten könnte«, setzte sie kokett hinzu.

Arm in Arm gingen sie bis zur Tür. Eine vertraute Erleichterung durchströmte ihn. Was machten Männer bloß ohne eine solche Frau, die sie drängte, lockte und ihnen um den Bart ging, nur um sie wie eine Geliebte in ihr Bett zu lotsen? Ein Chamäleon war sie, eine Löwin, nachsichtig und entschlossen zugleich. Ohne sie wären sie alle verloren.

Es war ein unpraktisches Haus mit unzähligen Winkeln und Erkern und von oben bis unten vollgestopft mit all dem für einen Fünfpersonenhaushalt üblichen Krimskrams. Auf dem ersten Treppenabsatz entdeckten sie Jane in ihrem rotzverschmierten Nachthemd. Sie war ein rundliches kleines Ding von neun Jahren, schweißnaß und tränenüberströmt, das Gesichtchen blaß und voller roter Flekken. Die kleine Gestalt zeichnete sich vor dem Surfbrett ihres Bruders ab, das an der Wand lehnte. Mark war dunkelhaarig, fünfzehn und sah gut aus, während ihre zwölfjährige Schwester ernst, blond und anspruchsvoll war. Janes Haar fiel ihr in zerzausten roten Locken über das Gesicht. Die längsten Strähnen waren klebrig, weil sie ständig darauf herumlutschte. Ihre Jüngste war wirklich alles andere als hübsch, doch wenn es nach den ständigen Lobeshymnen der Eltern ging, war sie die reinste Schönheit.

»Da ist schon wieder das Ding in meinem Zimmer«, sagte sie zitternd. »Dieses Ding, Mummy. Er war schon wieder da.«

Damit warf sie sich in Emilys Arme. Ihr Vater hatte den Arm um Emilys Hüften gelegt, jetzt streckte er ihn aus und strich über Janes feuchte Locken.

»Junge, Junge, der hat Nerven, nach all der Zeit wiederzukommen; man sollte denken, einmal wäre genug«, sagte Emily entrüstet. »Manche Leute schrecken aber auch vor gar nichts zurück. Komm mit, wir räuchern den Kerl aus. Du weißt ja, er mag es, wenn es draußen warm ist. Komisch, solange es kalt war, ist er nie aufgetaucht.«

Jane schniefte besänftigt.

»Cath hat erst heute mein Zimmer aufgeräumt. Ich dachte, wenn es sauber wäre, würde er nicht kommen.«

»Aber Cath weiß nichts von dem Parfum, und außerdem ist er ja jetzt weg. Wir gehen nur auf Nummer Sicher, einverstanden? Und dann lassen wir das Licht an, damit du schnell raufkommen und Mark oder uns holen kannst. Okay?«

Emilys Stimme schloß jedes Recht auf Protest aus. Das Kind nickte, schluckte und wandte sich vom Anblick der Eltern, die Arm in Arm dastanden, ab, um die Treppe hinunterzugehen, in der sicheren Gewißheit, daß sie nachkommen würden. Alistair staunte immer wieder, machte sich gelegentlich aber auch Gedanken darüber, daß Jane sowohl die Überzeugungskraft als auch den anmutigen, selbstbewußten Gang ihrer Mutter geerbt hatte. Jetzt sprangen beide die Treppe hinunter, ohne sich im geringsten darum zu kümmern, welchen Lärm sie veranstalteten. Irgendwann würde er einen Teppichboden kaufen, der alle Geräusche dämpfte, doch das Schulgeld hatte im Augenblick Vorrang. Jane sauste mit einer Schnelligkeit, die ihr Gewicht vergessen ließ, ins elterliche Schlafzimmer, das die Kinder im allgemeinen nicht betreten durften. Sie suchte das Eau de Cologne ihrer Mutter. Es gab Unmengen von Parfum im Haus. Alistair kaufte es immer auf seinen Auslandsreisen in den Duty-free-Shops der Flughäfen, jedesmal krank vor Sehnsucht nach seinem Zuhause. Und beim nächstenmal kaufte er neues. Nichts Extravagantes, aber immer die größte Flasche, das war so seine Gewohnheit. Infolgedessen duftete seine Frau stets unwiderstehlich, selbst wenn sie bis zu den Knien im Hausmüll stand, und seine Tochter hatte eine solche Leidenschaft für Eau de Parfum entwickelt, daß sie es sogar als Waffe gegen ihre kindischen Dämonen benutzte.

Der Geist, der angeblich in unregelmäßigen Abständen Janes Zimmer heimsuchte – gewöhnlich als Nachwirkung von Janes Ungehorsam oder Gefräßigkeit, wie ihr Vater feststellte –, kam eigentlich nur, wenn das Zimmer nicht aufgeräumt war. Sauberkeit und Ordnung schreckten ihn ab. Parfum vertrieb ihn vollends. Emily versprühte es großzügig im ganzen Zimmer. Es hatte dieselbe Wirkung wie ein Zauberkreis. Alistair lachte – eine wirklich billige Lösung.

Helen West fiel in unruhigen Halbschlaf; sie hatte die Gitter vor den Souterrainfenstern nicht heruntergelassen, so wie immer, wenn Bailey bei ihr übernachtete. Sonst hätte sie das nie gewagt, und sie erzählte ihm auch nicht, was er ohnehin wußte – daß sie sich einigermaßen stabil fühlte, doch nach wie vor unter panischen Angstzuständen litt. Die Gitter lösten jedesmal Bitterkeit und leichtes Entsetzen aus, wenn sie sie abends runterließ. Angenommen, es gäbe ein Feuer oder einen Rohrbruch? Wie sollte sie in der Aufregung entkommen? Warum nahm man immer an, daß die Gefahr von außen käme statt von innen?

Weil es gewöhnlich so war. Auf alle Fälle für sie. Die mit der Zeit verblaßte Erinnerung an den brutalen Eindringling kam wieder, wenn sie jemand auf der Straße sah, der sie an ihn erinnerte, aber auch nachts, und führte unweigerlich zu einem Schweißausbruch. Manchmal konnte sie seine Gegenwart im Raum spüren, wenn sie sich bloß das Haar aus der Stirn strich, da, wo es über die alte Narbe fiel.

Und sofort hatte sie wieder den Geschmack von Blut im Mund

und schämte sich bei der Erinnerung an ihre eigene heftige Reaktion und anschließende Hilflosigkeit. Lange wälzte sie sich ruhelos hin und her und versuchte, sich mit Visionen von Tageslicht abzulenken, das in den sauberen, desinfizierten Raum strömte. Alle bösen Erinnerungen waren entfernt worden. Gelb. Die Farbe von Mais und die Farbe der Feigheit, kräftig genug, um den Teufel auszutreiben.

Bailey tastete nach ihrer Hand.

»Alles in Ordnung, mein Herz?«

»Nein.«

Er zog sie an sich. »Schon gut. Komm her zu mir. Ich erzähl dir eine Geschichte. Schön und lang, mit Happy-End.«

Am liebsten hätte sie den Daumen in den Mund gesteckt. Sie wünschte, sie könnte einfach aufhören, über Gegenwart, Vergangenheit und Zukunft nachzugrübeln. Du brauchst mich nicht so wie ich dich, dachte Helen, griff dankbar nach seiner Hand und lauschte seiner Stimme, während er irgendeine alberne Geschichte erzählte, bis sie endlich eingeschlafen war.

Solange es funktioniert, laß die Finger davon.

2

Mary Secura stieg im klaren Licht des Sommermorgens aus dem Wagen und gab sich Mühe, so unauffällig zu wirken wie eine Mitarbeiterin des Wohnungsamtes, die gekommen war, um sich eine zerbrochene Fensterscheibe oder den kaputten Fahrstuhl im Bevan House anzusehen. Dann entdeckte sie ihr verzerrtes Spiegelbild in der Fahrertür. Vielleicht hatte sie die Verkleidung ein wenig übertrieben. Möglich, daß Mitarbeiter der Instandhaltungsabteilung stolz auf ihr Namensschild am Revers waren, aber so elegant traten sie im allgemeinen nicht auf. Außerdem hatte Mary eine Schwäche für Handtaschen, und es war ziemlich unwahrscheinlich, daß eine gewöhnliche Stadtangestellte eine so teure, nur leicht abgenutzte Lederhandtasche besaß. Sie war groß genug für das Funkgerät, die einzige Waffe in ihrer Ausrüstung, sonst hatte sie nur ihren gesunden Menschenverstand.

Das Funkgerät war schwer und eigentlich nicht als Waffe gedacht, wurde aber gelegentlich als solche gebraucht, wenn es schneller ging, als um Hilfe zu rufen. Das Bevan House erhob sich vor ihr wie eine nackte Felsenklippe, doch Marys Mission führte sie nicht weiter als bis zum dritten Stock.

Sie fuhr sich mit den Fingern (abgekaute Nägel, die für irgendwas ein Indiz sein mußten, was, wußte sie auch nicht) durch das kurze Haar, damit es weniger ordentlich aussah, und marschierte durch den gekachelten Laubengang zum Apartment Nr. 15. Innerlich bereitete sie sich darauf vor, der potentiellen Hysterie seiner Bewohnerin energisch und beruhigend zugleich zu begegnen. Schon möglich, daß Shirley Rix noch genauso mutig und entschieden war wie gestern am Telefon, es konnte aber auch ganz anders sein. In den letzten sechs Wochen hatten die beiden fast täglich miteinander telefoniert. Selbst wenn es keine echte Freundschaft war, wirkte es wenigstens nach außen so. Mary mußte es bloß schaffen, Shirley zum Gericht zu schleifen, und alles wäre in Ordnung. Wenn sie sie Miss West vorgestellt hatte, die ihren Job besser machte als jede andere, hätte Shirleys Scheißkerl von Ehemann keine Chance mehr, der Anklage zu entgehen.

Das einzige, was Mary wirklich störte, und zwar mehr als ihre nagenden Zweifel, die sie nur nervös machten, war ihre Hoffnung, die sie für Frauen wie Shirley Rix wie eine Fackel hochhielt. Und die Tatsache, daß Shirley Rix irgendwann erkennen würde, daß sie ganz allein dastand, wenn sie, Mary, eine auf Gewalt in der Ehe spezialisierte Polizeibeamtin, den Fall abgeschlossen hatte. Aber ein Ehemann, der in regelmäßigen Abständen versuchte, einen umzubringen, war auch keine bessere Aussicht, selbst wenn er, wie Constable Secura hoffte, aufgrund der Aussage seiner Frau eine ganze Weile im Kittchen schmoren würde. Arme Shirley, ihr Lebenslauf sah wirklich nicht gerade rosig aus.

Mary klopfte an der Wohnungstür und fragte sich wie jedes Mal, wie Shirley es bloß schaffte, ihr Apartment in Ordnung zu halten. Es war zwar nicht picobello sauber, aber alles andere als verwahrlost. Es hatte eine Zeit gegeben, in der Mary – den Maßstäben ihrer Eltern folgend – die leicht schmuddelige Atmosphäre des Rix-Haushalts unerträglich gefunden hätte. Jetzt sah sie darin einen Triumph der Frauen, deren Muttergefühl der Hälfte ihrer Zeuginnen das Leben rettete. Schließlich waren es meistens die Kinder, die die Mütter dazu brachten, ihre Männer zu verlassen oder gegen sie auszusagen. An dem Tag, als Shirleys gewalttätiger Mann seinen dreijährigen Sohn gezwungen hatte, Bier zu trinken, bis ihm schlecht war, ihn zu Bett schickte und dann seine Frau verprügelte, weil sie dagegen protestierte, hatte Shirley Rix beschlossen, ihn anzuzeigen. Braves Mädchen, Shirley.

Mary klopfte erneut, diesmal lauter. Eine gräßliche Ahnung breitete sich in ihr aus. Sie sah auf die Uhr: zwanzig nach neun, in vierzig Minuten hatten sie ihren Gerichtstermin. Miss West würde überpünktlich sein, das war sie immer, aber ein paar Minuten hatten sie noch Zeit. Als sie zum drittenmal klopfte, verspürte sie das absurde Verlangen, die drahtverstärkte Glasscheibe zu zertrümmern, die ein Viertel der Tür einnahm. Dahinter sah sie die Flurlampe brennen. Zuerst war Mary über den Anblick froh gewesen, doch jetzt wurde ihr klar, daß er nichts Gutes zu bedeuten hatte.

Als sich die Tür des Nachbarapartments Nr. 16 öffnete, wußte Mary, was geschehen war, und sie versuchte, so ruhig zu bleiben wie Helen West mit ihren verfluchten guten Manieren. Im Eingang stand eine Frau undefinierbaren Alters, irgendwo zwischen dreißig und fünfzig, wortkarg und offensichtlich gegen alle Stürme des Lebens gefeit.

»Wenn Sie zu Shirl wollen, die ist weg. Mit Kind und allem. Vor 'ner Stunde ungefähr, und sie kommt auch nicht wieder.«

Dann knallte sie ihr die Tür vor der Nase zu. Man hörte nur noch, wie die beiden Riegel vorgeschoben wurden.

Mary sah erneut auf die Uhr und klopfte ein letztes Mal an Shirleys Tür, obwohl sie wußte, daß es sinnlos war. Die Lampe drinnen brannte, doch es war niemand in der Wohnung. Als sie zum Wagen zurückging, merkte sie, daß sie vor Wut zitterte. Sechs Wochen Arbeit, unzählige Stunden, die sie damit verbracht hatte, Vertrauen aufzubauen – das also war Freundschaft.

Der Flur vor dem Gerichtssaal Nr. 5 im North London Magistrates' Court lag verlassen da. Keine Spur von dem Gestank, dem Rauch und Stimmengewirr im Foyer vor den Sälen 1 bis 4. Helen konnte sie sehen, wenn sie sich über das Geländer beugte, um die an- und abschwellende Menschenmenge zu beobachten. Gerichtssaal Nr. 1 war für vorzeitige Entlassungen aus der Untersuchungshaft reserviert. Sie war froh, daß sie damit nichts zu tun hatte. Hundert Fälle pro Tag, bei denen man gezwungen war, aus der Hüfte zu schießen: nächtliche Verhaftungen, Entlassungen auf Bewährung, Schuldgeständnisse, Vertagungen wegen unzureichender Vorbereitung oder Nicht-Erscheinens – eine einzige Konzentrationsübung. Hier oben war es entschieden besser. Ein einziger Fall war für den ganzen Vormittag angesetzt, falls es überhaupt so lange dauern würde. Der Angeklagte saß in Untersuchungshaft, die beiden Zeugen waren bestellt, es konnte losgehen. Sie beugte sich erneut über das Geländer und entdeckte Constable Secura, die durch den Haupteingang stürmte und sich unsanft einen Weg durch die Menge bahnte. Allein. Als Mary auf die Treppe zusteuerte, die zu dem relativ ruhigen Gerichtssaal Nr. 5 führte, spürte Helen, wie ihr die Galle hochkam. Am liebsten hätte sie sich übergeben.

Als Mary Secura schließlich ein wenig atemlos vor ihr stand, sagte sie nichts, sondern zuckte nur die Achseln. Daß eine entscheidende Zeugin es sich im letzten Moment anders überlegte, war ein Phänomen, das keiner Erklärung bedurfte, auch nicht, wenn, wie bei

Shirley, die aufgeplatzte Lippe, der gebrochene Arm und der Schädelbruch noch nicht verheilt, die ausgeschlagenen Zähne noch nicht ersetzt waren. Das alles im Namen des Gehorsams gegenüber dem Mann, der unten in der Zelle wartete. Helen empfand nur noch Wut gegen das Opfer, das ewig Opfer bleiben würde.

»Idiotin!« tobte sie. »So etwas Dummes! Was denkt sie sich dabei? Sind Sie sicher, daß sie sich den Termin gemerkt hat?«

Das brachte das Faß zum Überlaufen. Mary Secura stemmte die Hände in die Hüften und beugte sich vor, bis ihr Gesicht nur noch Zentimeter von Helens Gesicht entfernt war.

»Und ob! Wir haben es unzählige Male durchgekaut. Sie kannte den Tag und den Ort, und sie wußte, daß ich kommen würde, um sie abzuholen. Was fällt Ihnen eigentlich ein, sie so zu beschimpfen? Sie haben doch die Fotos gesehen, Sie wissen, wie sie aussieht. Ich kann über sie fluchen, sooft ich verdammt noch mal will, schließlich hab ich sie so weit gebracht, aber Sie nicht, Sie Ignorantin! Sie haben ja keine Ahnung ...« Damit brach sie zu ihrer eigenen Bestürzung in Tränen aus und wandte sich ab, um in der Handtasche nach einer Packung Taschentücher zu kramen, die sie immer bei sich hatte. In der Aufregung landete das Funkgerät mit großem Gepolter auf den Steinfliesen.

»Die Dinger kosten Hunderte, glaube ich«, sagte Helen. Sie bückte sich, um es aufzuheben, während Mary, das Taschentuch vor dem Gesicht, im selben Moment die gleiche Bewegung machte. Beinahe wären sie mit den Köpfen zusammengestoßen. Helen hielt sich das Gerät ans Ohr, schüttelte es und zog eine Grimasse.

»Radio One – es tut's noch.«

Beide fingen zur gleichen Zeit an zu sprechen und brachen dann mit der Andeutung eines verlegenen Lachens ab. Helen holte tief Luft, verzog erneut das Gesicht und setzte sich. Mary Secura tat es ihr nach.

»Na schön, was machen wir also? Dieser Termin steht seit vier Wochen fest, der Typ sitzt seit sechs Wochen, und wir haben alle

Beteiligten wissen lassen, daß der Fall völlig klar ist. Wir haben Zeugen für den Krach, die Brüllerei und die Hilferufe. Die Polizei hat Verletzungen festgestellt. Seine Geständnisse reichen von der Aussage, daß sie über einen Stuhl gestolpert sei, bis hin zu der Erklärung, sie wäre durchgedreht und hätte ihn zuerst geschlagen, er hätte sie nur beruhigen wollen. Wir können ihn zwar vorläufig aus dem Verkehr ziehen, aber nicht auf Dauer. Wie man es auch dreht und wendet, ohne sie haben wir einfach nicht genügend in der Hand.«

»Stimmt.«

»Also bleibt mir nicht viel anderes übrig, als reinzugehen und das Verfahren einstellen zu lassen, wie?«

»Bitte«, antwortete Mary Secura, »versuchen Sie wenigstens, Aufschub zu erwirken, ich bitte Sie. Geben Sie mir noch eine Chance, sie zu finden. Früher oder später muß sie doch nach Hause kommen.«

»Warum?«

»Weil sie sonst nirgendwohin kann.«

»Und beim nächstenmal macht sie es dann genauso? Nachdem wir noch ein paar weitere hundert Pfund Steuergelder verplempert haben?«

»Bitte, Miss West. Nächstes Mal könnte er sie umbringen.«

Der Gerichtsdiener stand an der Tür und griemelte, wenn auch mit etwas Mitgefühl. Aber wenigstens würde der Vormittag kurz.

Der Tee war kalt, die Bedienung unfreundlich.

»Hören Sie, das mit der Ignorantin tut mir leid«, sagte Mary Secura eine Stunde später in der Kantine. Die Zerknirschung war nicht zu überhören. Sie waren an den aufgereihten Käsebrötchen, die schon am frühen Morgen alt aussahen, vorbeigegangen und hatten auch den Duft nach gebratenem Speck, die traurig anzusehenden Stapel von Toast, den um diese Zeit kein Mensch mehr anrühren würde, die Körbe voller Biskuits und die Teller mit einsamen Scones ignoriert. Das Essen in Gerichtskantinen zeugte unweigerlich vom kleinsten gemeinsamen Nenner an gutem Geschmack, fade war gar kein Ausdruck. Helen war überzeugt, daß die Eiercreme für den mittäglichen Apple Pie nur einmal im Monat geschlagen und dann in Scheiben geschnitten im Kühlschrank aufbewahrt wurde.

»Tun Sie sich keinen Zwang an, sprechen Sie ruhig aus, was Sie denken«, antwortete sie aufmunternd. »Ich würde nicht hier sitzen, wenn ich dazu neigte, die beleidigte Leberwurst zu spielen. Aber es macht mir schon was aus, wenn es von jemand kommt, den ich respektiere. Deshalb müßte ich mich eigentlich auch entschuldigen. Natürlich ist mir klar, daß Sie alles getan haben, was Sie konnten, um die Frau herzulotsen. Wenn es sich anders angehört hat, dann nur, weil ich gereizt war.«

»Gereizt?« gab Mary zurück. »Ich war stinkwütend. Ich mag Shirley. Und der Kleine ist so süß.«

Einen Augenblick lang schwiegen sie.

»Wie auch immer, Sie hatten halbwegs recht«, sagte Helen. »Ich habe wirklich keine Ahnung. Ich meine, nach all den Jahren verstehe ich immer noch nicht, was für ein Druck da herrscht. Jedenfalls nicht richtig. Ich kapiere einfach nicht, wie eine Frau bei einem Mann bleiben kann, der sie schlägt.«

Constable Secura rührte in ihrer schmutzigen Kaffeetasse.

»Oh, ich schon, jedenfalls teilweise. Deshalb würde ich ja so gern was ändern. Nichts Großartiges. Nur daß Verbrecher geschnappt und verurteilt werden.«

»Haben Sie etwa wieder Märchen gelesen?« fragte Helen. »Oder wollen Sie ins Raubdezernat wechseln?«

Mary zuckte die Achseln und grinste. »Sie wissen schon, was ich meine. Aus meiner Sicht kommt einem die Arbeit im Raub- oder Morddezernat vor wie ein Kinderspiel. Bei mißhandelten Frauen sind Erfolgserlebnisse rar.«

»Wenn ich an Ihrer Stelle wäre«, sagte Helen vorsichtig, da sie sich ihrer Frustration von eben nur allzu deutlich bewußt war, »hätte ich wahrscheinlich manchmal selbst Lust, sie zu vermöbeln.«

»Ich nicht. Irgendwann kommt man an einen Punkt, an dem man nicht mehr böse sein kann, jedenfalls nicht mehr als bei einem Kind. Ich bin nur sauer auf die Männer. Es ist ein ewiger Eiertanz. Die Nachbarn rufen uns zu Hilfe, nicht die Opfer selbst. Also fahren wir hin. Gewöhnlich stecken wir den betrunkenen Mistkerl über Nacht ins Kittchen und kommen am nächsten Morgen wieder, um Beweise zu sammeln. Mittlerweile sieht die Frau mit ihrem beschränkten Horizont – anders kann man es wirklich nicht nennen – aus wie ein Stück Hundescheiße. Und schreit uns auch noch an. Also versuchen wir, sie dazu zu kriegen, eine Aussage zu machen. Und später sitzt sie zu Hause und überlegt sich, daß der Teufel, den sie kennt, nicht halb so schlimm sein kann wie der Leibhaftige, besonders wenn der Mistkerl dafür sorgt, daß sie ein Dach über dem Kopf hat. O ja, und dann ist da natürlich noch der kleine Faktor Liebe, der alles so furchtbar kompliziert macht.«

»Kann man denn jemand lieben, der einem sämtliche Rippen bricht?«

»Ja, Ma'am«, antwortete Mary und salutierte spöttisch. »Hören Sie auf. Sie haben Bailey, und ich hab meinen Freund zu Hause. Wir wissen doch alle, was Liebe ist.«

»So nicht, nein.«

Helen spürte, daß Mary nicht in diesem ernsten Ton weiterreden wollte. Es machte ihr einfach zuviel aus, ja, und außerdem nahm sie berufliche Mißerfolge grundsätzlich persönlich. Sie hatten noch eine Gnadenfrist erwirken können, weil Helen durchblicken ließ, daß Shirls Abwesenheit eher was mit Krankheit oder Entführung als mit Unwillen zu tun haben mußte. Sie kann wirklich dick auftragen, dachte Mary, sie macht den Kerlen ein so schlechtes Gewissen, daß sie glauben, sie hätten keine andere Wahl, aber ich wünschte, sie würde über was anderes reden.

»Sagen Sie mir eins«, bat Helen und beugte sich verschwörerisch vor, so daß Mary zurückfuhr, als würde ihr die sonst so ruhige Staatsanwältin im nächsten Augenblick anvertrauen, daß sie sexuell pervers sei, »sind Sie und Ihr Freund sich eigentlich einig, was Farben angeht? Ich weiß, Bailey und ich leben nicht zusammen, aber er verbringt eine Menge Zeit in meiner Wohnung, und ich will plötzlich alles gelb haben, während er anscheinend findet, daß gelb nur Pipi ist und sonst gar nichts.«

Mary rümpfte die Nase. »Was zum Teufel schert Sie seine Meinung? Gelb? Wandfarbe oder Tapete?« fuhr sie fort, und in ihren Augen blitzte etwas auf, was Helen sofort wiedererkannte. Offensichtlich war Mary ebenso einkaufssüchtig wie sie selbst. »Ich habe ein gelbes Badezimmer. Mit großen Rosen. Wunderbar.« Mary kramte in der großen Handtasche mit dem Funkgerät und den Unmengen von Papiertaschentüchern. Zum x-tenmal an diesem Tag sah sie auf die Uhr. Helen schoß ein flüchtiges Bild von Bailey, der nie auf die Uhr sah, durch den Kopf – sogar mitten in der Nacht wußte er genau, wie spät es war. Komisch, daß er so verrückt nach Uhren war, obwohl er selbst nie eine brauchte.

»Tja, ich glaube, ich sollte mal kurz im Dezernat anrufen«, sagte Mary, »falls Shirley aufgetaucht ist. Ansonsten hätte ich eine Stunde Zeit. Ein Stück weiter die Straße runter gibt es einen superbilligen Baumarkt. Was glauben Sie, warum mir ausgerechnet dieses Gericht so ans Herz gewachsen ist?«

Sie sahen sich verschwörerisch an. Außer dem Foto von Shirley Rix, das sie den Richtern gezeigt hatte, und der Erinnerung an ein ernstes gemeinsames Ziel gab es auch noch das seltsame, fast euphorische Hochgefühl, das auf einen Adrenalinstoß und das allmähliche Nachlassen der Spannung folgt. Zwei Minuten später klapperten ihre Absätze über die Steinstufen. Schuldbewußt wie zwei Kinder, die Schule schwänzen, machten sie sich davon.

Superintendent Bailey spürte Detective Constable Ryans Zögern, den Wagen zu verlassen.

»Ich weiß nicht, Sir. Können wir uns nicht einfach von hier aus ein bißchen umsehen? Nachher fehlen sämtliche Reifen, wenn wir wiederkommen.«

»Der Wagen hat doch eine Alarmanlage, oder?«

»Sicher, aber mir ist nicht ganz klar, wen die abhalten sollte. Niemand unter vierzehn jedenfalls. Schulferien, Chef, hier ist im Moment nichts sicher.«

»Ich sehe aber jede Menge Autos mit Reifen. Los, gehen wir. Ihre kämen sowieso nicht mehr durch den TÜV. Sie halten bloß nichts vom Laufen, das ist es doch.«

Sie gingen über die Straße auf das Bevan House zu, das sich vor ihnen erhob. Vor dem Gebäude breitete sich eine schmutzige Grünfläche aus, die früher einmal von Bäumen gesäumt war, die längst eingegangen waren. Heute parkten dort Wagen. Eine Betoneinfahrt teilte sich kurz vor dem Haupteingang und führte zu Seitentüren und Treppenhäusern. Drei Treppen und drei Aufzüge, die so gut wie nie funktionierten. An den ersten zwölf Stockwerken zogen sich offene Laubengänge entlang, die übrigen zwölf ragten wie ein massives Monument in den Himmel. Hier lagen die Fenster so hoch, daß nur eine verirrte Rakete sie hätte einschlagen können.

»Nicht zu fassen«, meinte Ryan, widerwillig interessiert, obwohl er nicht die geringste Lust auf diesen Besuch hatte. »Nicht zu fassen, daß man Familien mit Kindern in die unteren Stockwerke einquartiert. Aber genau das tut sie, soweit es geht, die Gemeindeverwaltung, meine ich. Unverheiratete Mütter oder Väter darüber, Singles ganz nach oben, dabei würde nicht mal ein Penner da oben hausen wollen. Jedenfalls ist das der Plan im großen und ganzen, aber natürlich läuft alles völlig durcheinander. Fest steht bloß, daß keiner nach oben will. Ich meine, würden Sie mit Ihrer Rente etwa da leben wollen? In einem halb leeren, völlig verwahrlosten Haus? Kleine Wohnungen, richtige Löcher. Die Gemeinde kriegt sie nicht los.«

Bailey betrachtete die Fassade gleichgültig. Er empfand höchstens unbestimmte Wut darüber, daß man ein Gebäude entwerfen konnte, das den menschlichen Bedürfnissen dermaßen widersprach. Doch unterdrückte er diese altmodische Ansicht und fragte sich lieber, was es kosten würde, die Kinder, die genauso schmutzig waren wie der Beton, auf dem sie spielten, dazu zu bringen, das ganze Ding abzufackeln. Eine herzlose Architektur löst nicht automatisch einen Aufstand aus, aber sie fördert ihn.

»Also, ich höre«, sagte er.

Ryan zuckte die Achseln. »Damien Flood wohnte ganz oben. Können Sie sich vorstellen, daß er alle Treppen raufrennen konnte, selbst wenn er betrunken war, und das war gar nicht so selten? Er hatte zwar noch eine andere Wohnung, als Zuflucht vor den Weibern, die hinter ihm her waren, aber das hier war sein Hauptquartier.« Ryan wandte sich abrupt ab. Die Höhe machte ihn schwindlig. Jetzt zeigte er in die andere Richtung.

»Da drüben, sehen Sie? Die Spitze da, das ist das Freizeitzentrum, okay? Sehr hübsch, wirklich, mit Unmengen von Videokameras und Rausschmeißern. Auf der anderen Seite gibt's noch einen Park. Der Park war zuerst da, wenn Sie wissen, was ich meine. Mit richtigen Bäumen und allem Drum und Dran. Früher absolvierte Damien da sein Konditionstraining. Viele Boxer machten das, obwohl sie eigentlich ihre eigenen Trainingsräume hatten. Als es immer mehr bergab ging mit ihm, trainierte er nicht mehr regelmäßig, aber er war immer noch gut in Form.« Ryan wandte sich wieder um, blickte an dem Gebäude empor und schirmte mit der Hand die Augen ab.

»Ich meine, wenn einer diese Treppen raufrennen kann, muß er einfach in Form sein.«

Bailey hockte sich hin. Er trug Hose und Jackett, hatte aber klugerweise die Krawatte abgenommen. Seine spitzen Knie standen hervor. Ryan hoffte, daß die Hose ausbeulen würde, und wußte doch, daß diese Hoffnung vergeblich war. Außerdem konnte Bailey den Mund nicht halten.

»Es war Ihr Job, Ryan. Ich hab Ihnen die Sache anvertraut und gesagt, Sie sollen sich drum kümmern.«

»Und genau das hab ich auch getan. Wir haben doch was zu bieten, oder nicht? Der Bursche ist dem Gericht überstellt. Und wenn Sie so verdammt viel zu tun hatten, daß Sie sich nicht drum kümmern konnten und wir deswegen einen Barrister aufsuchen müssen, warum hacken Sie dann jetzt auf mir rum?«

Ein Junge kam auf sie zu. Er hatte ein schmutziges, gewitztes Gesicht und zog ein Skateboard hinter sich her. Sein kräftiger zehnjähriger Körper baute sich herausfordernd vor ihnen auf.

»Siehst du den Wagen?« fragte Bailey und drückte ihm zwei Pfundmünzen in die klebrige Hand. Der Junge nickte. »Geh und paß auf ihn auf, ja? Der Mann hier macht sich Sorgen um seine Reifen.« Als der Kleine loslief, spürte Ryan das vertraute Gefühl von Erniedrigung.

»Ich habe getan, was ich konnte. Wir haben eine Leiche, wie gesagt. Also gut, sie waren alle in dem Pub da drüben.« Er machte eine Handbewegung. »In der Nähe des Freizeitzentrums. Ein gepflegter Pub. Damien Flood war mit seinen Kumpeln dagewesen. Er hatte zuviel Geld beim Billard gewonnen. Die Verlierermannschaft kam zurück, um sich mit ihnen anzulegen. Damien wurde von seinen Kumpeln getrennt, und später fand man ihn, erstochen. Okay, ich hab nicht alle drei gefaßt, aber wenigstens einen. Und Sie wissen selbst, daß ich ihn nicht gezwungen habe auszupacken. Im Gegenteil, ich hab alles getan, um ihn dran zu hindern, aber er hat gesungen wie ein Kanarienvogel. Es gibt übrigens jede Menge Kanarienvögel hier. Dabei sind Haustiere verboten.«

Bailey streckte sich auf dem Rasen aus. Sein Schweigen bedeutete niemals Erleichterung, selbst wenn er wie jetzt dalag und in die Sonne blinzelte. Sein Gesicht war rot vor Hitze.

»Sie haben einen schmächtigen Burschen von neunzehn Jahren. Weiter haben Sie nicht gedacht. Sie waren nicht mal im Pub, um die Leute zu vernehmen.«

»Na und?« sagte Ryan und versuchte, seine Gereiztheit und das schlechte Gewissen zu verbergen, das Bailey mit seiner Gelassenheit auslöste. Sie verstärkten sich noch, als der Mann plötzlich lässig und ohne fremde Hilfe aufsprang wie ein Hund, der spielen will. In der Ferne hörte man das Geräusch von splitterndem Glas. Ryan vermutete, daß es von den vorstehenden Mülltonnen kam, die den Haupteingang flankierten und den einzigen Versuch architektonischer Größe darstellten. Für Bailey gehörte es zur allgemeinen Geräuschkulisse.

»Ich hoffe, der kleine Stinker schmeißt nicht gerade Ihre Windschutzscheibe ein.«

»Noch nicht. Sie können mich mal, Sir.«

»Ach, ich piesacke Sie doch bloß ein bißchen. Und mit ihm haben Sie's ja auch nicht versucht, oder?«

Ryan hätte schwören können, daß er jemanden ausspucken hörte, doch als er das nächstemal hinsah, wirkte Bailey genauso gelassen wie immer und bohrte die Spitze seines Schuhs in den trockenen Erdboden.

»Ich habe die Fotos gesehen«, sagte Bailey, als sie zu Ryans Wagen zurückgingen. »Man kann sagen, was man will, aber Damien Flood ist garantiert nicht von einem neunzehnjährigen Burschen ermordet worden, der beim Billard verloren hat. Oder von dessen Freunden. Hören Sie auf, Ryan, das ist doch lächerlich.«

»Mehr konnte ich nicht rauskriegen.«

Bailey seufzte ebenso selten, wie er auf die Uhr sah oder grundlos den Mund aufmachte.

»Eine Schande!« Mehr sagte er nicht, als sie vor der abweisenden Fassade von Bevan House zurücksetzten. »Eine gottverdammte Schande.« Ryan wußte nur teilweise, was er meinte.

Er tappte den Flur entlang, stolperte über die hochstehende Ecke einer Teppichfliese und bewegte sich dann etwas unsicherer weiter. Er öffnete eine Tür, stahl sich hinein und holte tief Luft. Jetzt war sie dran. Eine halbe Stunde nach dem Lunch, und sie saß noch nicht wieder am Schreibtisch. Volltreffer. Brian Redwood, Leiter der Staatsanwaltschaft, mißtrauisch wie sonstwas und obendrein Helens Chef – als hätte er nicht genug am Hals –, senkte seinen schweren Hintern auf ihren Stuhl, blähte die Brust, schüttelte den Kopf und trommelte mit den Fingern auf der Tischplatte. Trotzdem sah er aus, als hätte ihn gerade einer in die Mangel genommen. Dann fing er an, Helens Schreibtisch zu durchstöbern.

Er fand ein einziges Chaos vor. Sie hielt sich nicht im geringsten an die von ihm ausgegebene Losung von aufgeräumten Schreibtischen. Hier wurden sämtliche Regeln gebrochen. Eine überquellende Eingangs- und eine völlig leere Ausgangsablage, zwei verkümmerte Pflanzen und in der oberen Schreibtischschublade eine Tüte mit klebrigen Pfefferminzbonbons. Geistesabwesend steckte sich Redwood eins in den Mund, ohne seine Schnüffelei zu unterbrechen. Alte Geburtstagskarten, eine Einkaufsliste, ein Paar zum Reparieren bestimmte Schuhe, aber nichts Persönlicheres als das. Vielleicht versteckte sie ihre Sachen neuerdings. Sein Blick fiel auf den Papiersack in einer Ecke des Raums. Vertrauliches Altpapier, der Ort, an dem man alles sammelte, was für den Shredder bestimmt war, und der nur einmal alle vierzehn Tage geleert wurde. Hm. Das braune Papier raschelte vorwurfsvoll, doch der Inhalt war höchst aufschlußreich. Hochwichtige Anweisungen und Verhaltensregeln, die täglich von ihm selbst ausgegeben wurden als Teil des Versuchs, mit Hilfe des geschriebenen Worts zu regieren. Es war ein kleiner Schock, festzustellen, daß in Helens Fall seine Bemühungen nichts weiter waren als die kürzeste Verbindung zwischen der Eingangsablage und dem Papierkorb.

Redwood starrte aus dem Fenster und merkte entsetzt, daß von draußen jemand zurückstarrte. Zwischen Helens Zimmer und dem Bürogebäude auf der anderen Straßenseite lag nur eine schmale Gasse. Eine attraktive Frau sah zu ihm herüber und winkte. Redwood, auf frischer Tat ertappt, wäre am liebsten im Erdboden versunken und duckte sich schnell, um ihrem Blick zu entgehen. Den erhobenen Hintern der Tür zugewandt, lauerte er noch auf allen vieren auf die Gelegenheit, sich aus dem Staub zu machen, als Helen hereinkam. Wie üblich drehte sie den Spieß einfach um.

»Suchen Sie was, Sir?«

Im gleichen Augenblick ließ sie die Akte fallen, die sie unter dem Arm getragen hatte. Die Seiten flogen heraus, und ein Foto von Shirley Rix' entstelltem Gesicht landete auf dem Boden. Während Redwood es ohne jede Regung betrachtete, versteckte Helen rasch ihre Plastiktüte hinter dem Schreibtisch.

»Sie sind spät dran«, fauchte er und richtete sich mühsam auf. »Wo waren Sie?«

»Das müßten Sie eigentlich wissen. Beim North London Court. Gesellschaft für mißhandelte Ehefrauen. Seit sechs Wochen beschäftige ich mich auf Ihre Anweisung hin mit nichts anderem. Beim Fall von heute morgen ist allerdings schon wieder die Zeugin nicht erschienen.«

Sie dachte an den Inhalt ihrer Tüte. Daran, daß sie sich, statt über die verflixte Frage nachzudenken, ob es richtig war, um eine Zeugenvorladung für die Frau auf dem Foto zu bitten, die Zeit mit der Suche nach der richtigen gelben Farbe vertrieben hatte. Sie dachte an all die Schattierungen von seidenmattem Lack in ihren kleinen Probetöpfchen. Köstlich! Am liebsten hätte sie eins aus der versteckten Tüte geholt, den Plastikdeckel abgenommen und den Inhalt verspeist wie einen Fruchtjoghurt.

»Wir brauchen eine einheitliche Vorgehensweise für solche Fälle«, bellte Redwood. »Damit wir wissen, wann wir aufgeben und wann wir weitermachen sollen. Setzen Sie sich am besten gleich dran!«

»Woran? Warum entscheiden wir nicht Fall für Fall, wie wir uns verhalten sollen? Was ist schlecht daran? Jeder Fall ist anders. Manchmal muß man aufgeben, manchmal nicht.«

»Sie könnten das Falsche tun.«

»Ja«, sagte sie geduldig. »Könnte ich, könnten Sie auch, könnten wir alle. Aber daran würden auch einheitliche Vorgehensweisen nichts ändern. Wir haben keine in Stein gemeißelten Regeln für andere unentschlossene Zeugen, warum sollen wir ausgerechnet für drangsalierte Frauen welche einführen? Man braucht doch bloß auf die Polizei zu hören.«

»Es wird erwartet, daß wir uns eine eigene Meinung bilden, Helen.« Redwood betrachtete sie argwöhnisch. Er wollte wissen, ob sie solche Bemerkungen persönlich nahm. Er hegte tiefes Mißtrauen gegen Polizisten und war überzeugt, daß Helens Einstellung nur eine Folge ihrer abartigen, unverständlich langen Beziehung mit einem Polizisten war. Redwood wartete darauf, daß sie sich von ihrer seltsamen Schwärmerei für Superintendent Bailey erholte, und zwar ebenso ergeben wie damals, als seine Tochter die Masern gehabt hatte. Verbindungen wie diese verstießen nicht ausdrücklich gegen die Regeln, waren aber auch nicht unumstritten.

»Wir können uns aber keine unabhängige Meinung bilden, wenn die das Opfer gesehen haben und wir nicht«, entgegnete sie ruhig. »Im übrigen gibt es kaum Spielraum für Schmiergelder und Korruption in einer Truppe, die gegen Gewalt in der Ehe ermittelt.«

Er schwieg und zuckte dann die Achseln. »Weiß ich nicht«, antwortete er. »Jedenfalls kann ich mir nicht erklären, wie so was passiert. Ich dachte, wir leben im Zeitalter der Gleichberechtigung. Meine Frau zu schlagen wäre das letzte, was ich tun würde.«

Als sie sich Mrs. Redwoods Leibesfülle vergegenwärtigte, war Helen klar, warum.

»Denken Sie an die Verfahrensweise«, drängte Redwood, als ihm bewußt wurde, daß sie ihn unmerklich aus dem Zimmer bugsierte wie einen lästigen Fensterputzer.

»Ich denke an nichts anderes, Sir«, antwortete sie zuckersüß.

Die Sonne hatte sich hinter das Gebäude verzogen. Neue Büros, häßliche Möbel, die keine zehn Jahre halten würden. Männer wie

Redwood verbreiteten bürokratischen Unsinn in der Hoffnung, ihre Stellung vor dem Zugriff jüngerer und noch einfallsloserer Männer zu retten. Helen war auf stille Art verzweifelt, doch dieses Gefühl wurde von lauter gelben Farbtöpfchen, die vor ihren Augen tanzten, verdrängt. Mittlerweile waren sie in die unterste Schublade gewandert, dorthin, wo sie auch ihr Ersatz-Make-up, eine Packung Plätzchen, deren Verfallsdatum längst überschritten war, ausgeliehene Bücher und den Aschenbecher aufbewahrte, den Redwood übersehen hatte. Die Sonne spiegelte sich in den Scheiben der Büros auf der anderen Straßenseite und verhinderte, daß Helen wie jeden Tag das Leben dahinter ausspionierte. Es blieb ihr nichts anderes übrig, als sich in die Arbeit zu vertiefen.

Sanft erlosch das Tageslicht. Die Ausgangsablage wuchs. Im Flur draußen hallte Gelächter wider. Jemand rannte an ihrer Tür vorbei und kreischte laut und durchdringend: »Warte!« Jemand anders stolperte über den Teppich. Schließlich senkte sich eine beunruhigende Stille über den Gang, die nach und nach alles erfaßte, bis Helen aufblickte und enttäuscht feststellte, daß die Angestellten aus dem gegenüberliegenden Gebäude verschwunden waren. Schade, also würde sie heute abend nicht mitbekommen, wer länger blieb und wer schließlich mit wem wegging. Keine Chance, das Schicksal des Schwerenöters im Büro gegenüber weiterzuverfolgen.

Das Telefon summte. Ein neues Telefon, das in das schwenkbare Drehpult eingebaut war.

»Geh nach Hause, Helen West. Auf der Stelle. Was immer du gerade tust, laß es liegen und mach dich auf die Socken.«

Einen Augenblick lang setzte ihr Herz aus. Die Stille des Gebäudes war plötzlich bedrückend, bis das ferne Rauschen des Verkehrs sie wieder zur Besinnung brachte.

»Du hast mich erschreckt, Emily. Wieviel Uhr ist es?«

»Halb sechs, du Dummchen. Hast du denn keine Uhr, um Himmels willen?«

Aus irgendeinem Grund brachte dieser scharfe, leicht überhebliche Ton nie einen Mißklang in ihre Beziehung: Emilys Stimme sorgte unweigerlich für Freude. Sie war von Natur aus offen, beneidenswert tüchtig und höchstens ein kleines bißchen tyrannisch.

»Zweierlei. Erstens habe ich dir die Telefonnummer von meiner Putzfrau auf dem Anrufbeantworter hinterlassen, aber dann fiel mir ein, daß du es nie schaffen würdest, einen Termin mit ihr auszumachen, also hab ich das in die Hand genommen. Du wohnst auf halbem Weg zwischen ihrer Wohnung und meiner an der Buslinie 59, und sie sagt, es sei kein Problem. Okay? In einer Stunde ist sie bei dir, also schnall dir die Rollschuhe an.« Emily bezog ihre Metaphern von all den Gegenständen, die ihre Kinder ihr als Hindernisse in den Weg stellten. »Und das andere, sie ist bloß deshalb noch hier, weil ich heute ein paar Leute zum Abendessen eingeladen habe. Darunter seid nicht zufällig ihr, du und Bailey, oder?«

»Nein. Ein andermal, hoffe ich.«

»Jemine! Ich wünschte, ich wüßte, wer kommt. Ist das nicht schrecklich? Könnte ein Haufen vegetarischer Richter sein. Ach übrigens, sie riecht nach Kernseife oder Desinfektionsmittel, irgendwas in der Art. Und sie hat die Angewohnheit, mit offenem Mund zu essen, aber das ist nicht weiter schlimm. Wirklich. Helen? Bitte vergiß nicht, nach Hause zu gehen, okay?«

Nach Hause. Schmutzige Scheiben, ein verwilderter Garten, fleckige Teppichböden und Bienen vor dem Fenster. Allein bei der Vorstellung rann Helen ein lustvoller Schauer über den Rücken. Als sie schon halb den Flur entlang war, fielen ihr die kleinen Farbdosen in der Schreibtischschublade ein. Nichts anderes hätte sie dazu gebracht, noch mal zurückzugehen, doch sie besaßen die natürliche Anziehungskraft von Schmuggelware. Sie kannte niemand, der wie sie übers Wochenende ein tiefgefrorenes Hähnchen im Büro hatte auftauen lassen. Das sorgte wenigstens hin und wieder für Gesprächsstoff, doch von dem Fisch, den sie unter dem Sitz im Bus vergessen hatte, erzählte sie lieber nichts.

Heute verzichtete sie aus Zeitgründen auf den Bus. Jetzt, eine Stunde nach Feierabend in den Büros und dem damit verbundenen ungezügelten Exodus der Angestellten, war die U-Bahn trotz der Hitze einigermaßen erträglich. Helen wohnte in einer sauberen, würdevollen und sicheren Gegend. Zu beiden Seiten säumten große viktorianische Häuser mit weißen Stuckfassaden die Straße. Sie wirkten immer elegant, egal, wie baufällig sie waren. Ursprünglich für wohlhabende Familien errichtet, waren sie jetzt in mehrere Wohnungen unterteilt. Die Souterrainwohnungen, euphemistisch Gartenapartments genannt, waren nach hinten hinaus sonnig, vorne dagegen ziemlich dunkel. Helen ging mit einem vertrauten Gefühl der Befriedigung durch ihre Straße. Sie registrierte das Alter der Bäume, die Clematis an den schmiedeeisernen Zäunen und die ersten blutroten Geranien und leuchtendblauen Lobelien in den Blumenkästen. Und dann folgte sie wie so oft einem schändlichen Trieb: Sie blieb stehen und spähte in die Fenster, um zu sehen, wie andere Leute eingerichtet waren.

Auf der Türschwelle saß eine Frau, die mit unendlicher Geduld wartete, so als müßte sie sich nie wieder bewegen. Als hätte sie alle Zeit der Welt, wie eine Gartenskulptur.

»Ja?« fragte Helen scharf. »Haben Sie was zu verkaufen?«

Die Skulptur stand auf und lächelte. »Ich bin Cath«, sagte sie. »Ich soll bei Ihnen putzen. Wenn Sie wollen.«

»Cath?« wiederholte Helen. »Cath? Ach so, ja!«

Sie schloß die Tür auf, drehte sich um und lächelte, als wollte sie sich für ihre Verspätung entschuldigen. »Normalerweise bin ich früher zu Hause, verzeihen Sie«, murmelte sie. Am liebsten hätte sie sich auch noch für ihre Wohnung entschuldigt, die wie von einem Scheinwerfer beleuchtet wirkte, als sie in die Küche kamen und der geballte Glanz der untergehenden Sonne aus dem nach Süden gelegenen Garten hereinströmte. Doch an dem abwesenden Lächeln der Frau erkannte sie, daß sie gar nicht darauf achtete. In diesem Moment kam die Katze herein, und Cath hob sie mit einem entzückten Aufschrei hoch. Für den Bruchteil einer Sekunde hatte sie dieselben verletzten braunen Augen wie Shirley Rix auf den Fotos. Sie sahen aus, als trotzten sie der Behauptung, jeder sei für sein Schicksal selbst verantwortlich. Helen riß sich zusammen.

Das gab es nicht, niemand hatte dieselben Augen wie ein anderer, genausowenig wie dieselbe Stimme oder dieselben Fingerabdrücke.

Abgesehen davon hatte Cath das Gesicht einer Madonna.

3

Solange es noch funktioniert, laß die Finger davon. Wobei sich die Frage nach der eigentlichen Bedeutung von »noch funktionieren« erhob. Ramponiert, aber nicht irreparabel. Bailey stellte sich vor, wie ein pedantischer Richter einer Jury diesen Satz erläuterte: »Mit anderen Worten, meine Damen und Herren, solange der Gegenstand nicht defekt ist, soll er keinesfalls repariert werden.«

Irgendwie klang das anders. Es fehlte das gewisse *je ne sais quoi.* Bailey blickte auf die Uhr in seiner Hand, die ihn auf diesen Gedanken gebracht hatte. Sie war nicht richtig kaputt, M'lud, sie machte bloß Überstunden. Der Stundenzeiger bewegte sich genauso schnell über das Zifferblatt wie der Sekundenzeiger. Er legte die Uhr auf den Arbeitstisch. »Wenn du mir sagst, welche Stunde des Tages wir gerade haben«, murmelte er, »dann rufe ich die Zeitansage an und lasse mir die Woche durchgeben.« Die Reparatur dieser alten Zwiebel konnte warten, bis Helen sie gesehen hatte. »Sieh mal«, würde er zu ihr sagen, »so ist es, wenn dein Leben vor deinen Augen vergeht. Beim letzten Blick warst du sechsundfünfzig Jahre alt, zwei Tage und fünf Stunden.« Na ja, doch nicht so lustig.

Bailey war groß und schmal und hatte ein etwas düsteres Gesicht. Er wirkte nicht wie jemand, der gern lächelt, obwohl er es konnte und auch tat, häufig sogar, wenn auch manchmal schüchtern, als wunderte er sich über sein eigenes Vergnügen. Helen brachte ihn zum Lächeln: Manchmal ertappte er sich, wie er sie aus der Ferne beobachtete und dabei grinste. Wahrscheinlich hatte er Glück. Nicht viele Männer konnten sich ein solches Auf und Ab leisten, solche Stimmungsschwankungen, schwarzen Tage, ein so ungerechtes Gespaltensein angesichts der Liebe zu einer wirklich schönen Frau. Trotzdem fühlte er sich von ihr geliebt und akzeptiert, wenn auch mit einem gewissen Grad von Verzweiflung. Als altmodischer Mensch, der mit der Vorstellung aufgewachsen war, daß die Ehe die einzig erstrebenswerte Form des Zusammenlebens ist, schämte sich Bailey für seinen Mangel an Bindungsfähigkeit. Manchmal wurde ihm bewußt, daß Helen den Punkt in ihrer Beziehung erreicht hatte, wo sie genau das von ihm erwartete. Wenn du nicht dein ganzes Leben so weitermachen willst, solltest du lieber verschwinden und den Platz räumen für einen anderen, der es besser kann als du, ermahnte er sich, aber das war auch wieder nicht das, was er wollte. Sowenig wie eine andere Frau oder auch nur die Freiheit, sich nach einer weniger komplizierten Beziehung umzusehen. Ja, er hatte mit diesem Gedanken gespielt, genauso wie sie, und dann waren doch beide davor zurückgeschreckt. Am Anfang hatte er von Heirat gesprochen, mehrmals sogar. Damals hatte sie gezögert und ihn damit verletzt, als lehnte sie ein Geschenk ab, das er liebevoll eingepackt hatte. Doch in den letzten Monaten hatte sich das Blatt gewendet: wahrscheinlich war das eine Art von kleiner Rache.

Der Uhr zufolge war in einer Minute eine Stunde verstrichen. Helen kam zu spät. Im Augenblick erlebten sie eine ihrer ruhigen Phasen, vielleicht ein Tribut an die langen schwülen Sommertage. Zwar beharrte er auf seine stille Art darauf, daß ihre Beziehung so blieb, wie sie war – ohne Verpflichtung und trotzdem ausschließlich –, doch mußte er zugeben, daß er all das Gerede über das Einreißen von Wänden in ihrer Wohnung ein wenig beunruhigend fand. Natürlich sollte sie unabhängig sein, aber nicht so, daß sie sich ein Leben aufbaute, in dem er überhaupt nicht mehr vorkam. Sie können sich nicht nur die Rosinen aus dem Kuchen picken, hatte Ryan gesagt, der ihn insgeheim um sein Junggesellendasein beneidete. Wahrscheinlich hatte er recht. Und Bailey hatte sich auf die Zunge gebissen und nicht gesagt, daß allein das Rosinenpicken anstrengend genug war.

Sowenig er Ryan gestand, daß Helen und er bei dem einzigen Versuch, zusammenzuleben, kläglich versagt hatten. Zum einen war die Wohnung alles andere als ein Glücksfall gewesen, keiner von beiden konnte sich mit ihr anfreunden. Obendrein hatten sie in keinem Punkt den gleichen Geschmack. Sie mochte satte Farben, Dutzende von Bildern, die Wärme eines Kaminfeuers und schwere alte Vorhänge. Ihr Wohnzimmer mit den roten Wänden erinnerte an einen Herrenclub. In Baileys riesigem Loft gab es keinen einzigen Vorhang und weniger Farben als in ihrem Badezimmer. Die gesamte Einrichtung bestand aus Holz. Wo andere Leute Schränke hatten, benutzte er Regale. Die helle Arbeitsplatte in der Einbauküche, wo er die Uhr hingelegt hatte, war blitzblank. Schmutzig in dieser Umgebung war höchstens mal die Katze, die kam und ging, wie es ihr paßte, und manchmal tagelang nicht auftauchte. Katzen sind wie Frauen, sagte sich Bailey mit dem Zynismus eines Polizisten; sie bleiben nur, wenn sie wollen.

Halb neun, das Abendessen schmorte vor sich hin, und keiner war da, mit dem er es hätte teilen können. Notfalls würde er ein Buch lesen. Er hatte daran gedacht, weiter zu kommen als bis zum Diplom der Rechtswissenschaft, das er auf der Abendschule gemacht hatte. Er könnte sogar ein juristisches Buch lesen. Trotzdem schade: es war einer von den Abenden, an denen er unbedingt jemanden zum Reden brauchte. Wahrscheinlich gab es nicht viele Paare, die sich über einen Mord unterhalten und dazu Lammkoteletts verspeisen konnten. Oder zum Nachtisch Leichenfotos studierten. Er hätte so gern über das moralische Dilemma gesprochen, das ihn gerade beschäftigte, einen Fall, bei dem sie nicht den Richtigen geschnappt hatten. Er wußte es. Es war nicht unbedingt der Falsche, aber der Richtige war es auch nicht.

Die Wohnung war sauber wie er selbst. Nur sein Gewissen sah aus wie eine dreckige Windschutzscheibe.

Helen wußte nicht, was sie mit einer Putzfrau machen sollte. Ihre Gegenwart löste ein unbehagliches Gefühl aus. Helen fand Putzen sterbenslangweilig, deshalb haßte sie es, irgend jemanden darum zu bitten. Zwar wurde sie als Staatsanwältin nicht so gut bezahlt wie ihre freiberuflichen Kollegen, sie verdiente jedoch genug, um sich einen gehobenen Lebensstandard leisten zu können, einschließlich Putzfrau. Wenn sie doch bloß das ewige schlechte Gewissen hätte unterdrücken können.

»Das ist das Wohnzimmer. Und hier das Badezimmer«, hörte sie sich sagen. In ihren Ohren klang sie wie eine leicht herablassende Immobilienmaklerin einer besonders dämlichen Kundin gegenüber. Cath nickte. Natürlich sieht sie selbst, welche Räume es sind, schließlich ist sie ja nicht blind, sagte sich Helen wütend. Ihre Verlegenheit steigerte sich noch angesichts von Cath' Teilnahmslosigkeit. Sie war eine kräftige junge Frau, ging jedoch leicht gebeugt, als schleppte sie etwas Schweres um die Hüften mit sich herum, und statt zu sprechen, legte sie nur den Kopf auf die Seite. Na, wenigstens schien es ihr nichts auszumachen, daß im Schlafzimmer überall Kleider herumlagen oder daß der Fußboden in der Küche unter ihren Füßen knirschte.

»Tut mir leid, es sieht schrecklich aus«, sagte Helen, »aber ich hatte keine Zeit zum Aufräumen …«

»Ich finde es überhaupt nicht schrecklich«, sagte Cath ungerührt. »Es ist nicht mal richtig schmutzig. Sie haben eine hübsche Wohnung.«

Helen war hingerissen.

»Und natürlich könnte ich Ihnen auch im Garten helfen«, fuhr

Cath fort. Auf der Stelle ging Helen wieder in die Defensive. Der Garten gehörte nur ihr.

»Unkrautjäten macht mir Spaß«, sagte sie. »Nur die Hausarbeit kann ich nicht ausstehen.«

»Wie Sie wollen«, sagte die Frau freundlich mit leiser Stimme, fast im Flüsterton. »Ich hab es nur erwähnt, weil Mrs. Eliot es vorgeschlagen hat.« Plötzlich war sie beunruhigend gesprächig, als hätte sie jetzt das Schlimmste gesehen und würde mit allem anderen spielend fertig. »Sie sollten mal sehen, was Mrs. Eliots Bande für Dreck produziert. Unglaublich. Bad und Küche sehen morgens aus, als hätte eine Bombe eingeschlagen. Und was die Kinder so alles mit ins Bett nehmen … Sie würden es nicht glauben.« Sie sprach mit geradezu glühender Verehrung, ja Zuneigung von ihnen und schüttelte dabei den Kopf. Helen fühlte sich schuldig und fast wie eine Verräterin, als sie merkte, wie eifrig sie sich für den wahren Zustand von Emilys Haushalt interessierte. Es war genauso, wie in anderer Leute Fenster zu spähen: sie konnte einfach nicht widerstehen.

»Erzählen Sie weiter«, forderte sie Cath auf.

Mark ging manchmal mit Gummistiefeln ins Bett, ob sie sich das vorstellen könnte? Ja, durchaus. Jane hatte vor kurzem zum erstenmal Plätzchen gebacken und dabei einen Teigklumpen in das altmodische Abzugsgebläse von Emilys Küche geworfen – an der Decke klebten heute noch Reste davon, und andere verschimmelten wahrscheinlich in irgendwelchen unzugänglichen Ecken. Zusammen mit dem Ei, das Mrs. Eliot auf dem Herd vergessen hatte, als sie eines ihrer stundenlangen Telefongespräche führte. Ein angebranntes Ei explodiert wie eine Bombe, sagte Cath. Und dann war da die Geschichte mit dem Grillrost, der vor altem Fett triefte und in Brand geraten war, als Mr. Eliot seinen Frühstücksspeck zu lange dringelassen hatte. Lauter unvergängliche Spuren. Helen war insgeheim entzückt. Es tat gut zu wissen, daß Emilys schönes Haus ebenfalls Narben trug.

»Also wollen Sie nun, daß ich komme, oder nicht?« fragte Cath.

Helen wollte, und wie.

»Ich könnte dienstags und donnerstags, sagen wir zwei Stunden am Nachmittag. Sie wohnen weit weg von Mrs. Eliot, aber für mich liegt es auf halbem Weg nach Hause, an der gleichen Buslinie. Der 59.«

Ihre Stimme klang merkwürdig flach, als sie nicht mehr von den Eliots redete. Sie schien es nicht im geringsten eilig zu haben, sondern stand da und beobachtete langsam und genüßlich Helens Wohnzimmer. »Es gefällt mir hier«, sagte sie dann.

Auf dem Weg zu Bailey hatte Helen das Gefühl, gerade eine Prüfung bestanden zu haben. Und den Eliots nun endlich ebenbürtig zu sein. Die Eliots gehörten zu den wenigen Freunden, die sie beide gemeinsam hatten. Bailey war nicht besonders gesellig, trotz seines unwiderstehlichen schüchternen Charmes, und so war und blieb es ein Risiko, ihn mit Freunden zusammenzubringen, die ganz normale Polizisten für gefährliche Fanatiker hielten. Es konnte passieren, daß er wegen eines Knöllchens angegriffen oder wegen der Freilassung eines Terroristen ausgelacht wurde, daß er sich für den neuesten Polizeiskandal rechtfertigen und für längst vergangene Justizirrtümer ins Kreuzverhör nehmen lassen mußte. Er ignorierte das alles, sie aber konnte es nicht. Viele Abendessen hatten in peinlichem Schweigen geendet, und sie waren beide erleichtert gewesen, als sie endlich aufbrechen konnten. Er war viel zu stolz, um sich wie ein Bär vorführen zu lassen. Doch mit Alistair Eliot verbanden ihn professionelle Erfahrung und gegenseitiger Respekt. Die Verbundenheit zwischen ihnen dreien beruhte auf gemeinsamen Fällen und ähnlichen Problemen, und Emily sorgte für den neuesten Klatsch und Tratsch. Die charismatischen Eliots hatten keine Vorurteile, wenn es darum ging, wen sie kennen mußten und wen nicht. Alistairs Vater war Bischof gewesen, und Bailey hatte einmal gesagt, daß ihre stets offene Tür irgendwas an sich hatte, das ihn an eine Kirche erinnerte.

Wenn wir das nächstemal hingehen, muß ich mir unbedingt die Decke in der Küche ansehen, dachte Helen, als sie waghalsig wie immer die Straße entlangraste. Und Em fragen, warum sie glaubt, daß Cath nach Seife riecht.

Die 59 begann ihre Fahrt wie eine träge Welle im Londoner Nordosten, wo Cath wohnte, schlängelte sich wie ein Kanalboot mitten durchs Zentrum, zuckelte gemächlich durch das glanzvolle South Kensington, wo die Eliots wohnten, und weiter bis tief in den ärmlichen Süden. Häufig war Cath im Oberdeck bis zum Depot mitgefahren und dann sitzen geblieben, bis der Bus dieselbe Strecke wieder zurückfuhr. Wenn sie gefragt wurde, sagte sie, daß sie eingeschlafen war oder beim Einkaufen etwas vergessen hatte. Sie liebte das Depot wegen der unzähligen Busse und Doppeldecker, die in dichtgeschlossenen Reihen in der riesigen hohen Halle standen. Die Abgase stiegen einem in die Nase, doch im Sommer war es hier kühl. Eins war unveränderlich an der 59: es waren durchweg alte Busse, noch mit Fahrern und Schaffnern, nie die neueren Ein-Mann-Versionen, die sie haßte, weil sie so unpersönlich waren und das grelle Quietschen ihrer Bremsen in stillen Nächten bis in ihr Schlafzimmer drang. Als die 59 von der roten auf die neue beige-kastanienbraune Aufmachung umgestellt wurde, saß Cath noch aufrechter auf ihrem Platz als sonst und war genauso stolz wie jeder x-beliebige Aktionär. Wenn jemand einstieg, ohne zu bezahlen, war Cath empört, selbst wenn es nur aus Achtlosigkeit geschah oder der Betreffende eindeutig kein Geld hatte. Cath verachtete Leute, die nicht für ihren Fahrschein bezahlten. Sie selbst fühlte sich nicht unterbezahlt und konnte andere, die noch ärmer waren, nicht ausstehen. Joe verdiente gut und war dagegen gewesen, daß sie arbeiten ging. Du und ich, mein Kleines, wir werden es »ihnen« zeigen, den Mistkerlen. Immer wenn der Bus durch Kensington fuhr, wo Joe arbeitete, dachte sie an »sie«. Es war kein richtiger Pub, mehr eine Mischung zwischen Pub und Bar in den

Mews. Um diese Jahreszeit erstickte er unter unzähligen blühenden Blumenkästen, bepflanzten Kübeln und Kletterpflanzen, die die weißgekalkten Mauern mit leuchtendem Pink, Blau, Weiß und Grün schmückten. Fleißige Lieschen und Efeu rundeten die Pracht diskret und geschmackvoll ab und lockten mit dem Versprechen auf Ungestörtheit.

An diesem Punkt ihrer Reise rumpelte die 59 in ein Gebiet, das unbestreitbar »ihnen« gehörte. Joe hatte es sich zu eigen gemacht, aber eigentlich war es das seiner Feinde. Ein Teil von ihr ließ sich von Joes unreflektiertem Klassenhaß anstecken, als der Bus den Sloane Square passierte und dann die Sloane Street nach Knightsbridge hinaufschoß. Es war, als durchquerte er ein fremdes Territorium. Es war verschandelt von Frauen, die Pferden oder Windhunden glichen und alle die gleichen eleganten Blusen und Perlenketten trugen. Sie nahmen den Bus für kleine Strecken und schrien ihre Kinder an, die Justin oder Hugo hießen. Diese Kinder sind genauso wie die von Emily, dachte Cath schockiert, als der Bus um die Ecke schlingerte und sie nach Islington und zu Helen Wests Wohnung brachte. Cath hatte Emily noch nie zu dieser fremden Rasse gezählt. Für sie war sie immer bloß Mrs. Eliot gewesen, mit einem Gesicht voller Sommersprossen, mit Ehemann und Familie – Inbegriff all dessen, was Cath bewunderte.

Bei dem Gedanken an Emily und ihre Sippschaft zog sich Cath das Herz vor Sehnsucht zusammen. Sie liebte diese Kinder, wie sie sie selbst niemals haben würde, liebte diese Familie, die sie brauchte, sie mit Lob und Geschenken überschüttete und sagte: Komm rein, komm rein. Sie schienen es sogar so zu meinen, dabei wußte sie genau, daß sie es nicht konnte. Niemals. Nicht mal ansatzweise.

Zwanzig Minuten nördlich von Helens und vierzig von Emilys Wohnung entfernt beschleunigte der Bus seine Fahrt, als wittere er Heimatluft, und kam schließlich rumpelnd vor dem Freizeitzentrum zum Stehen. Zwischen hier und Harrods hätten ebensogut eine Million Meilen liegen können. Hier wohnte sie, in einer kleinen Wohnung mit drei Dachzimmern, die Joe irgendeinem alten Kumpel vom Militär abgeluchst hatte, gleich neben dem Park, wo Damien gestorben war. Jetzt befand sie sich im Reich des »Wir«, wo sich nie einer von »ihnen« blicken ließ, doch die Leute aus der Nachbarschaft hier hatten etwas ganz Ähnliches erfunden. »Sie« – das waren die, in deren Häuser es einzubrechen lohnte, »wir« – das waren die, die es taten. Cath fühlte sich beschwingt, fast euphorisch, als sie den längeren Weg am Supermarkt vorbei nahm und das Gelände um das Freizeitzentrum mied. Sie hatte einen neuen Ort gefunden, den sie lieben konnte, vielleicht sogar einen Menschen. Einen neuen Schlüsselbund, der zu einer Stimme gehörte, die anders war als der hohe, leicht forschende Tonfall Emilys. Und einen Arbeitsplatz, der in Cath' Augen sicherer war als ein Haus.

Dunkel, geheim und sicher, ohne Ausblick, dafür mit einer Katze und einem Garten. Dort unten konnte sie alles blitzblank wienern, und Joe hätte keine Ahnung, wo sie war.

Gegen sieben rief Emily in leichter Panik bei Alistair an und sagte: »Darling, bitte versuch dich zu erinnern, wer heute zum Abendessen kommt.« Er warf einen Blick in seinen Terminkalender und mußte passen.

»Wer kann es denn bloß sein?« fragte Emily verzweifelt.

»Keine Ahnung, wirklich. Sind es Freunde von dir oder von mir?«

»Ich weiß es nicht. Hör mal, Darling, könntest du nicht allmählich Feierabend machen und nach Hause kommen?«

»Gleich. Erst muß ich noch mit dem anderen Junior über die Sache am Montag sprechen. Ehrlich gesagt habe ich mich auf einen Drink mit ihm verabredet. Ist das in Ordnung?« setzte er besorgt hinzu.

Emily war froh, daß sie einen so rücksichtsvollen Mann hatte, aber es gab Zeiten, wo seine Verspätungen sie rasend machten, obwohl sie ihn in Wirklichkeit noch gar nicht zu Hause brauchen konnte. Es war ihr vollkommen egal, ob er einen Kollegen im Pub oder im Gerichtssaal traf. Es war eine andere Art von Wut. Sie speiste sich aus der Tatsache, daß das ganze Haus sich hartnäckig jeglicher Kontrolle entzog, obgleich Cath dagewesen war und sich den ganzen Tag abgemüht hatte. Wie immer war Emily am Ende unaussprechlich erleichtert gewesen, sie los zu sein. Jetzt stand sie auf dem Treppenabsatz im ersten Stock und schrie so laut, daß ihre Stimme den Radau unten übertönte.

»Ruhe, verdammt noch mal, jetzt seid endlich mal still, habt ihr gehört?« Dann fuhr sie leiser, aber nicht weniger energisch mit fast knurrender Stimme fort: »Hier wird Hilfe gebraucht, ihr kleinen Scheißer! Alle Mann an Bord! Wer tut, was man ihm sagt, darf aufbleiben und sich ein wirklich tolles Video ansehen, das ich besorgt habe. Jede Menge Sex und Gewalt. Alle anderen marschieren direkt ins Bett. Das gilt auch für dich, Jane. Mark, dein Surfbrett verschwindet augenblicklich im Garten. Hast du verstanden, Jane?«

Es war ein schmales, hohes Haus, in dem die Stimmen widerhallten. Drei Kinder, fünfzehn, zwölf und neun, standen im Flur und blickten auf, als ihre Mutter die Treppe herunterkam.

»Ach, da seid ihr«, sagte sie in gespielter Überraschung und verkündete dann beiläufig: »Dad ist noch im Pub.«

Sie musterten sie mit weit aufgerissenen Augen, erwartungsvoll, mißtrauisch und arglos zugleich.

»Würde bitte jemand den Tisch decken? Für acht. Mit Messern und Gabeln, ein großes Messer und ein kleines, und zwar nicht die aus der Küchenschublade, in Reih und Glied. Zwei Weingläser für jeden. Und ich will beide Badezimmer picobello sauber haben. Wenn es euch nichts ausmacht. Oh, und da wir gerade dabei sind, kann sich einer von euch erinnern, ob ich irgendwo aufgeschrieben habe, wer heute abend kommt?«

Im nächsten Augenblick begann eine wilde Jagd. Alle rannten in verschiedene Richtungen davon. Immerhin hatte sie selbst ihnen alles beigebracht, was sie über Schmiergelder wußten. Eigentlich brauchte sie ihre Hilfe nicht. Sie hatte nur das Bedürfnis gehabt, sie anzusehen, um sich zu vergewissern, daß sie noch da waren.

Die ach so Fleißigen Lieschen und die leuchtendvioletten Lobelien waren wirklich Balsam für die Seele. An diesem ungewöhnlich heißen Juliabend, an dem das Tageslicht unerschöpflich schien, standen sie in voller Blüte. Vor dem Spoon and Fiddle, dessen Name von Kletterpflanzen überwuchert war, saß Alistair Eliot und bereute die Lüge, die er seiner Frau aufgetischt hatte. Er traf sich mit niemandem; er hatte einfach nur ausruhen und ein Lagerbier trinken wollen, so wie er es im Sommer hin und wieder tat, und selbst dann schwitzte er bei dem Gedanken an seinen Betrug Blut und Wasser. Im letzten Sommer, unter der Ägide einer äußerst tüchtigen, dafür ein wenig schlampigen Kinderfrau, die leider inzwischen gekündigt hatte, waren Emily und er ihren Sprößlingen gelegentlich entwischt, um eine Stunde hier zu sitzen, so wie er jetzt. Wenn das Haus jeden Augenblick zu explodieren drohte und Emily ihm gestand, daß sie langsam verrückt wurde, mußten sie einfach raus, woandershin, um ihre ehelichen Probleme zu besprechen, und der Anblick der vielen Pflanzen hier war besser als alles, was von ihrem kleinen Garten übriggeblieben war, nachdem unzählige Kinderfüße beim Fangenspielen über ihn hinweggetrampelt waren.

Emily entwickelte kurze, aber heftige Leidenschaften für bestimmte Orte. Bei diesem hatten sie noch einen besonderen Grund, dankbar zu sein. Der Barmann hatte vor einem Jahr zufällig mitbekommen, wie Emily sich über die stetig steigende Flut von Müll in ihrem Haus beschwerte. Er stellte ihnen Cath vor. Entschuldigen Sie, hatte er gesagt und dabei bedächtig ihren Tisch sauber gewischt, zufällig habe ich Ihr Gespräch mit angehört. Zufällig kenne ich eine Frau, die sehr gut putzen soll. Man kriegt hier so allerhand mit, verstehen Sie? Soll ich sie bitten, bei Ihnen vorbeizuschauen? Cath war ein Geschenk des Himmels gewesen, aber daraus folgte keineswegs, daß nun auch beide Eliots weiter ins Spoon gingen. Emily vermutete, daß der findige Barmann mit Cath verheiratet war, doch abgesehen davon wußten sie nicht genau, wo sie herkam, und es war ihnen auch egal. Sie war Cath, die Perle, ohne Nachnamen und mit einer Telefonnummer nur für Notfälle.

Es war noch früh am Abend. Alistair saß vor seinem Bier und dachte über sein Glück nach. Als er das Glas zum Mund führte, um einen Schluck zu nehmen, fiel ihm auf, daß der Hemdsärmel nach Parfum roch. Es war ein durchdringender Duft, der ihn den ganzen Tag begleitet und mit dem Geruch der Blumen vor dem Fenster gewetteifert hatte. Er fand ihn abwechselnd irritierend und erfrischend. In den nach Desinfektionsmitteln stinkenden Zellen, die er heute morgen als erstes besucht hatte, war der frische Blütenduft angenehm gewesen, im Gegensatz zu jetzt. Er schien sich im Laufe des Tages noch verstärkt zu haben. Alistair lächelte. Er brauchte kein schlechtes Gewissen wegen seiner Frau zu haben. Er trug sie bei sich, egal, wohin er ging. Es konnte aber auch Jane gewesen sein, als sie ihn heute morgen umarmt hatte. Anscheinend hatte sie ihr Nachthemd in Eau de Parfum getränkt.

Ganz abgesehen von dem Bedürfnis, eine kurze Verschnaufpause zwischen dem Zirkus bei Gericht und dem noch verrückteren Zirkus zu Hause einzulegen, war Alistair ins Spoon and Fiddle gegangen, um den Barmann zu begrüßen. Es gab feine Verästelungen in Alistairs Gewissen, die Emily völlig fehlten. Sie konnte nicht verstehen, daß man nicht einfach woandershin ging, wenn es einem irgendwo zu langweilig wurde, selbst wenn der Service erstklassig und die Erinnerungen schön waren. Von dieser pragmatischen, zeitlich begrenzten Beförderung wurden weder Friseure noch Metzger, weder Bäckereien noch Restaurants ausgenommen. Sie war immer auf der Suche nach etwas Neuem, das nicht unbedingt besser sein mußte als das Alte. Alistair dagegen hätte sich jahrein, jahraus mit denselben kleinen Restaurants und Geschäften zufriedengegeben – jeder Wechsel löste nur ein vages Schuldbewußtsein aus. Rein objektiv gesehen wußte er ganz genau, daß er dem Spoon mit seiner ungewöhnlichen Pflanzenpracht draußen und der merkwürdigen Sammlung von Militaria über der Bar nichts schuldete – weder für vergangene Stunden noch für die Atempausen, die es ihnen während der Schwierigkeiten im letzten Sommer verschafft hatte. Auch dem Barmann war er nicht wirklich verpflichtet, bloß weil er so nett und mit ihrer Putzfrau verheiratet war. Er hatte nur das Gefühl, ab und zu bei ihm vorbeischauen zu müssen, damit Joe sich nicht ungerecht behandelt fühlte. Und noch einen Aspekt gab es in diesem ungewöhnlich aufmerksamen Verhalten.

Obgleich er aus einem sehr guten Elternhaus mit Erwähnung im britischen Adelskalender stammte, fühlte sich Alistair insgeheim wohler mit den kleinen Leuten seiner heutigen Welt als mit den Großen, Wohlhabenden und Anständigen.

Wie auch immer, die Motive spielten keine Rolle. Hauptsache war, daß Joe, der Barmann, seine Besuche zu schätzen schien. Als Alistair in der trägen Stunde zwischen dem Abflauen des Stroms der Angestellten, die auf dem Heimweg einen Drink nahmen, und dem Ansturm der ersten gestandenen Zecher eintrat, erhellte das Lächeln des Barmanns das trübe Interieur. Joe kannte jeden Gast beim Namen und hatte seine kleine Herde mit dem Geschick eines Quartiermeisters im Griff. Der Boß des Pubs vertraute ihm und sah nur hin und wieder nach dem Rechten. Die Cocktails waren genau wie die Militaria nur eine Zusatzleistung, um Gäste anzulocken, die auf der Suche nach Neuem oder nach dem schnellsten Weg zum Vergessen waren. Alistair wünschte, sie würden die Uniformabzeichen von der Wand abnehmen und auch das zeremonielle Schwert und die gekreuzten Bajonette, die nicht im geringsten zu dem fleckenlosen Chintz paßten. Alistair bestellte den Halben und trank wie jemand, der es sich nie recht zur Gewohnheit gemacht hat.

»Ah, Mr. Eliot! Was für eine Freude. Aber hier ist es zu dunkel. Setzen Sie sich nach draußen. Ich bringe Ihnen das Bier. Ich glaube, ich könnte selbst einen Drink gebrauchen. Setzen Sie sich doch in die Sonne. Wer weiß, morgen regnet es vielleicht schon wieder ...«

Man sah dem Mann nicht an, daß er trank. Er wirkte wie der ehemalige Soldat, der er auch war (Ex-Barmann in der Offiziersmesse, Sir, hatte er ihm einmal erzählt). Und Alistair vermutete, daß Joe gegen die Gefährdung durch Alkohol, die sein Beruf notgedrungen mit sich brachte, längst immun war. Alistair hatte nichts gegen Joes Redseligkeit, im Gegenteil, sie war ihm ganz angenehm. Es war was anderes als die Verstocktheit vieler seiner Mandanten, und wenn er nach Hause kam, erwartete ihn ein langer Abend, an dem er mehrere Gespräche gleichzeitig führen mußte.

»Zu Hause alles in Ordnung, Mr. Eliot?«

Alistair war ein geradliniger und unkomplizierter Mensch. Wenn jemand ihm eine Frage stellte, beantwortete er sie vollständig. Joe Boyce wußte daher bereits bestens über seine Familie Bescheid.

»Nun ja, abgesehen davon, daß Jane und ihr Bruder wie Hund und Katze sind. Komisch, wirklich, früher spielten sie ganz friedlich zusammen. Und wenn sie nicht gerade aufeinander losgehen und sich gegenseitig verprügeln, tun sie das heute noch. Komisch, nicht? Ich verstehe das einfach nicht, Sie vielleicht? Ich war ein Einzelkind, das ist was anderes. Ich hätte damals liebend gern einen Bruder gehabt.«

»Nun, das sagen Sie so, Mr. Eliot, aber das kann auch seine Nachteile haben, wissen Sie.« Eine von Joes Tugenden, entschied Alistair, bestand darin, daß er nicht nur immer freundlich war, sondern wirklich Anteil nahm. Alistair hörte ihm gern zu. Ein Teil von ihm sträubte sich dagegen, Barrister zu sein: er hatte einfach keine Lust mehr, ununterbrochen zu reden.

»Ich bin wie Sie ein Einzelkind. Meine Eltern haben mich zum Militär abgeschoben, sobald sie konnten, und ich nehm's ihnen nicht übel. Aber meine Frau hatte einen Bruder, und der war eine echte Prüfung für sie. Er brauchte Tag für Tag ein Kindermädchen. Hatte ständig Geldsorgen oder Schwierigkeiten mit der Polizei, und außerdem trank er wie ein Loch. Ich sage Ihnen was, Mr. Eliot, seinetwegen hätten wir uns beinahe getrennt. Schließlich kann man seinen eigenen Bruder nicht vor die Tür setzen, oder? Man muß ihn aufnehmen, komme, was wolle, selbst wenn er der Schandfleck der Familie ist.«

»Ja, vermutlich«, nickte Alistair, aufrichtig interessiert. »Und wie sind Sie ihn losgeworden?« Plötzlich mußte er daran denken, wie Emily mit einem schwarzen Schaf aus seiner Familie umspringen würde. Die Vorstellung war nicht gerade angenehm.

»Nun, Mr. Eliot, er hat sich sozusagen selbst verabschiedet. Nachdem ich versucht hatte, mich mit ihm anzufreunden und alles. Hab ihm sogar einen Job besorgt, aber nein, das war nichts für den Herrn. Na ja, letztlich kann man niemand zu seinem Glück zwingen, sowenig, wie man ihn dran hindern kann, sich umzubringen, wenn er unbedingt will, nicht wahr?«

»Hat er das getan?«

»Ja, so ungefähr könnte man es sagen. Er ist bei einer Schlägerei umgekommen.«

»Traurig«, murmelte Alistair. Das Bier schmeckte plötzlich schal, obgleich Joe leichthin sprach, so als sei der Vorfall viele Monate her und hundert Meilen entfernt passiert. Pöbeleien im Pub, Handgreiflichkeiten, die spontane Zusammenrottung von kleinen Gangs, die Vergeltung üben wollen, das alles gehörte zu seinem Job. Er hatte mehr Fälle von Totschlag erlebt, als er zählen konnte, und plötzlich war ihm die Lust vergangen, darüber zu reden. Wie immer spürte Joe Boyce, daß es Zeit war, das Thema zu wechseln, genauso, wie er immer genau wußte, wann er einem Gast einen Stuhl hinrücken mußte, weil er sich nicht mehr auf den Beinen halten konnte.

»Also, Mr. Eliot, hier hab ich einen Witz für Ihre Tochter. Wir sind auf dem Grunde des Meeres, ringsum tummeln sich Haie. Einer ist ein Kredithai, und ein anderer steht in seiner Schuld. Der zweite schwimmt also los und fängt einen verhärmten alten Tintenfisch, den er dem anderen zum Frühstück bringt. Und was sagt der Kredithai?«

»Keine Ahnung.«

»Er sagt: ›Schönen guten Morgen. Aber was soll ich mit der Krake? Ich will meine Kröten!‹« Und Alistair, der solche kindischen und makabren Witze noch mehr liebte, als seine jüngste Tochter es tat, lachte.

Es gab Zeiten, in denen selbst Joe Boyce den Unterschied zwischen »ihnen« und »uns« vergaß.

»Und wie war dein Tag sonst?« Es war die Standardfrage, die Bailey schwer über die Zunge kam.

Er sah sich weder als Detective, noch hatte er seinem Job je ein Fünkchen Romantik abgewinnen können. Er war nichts weiter als ein Beamter, der Probleme beseitigen und manchmal auch welche verursachen mußte. Doch es gab Zeiten, in denen er Ähnlichkeit mit einem machiavellistischen Spitzel in Gestalt eines schäbigen Salonlöwen hatte. Er besaß sogar einen seidenen Morgenmantel – Helens Idee –, der nicht nur bessere Tage, sondern bessere Jahre gesehen hatte.

»Von welchem Tag sprechen wir?« fragte sie und blickte auf die Uhr mit den dahinrasenden Zeigern. »Ach so, heute. Nun ja, ich hab dir von Cath erzählt, der Putzfrau, die mein Leben verändern wird. Vielleicht überwacht sie sogar die revolutionäre Veränderung meiner Wohnung. Das Schönste am heutigen Tag war die tröstliche Entdeckung, daß Emily Eliot nicht ganz die Musterhausfrau ist, für die ich sie immer gehalten habe.«

»Bist du etwa gerade ein bißchen gehässig?«

»Nein. Ich finde das nicht gehässig, wenn man über jemand spricht, den man mag.«

»Das ist das Neueste, was ich höre. Ich werde die Frauen nie verstehen!«

Er zog sie auf. Helen dachte an die leeren Augen auf dem Foto von Shirley Rix und die Tragödie unzähliger vorsätzlich zerstörter Leben. An Mary Secura, die so leidenschaftlich in ihrem Job aufging, und an Cath mit ihrem offensichtlichen Putzfimmel.

»Du verstehst die Frauen nicht? Ich weiß nicht, ob irgendwer sie versteht, einschließlich anderer Frauen.«

Sie hatte Bailey nichts von Shirley Rix erzählt. Es stimmte sie zu düster, und erst mußte ihr anhaltend schlechtes Gewissen verschwinden, bevor sie darüber sprechen konnte. Statt dessen hatten sie ausführlich Baileys Fall erörtert. Keiner von beiden wäre auf die Idee gekommen, daß es falsch sein könnte, sich über ihre jeweiligen beruflichen Probleme zu unterhalten, denn keiner von beiden würde anderen etwas weitererzählen. Es brachte ihn stets auf den Boden der Tatsachen zurück, wenn er mit ihr über seine Sorgen sprach. Dabei verschonte er sie mit brutalen Einzelheiten – er hatte immer das Gefühl, sie beschützen zu müssen. Und sie riet ihm nicht, einfach drüber hinwegzugehen und im Interesse der Ergebnisse seine moralischen Skrupel zu begraben. So wußte Helen alles über den Mord im Pub. Gott sei Dank hatte er sich weit außerhalb ihres Bereichs abgespielt, so daß sie beruflich nie etwas damit zu tun haben wurde. Sie kannte bloß die Geschichte von ein paar Männern, die in ihrem Stammpub saßen und sich dann mit einer anderen Gruppe angelegt hatten. Drei von denen waren weggegangen und später bis an die Zähne bewaffnet zurückgekommen. Kein Wunder, daß es zum Kampf kam. Einer aus der Heimmannschaft wurde verletzt, die anderen zwei verfolgten die Angreifer, die nach den ersten Schlägen das Weite gesucht hatten. Die zwei aus der Heimmannschaft glaubten, ihrem Freund wäre bloß kurz die Luft weggeblieben und er hätte höchstens ein paar Kratzer abgekriegt, doch als sie wiederkamen, war er tot. Brutal, dumm, überflüssig und grausam. Es war der Alkohol, sagte einer der Angreifer, als er wenig später gefaßt wurde. Er hatte sich vorsätzlich bewaffnet, als er in den Pub zurückkam, und dabei in Kauf genommen, jemand ernstlich zu verletzen. Die Namen seiner Kumpel gab er nicht preis. Ein Toter war die Folge seiner Verstrickung in diese spontane Verschwörung, und da er beteiligt war, wurde er des Mordes beschuldigt. Er hätte nicht vorgehabt, jemanden umzubringen, sagte er aus, er hätte nur einmal kurz zustechen und dann abhauen wollen, sobald Blut geflossen war.

»Und wen interessiert es schon?« sagte Bailey beim Essen. »Die drei mit den Waffen waren allesamt Halbstarke. Gegen drei Erwachsene hatten sie keine Chance. Bloß ist der eine, den wir geschnappt haben, eher ein Mitläufer und obendrein auf dämliche Art loyal.«

Von diesem Thema waren sie auf andere gekommen, auf Pläne fürs Wochenende, auf die kaputte Uhr, die ihnen zeigte, daß ein Monat ihres Lebens an einem einzigen Abend vergangen war, bis Helens Gedanken noch einmal zu Baileys verkürztem Bericht von dem Mord auf der Straße zurückwanderten.

»Wie hieß er noch mal, der Tote?«

»Damien Flood. Ex-Boxer. Billardspieler. Ein gutaussehender Bursche.«

»Ich verstehe die Männer nicht«, sagte sie. »Warum müssen sie immerzu kämpfen?«

»Es soll was mit den Hormonen zu tun haben. Ich weiß es auch nicht. Ich will nicht mehr kämpfen.«

»Nein, du nicht.«

Weder für mich noch gegen mich, setzte sie insgeheim dazu. Für nichts. Du weichst einfach aus wie ein Torero. Du würdest für deine eigene Version von Gerechtigkeit kämpfen, aber nicht für mich.

4

Sie hörte den Aufprall, stellte sich die Stille vor, die darauf folgte, und dann das Stimmengewir. Die Schreie. Mary Secura ließ die Szene in ihrem Kopf ablaufen wie ein Video, erst schnell, dann langsamer, bis die Bilder erstarrten. Allmählich färbte sich alles mit Blut, bis sich am Ende des Theaterstücks der rote Vorhang senkte. Ende des dritten Akts. Zeit, nach Hause zu gehen. Erster Akt: Shirley Rix, ein hübsches Kind, wird von ihrem Vater mißhandelt. Zweiter Akt: Shirley Rix, eine schöne Frau und liebevolle Mutter, wird von ihrem Mann geschlagen. Dritter Akt: Shirley Rix auf der Flucht, aus Gründen, die sie nicht mal sich selbst eingestehen kann. Sie versucht, auf dem Weg zu ihrer Schwester um halb zehn morgens eine Straße zu überqueren. In einer Hand trägt sie einen Koffer, mit der anderen zerrt sie das Kind hinter sich her. Schließlich muß sie wechseln, der Koffer ist zu schwer. Dabei macht sich der Kleine los, weil er nach Hause zurück will. Er rennt auf die Straße, Shirley schreiend hinter ihm her, ohne zu sehen, wohin er läuft. Plötzlich hält jemand ihn fest, und ein Bus bremst mit quietschenden Reifen. Die Fahrgäste klammern sich an die Sitze, um nicht zu fallen, und Shirley wird von dem schlingernden Bus erfaßt und vor einen Wagen geschleudert, dessen Fahrer auf dem Weg zur Arbeit ungeduldig ausschert, um die 59 zu überholen. Shirley Rix prallt wie die willenlose Puppe, die sie war, gegen die Windschutzscheibe. Arme und Beine flattern noch einen Moment, dann rutscht sie ab. Ihre Fingernägel hinterlassen Kratzer auf der Motorhaube, als sie vergeblich versucht, sich festzukrallen. Der Autofahrer ist wie betäubt, und das ganze Szenario endet in Stille, nur das Dröhnen des Autoradios ist noch zu hören. Nach einer Weile schaltet er es mechanisch ab. Dann kommen andere Geräusche. Hupen, der Schrei einer Frau, in den andere einfallen, das Klicken der Absätze auf dem Pflaster, als der Körper, das Genick ist gebrochen, unkontrolliert zuckt. Etwas abseits drückt eine Frau das Kind gegen ihren stattlichen Bauch und versucht, es mit ihrem Rock am Sehen zu hindern. Der Kleine will sich aus der Umarmung der wildfremden Person befreien, doch sie läßt nicht los.

Alle sehen wie gelähmt zu. Dann macht einer vorsichtig den ersten Schritt.

Mary Secura wartete im Büro für den Fall, daß noch einer anrief. Wie sinnlos es auch schien, sie mußte bleiben, in den Akten wühlen und das anhaltende Gefühl, versagt zu haben, kompensieren. Immer wieder hatte sie den Vorschlag gemacht, das Telefon auch über Nacht zu besetzen, wenn sie effektiver arbeiten wollten als bisher. Doch jedesmal war sie auf blankes Unverständnis gestoßen. Es war der Alkohol, sagten die meisten Opfer, und das bedeutete, daß das Büro besetzt sein mußte, wenn die Pubs schlossen und die Männer nach Hause gingen, um ihre Frauen zu verprügeln. Die arme Shirley Rix hatte ihrem Mann keine Chance gelassen, sie umzubringen. In Wahrheit hatte Mary hier wirklich nichts mehr verloren. Niemand wurde für Überstunden bezahlt, wenn der Anrufbeantworter funktionierte und Opfer aller Art Zuflucht zum Notruf nehmen konnten. Der Sergeant vorne am Hauptausgang hatte sie schon mal gefragt, ob sie eigentlich kein Zuhause hätte. Mary beschloß, den Hinterausgang zu benutzen.

Ihre Arbeitgeber bescheinigten ihr einen regelmäßigen Lebenswandel. In den letzten zwei Jahren waren diskret einige Einzelheiten in ihre Personalakte aufgenommen worden. Beamtin lebt mit PC Dave Inglewood zusammen (netter Kerl, beste Karriereaussichten), der dem Verkehrsdezernat, Division »A«, zugeteilt ist, gemeinsame Hypothek auf einer Maisonnette-Wohnung. Marys Ehrgeiz, etwas ändern zu wollen (den er nicht teilte), wurde nicht erwähnt – und auch nicht die Erleichterung, die sie verspürte, wenn Daves Dienstplan bedingte, daß sie sich wochenlang kaum sahen. Ihre Eltern bedauerten zwar den fehlenden Ehering, betrachteten aber voller Stolz die Bilder ihrer Tochter (gestärkte weiße Bluse und blaue Uniform), die täglich abgestaubt wurden. Hatte ihre Kleine es nicht weit gebracht?

Das Büro befand sich im Schattenreich des Polizeipräsidiums, im zweiten Stock, hinter zwei feuersicheren Türen, erst links, dann rechts und schließlich geradeaus. Das Telefon blieb stumm, als Mary ein Foto von Shirley Rix an die Pinnwand heftete. Es zeigte

Shirleys verunstaltetes Profil, halb verborgen vom lachenden Gesicht ihres blonden Söhnchens. Das Bild war bloß aufgenommen worden, um sie zu entspannen. Na, komm schon, Shirl, wir machen eins von Jason, sieh nur, wie süß er ist. Shirley war so stolz auf ihn, daß sie nachgab. Dieses Bild von Mutter und Sohn gehörte nicht zu dem Fall, der wie alle ordentlichen Verfahren wegen Ehestreitigkeiten so schwerfällig und ungeschickt in Gang kam wie ein verstümmelter Jumbo-Jet. Sie hatten Shirley einen Abzug von dem Bild geschenkt. Wahrscheinlich würde Mr. Rix es nach seiner Freilassung unter ihren Wertsachen finden und empört dem Richter unter die Nase halten, wenn er sie auf Entschädigung wegen unzulässig erlittener Untersuchungshaft verklagte.

Als sie das Foto festgepinnt hatte, ging ihr auf, wie blöd sie war. Sie galt sowieso als leicht überspannt – in Polizeikreisen alles andere als eine Tugend, besonders bei Frauen –, und jede weitere Minute, die sie heute abend im Büro verbrachte, würde noch mehr zu diesem Ruf beitragen.

Gerade als sie die erste schwere Feuerschutztür passiert hatte, hörte sie das Telefon klingeln. Sie machte sofort kehrt, doch es war immer dasselbe mit diesen Doppeltüren: Man wußte nie, ob man drücken oder ziehen mußte und was zuerst und was man fallen lassen sollte, um beide Hände frei zu haben. Als sie endlich ihr aufgeräumtes Büro erreichte, wo die Akten fein säuberlich an der Wand aufgereiht waren und sie nur der leere Computerbildschirm anstarrte, war die fröhliche Geisterstimme mit der beruhigenden Nachricht auf dem Anrufbeantworter bereits halb abgelaufen und brach plötzlich mit einem Klicken ab. Als Mary nach dem Hörer griff, hörte sie nur ein leeres Summen.

Das war der Punkt, an dem Mary Secura sich hinsetzte und um Shirley Rix weinte. Sie war gestorben, während ihre einzige Beschützerin gemeinsam mit einer Staatsanwältin Tapetenmuster verglich. Sie würde Helen West nie verzeihen, daß sie sie abgelenkt hatte. Auf dem Weg nach draußen schlug sie mit der Faust gegen die Doppeltür, zuckte schmerzhaft zusammen und benutzte dann die Handfläche, um die Tür in die richtige Richtung aufzudrücken. Draußen auf dem Parkplatz pfiff jemand vor sich hin, träge, aber durchdringend.

Es muß doch auch andere Möglichkeiten geben, dachte Mary. Und dasselbe dachte sie, als sie in die aufgeräumte Wohnung mit dem gelben Badezimmer kam und die Haustür hinter sich zuknallen ließ.

War das alles? War das wirklich alles?

Trautes Heim, Glück allein. Cath legte auf und kicherte. Joe hatte einen Anrufbeantworter; überhaupt hatten sie alles. Sie hatten die obersten beiden Stockwerke und den Dachboden dieses knarrenden Hauses und bezahlten so gut wie nichts. Trautes Heim, Glück allein. Es gab einen Flur am Ende der Treppe, Wohnzimmer und kleine Küche in einem Stockwerk, Schlafzimmer und Bad im zweiten und darüber noch drei Dachzimmer. Alle hatten braunfleckige Decken und eines sogar ein Loch darin, durch das man die Sterne sehen konnte. Irgendwem mußte das alles wohl gehören. Irgendeinem alten Stinker, der sich weder um die Miete noch um juristische Fragen kümmerte. Joe hatte schon längst aufgehört, Miete zu bezahlen, und behauptete, die Wohnung gehörte jetzt ihnen, da seit einem Jahr keiner sie deswegen belästigt hatte. Und ehrlich gesagt, Cath, war sie auch vorher schon spottbillig. Ja, obgleich sie das Gefühl hatte, daß sie irgendwie unrechtmäßig hier wohnten. Platz gab es genug, ja, aber es regnete durch und war kalt, und das Apartment würde wahrscheinlich für unbewohnbar erklärt werden.

»Oh, Joe.« Vor Freude war ihr ganz heiß gewesen. Jetzt errötete sie bei der Erinnerung an das erste Mal, als sie die nackten dunklen Wände, die Flecken, den Linoleumboden und den tropfenden Hahn in der Küche gesehen hatte. Alles andere war abmontiert worden, nur die Flecken und die Treppe waren geblieben.

»Ich hab doch gesagt, daß ich für dich sorgen würde, oder?«

Er konnte unmöglich mit seiner Frau in eine Sozialwohnung ziehen, selbst wenn sie eine hätten kriegen können. Er hatte es gar nicht erst versucht. Dazu mußt du schwarz oder lesbisch sein, hatte er erklärt, und sie hatte ihm komischerweise geglaubt. Sozialwohnungen sind was für arme Leute, und wir werden reich sein. Cath hatte sich fröhlich der Herausforderung gestellt. Sie kannte sich mit Trödlern und Second-Hand-Läden aus; je schäbiger, desto besser. Bei Auktionen, zu denen niemand, der nach Wertsachen Ausschau hielt, gehen würde, feilschte sie um Pennies für Stücke, die ihr Gewicht in Gold wert waren. Cath wußte, welche Straßen man in der Nacht vor dem Sperrmülltermin abgehen mußte, und barg einen Schatz nach dem anderen. Es machte ihr nichts aus, an fremde Türen zu klopfen, wenn jemand ein Stück Teppichboden, einen dreibeinigen Stuhl oder ein Küchenregal abzugeben hatte. Sie baute Regale aus Holz und Leichtstein, fand Plakate mit Gänseblümchen drauf und dazu passende Geschirrtücher. Sie war wie geschaffen zum Arbeiten und kannte keine Skrupel, wenn es darum ging, sich ein gemütliches Heim einzurichten.

In der Not frißt der Teufel Fliegen, hatte sie fröhlich erklärt, obgleich Joe damals noch gar kein Teufel war. Cath war obdachlos gewesen, und die Erinnerung daran ließ sie nie mehr los. Doch Joe in seinem Stolz wollte sich nicht mit dem zufriedengeben, was andere Leute wegwarfen. Je mehr sie vollbrachte, desto schweigsamer wurde er. Als die Wände gestrichen und die Böden mehr oder weniger bedeckt waren, um die zerkratzten und abgetretenen Holzdielen zu verbergen, als sie irgendwo gefundene Wasserhähne, die nicht tropften, in der Küche installiert hatte und einen Herd, der ebensowenig gekostet hatte wie der Kühlschrank, war er so zufrieden, daß er sie windelweich prügelte. Er schlug sie am ganzen Körper, bis Gesäß und Schenkel von blauen Flecken übersät waren. Wäre jemand dagewesen, dem sie davon hätte erzählen können, hätte sie gesagt, daß sie jetzt genauso ramponiert war wie ihr Mobiliar, denn ihren Sinn für Humor hatte sie nie verloren.

Doch versagte ihr die Stimme – kein Wunder bei zwei gebrochenen Rippen, und im übrigen hatte sie keine Freunde. Dafür hatte er auf seine hinterhältige Art gesorgt.

Und gemeinsame Freunde hatten sie auch nicht, abgesehen von ihrem Bruder Damien.

Die Anzeige des Anrufbeantworters leuchtete. Cath hatte es gern so, wenn sie nach Hause kam und in das dunkle Zimmer trat. Es erfüllte den gleichen Zweck wie ein Nachtlämpchen, für alle anderen Zwecke war es überflüssig. Dieses kleine Licht, das eine Nachricht anzeigte, bedeutete nichts anderes, als daß jemand sich verwählt hatte. Ganz selten rief Joes Boß, Big Mickey Gat, oder eine Vertreterin für Doppelglasfenster an. Letztere schlugen mit Vorliebe am frühen Abend zu (Hallo, mein Name ist Lucy, haben Sie wohl einen Augenblick Zeit?). Cath hatte immer so viele Augenblicke, daß sie ihre gesamte Leier runterrasseln konnten, bevor sie auflegte. So, sagte sie an die Wand gerichtet, das hat dich wenigstens davon abgehalten, irgend jemand anders zu belästigen. Dabei hatte es ihr gefallen, belästigt zu werden. Als Damien noch lebte, hatte es natürlich öfter geklingelt, und selbst wenn seine Stimme so schleppend war, daß es sich anhörte, als sei er am anderen Ende der Welt, war er immer noch besser als jeder Vertreter. Jetzt, da seine Stimme nicht mehr für Licht in ihrem Leben sorgte, benutzte Cath das Telefon, um sich Zugang zu anderen Anrufbeantwortern zu verschaffen. Sie hörte sich die Nachrichten an, hinterließ zuweilen selbst eine und warf den Hörer auf die Gabel, als spritzte er Gift, wenn sich tatsächlich jemand meldete. Auf diese Art konnte man sich allerlei Gesellschaft verschaffen und allerlei Träume. Die junge Frau im Dezernat für Gewalt in der Ehe zum Beispiel hatte eine hübsche Stimme. Sie klang freundlich. Wie die der Frau, die ihre Nachbarn eines Morgens nach einem besonders heftigen Krach vorbeigeschickt hatten. Sie hatte Cath nicht geglaubt, als diese beteuerte, nein wirklich, es ist alles in Ordnung, und würden Sie jetzt bitte wieder gehen? Das alte Ehepaar unter ihnen, das die Polizei angerufen hatte, wohnte mittlerweile nicht mehr hier. Neue Mieter waren eingezogen, junge Leute, die selbst so viel Krach veranstalteten, daß sie Joes schlimmste Attacken übertönten.

Es war neun Uhr abends. Allmählich brach die Nacht herein. Durch die notdürftig bedeckten Holzdielen von Cath' Wohnzimmer drang der gleichmäßige Rhythmus des Basses, vibrierte in ihren Füßen und hallte in ihren Ohren wider, ohne daß man die Musik dazu hörte.

Sie nahm den Teller mit Brot und Butter und eine Tasse Tee und stieg die Treppe hinauf. Dann hockte sie sich auf die Bettkante, aß ihr Brot und paßte auf, daß sie nicht krümelte. Manchmal, wenn es nicht zu kalt war, nahm sie ihr Abendessen in einem der Dachzimmer ein, obwohl sie unerträglich waren. Sie haßte diese Räume, nicht nur wegen der Kälte oder der Feuchtigkeit, die im Lauf des Sommers jedesmal verschwand, sondern wegen der Sachen, die sich dort stapelten. Pakete von allen möglichen Versandhäusern. Joes Träume von einem besseren Leben speisten sich aus einer Phantasie, die genauso trügerisch und eindimensional war wie die Kataloge, die er ehrfürchtig studierte. Joes Warenlager, das Depot seiner Träume. Alles liebevoll für den Tag gehortet, an dem sie in ihren Palast ziehen würden. Als sie ihn noch neckte, hatte sie mal zu ihm gesagt, wenn er je in die Nähe eines Gerichtssaals käme und man ihm eine Bibel hinlegen würde, um seinen Eid zu schwören, würde er statt der Heiligen Schrift lieber einen Versandhauskatalog nehmen, weil es darin kein Wort und kein Versprechen gab, von dem er nicht im tiefsten Herzen überzeugt wäre. Immerhin besser als der ganze Militärkram früher, obwohl er Damien gefallen hatte. Wenigstens hatte sie Joe dazu gebracht, sich davon zu trennen, nachdem ihm klargeworden war, daß er ebenfalls aus zweiter Hand stammte.

Cath aß ihr Brot mit Butterersatz und hatte noch immer Hunger. Er würde nicht wollen, daß sie rausging und sich Pommes frites kaufte. Wenn sie zu Hause war, blieb sie zu Hause. Das war ein Aspekt an ihm, den sie liebte: Der große Mann beschützt die kleine Frau. Ihr Joe! Selbst wenn sie Todesangst vor dem Mann im Wohnzimmer hatte, wenn sie verzweifelte und erneut weglief, selbst wenn die gemeinsamen Vergnügungen außerhalb ihrer vier Wände nicht mehr waren als noch ein Besuch in noch einem Pub, war sie stolz darauf. Zumindest hatte sie ihren Mann, und ihr Heim strahlte vor Sauberkeit. Und das war mehr, als die arme Helen West vorzuweisen hatte. Solange es noch funktioniert, laß die Finger davon.

Die Dachzimmer schienen im Takt des Verkehrslärms zu schwanken. Sie haßte die Höhe, dachte sehnsüchtig daran, wie schön es sein müßte, unter einer Treppe zu leben, und lief wieder hinunter. Das pulsierende Dröhnen von unten hielt an. Und dann klingelte das Telefon. Sie hatte den Mund voll und warf einen verdutzten Blick auf den Apparat. Joe rief sie nie an, der nicht. Cath blieb wie angewurzelt stehen und begann dann, heftig zu kauen, während das Band Joes muntere Stimme wiedergab:

»Hallo! Im Augenblick sind wir nicht zu Hause …« Es klang, als seien er und seine Frau ununterbrochen auf irgendwelchen Partys. Wenn er nicht hinter einer Bar stand und arbeitete, stand er davor und trank. Trotzdem ertappte sich Cath dabei, wie sie sich verstohlen über die Schulter sah und noch schneller kaute, für den Fall, daß er in der Tür stand und über ihre schlechten Manieren schimpfte, weil sie seine Anwesenheit nicht bemerkte oder fraß wie ein Tier. Als sie so dastand, reglos, den Kopf leicht zur Seite geneigt, hörte sie die warme, zögernde Stimme von Helen West, die zuerst so klang, als sei auch sie von Joes hübscher Ansprache leicht aus der Fassung gebracht. Doch dann gewann sie Selbstvertrauen und wurde fester. Ohne ihre Schlüsse in Worte zu fassen (ein Zeitvertreib, den Cath gefährlich und sehr verdächtig fand), spürte sie instinktiv, daß Helen sich nicht ganz wohl mit der Maschine fühlte und nicht halb so selbstbewußt war, wie sie sich gab.

»Oh, äh, hallo, hier ist eine Nachricht für Cath. Lieber Himmel, ich merke gerade, daß es vielleicht ein bißchen zu spät ist, um anzurufen, aber habe ich Ihnen eigentlich die Schlüssel gegeben? Wie auch immer, sagen Sie Mrs. Eliot Bescheid, falls ich es vergessen habe. Ich bin wirklich blöd. Aber ich freue mich auf Ihren Besuch. Alles Gute, Helen.«

Gegen Ende wurde die Stimme schneller, als machte ihr Klang die Sprecherin nervös. Ich bin wirklich blöd, hatte sie gesagt. Cath wippte auf den Zehenspitzen. Sie war so überrascht, daß sie kurz und verächtlich auflachte und dann plötzlich ein überwältigendes Mitleid empfand. Das stell sich einer vor, die Frau ist arm dran, trotz ihres Aussehens in diesem Alter, mindestens zehn Jahre älter als ich, und kein Mann, der auf sie aufpaßt.

Cath spülte ihren Teller und das Messer und benutzte dann beides erneut, um Joe ein paar Sandwiches zu machen. Schließlich ging sie mit einem feuchten Tuch und müden Bewegungen durch die Küche. Sie dachte, daß Helen West bestimmt eine wildromantische Geschichte erfand, um zu erklären, warum eine so umwerfende Frau keinen Mann hatte. Und da war noch was. Helen West war eine Schönheit, aber sie hatte mitten auf der Stirn eine große, auffallende Narbe, die sichtbar wurde, wenn sie das lange, fast schwarze Haar zurückstrich, das sich von der Spange im Nacken kaum bändigen ließ. Cath kannte sich aus mit Narben. Die Narbe allein war Grund genug, die Frau zu akzeptieren.

Cath ertappte sich dabei, daß sie sich über das Gerät beugte und herauszukriegen versuchte, wie sie die Nachricht zurückspulen konnte, um sie noch einmal zu hören. Der Anflug von Unsicherheit und ihr eigenes luxuriöses Gefühl von Mitleid hatten ihr gefallen. Außerdem hatte sie seit mindestens einer Stunde nicht mehr an Damien gedacht.

Joe Boyce war auf dem Weg zur Haltestelle der Linie 59. Seine Tasche mit einigen der Utensilien, die er bei der Arbeit benötigte, hatte er bei sich. Er hatte Angst, sie könnten gestohlen werden, so gering ihr Wert auch war: ein kleines Messer mit einem bequemen Griff, ein glänzender Cocktail-Shaker und ein Stück weiches Sämischleder, mit dem er die Gläser polierte, bis sie funkelten. Letzten Monat hatte im Spoon jemand eingebrochen und alle Spirituosen hinter der Bar mitgehen lassen. Joe hatte nur die Achseln gezuckt. Tausendmal hatte er Mickey Gat erklärt, daß der Hintereingang des Pubs nicht ordentlich gesichert war, und im übrigen bedeutete der Verlust von ein paar Flaschen nicht das Ende der Welt. Cocktails waren ohnehin aus der Mode. Die Scheißkerle tranken im Sommer nur Bier und Wein, abgesehen von den alten Herren aus dem Dschungel von Chelsea, die von ihren Renten und geborgter Zeit lebten, es sich in einer Ecke gemütlich machten und einen Whisky Sour nach dem anderen kippten. Die Jungen dagegen warfen mit Geld um sich und schrien mit ihren schrecklichen Stimmen alle durcheinander. Joe konnte sie nicht ausstehen. Am liebsten hätte er ihnen eins in die Fresse gegeben, aber sie waren die Gäste, die Big Mickey sich wünschte. Mickey verstand nichts von Weinen, war aber kein Dummkopf. Sei nicht zu freundlich zu denen, die langsam und stetig trinken, wurde Joe eingeschärft. Oder zu denen, die ein Bier bestellen und sich dann den ganzen Abend daran festhalten. Joe respektierte seinen Boß. Mickey Gat war ein ungewöhnliches und auffallendes Mitglied der englischen Arbeiterklasse, und für deren Angehörige hatte Joe eine Schwäche, selbst wenn sie nicht in die üblichen Schubladen paßten. Möglich, daß Mickey ein Wolf im Schafspelz war, aber sie war ein Wolf. Wäre Mickey, geborene Michaela, ein Mann gewesen statt ein Wesen mit männlichem Habitus und männlichen Eigenschaften, hätte sie bloß einschüchternd gewirkt. So aber verkörperte Mickey eine Frau mit sämtlichen Stärken eines Mannes einerseits und allen Raffinessen ihres eigenen Geschlechts andererseits, eine Kombination, die einen das Fürchten lehrte.

»Hier, ein Geschenk für dein Frauchen!« Und damit klopfte sie Joe so kräftig auf den Rücken, daß dieser zusammenfuhr, obwohl er auch nicht gerade von Pappe war. »Das wird ihr gefallen. Vielleicht bringt's dir Glück, mein Kleiner.«

Mickey sprühte vor dick aufgetragenem East End Charme, der halb angeboren und halb aus einer frühkindlichen Faszination für die Kray-Brüder herübergerettet war. Sie hatte wenig mit Joe gemein. Mickeys Sportlerkarriere zum Beispiel war sehr erfolgreich verlaufen: Sie war Champion im Gewichtheben für Frauen gewesen und hatte sich im Ringen versucht, bis es ihr Make-up ruinierte. Die Muskeln waren geblieben. Joes unrühmliche Boxerkarriere hatte unter der Leitung von Mr. Gat stattgefunden, Mikkeys Altem, der es selbst einmal zu großen Ehren im Ring gebracht hatte. Später hatte er seinen Triumph ausgeschlachtet und war auf Promotion und Management umgestiegen. Er war ein cleverer Spieler, einer, der seine Geschäfte in alle Richtungen ausweitete und überall Freunde hatte. Joes Statur und sein Mangel an Disziplin innerhalb und außerhalb des Rings hatten ihn beim Militär disqualifiziert. Mr. Gat (seine Freunde nannten ihn Harry) hatte sich mittlerweile aus dem Geschäftsleben zurückgezogen und hüllte sich nach wie vor in den Zigarettenrauch, der seine gesamte Karriere begleitet hatte. Mickey war es ganz recht so, und sie empfand kein Fünkchen Boshaftigkeit. Der Mantel seines lokalen Ruhms – das Boxer- und Billardgeschäft, die Pubs und der Handel mit diversen Gütern – war leicht, und sie trug ihn gern. Sie erzählte es nicht rum – und Harry schon gar nicht –, aber im Grunde war immer sie diejenige gewesen, die das Köpfchen hatte.

Ein Gewinner erkennt den anderen auf den ersten Blick. Mickey zwinkerte mit den Augen wie ein Möchtegern-Komiker, der dabei ist, einen schlüpfrigen Witz zu erzählen, und würzte so die harmlosesten Unterhaltungen mit einer Prise verschwörerischen Einvernehmens. Womit Mickey sonst ihr Geld verdiente, abgesehen von diesem Pub und noch zwei anderen in Clapton, wußte Joe nicht, und es ging ihn auch nichts an. Mickey kam nur selten vorbei, wenn der Pub geöffnet war, und dann meistens sehr früh oder ganz spät, wenn die meisten Gäste bereits gegangen waren. Die glänzenden Trainingsanzüge aus Nylon, die sie tagsüber trug, tauschte sie abends gegen extravagantere Kleidung ein. Auch ohne die Farben hätte allein Mickeys Umfang die Stammgäste mit ihren biederen Flicken auf den Ellbogen zu Tode erschreckt. Trotz der sanften Stimme wirkte ihr Körper wie der Abguß eines Muskelmannes aus einem Comic-Heft. Superwoman, erweitert zu einem Berg ohne Täler. Gegen sie war Joe der reinste Zwerg, genauso wie vorher im Vergleich mit seinem Schwager Damien, Mickeys bestem Freund. Wenn die Einnahmen besonders gut gewesen waren, griff Mickey mit ihrer Pranke in eine ihrer geräumigen Taschen und steckte Joe ein Parfum zu. Von Beginn ihrer Bekanntschaft an war Joe eins klar gewesen, ohne daß sie je ein Wort darüber verloren hätten: Sollten seine Finger sich je an der Kasse des Spoon vergreifen, mußte er damit rechnen, daß Mickey ihn zu Brei schlug.

Mickey hatte manikürte Fingernägel, seltsame Angewohnheit für eine so maskuline Frau.

»Hier, nimm«, sagte sie und steckte ihm das Parfum zu. »Es wird ihr gefallen, ich versprech's dir.« Sie tippte sich mit dem mit einem protzigen Ring geschmückten Finger wissend an die Nase.

Hinter der Bar gab es noch einen kleinen privaten Bereich mit Bad und Küche. Dort hatte Mickey stapelweise Kartons deponiert, und alle waren haargenau in dem Zustand, in dem sie gekommen waren. Wer Mickey gegenüber loyal war, wurde mit Loyalität belohnt. Mickey hatte keine Ahnung, daß Joe um ein Haar losgelacht hätte, wenn die Pranke mit den knallroten Fingernägeln sich wieder mal ausstreckte, um ihm eine Flasche Parfum zu überreichen.

»Nun mach schon, Joe. Man könnte glauben, ich hätte dir Schmiergeld angeboten. Nimm es.«

»Danke.«

Joe betete Mickey beinahe an, er konnte nur den süßlichen Duft nicht ausstehen, der all ihre Gesten begleitete und auch aus den Kartons im Hinterzimmer aufstieg.

Ein Geschenk für Cath. Damien hatte ihr auch immer was mitgebracht.

Halb zwölf, ein ruhiger Abend. Er schloß ab, ein bißchen benebelt von dem Geruch aus den Blumenkästen, aber ansonsten zufrieden mit dem Tag. Er wirkte nüchtern und ungerührt von dem Parfum in seiner Tasche. Über den ansehnlichen Mews – niedrige Häuser, stabile Türen und fröhliche Lichter – lag sanfte Stille, als er die Hauptstraße Richtung Bushaltestelle entlangging. Er hatte den ganzen Tag nur höfliche Gäste mit guten Manieren gehabt, weder Besoffene noch Penner, niemand, der seine Sorgen im Alkohol ertränken wollte oder aggressiv wurde. Bis ganz zuletzt eine schrille Horde auftauchte, gerade als er schließen wollte. Halbe Kinder, die völlig betrunken waren und immer noch nicht genug hatten. Er hatte ihnen die Tür vor der Nase zugeknallt und gehört, wie sie noch eine Weile an die Fensterscheiben hämmerten. Er hatte nicht weiter auf sie geachtet, sondern die Bar geputzt und ihnen nur kurz den Finger gezeigt, während sie rumpöbelten und laut fluchten. Stimmen aus der Oberschicht, Jungs auf Sommerferien. Laß sie bloß nicht rein. Das sagte Mickey immer. Keine Drinks nach der Sperrstunde, Joe, niemals. Ich bin die Konzessionsinhaberin, verstehst du? Das ist es einfach nicht wert.

Vor ihm lag die Sloane Avenue. Er ging mit federnden Schritten, und plötzlich merkte er, daß sie hinter ihm waren. Er hätte nie versucht, Mickeys äußere Erscheinung nachzuahmen, jedenfalls nicht bewußt, doch er war ein gepflegter Mann, trug modisch weite Hosen und einen raffinierten Haarschnitt, ganz im Trend der Zeit. Mit dreiunddreißig muß man auf sein Aussehen achten, selbst wenn er sich nie auch nur ansatzweise mit Damien hätte messen können.

»Wichser«, sagte jemand aus dem Dunkel, höchstens einen Meter hinter ihm.

»Schwules Arschloch«, ein anderer.

»Ach was, der kriegt ihn gar nicht erst hoch«, meinte ein dritter.

Bei dieser letzten Bemerkung, die nicht mehr als eine Beleidigung sein sollte, doch ein grausames Körnchen Wahrheit enthielt, fuhr er herum. Sie waren zu fünft: ein Dicker, dessen Bauch aus dem aufgeknöpften Hemd herabhing wie der eines Sumokämpfers, einer, dünn wie eine Bohnenstange, so daß die Hand, die irgendwas in der Hosentasche umklammerte, von seinem Schenkel abstand wie eine Beule, zwei andere, mittelgroß, die von einem Bein aufs andere traten und kicherten, und noch ein Kleiner, der ein bißchen zurückblieb, ein Waschlappen. Joe musterte sie einen Augenblick und wog seine Chancen ab. Sein Kopf war klar. Ein fetter Fiesling, drei andere, die mehr besoffen als nüchtern waren, und eine kleine verschreckte Schwuchtel. Kein Grund zur Aufregung, doch seine Beine waren wie gelähmt. Er hatte das schreckliche Gefühl eines Déjà-vu, als sei er schon mehrmals zur selben Zeit am selben Ort gewesen. Die ganze Szene war ihm plötzlich widerlich vertraut. Er hätte sich wappnen sollen, seine alte Aggression wiederfinden, damit das Adrenalin Hitzewellen ausstieß, die gegen seine Schläfen brandeten und ihn wütend machten. Statt dessen sah er in ihre Gesichter und hörte das Heulen einer Sirene in der Ferne. Die Gesichter waren unversöhnlich. Sie sahen alle aus wie Cath' Bruder. Ihre Züge verbargen sich unter einer Maske starrer Feindseligkeit, und doch waren alle nervös. Er schloß die Augen einen Moment und blinzelte, um die Vision des toten Mannes zu vertreiben. Als er sie wieder öffnete, waren die Angreifer näher gekommen, nur noch ein paar Meter entfernt. Sie rückten vor wie grausame Tiere, die ihr Opfer einkreisen.

Joe reagierte instinktiv. Er schrie aus Leibeskräften. Es klang wie das durchdringende Wimmern eines Babys. Dann stürzte er zu Boden und preßte die Tasche gegen seine Brust: »Oh! Mein Herz, mein Herz! Helft mir, bitte, helft mir!« Die Worte blieben ihm im Hals stecken, so unverdaulich war dieses Theater, und kamen ihm dann hoch wie Galle, zusammen mit den Erdnüssen, die er hinter der Bar verdrückt hatte, mit Wasser statt mit einem Drink. Die

Wirkung war genau die, die er sich erhofft hatte. In Richtung Knightsbridge sah er die Haltestelle und ein paar Taxis. Hundert Meter von ihm entfernt lag linker Hand Mr. Eliots Haus, wo er einmal durch ein Fenster gespäht und ein Kind erschreckt hatte, dahin konnte er nicht. Stöhnend und zuckend wand er sich im Staub des Straßenpflasters, und nicht alles daran war wirklich nur gespielt.

Sie ergriffen die Flucht. Er sah aus, als würde er jeden Moment abkratzen, deshalb rannten sie. Bis auf den letzten, den kleinen Waschlappen, der sich anfangs so zurückgehalten hatte. Er blieb stehen, zögerte einen Augenblick und versetzte ihm dann einen gezielten Fußtritt gegen den Kopf. Die Spitze seines Turnschuhs traf exakt das Jochbein unter dem linken Auge. Joe versuchte, seine Ohren zu schützen, indem er beide Arme über das Gesicht legte. Dann trat der kleine Scheißkerl Joe mehrmals lässig, aber mit aller Kraft in die Rippen. Ein geschmeidiger Körper, der sich herabbeugte und ihm ins Ohr flüsterte: »Nächstesmal kriegen wir dich, Süßer. Hier ist noch einer zum Abschied.«

Ein letzter Tritt, bei dem Joe aufschrie. Er konnte dem Kerl nicht in die Augen sehen.

Damiens Augen, lebensecht. Es war alles so grausam, so beschämend.

Der Schaffner in der 59 hatte ein schönes ebenholzfarbenes Gesicht, die Haut spannte sich über den Wangenknochen, und seine samtweichen braunen Augen wichen Joes Blick aus. Es war der distanzierte Ausdruck eines Mannes, der gelernt hat, nichts Böses zu sehen. Als Joe in den Bus stieg, starrte er ihn an, wie um ihn zu provozieren. Er war der einzige Passagier, der ins Oberdeck wollte. Der Bus fuhr an, und er war gezwungen, sich festzuhalten, so daß er praktisch auf allen vieren hinaufkletterte und sich an seiner Tasche festklammerte wie an einem Rettungsring. Als er dann mit zitternden Händen nach seiner Travel Card kramte, verspürte er eine überwältigende Erleichterung angesichts der Ungeheuerlichkeit, die ihm um ein Haar passiert wäre. Lieber Himmel, sie hätten ihm die Schlüssel zum Pub abnehmen können, und was hätte Mickey dann gemacht? Er wagte nicht, daran zu denken. Er hätte zurückgehen und die ganze Nacht dort verbringen müssen, für den Fall, daß sie wiederkamen. Die Polizei anzurufen kam nicht in Frage, so viel stand fest. Vor lauter Erleichterung zitterte er noch mehr. Als er dem Schaffner die Fahrkarte zeigte, tanzte sie vor seinen Augen. Der schwarze Mann stand da und schwankte leicht, statt wieder wegzugehen.

»Hey, Mann, wo hast du dich denn rumgetrieben?«

Joe glaubte, er hätte die Prellung an seiner Schläfe und den Schmutz auf seiner Kleidung bemerkt. Er sah ihn an, doch der Mann wich seinem Blick aus. Er stand einfach nur da und zog die Nase kraus.

»Du duftest ja himmlisch, Mann.« Das war alles, was er mit einem schiefen Grinsen von sich gab, als er weiterschlurfte zu den einzigen anderen Passagieren auf dem Oberdeck, drei Mädchen, die kichernd und eng aneinandergeschmiegt ganz vorne saßen.

Joe wühlte in seiner Tasche. Der Geruch war überwältigend. Parfum. Die Flasche war zerbrochen, als er sich im Dreck gewälzt hatte, und jetzt verströmte sie einen so widerlichen Duft, daß er die Tasche schnell wieder schloß und ein Stück von sich wegschob.

Was für eine Schande. Sich hinzuwerfen und zu heulen wie ein Baby und beim Aufstehen nach Rosen zu stinken.

Joe haßte Parfum. Er ging die Straße entlang zu dem Gebäude, das er Zuhause nannte. Parfum gab ihm das Gefühl, von Katzen verfolgt zu sein. Es beleidigte seine Sinne wie der Gestank eines Misthaufens. Es weckte Erinnerungen an seine Mutter, seine Großmutter, seine Tanten und alle anderen, die ihn an ihren Busen gedrückt und ihn irgendwann sich selbst überlassen hatten. Cath sah nie etwas von Mickeys Parfum. Er konnte seiner Frau selbst Geschenke kaufen.

Er brachte es nicht über sich, noch einmal in die Tasche zu greifen und seine Hände bei der Suche nach dem Schlüssel zu besudeln. Er klingelte und wartete. Er dachte an den heiseren, gebrochenen Ton, den die Klingel oben machte, auch das mußte repariert werden. Niemand kam zur Tür. Er klingelte erneut und fing an zu rufen: Cath, Cath, laß mich rein! Er wußte schon, wo sie war – oben auf dem Dachboden, wo sie über Fotos von Damien schmachtete und eine Kerze für ihn anzündete. Die Finger, die den Schlüssel hielten, zitterten, und dann stürmte er die Treppe hinauf.

Sie stand ganz oben, hielt die Tür auf und erwartete ihn mit ihren furchtsamen braunen Augen. Sie trug nichts weiter als ein Handtuch, das sie sich umgewickelt hatte. Er erkannte die verblaßten blauen Flecke an ihrem Arm, und wieder überschwemmte ihn eine Welle von Scham. Sie sah sein Gesicht und die Prellung, die während der Heimfahrt angeschwollen war und sich dunkelblau verfärbt hatte.

»Ich hab dir Parfum gekauft, Cath.« Mehr brachte er nicht heraus.

»Kleiner Witz von Joe«, setzte er nach einer Weile hinzu. Sie betrachtete die Prellung, ohne ihn zu berühren, und hielt dabei das Handtuch vor ihrer Brust fest. Dann zog sie die Nase kraus und lächelte vage. Es war das Lächeln einer Sphinx.

Ihm war gar nicht bewußt, woher der Schlag kam, nur daß er derjenige war, der ihn ausführte. Sie flog nach hinten, ins Wohnzimmer, und prallte gegen die Wand. Er folgte ihr und tastete keuchend nach seinem Gürtel. Dann drückte er sie zu Boden, drang in sie ein, ohne darauf zu achten, wie trocken sie war. Er pumpte seinen Samen hinein und schrie kurz auf, als er kam. Schließlich lag er schluchzend über ihr auf dem rauhen Teppich.

»Ich liebe dich, Cath. Ich liebe dich.«

Sie drückte seinen Kopf an ihre Brust.

»Das weiß ich.«

Eine Hand streichelte sein Haar. Die andere betastete die Narbe auf ihrem Unterleib, die es unmöglich machte, daß irgendwer sie je wieder liebte. Einmal war sie schwanger gewesen. Das war schon lange, lange her. Damals hatte sie es nicht gewollt, nicht, solange sie selbst noch ein Kind war, und jetzt wiegte sie in ihren Armen dieses andere.

5

»Was ist eigentlich los mit Ihnen, Bailey? Wir bieten Ihnen einen Verwaltungsposten nach dem anderen an. Und obwohl alle dem Rang entsprechen, den Sie irgendwie erreicht haben, weiß der Himmel wie, ist Ihnen das egal. Wir schicken Sie zu Fortbildungen, und Sie kehren schnurstracks auf die Straße zurück. Wie eine gottverdammte Brieftaube.«

Das ausdruckslose Gesicht vor ihm zeigte keinerlei Gemütsbewegung, ganz zu schweigen von Humor, es war wie aus Stein. Es erinnerte Bailey an einen Wasserspeier, der nach Jahrhunderten so verwittert war, daß man kaum noch etwas von seinen Zügen erkannte. Jedenfalls war es bestimmt nicht das Gesicht, das der Abteilungsleiter bei seinen Enkelkindern aufsetzen würde.

»Ich arbeite nun mal gern an vorderster Front, Sir.«

»Sie haben doch einen Abschluß, oder? Wir brauchen Männer wie Sie ganz oben, Bailey.«

»Das glaube ich nicht, Sir«, antwortete Bailey. Dann setzte er – langsam, damit es so aussah, als sei er an ernsthaftes Denken gewöhnt – hinzu: »Bei allem Respekt, Sir. Ich glaube eher, daß Sie mich ganz unten brauchen.«

»Wie meinen Sie das, Bailey?«

»Ganz unten, wo's gärt«, antwortete er. »Nicht oben bei den Schaumschlägern.« Das Lächeln des Abteilungsleiters änderte nichts an dem Eindruck eines Wasserspeiers. Darüber würden sie sich noch unterhalten, sagte er, und in Baileys Ohren klang das mehr nach einer Drohung als nach einem Versprechen.

Bailey ging durch die Flure des neuen Scotland-Yard-Gebäudes zum Aufzug. Alle Stockwerke waren um einen zentralen Schacht angeordnet und wiesen höchstens minimale Variationen in der Raumaufteilung auf. Die Herrentoilette war immer an der gleichen Stelle, die Büros der leitenden Beamten ähnlich eingerichtet, und in einem Stockwerk, welchem, vergaß er aus irgendeinem Freudschen Grund immer wieder, gab es einen Saal mit Porträts von ehemaligen Direktoren und ein Eßzimmer, das für zukünftige Aspiranten reserviert war. Bailey hatte es tatsächlich geschafft, Karriere zu machen, ohne je Zuflucht bei politischen oder strategischen Erwägungen zu suchen. Er war einfach tüchtig und fleißig geblieben, aber auf diskrete Art. Er reichte Beschwerden ein, statt Gerüchte zu verbreiten. Für nützliche Hitzköpfe wie Ryan hatte er kurzerhand das Aufgabengebiet verändert. Bei Schlägern oder Langfingern umging er das ganze juristische Brimborium, indem er ihnen haarklein vorrechnete, was ihnen blühte, wenn sie darauf bestanden, ihre kriminelle Karriere fortzusetzen. Unter Baileys Leitung nahm die Fluktuation in der Abteilung gewaltige Ausmaße an. Er konnte mehr stummen Schrecken verbreiten als der Vorsitzende eines Schwurgerichts und andererseits auf eine Loyalität bauen, wie sie sonst nur die Queen genoß. Ryan bezeichnete ihn als verschwiegenen Scheißkerl, auf den man sich unbedingt verlassen konnte – mehr sei dazu nicht zu sagen.

Mit anderen Worten, die da oben sollten ihn in Ruhe lassen, damit er das machen konnte, was er am besten beherrschte: Unruhe schlichten, eine Ermittlung leiten, egal, wo, als bescheidener, nur scheinbar gehorsamer Einzelgänger, der damit geschlagen war, daß seine Leute sich immer wieder als inkompetent entpuppten. Die wenigsten lernten, Verantwortung zu übernehmen; andere würden, wie Ryan, immer jemand brauchen, der ihnen zeigte, wo es langging. Die meisten Polizeibeamten waren äußerst anpassungsfähig. Nur er selbst nicht. Er konnte ebensowenig in diesem Elfenbeinturm leben und atmen wie darüber hinwegfliegen. Eine gemütliche Kantine für leitende Beamte, ein Saal für Porträts und Konferenzen, Beförderungen bis zum Gehtnichtmehr. Nur ein Wort von Ihnen, hatte der Abteilungsleiter mit seiner gespaltenen Zunge gesagt, und all das gehört Ihnen.

Schon wieder eine Bombendrohung. Bailey mußte eine Stunde warten, bis er aus der Tiefgarage raus war, wo man einen Spiegel unter seinen Wagen hielt. Frauen, die das Gebäude in einem Rock betraten, wurden derselben Prozedur unterzogen. Bailey hätte den diensttuenden Beamten am liebsten erklärt, daß er seine Bombe als Geschenk verpacken würde, wenn er eine hätte.

Die Sonne schien, und schon schmolzen seine Gereiztheit und die Ahnung bevorstehenden Unheils dahin. Möglich, daß Bailey das Talent zum Zorn eingebüßt hatte, mit dem er manchmal Mauern hatte einrennen wollen, doch seine Verachtung für jede Form von Ehrgeiz konnte er nicht abschütteln, ebensowenig wie die viel verführerischere Fähigkeit zum Mitleid. Auf seine Verabschiedung wartete er ohne jedes Gefühl von Tragik. Mit siebenundvierzig war er alt für einen Polizisten. Nach einer ehrenhaften Entlassung stünde er nicht gerade mittellos da. Er wünschte nur, er wäre alt und pragmatisch genug, um das schnelle Ergebnis in einem Fall wie dem Mord an Damien Flood einfach auf sich beruhen zu lassen.

Er fuhr um den Parliament Square, entdeckte einen Stau und bremste. Wie ein erfahrener Taxifahrer in der Hoffnung auf einen Fahrgast legte er eine rasante Kehrtwendung hin und grinste in dem Gefühl von Freiheit in sich hinein. Doch im nächsten Moment stellte er fest, daß er über der Richtungsänderung die Orientierung verloren hatte. Er steuerte auf Victoria Station zu, dabei wollte er eigentlich Richtung Nordosten in seine eigenen Jagdgründe. Einen anderen Grund für einen Drink im Spoon and Fiddle gab es eigentlich nicht. Die Besitzerin war Mickey Gat aus Whitechapel. Geführt wurde der Pub vom Schwager des früheren Boxers und angetrunkenen Billardspielers, der im Anschluß an eine Reiberei in dem anderen Pub ermordet worden war. Das war noch keine vier Monate her. Bailey erinnerte sich Wort für Wort an die Aussage, die der Schwager des Toten gemacht hatte. Reines Hintergrundmaterial.

»Ich habe einen Tag in der Woche frei«, hatte der Mann erklärt. »Und dann gehe ich meistens in einen anderen Pub, um was zu trinken. Wenn Damien in der Gegend war, bin ich oft mit ihm losgezogen. Ehrlich gesagt, er war nicht gerade der ideale Kumpel, denn er hat nicht viel vertragen und war immer auf Streit aus, und bei mir ist es eher umgekehrt. Ich werde müde, wenn ich trinke. Wie auch immer, jedenfalls hat er sich mit irgendwem in dem Pub angelegt, Lamb heißt er, gleich um die Ecke von meinem Wohnhaus, und es endete mit wüsten Drohungen: ›Komm raus, Freundchen‹, so in dem Stil. Damien gefiel so was, keine Frage. Er hatte drei Freunde dabei, kräftige Burschen, genau wie er ehemalige Boxer, die wurden mit allem fertig. Ich weiß auch nicht, aber wenn einer kräftig gebaut ist, scheint er Probleme geradezu anzuziehen. Einer von denen wollte nach Hause, also sagt Damien: ›Geh nur‹, aber dann ist er doch geblieben, und Damien hat zu mir gesagt: ›Bleib du auch noch, okay?‹ ›Von wegen‹, sag ich, ›die Typen kommen wieder, ich hab deine Schwester zu versorgen, und ich lasse mich nicht für irgendwen anders verkloppen.‹ ›Na schön‹, sagt er, ›na schön.‹ Und wir trinken noch einen. Ich selbst trinke nicht viel, das verträgt sich nicht mit meinem Beruf, aber wenn ich nicht arbeite, sag ich auch nicht nein. Es ist immer lustig, mit Damiens Freunden zusammenzuhocken, macht Spaß. Die anderen Burschen waren verschwunden, ich hatte sie ganz vergessen.«

Ryan hatte die Aussage aufgenommen. Er hatte ein Gespür für den richtigen Ton, und er konnte die Leute zum Reden bringen. Das hatte sicher mit seinem trügerisch freundlichen Gesicht zu tun.

»Wie auch immer, ich hatte kaum mitgekriegt, daß der Pub sich leerte, und vergessen, daß die anderen wiederkommen wollten. Ich kann mich beim besten Willen nicht erinnern, worum es bei dem Streit gegangen war, da können Sie mich totschlagen. Damien war ein guter Billardspieler. Die Kneipe hat fünf Tische, und er hatte einen anderen geschlagen, der sich für besser hielt als er. Damien hatte mit dem armen Kerl gewettet, um Geld, das war's, glaube ich, und ihn ausgenommen. Och, drei oder vier Spielchen vielleicht. Wieviel? Keine Ahnung. Fünfzig, vielleicht auch hundert, aber Damien tat immer so unbeholfen und war in Wirklichkeit so clever, daß man gar nicht merkte, wie er einen über den Tisch zog. Und beim Billard war er mehr als gut – er war erstklassig.«

Vermutlich hatten sie die Aussage hier unterbrochen, um Tee zu trinken, schätzte Bailey, während er im Geiste alles noch mal Revue passieren ließ. Der Mann war kein Angeklagter, bloß ein Zeuge. Bestimmt hatte man ihm den ganzen Luxus angedeihen lassen, den das Präsidium zu bieten hatte. Das bedeutete Tee oder Kaffee in einem rauchgeschwängerten Verhörzimmer, wo das Ächzen und Stöhnen aus den Zellen leider nicht zu überhören war.

»Wie auch immer, der Pub machte zu, und wir sind rausgegangen. Damien wollte noch woandershin. Ich sagte: ›Nein, ich nicht, ich geh nach Hause, deine Schwester muß morgen früh raus.‹ Er hat genickt, hat nie besonders viel von mir gehalten, um ehrlich zu sein, und wenn man nicht für Damien war, war man gegen ihn. Ich bin also nicht geblieben, um nachzusehen, ob einer im Schatten lauerte, wenn Sie verstehen, was ich meine. Er hatte mehr Unterstützung, als er brauchte, mit all seinen Freunden. Er hatte mich sowieso bloß mitgenommen, weil meine Frau wollte, daß Damien und ich Freunde waren. Ich hielt ihn für einen Blender. Wenn er Streit suchte, kriegte er ihn. Jungs sind nun mal so, und meinen Schwager konnte keiner aufhalten. Aber ich hätte mir nie träumen lassen, daß es so weit kommen würde.«

Kein schlechter Kerl, dieser Joe Boyce, hatte Ryan zu Bailey gesagt. Bailey hatte den Mann, dessen Aussage von niemandem bezweifelt wurde, nie gesehen. Sie würde weder für die Staatsanwaltschaft noch für die Verteidigung in der bevorstehenden Verhandlung von großem Interesse sein. Mr. Joseph Boyce hatte mit

Beschreibungen ausgeholfen, das war alles. Er hatte die Bühne vor Beginn der Handlung verlassen, wie Damiens Freunde in ihren bekümmerten Aussagen bestätigten. Da auch sie es nicht geschafft hatten, den Mord zu verhindern, konnten sie sich keinerlei Verachtung leisten, obgleich einer von ihnen was in der Art durchblicken ließ. Joe hing immer bloß bei ihnen rum. Damien und Mickey Gat hatten ihn unter ihre Fittiche genommen, weil er mit Damiens Schwester Catherine Boyce verheiratet war. Auch sie hatte eine Aussage gemacht.

Bailey hätte durchaus sagen können, warum er Mr. Boyce selbst kennenlernen wollte, zum Beispiel wegen des bitteren Untertons in seiner Aussage, doch als sein Auto jetzt nach Westen fuhr statt nach Osten, erschien ihm der Zeitpunkt genauso passend wie jeder andere. Ryan war ein guter Ermittler. Er versuchte immer, dieselbe Wellenlänge wie seine Opfer zu finden, sprach mit ihnen, wie ihm der Schnabel gewachsen war, nur sein Urteilsvermögen ... Na ja, damit haperte es gelegentlich.

Bailey wußte stets genau, wie spät es war und, solange er sich im Großraum London bewegte, auch, wo er sich gerade befand, ohne sich auf Uhren oder Karten zu verlassen. Meistens lag er mit seiner Schätzung ganz richtig, tat diese natürliche Gabe jedoch als reinen Zufall ab. Wenn man unterwegs ist, sagte er, muß man eben wissen, wo die Sonne aufgeht und wie lange es her ist, daß man das letzte Mal geschlafen hat.

Das Spoon and Fiddle überraschte ihn, erstens weil es so klein war, zweitens wegen seiner Blumenpracht, drittens weil es einen geschmackvollen und diskreten Eindruck machte und schließlich, aber das fiel ihm erst später ein, wegen seiner Nähe zu den Eliots.

»Mr. Boyce?«

Der Mann wandte sich von der Bar ab, wo er eifrig die Gläser polierte, knallte die Hacken zusammen und reagierte mit fast theatralischer Hochachtung.

»Zu Diensten, Sir!«

Ein kleiner Mann, bemerkte Bailey, muskulös, aber wahrscheinlich ein schwacher Charakter.

Er zückte seinen Dienstausweis. »Es geht um den Donovan-Fall. Haben Sie wohl einen Augenblick Zeit?« Es klang nach dem üblichen Nullachtfünfzehn-Anfang, aber Bailey wußte, daß das Leben voller Klischees ist. Die meisten Leute verstanden nichts anderes und erwarteten, daß ein Polizist wie sein Ebenbild im Fernsehen sprach. Allerdings hatte er nicht damit gerechnet, daß Joseph Boyce auf die gleiche Nullachtfünfzehn-Tour reagieren würde. Er wirkte sichtlich schockiert und wurde so blaß, daß der Bluterguß über dem Jochbein und um das linke Auge aus der bleichen Haut hervorstach wie ein Brandzeichen. Doch das dauerte nur einen Augenblick, dann riß er sich zusammen. Er warf Bailey einen resignierten Blick zu, seufzte lächelnd und streckte ihm die Hand entgegen.

Bailey wollte sie nicht nehmen, tat es dann aber doch, wenn auch zögernd. Der Händedruck war trocken und fest.

»Mann, haben Sie mich erschreckt. Ich dachte, die Sache wäre so gut wie erledigt. Ich hoffe, sie hängen den Mistkerl, aber das geht heutzutage nicht mehr, wie?«

»Scheint, als hätten Sie Ärger gehabt, Mr. Boyce.« Ein wenig taktlos deutete Bailey auf den Bluterguß.

»Halbstarke. Sie haben mir gestern abend aufgelauert, weil ich ihnen nichts zu trinken geben wollte. Halb so wild. Ich bin noch mal glimpflich davongekommen.«

»Waren Sie bei der Polizei?«

»Ach, kommen Sie, Sir, Sie wissen doch ganz genau, wie das ist. Ich hätte sie ja nicht mal beschreiben können. Ich wollte einfach nur nach Hause. Wie kann ich Ihnen sonst helfen?«

Hinter seiner lockeren Art verbarg sich unterdrückte Brutalität. Der Mann war unschuldig, trotzdem spürte Bailey seine Angst.

»Ich wollte nur noch ein paar Punkte Ihrer Aussage klären. Bezüglich Ihres Schwagers und des Abends, an dem er starb. Tut mir leid, wenn ich Sie nervös mache, aber je pingeliger ich bin, desto geringer ist die Chance, daß Sie bei der Hauptverhandlung gebraucht werden.«

Ein Hoffnungsschimmer flackerte in Joes Augen auf. »Das wäre mir sehr recht«, sagte er entschieden. »Ich habe nicht die geringste Lust, vor Gericht auszusagen. Meine Frau regt sich so schnell auf, verstehen Sie? Was wollen Sie denn wissen? Ich dachte, ich hätte schon alles gesagt.«

Bailey schwang sich auf den Barhocker. Er hatte gar nicht darüber nachgedacht, was er fragen sollte. Er war ein Ermittler ohne Akte, dessen Wagen die falsche Richtung eingeschlagen hatte, das war alles. Andererseits war er um Worte selten verlegen.

»Mochten Sie Ihren Schwager, Mr. Boyce?«

»O ja, sicher, obwohl er wirklich lästig werden konnte. Jeder, der Damien kannte, hat ihn gern gehabt. Sie hätten sehen sollen, was auf seiner Beerdigung los war. So viele Blumen habe ich noch nie gesehen. Im ganzen Leben nicht.«

Bailey nickte, ohne zu erwähnen, daß auch er auf dem Friedhof gewesen war, am Rande der Beerdigung sozusagen, um sich Damiens Freunde anzusehen und nach Verwandten Ausschau zu halten. Eine Frau hatte geschluchzt, nur eine. Die Blumen waren widerlich gewesen. Baileys Erfahrung zeigte, daß die Quantität von Sträußen und Kränzen bei einer Beerdigung häufig in umgekehrtem Verhältnis zum Ausmaß der Trauer stand. Tatsächlich waren sie manchmal sogar die letzte Gelegenheit zur Rache.

»Ist Ihre Frau die einzige Angehörige?«

»Irgendwo gibt's noch einen Cousin oder zwei, ansonsten, ja. Ihre Eltern starben, als sie noch klein waren. Damien und sie sind zusammen aufgewachsen. Sie glichen sich wie ein Ei dem anderen. Und sie waren unzertrennlich.«

»Was macht Ihre Frau, Mr. Boyce?«

Boyces Freundlichkeit verwandelte sich in Ärger.

»Tun Sie mir einen Gefallen und lassen Sie meine Frau aus dem

Spiel! Sie hat genug durchgemacht. Erst mußte sie ihren einzigen Angehörigen identifizieren, und dann sollte sie auch noch bestätigen, um welche Zeit ich an dem Abend nach Hause gekommen bin, als wäre ich derjenige gewesen, der ein Alibi brauchte! Was macht es denn schon aus, womit sie ihr Geld verdient?«

Bailey erinnerte sich sehr gut an die Aussage von Mrs. Catherine Boyce. Knapp und präzise. Sie hatte ihren Bruder identifiziert und erklärt, um welche Zeit ihr Mann das Haus verlassen hatte und wann er wiedergekommen war. Putzfrau, fiel ihm plötzlich ein – als spielte das eine Rolle.

Er stand auf. »Ich wollte ihr nur ein paar Fragen zu Damiens Hintergrund stellen. Ich weiß, daß es einen Streit gab, aber was das Motiv betrifft ... Wie soll ich sagen? ... Naja, also wir tappen immer noch im dunkeln.«

»Jeder kann bei einer Schlägerei umkommen«, sagte Boyce und deutete auf seinen Bluterguß. »Das passiert in dieser gottverlassenen Gegend jeden Tag. Es kommt vor, daß man sein ganzes Leben lang hart arbeitet, ohne je einen falschen Schritt zu tun, und trotzdem so endet. Welchen Unterschied macht da der Hintergrund?« Er ereiferte sich zusehends.

»Wo könnte ich sie finden, Mr. Boyce? Ich werde mein Bestes tun, um keine Aufregung zu verursachen.«

»Ich glaube Ihnen. Andere würden das nicht tun. Warum schicken Sie uns nicht diesen anderen Kerl? Er war mir sympathisch.«

Weil Ryan so häufig blind ist, dachte Bailey und sah, wie sein Gegenüber um Beherrschung kämpfte. Boyce versuchte herauszukriegen, wie er das Unausweichliche so rasch wie möglich hinter sich bringen konnte, ein Primitiver, schloß Bailey: ein Körper, der auf Befehle reagiert, und keineswegs so dumm, zu glauben, daß er seine Frau für immer verstecken könnte. Daran war nichts Ungewöhnliches. Es gab nicht viele Ehemänner, die Besuch von Polizeibeamten bei ihren Frauen schätzten, besonders wenn diese ihr kärgliches Einkommen verschwiegen, um keine Steuern zu zahlen. Aber es war nicht die Schwarzarbeit, die Boyce beunruhigte. Er überlegte, wo eine solche Unterredung mit Cath am besten stattfinden sollte. Sollte er diesen Störenfried eines Nachmittags zu sich nach Hause einladen, wo er darauf bestehen konnte, dabeizusein, oder würde er besser dafür sorgen, daß Bailey Cath irgendwo anders sah, wo sie ebenso gehemmt, verlegen und schweigsam wäre? Er lächelte. Es lag keine Gehässigkeit darin, wie Bailey bemerkte, nur Befriedigung.

»In Ordnung, wenn es sein muß. Am besten sofort. Sie arbeitet gleich hier um die Ecke. Chantry Street. Kennen Sie vielleicht. Mit großen Häusern. Nummer sieben.«

Diesmal war Bailey derjenige, der seine Überraschung verbergen mußte. Er lehnte die beinahe überschwengliche Einladung zu einem Drink ab, was Ryan nur selten fertigbrachte, und verabschiedete sich dankend.

Als er zu seinem Wagen kam, sah Bailey einen großen silberfarbenen Jaguar, der alt, aber in tadellosem Zustand war und mit dem Charme einer alternden Diva über das Kopfsteinpflaster glitt. Vor der blumenüberwucherten Fassade des Spoon kam er beinahe lautlos zum Stehen. Bailey beobachtete ihn neidvoll. Es gab nur wenig materielle Werte, die ihn reizen konnten, abgesehen von seinen Uhren, doch der Anblick dieses eleganten Gefährts löste bewundernde Habgier bei ihm aus. Bestes Baujahr, dachte er, den würde ich auch nicht ablehnen, ein Wagen, der mehr ist als ein Auto. Und gleich danach, sozusagen als Gegengift, machte er sich klar, daß ein solcher Motor in seiner Nachbarschaft keine fünf Minuten überleben würde ohne eine Garage, die wie eine Festung ausgebaut war. In dem Moment stieg der Fahrer aus, gähnte, streckte sich und machte drei Karatetritte in die Luft, bevor er auf den Eingang zuschlenderte. Es war eine große Gestalt in einem auffallenden Trainingsanzug, mit einem Gang, der lässig und schwungvoll zugleich war. Die Sonne fiel auf das helle Haar und auf ein Gesicht, das wohl von der Sonnenbank gebräunt war. Bailey lächelte in sich hinein, und der Neid über den Wagen verflog. Die grandiose Mickey Gat. Eine Legende zu Lebzeiten, außer für schlampige Ermittler wie Ryan, die sich nie den richtigen Klatsch anhörten oder die Augen weit genug offenhielten. Der Feminismus in Person, in gewissem Sinne jedenfalls. Mickey Gat war stark genug, um einen Mann windelweich zu prügeln. Die Vertreterin einer aussterbenden Rasse, gesetzlos und doch das Gesetz vollziehend. Wie der Jaguar, dachte Bailey: beide waren auf ihre Art ein Inbegriff für alles Britische. Der Anblick Mickeys, die in der diskreten Eleganz der Mews wie ein Elefant im Porzellanladen wirkte, gab Bailey irgendwie das Gefühl, zu Hause zu sein. Er lächelte der sich entfernenden Gestalt liebevoll und fast begehrlich nach, was nur zum Teil mit dem Wagen zu tun hatte.

Mickey war ebenfalls auf Damiens Beerdigung gewesen und hatte wahrscheinlich einen der Kränze beigesteuert, mit denen Joe so geprahlt hatte, doch Ryans eingeschränkte Vollmachten hatten die Untersuchung weiterer Verbindungen ausgeschlossen. Anscheinend spielte es keine Rolle, wen der Ermordete gekannt hatte. Er war bei einer Kneipenschlägerei umgekommen, und nicht ein Zeuge hatte etwas ausgesagt, was die Sache hätte komplizieren können. Bailey zuckte die Achseln. Ebensowenig hatten die Ermittlungen zutage gefördert, daß die Schwester des Opfers für eine Familie arbeitete, die Bailey kannte. Warum auch. Daß Mary Catherine Boyce für die Eliots arbeitete, schien wirklich mehr als bloßer Zufall, und Bailey hatte gelernt, den Zufall nicht zu unterschätzen. Trotzdem beschloß er, Eliots Haus auf der Chantry Street Nr. 7 nicht aufzusuchen. Eine innere Stimme sagte ihm, daß er Emily Eliot und ihre Perle in Verlegenheit bringen könnte. Halt dich raus. Wenn die Frau, die von den Eliots Cath genannt wurde, ihrer eigenen Aussage zufolge aber Mary hieß, ihnen nichts von ihrer Familie erzählt hatte, ganz zu schweigen vom Tod ihres Bruders, war es bestimmt nicht seine Aufgabe, in ihre

Privatsphäre einzudringen. Immerhin hatte er eigentlich gar keinen richtigen Grund und noch weniger den offiziellen Segen für solche inoffiziellen weiteren Ermittlungen. Er war nur hier, weil er in die falsche Richtung gefahren war. Mary Catherine, genannt Cath. Die Frau, die obendrein im Lauf der letzten ein, zwei Wochen Helens Wohnung zu neuem Glanz verholfen hatte. Wenn Bailey sich geschworen hatte, den Eliots gegenüber diplomatisches Schweigen zu bewahren, sollte er dann Helen ausnutzen, um seine Neugier zu befriedigen? Das würde ihr bestimmt nicht gefallen.

Emily Eliot sang beim Arbeiten. Hin und wieder gab Cath ihre übliche Reserviertheit auf und summte ein bißchen mit, brach aber sofort ab, wenn sie glaubte, daß jemand sie hören könnte. Anscheinend kam sie kaum über *Onward, Christian Soldiers* hinaus, und auch davon kannte sie nur den ersten Vers, *With the blood of Jesus, going on before!* Die Worte schwammen inmitten der kaum erkennbaren Melodie, halb gebrummt und halb gesungen. Emily und sie trafen selten denselben Ton, obgleich sie sich bei der Arbeit wunderbar ergänzten. Arbeit gab es mehr als genug an den langen Vormittagen, die Cath im Haus verbrachte. Einmal in der Woche nahmen sie sich was Besonderes vor. Heute war es der große Ankleideraum neben dem Elternschlafzimmer. Emily war überzeugt, daß sich dort Motten eingenistet hatten. Einer von Alistairs Anzügen war bereits völlig zerfressen. Sie liebte diese gemeinsamen Aufgaben gar nicht; sie wurde immer laut dabei.

»Diese Mistviecher!« brüllte sie. »Sehen Sie sich das an! Warum können sie sich nicht mit billigen alten Pullovern begnügen, verdammt noch mal? Warum konzentrieren sie sich auf das einzige, was Geld kostet? Mohair und weiß der Teufel, was das mal war! Schön weich, genau das richtige, um sich darüber herzumachen, sie brauchen sich nicht mal groß anzustrengen! Sehen Sie nur!«

»Er hat ihn letzten Winter kein einziges Mal getragen«, wandte Cath ein. Emilys Miene hellte sich auf, und ihre Wut verflog. Man brauchte bloß Cath hier reinzustecken mit ihrem Geruch nach Desinfektionsmitteln, und die Motten würden schnell das Weite suchen.

»Er mochte ihn nicht besonders, das ist wahr.« Sie tauchte mit einem Arm voller Kleider auf Bügeln aus der Tiefe des Ankleideraums auf.

»Eigentlich trägt sowieso keiner mehr die Klamotten, die ganz hinten hängen. Ich hasse den bloßen Gedanken an die verdammten Motten, die sich den Bauch vollschlagen, ohne um Erlaubnis zu fragen. Das meiste hier gehört in den Müll. Falls nichts dabei ist, was Ihnen gefällt, natürlich.«

»Ich denk mal drüber nach, okay?«

Emily nickte und unterdrückte die Irritation, die sie so häufig überfiel, wenn Cath und sie auf engem Raum miteinander arbeiteten. Es war das Unbehagen, sie zu berühren, mehr nicht. Doch Emily verwandelte es in eine leichte Aversion gegenüber einer Person, die einmal so passiv und unterwürfig und andere Male so dickköpfig wie ein Maultier sein konnte. Sie wußte, daß Cath die Sachen an sich nehmen würde, sobald sie ihr den Rücken kehrte. Sie brachte es bloß nicht fertig, solange ihr jemand dabei zusah, und auch das war irritierend. Wenn Cath gekränkt sein sollte bei der Vorstellung, daß sie eine geeignete Adressatin für Kleider war, die ansonsten zu nichts mehr taugten, so zeigte sie es nicht und wußte auch, daß eine solche Kränkung nicht beabsichtigt war. Es gab charakteristische Züge in den besseren Kreisen, über die Cath nur staunen konnte. Niemals schienen diese Leute ihr Geld für neue Sachen auszugeben: Emily zum Beispiel konnte feilschen wie ein arabischer Händler im Basar. Und improvisieren. Die Kinder trugen, ohne zu murren, die Klamotten, aus denen die Geschwister herausgewachsen waren, denn sie hatten längst eingesehen, daß es keine andere Wahl gab. Die Autos waren alte Schrottkisten und die Möbel abgewetzt. Cath kannte den Wert der Möbel, die sie mit solcher Sorgfalt pflegte. Zwar bewunderte sie den Geschmack, fragte sich aber auch, warum Emily ihr nicht endlich den verblichenen Läufer aus dem Second-Hand-Laden schenkte und sich einen neuen kaufte. Sie war sicher, wäre es umgekehrt, würde Emily die Sachen ihrer Arbeitgeberin annehmen, ohne mit der Wimper zu zucken.

»Kaffee«, sagte Emily energisch. Putzfrauen standen angeblich im Ruf, ihre Arbeitszeit mit Tratschen zu vertun, jedenfalls hatte sie das gehört, doch hier war es genau umgekehrt. Emily redete ohne Punkt und Komma, und es war gewöhnlich Cath, die aufstand und sagte, jetzt wird es aber Zeit weiterzumachen. Emily redete manchmal, um die Herausforderung des Schweigens und das Gefühl von Intimität zu unterdrücken, das sie haßte, aber das gab sie nicht zu, nicht mal vor sich selbst. Es schien so undankbar. Jeden Tag mußte sie voller Abscheu, aber ohne jeden Kommentar mit ansehen, wie Cath gierig und mit offenem Mund ihr Vollkornbrot verschlang. Sie gingen zusammen die Treppe hinunter. Emily sang und rief nach Jane. Cath beobachtete sie.

Da tauchte Jane leise auf dem Treppenabsatz auf, legte verschwörerisch den Finger auf den Mund und griff nach Cath' Hand. Sie war ein liebes Kind; das waren sie alle, sogar Mark, der mürrische Halbwüchsige. Er begrüßte Cath immer mit einer tolpatschigen Umarmung, wenn er aus der Schule kam, und sie tat, als protestierte sie, dabei war ihr fast schwindlig angesichts der ungeheuren Zuneigung, die sie für sie alle empfand. Sie beugte sich zu Jane herab. »Was ist das? Ein Spiel? Versteckst du dich?«

»Nein. Ich hab was für dich. Komm mit.« Sie rannte voraus ins Büro ihres Vaters. Cath schüttelte den Kopf. Mr. Eliots Arbeitszimmer war tabu, vor allem für die Kinder. Selbst Cath durfte Alistairs Domäne nicht betreten, die mehr oder weniger ordentlich war, so wie er selbst. Cath zog mißbilligend die Brauen hoch.

»Du weißt genau, daß du hier nichts zu suchen hast, Schätzchen. Was ist, wenn Mom dich sieht?«

»Ich weiß«, flüsterte Jane. »Aber ich wollte dir ein Bild malen, und ich hatte kein Papier. Nicht das richtige jedenfalls.«

Das Kind liebte das perforierte Endlospapier aus dem treuen alten Drucker im Büro. Ihre eigenen Vorräte waren nie so gut wie diejenigen, die sie ihrem Vater stibitzte, und Cath verstand auch, warum. Jane hob drei aneinandergeheftete Blätter hoch und schwenkte sie wie eine zerschlissene Fahne. Das bunte Bild begann mit einem großen Kopf, auf dem ein blumengeschmückter Hut thronte. Ein stengelartiger Hals leitet über zum nächsten Blatt, auf dem ein schmaler Oberkörper in schwarzem Trägerkleid und mit der Andeutung eines Dekolletés zu sehen war. Die Taille ging in üppige Hüften über, und das letzte Blatt zeigte ein Paar ungewöhnlich dünne Beine, die in hochhackigen Schuhen steckten. Darunter stand groß der Name CATH.

»Das bist du«, sagte Jane eindringlich und ungeduldig angesichts ihres verständnislosen Blicks. »Du. Auf dem Weg zu einer Party. In Mummys Kleid. Siehst du es nicht? Hier.« Und damit drückte sie Cath das zerknitterte dünne Papier in die schwielige Hand. Cath hätte am liebsten losgeheult. Emilys Stimme kam aus der Küche. Sie klang leise, war aber deutlich zu verstehen.

»Danke«, sagte Cath feierlich. »Vielen, vielen Dank. Ich werde es stets in Ehren halten.«

Sie grinsten. Cath deutete auf den Schreibtisch.

»Sieht der auch genauso aus wie vorher?«

Jane nickte.

»Ganz bestimmt?«

Das Nicken verstärkte sich. Cath zog leise die Tür hinter ihnen ins Schloß, rollte ihr Porträt sorgfältig zusammen und ging als erste die Treppe hinunter. *Onward, Christian Soldiers* lag ihr auf der Zunge. Als sie das Geschenk in ihre Tasche steckte, die im Flur auf dem Boden stand, war sie einen Augenblick lang glücklich. Sie lieben mich, dachte sie. Ja, das tun sie. Sie finden mich zauberhaft. Genau wie Damien früher. Sie griff nach Janes langem Haar, als sie sich der Küche im hinteren Teil des Hauses näherten, und tat so, als zerrte sie sie herein.

»Sehen Sie mal, wen ich gefunden habe! Sie saß ganz allein in ihrem Zimmer und hat gespielt wie ein braves Mädchen«, sagte sie.

»Hm«, sagte Emily und versuchte, mit den Zähnen das Zellophanpapier einer Schachtel Kekse aufzureißen. »Als ich das letztemal nachsah, war es anders.» Und sie wechselte dann wie üblich so abrupt das Thema, daß Cath der Atem stockte. »Was ist denn das für eine Prellung auf Ihrem Arm, Cath? Gestern war sie noch nicht da, oder? Sieht ja übel aus.«

Cath warf rasch einen Blick auf ihren rechten Oberarm. Sie hatte den Ärmel der Bluse weit über den Ellbogen hochgeschoben. Beiläufig, ohne sich das schlechte Gewissen anmerken zu lassen, von dem sie überwältigt wurde, zog sie den Ärmel wieder herunter.

»Die? Oh, keine Ahnung.«

»Das müssen Sie doch wissen«, sagte Emily ebenso beiläufig.

Cath tat, als dächte sie nach, nahm die angebotene Tasse Kaffee und setzte sich langsam hin. Auf dem Küchentisch standen noch die Reste der Frühstücksorgie. Dann glättete sich ihre Stirn.

»Ah, jetzt fällt's mir wieder ein, ja, genau. Sie wissen ja, daß ich dienstags immer zu Ihrer Freundin Helen gehe, nicht wahr? Nun, gestern nachmittag habe ich ihr Badezimmer geputzt, sehen Sie, und als ich mich über die große Badewanne beugte, bin ich halbwegs reingefallen. Hab mir den Arm am Hahn gestoßen. Blöd, was? Aber es tut nicht weh«, endete sie, an Jane gewandt, die eng an sie geschmiegt dasaß, so daß die Wärme ihrer Haut sich auf ihre eigene übertrug.

»Du bist in eine Badewanne geplumpst?« kicherte Jane. »Bist du aber dumm!«

Auch Emily lachte. »Wirklich, Cath! Hören Sie, das müssen Sie Helen erzählen. Sie muß Ihnen eine Gefahrenzulage bezahlen. Sind Sie sicher, daß es nicht mehr weh tut? Ich hab alle möglichen Gels und Salben gegen so was, wissen Sie …«

»Nein«, sagte Cath fest. »Nein, es tut wirklich nicht weh.« Hier jedenfalls nicht. Nicht in diesem Haus, in dieser sonnendurchfluteten Küche, wo ein Kind ein Bild malte, das die Putzfrau als Glamourgirl zeigte, und wo man sich aufrichtig um sie sorgte. In diesem Moment tat nichts weh. Und nichts mußte gekittet werden.

»Sagen Sie mal«, sagte Emily, noch immer beiläufig, aber unverkennbar neugierig. »Ist Helens Wohnung wirklich so schmutzig, wie sie immer behauptet?«

Manchmal ging Joe nachmittags nach Hause. Wenn das Mittagsgeschäft gut gelaufen war und der Nachmittag nicht viel Umsatz versprach, dann, hatte Mickey gesagt, solle er vernünftig sein und den Laden für eine Weile dichtmachen. Die 59 brauchte fast eine Stunde, um sich durch den Tagesverkehr zu schlängeln, so daß ihm nicht viel Zeit blieb, bevor er wieder zurück mußte, um rechtzeitig um halb sechs den Pub aufzusperren. Eigentlich wußte er selbst nicht, warum er sich die Mühe machte, außer um nachzusehen, ob Cath zu Hause war. Er haßte den Anblick seiner Wohnungstür, von der die Farbe abblätterte, im gnadenlosen Licht eines schönen Sommernachmittags. Wenn er am Morgen wegging, sah er sich nicht um, und wenn er im Dunkeln nach Hause kam, fiel es ihm auch nicht auf, aber am Nachmittag schon. Er betrachtete sie widerwillig und dachte darüber nach, wie übel ihm das Leben mitspielte. Es war ungerecht und schon immer so gewesen, seit er ein kleiner Junge war, dessen Eltern ihm jeden Wunsch erfüllt und ihm die ganze Welt zu Füßen gelegt hatten.

Sein Zimmer war voller Spielzeug gewesen, alles, was sein Herz begehrte. Sie hatten ein neues Haus mit neuen Sachen drin, bis eines Tages sein Vater verschwunden war und seine Mutter einen dankbaren Witwer fand, der keinen Platz für ein verwöhntes Muttersöhnchen wie ihn hatte. Joe war abgehauen, sobald er konnte, und nie mehr zurückgekehrt. Er war alles andere als dankbar, wenn er an seine Eltern dachte, sondern erinnerte sich nur an das bittere Gefühl, das ihr Treuebruch hinterlassen hatte.

Ein neues Haus in der Gegend, wo er aufgewachsen war – das schuldete ihm das Leben. Er mußte nur erst mit den Verschwörern fertig werden, die sich zusammengetan hatten, um das zu verhindern. Es war nie seine eigene Schuld, daß er es nicht geschafft hatte, in der Fußballiga zu spielen oder Boxchampion zu werden, daß er nach sieben Jahren die Army verlassen hatte, ohne dort irgendwas gelernt zu haben, daß er sich nicht konzentrieren konnte, daß er Probleme mit Alkohol, Frauen und – wenn nicht gerade von der Angst vor Mickey Gat getrieben – seiner Faulheit hatte. Das alles hatte nichts mit ihm zu tun. Es war ihre Schuld, sie hatten es auf ihn abgesehen.

Deshalb konnten ihm nachmittägliche Fahrten im Bus derart zusetzen, daß er vor Selbstmitleid zerfloß, besonders wenn er neben jemand saß, der stank. Die Leute im Bus waren nur selten an der Verschwörung gegen ihn beteiligt, aber er haßte sie trotzdem. Nicht so sehr, wie er seinen Schwager Damien gehaßt hatte; das war eine andere Art von Haß: ein furchtsamer, neidvoller Abscheu gegen einen Mann, der, egal ob betrunken oder nüchtern, immer der Inbegriff dessen blieb, was er nicht war. Joe schloß die Tür auf und stieg die Treppe hinauf. Die Luft war stickig und wurde noch stickiger, als er zum Dachboden kam. Es war nicht wahr, daß er diese heruntergekommene Wohnung einem alten Kriegskumpel verdankte, wie er Cath weisgemacht hatte. Damien hatte sie besorgt. Genauso wie er ihm den Job bei Mickey Gat verschafft hatte. Damien war ein echtes Organisationsgenie. Alle Welt hatte ihn geliebt, einschließlich seiner Schwester. Seine Schwester liebte den Schweinehund mehr als alles andere auf der Welt; in ihren Augen konnte er nichts falsch machen.

Nur wenn man gewohnt ist, etwas in seinem eigenen Haus zu verstecken, merkt man, wenn ein anderer dasselbe tut. Als er letzte Nacht nach Hause gekommen war und die Tür aufschloß, hatte er ihre eiligen Fußtritte vom Dachboden kommen hören und ein schuldbewußtes Lächeln in ihrem Gesicht entdeckt, als sie ihn begrüßte. Cath mochte den Dachboden nicht besonders, das wußte er. Sie beobachtete ihn mit schweigender Mißbilligung, wenn er wieder mal ein Päckchen vom Postversand erhielt, murmelte nur, hübsch, sehr hübsch, und hielt den Mund, wenn er alles wieder einpackte und in einem der Dachzimmer verstaute. Sie würde nicht freiwillig nach da oben gehen, wie er es so oft tat, um den Farbfernseher, den Camcorder, das dreiteilige Kofferset, die Gartenmöbel, den Grill, die Werkzeugkästen und die Unmengen ausgefallener Küchengeräte zu bewundern, die sie irgendwie nie benutzten. Ein Satz Messer in einem Holzblock, ein Fischkochtopf, obwohl sie nie Fisch aßen, der Mixer, die Kaffeemaschine, das Ding, mit dem man Eiskugeln formen konnte – sie hatte nicht den geringsten Bezug zu solchen Sachen. Sie sah nicht, daß sie der Weg zu einem besseren Leben waren.

Joe vergaß, daß diese Geräte ihm nicht nur das Gefühl von Reichtum, sondern auch von Sicherheit verschafften. Der erste Raum war düster, weil drei große Kisten vor dem Fenster das Licht abhielten, und ja, er hatte recht, irgendwas war anders als sonst. Da hatten sie vorher nicht gestanden. Er schob ein Telefon, ein vierundzwanzigteiliges Speiseservice und einen Satz Töpfe, alles noch originalverpackt, zur Seite. Und da, unter dem Fenster, entdeckte er den Altar in seiner ganzen obszönen Schwülstigkeit. Er hätte fast eine brennende Kerze erwartet, fand aber nur drei Fotos von Damien, die in durchsichtigen Plastikhüllen zwischen drei kleinen Vasen mit verwelkten Blumen auf einem Tablett standen.

Am liebsten hätte er die Blumen mit den Zähnen zerfetzt. Er riß sie aus den Vasen und zertrampelte sie aus Angst, sich zu besudeln, unter seinen Füßen. Dann zerrte er das erste Foto aus der Hülle, warf einen kurzen Blick darauf und zerriß es in zwei Teile, die er sorgsam übereinanderlegte und erneut zerriß. Als nächstes nahm er ein Feuerzeug aus der Tasche und hielt die Flamme unter die beiden anderen Fotos. Sie wollten nicht richtig brennen, das Plastik schmolz, und die Fotos kräuselten sich erst grau, dann braun. Es dauerte ein paar Minuten, bis sich ein Häufchen leicht klebriger Asche gebildet hatte. Er zitterte am ganzen Leib. Die Flamme des Feuerzeugs versengte seinen Daumen, doch er achtete nicht auf den Schmerz, bis er fertig war.

O Cath, nach allem, was sie ihm schuldete, würde sie denn nie lernen, nur ihn zu lieben?

6

Du sollst geheilt werden, Bruder. Die Rechtsprechung nahm ihren Lauf: holprig wie eine Limousine, die über eine Schotterstraße rollt. Oder sagen wir, ein bis zur Schmerzgrenze überhitzter Motor in einem hochsommerlichen Verkehrsstau. Der Gerichtssaal im hinteren Teil eines alten Gebäudes lag nach Süden, und vor den Fenstern verliefen Eisenbahngleise. Die Jalousien sorgten für trübes Licht, während die Hitze ungehindert hereinströmte. Die Klimaanlage hatte man wieder abgeschafft. Sie war so laut, daß sie sogar die Züge übertönte.

Helens Platz befand sich direkt neben dem Zeugenstand. Immer wenn die nervöse Zeugin gestikulierte, flogen Helen Schweißtropfen ins Gesicht. Es war wie Speichel, dem sie nicht ausweichen konnte. Ihre Aktenblätter waren schon ganz feucht.

»Am fünfzehnten März dieses Jahres. Können Sie sich an das Datum erinnern?«

»Ja.« Die Stimme war kaum mehr als ein Flüstern, und die Finger tasteten unsicher, als suchten sie etwas, woran sie sich festhalten konnten.

»Wenn Sie bitte etwas lauter sprechen würden. Die Fragen kommen von mir, die Antworten gehen an die Richter. Sie brauchen den Angeklagten nicht anzusehen. Bitte.«

Ein Schwall von Befehlen. In ihren eigenen Ohren klangen sie eher wehleidig, doch die anderen merkten nichts, und die Zeugin fand sie schlicht unwiderstehlich. Der Angeklagte hatte ein sympathisches Gesicht und Augen wie ein geprügelter Hund.

»Wir haben also festgestellt, daß Sie mit dem Angeklagten zusammenleben. Um welche Zeit ist er an diesem Abend nach Hause gekommen?«

»Gegen elf Uhr dreißig.«

»War das seine übliche Zeit?«

»Mehr oder weniger.«

»Haben Sie sich noch unterhalten?«

»Ja. Er wollte was zu essen, und ich sagte, es gäbe nichts. Da wurde er wütend.« Allmählich gewann sie Selbstvertrauen und sprach ein wenig schneller.

»Was passierte dann?« (Ach, hätte sie doch ein Pfund Sterling auf der Bank für jedes Mal, das sie einen Zeugen mit dieser neutralen Frage zum Reden animiert hatte.)

»Er hat mich geschlagen.«

»Können Sie uns das ein wenig genauer schildern?«

»Er … ging auf mich los. Schlug mir seinen Kopf ins Gesicht, verstehen Sie. Ich spürte, wie meine Nase splitterte, überall war Blut, ich fing an zu schreien, und das Baby wachte auf und …«

»Halt, halt, nicht so schnell. Sehen Sie die Dame, die mitschreibt, was Sie sagen? Wenn Sie bitte auf ihren Stift achten würden.«

Satz für Satz. Die Worte, die Schläge, das Wimmern des Babys, die Entscheidungen, sollte sie erst zum Kind gehen oder ins Bad, aus Angst, sie könnte das Kleine mit ihrem Blut erschrecken. Helen spürte, wie sich ihr die Haare sträubten.

Sie beugte sich zum Verteidiger hinüber. »Es gibt keinen Streit darüber, ob ich die Frage nach der Polizei stellen darf oder nicht, richtig? Kann ich davon ausgehen?« Sie blätterte noch eine feuchte Seite um, als wüßte sie nicht alles auswendig. Sie spürte, wie Mary Secura, die hinter ihr saß, sich ein wenig entspannte.

»Sie haben also die Polizei angerufen. Um welche Zeit war das?«

»Ein bißchen später, eine halbe Stunde vielleicht.«

»Warum hat es so lang gedauert? Warum nicht sofort?«

Das Gesicht der jungen Frau war mittlerweile dunkelrot angelaufen, erstes Anzeichen ihrer Wut.

»Ich habe erst angerufen, als ich sah, was er gemacht hatte.«

»Sie meinen Ihre Verletzung?« Die Zeugin reagierte mit einer ungeduldig abwehrenden Geste, und ein weiterer Schweißtropfen fiel auf Helens Haar.

»Nein. Er war in die Küche gegangen und hatte den Brei für den Kleinen aufgegessen, zwei volle Gläschen, und außerdem die ganze Milch ausgetrunken. Ich hatte nichts mehr für den nächsten Morgen. Da habe ich angerufen.«

Der Auslöser ist jedesmal was anderes, dachte Mary Secura. Es läßt sich nicht voraussagen, was es ist – der Geruch einer anderen Frau oder die Milch für das Baby. Simsalabim.

Der Sommer hatte sich in einen lähmenden Alptraum von grauen Wolken und feuchter Schwüle verwandelt. Später, als sich alles ein wenig abgekühlt hatte, erklärte Helen Emily Eliot, wie froh sie über Cath war, die jetzt seit zwei Wochen zum Putzen kam. Gleichzeitig versuchte sie, die gemischten Gefühle zu beschreiben, die sie am Ende eines Falles empfand, den zu gewinnen ihr gelungen war. Daß sie nicht wußte, wie sie triumphieren sollte, obwohl die Gerechtigkeit gesiegt hatte. Den Mann erwartete eine Gefängnisstrafe, Mary Secura war auf bittere Art befriedigt, und die Zeugin schluchzte. Von Siegesbewußtsein keine Spur. Nur die vage Ahnung, daß all ihr Taktieren, Schauspielern, Drohen und Flirten während des Kreuzverhörs bestenfalls einen farblosen und ungenauen Abklatsch der Wahrheit ans Tageslicht fördern konnte. Emily hatte eigentlich keine Lust zuzuhören; wer wollte sich schon mit so was befassen, wenn er aus dem fremden Reich eines geordneten Familienlebens kam? Kein Mensch interessierte sich für die Frustration, die unweigerlich entstand, wenn man sich in der Rechtsprechung an die Regeln hielt. Nicht etwa, um Gutes zu tun, sondern schlicht, weil es die einzige Art war, das Bestmögliche zu tun. Emily hatte nichts übrig für philosophische Diskussionen.

»Ich finde, du hast ein herrliches Leben«, sagte sie jetzt sehnsüchtig. »Ein aufregender Mann, der dich mehrmals in der Woche besucht, keine Kinder, doppeltes Einkommen, und was weiß ich noch.« Es war Mittwochabend, der Tag, an dem die Geschäfte länger aufblieben als sonst, und sie waren zusammen einkaufen gewesen. Jetzt saßen sie in einer Wein-und-Kaffee-Bar unweit von Peter Jones. Zum erstenmal in ihrem Leben war Helen böse auf Emily, und deshalb war eine Klärung notwendig. Eine Freundin war eine Freundin. Eine Freundin mit Kindern war eine, für die man immer halb London durchqueren mußte, denn die eigene Bequemlichkeit wurde unweigerlich der ihren untergeordnet, die eigene Zeit war unendlich weniger wichtig, die eigenen Verpflichtungen, um sich seine Brötchen zu verdienen, galten nichts.

»Das hört sich an, als hätte ich ansonsten nichts zu tun«, sagte sie. »Im übrigen habe ich keinen Zugriff auf Baileys Einkommen und will ihn auch gar nicht. Eigentlich schade drum, er verdient weit mehr als ich.«

Emily wirkte geknickt. »Oh, tut mir leid«, sagte sie und entschärfte das Mißverständnis, bevor es zu einer Verstimmung führte. »Ich glaube, ich bin nicht sehr sensibel oder realistisch, wie? Es gibt eben Tage, da beneide ich dich.«

»Du machst wohl Witze«, sagte Helen. »Ich sag dir doch, heute morgen im Gerichtssaal hättest du mich nicht beneidet. Und zufälligerweise beneide ich ziemlich häufig dich.«

Ihre Worte trafen sie selbst wie kleine Pfeile. Neid war ihr ein Greuel. Auch wenn Emily gesunde Kinder, einen treuen Mann, ein wunderbares Haus und eine Vision vom Leben hatte, die Helen zunehmend attraktiv erschien. Burgmauern, sagte sie sich. Du brauchst sie nur zu bauen.

»Nein, ich mache keine Witze«, sagte Emily und zog eine Grimasse. »Ich weiß, wie schwer du schuftest und daß es nicht leicht ist, aber wenn du für eine Familie wie meine sorgen müßtest, hättest du auch das Gefühl, du wärst ein altes Wäschestück, das man in die Trockentrommel gesteckt hat: völlig zerknittert, auch wenn am Schluß alles prima aussieht. Ich weiß nicht, wie lange es her ist, daß ich das letztemal ein Buch gelesen habe.«

»Na, wunderbar«, sagte Helen scharf. »Ich lese, damit ich keine Alpträume habe.«

Sie hatten sich bloß getroffen, um endgültig zu entscheiden, welche Blau- und Gelbtöne sie wählen sollte. Es war ein Dilemma, vor dem Helen seit vierzehn Tagen stand. Mittlerweile sahen sie alles doppelt. Helen liebte es, einzukaufen, und Emily Eliot wußte, wie man es macht. Emily verwandelte einen Einkauf in eine Mission mit klaren Zielen, Helen sah ihn als Rechtfertigung für ihre grandiose Unentschiedenheit.

»Ein normales Familienleben würde dir nicht gefallen, Helen, glaub mir.«

Komisch, wie Leute sich gegenseitig immer versichern müssen, daß ihr eigenes Schicksal nicht so gut ist, wie es nach außen wirkt, dachte Helen. Muster des ausgewählten Vorhangstoffes lagen vor ihnen auf dem Tisch. Helen hatte noch ein rundes Dutzend weitere zu Hause. Ein wenig bedauerte sie die Endgültigkeit der Entscheidung, mit der sie sich immer noch herumquälte. Sie erschauerte bei dem Gedanken an den Schock und die Kosten und fragte sich, ob sie Zeit hatte, es sich noch mal anders zu überlegen, bevor Emilys Näherin alles noch schlimmer machte.

»Wie kannst du sagen, ein Leben als verheiratete Frau mit 2,2 Kindern würde mir nicht gefallen? Ich könnte es gerade noch schaffen, wenn ich mich anstrenge. Als ältere Erstgebärende schaffe ich mir am besten gleich Zwillinge an, um Zeit zu sparen.«

»Na schön, aber das solltest du entscheiden, bevor du anfängst, die Wohnung zu renovieren. Glaub ja nicht, daß du weißt, worum es geht, bloß weil du eine Katze hast.«

Helen sagte nichts. Sie spürte den Anflug einer Depression wie den Beginn von Kopfschmerzen, die häufig mit einer gründlichen Analyse ihres Lebens einherging. Emily beobachtete sie aufmerksam und griff dann nach einem goldfarbenen Stoffstück mit eingewebten blauen Streifen.

»Du hattest recht mit dem hier«, sagte sie. »Hör mal, Helen, bist du etwa so weit, daß du dir wünschst, der gute alte Bailey würde dich endlich zu einer ehrbaren Frau machen? Sehnst du dich nach einer gemeinsamen Hypothek und schmutzigen Windeln?«

»Kann sein, ich weiß es selbst nicht.«

»Nun, für den Fall, daß es so ist, schlage ich dir den primitiven Ansatz vor. Du weißt ja, wie sehr Männer jede Art von Umwälzung verabscheuen, diese Mimosen, und nur ihr leibliches Wohl im Auge haben, nicht? Bring deine Wohnung auf Vordermann und verführe ihn in einer Oase von Gemütlichkeit, gutem Essen und so weiter. So was wirkt Wunder.«

Helen lachte laut heraus. »Hast du das mit Alistair gemacht?«

»Na klar, was glaubst du! Auch die nettesten Männer brauchen gelegentlich einen Schubs, um sich zu entscheiden. Man muß sie zu ihrem Glück zwingen.«

»Und jetzt könnte dein lieber Alistair, selbst wenn es ihm in den Sinn käme – was natürlich ausgeschlossen ist – nicht mehr raus aus der Falle, oder?«

»Nur über meine Leiche«, sagte Emily. In ihrer Stimme lag eine so grimmige Entschlossenheit, daß Helen beinahe ein wenig beunruhigt war. »Ich würde ihm zuerst das Fell über die Ohren ziehen«, setzte Emily hinzu, »und ihm dann den Hals umdrehen. Noch ein Glas?«

»Du wohnst gleich um die Ecke. Ich brauch noch eine Stunde mit der 59.«

»O Gott, schon gut.« Emily hob die Hand. Dann verschränkte sie die Arme vor der Brust und beugte sich vertraulich über den kleinen Tisch. »Aber lassen wir die Männer beiseite. Wie kommst du mit Cath klar?«

»Was?« Helen war in Gedanken noch dabei, ein Nest zu bauen, wie eine Spinne ihr Netz webt, um eine große, unbeholfene Fliege zu fangen. Emily wartete eine Weile und schnippte dann in Helens Augenhöhe mit den Fingern.

»He, ich brauche Tratsch. Willst du mir nicht über Cath berichten? Ich hab's nie erwähnt, weil sie so eine Perle ist und ich ihr mit den Kindern hundertprozentig vertrauen kann, aber weißt du, manchmal geht sie mir auch auf den Wecker. Dann stellt sie sich so dusselig an, daß ich sie am liebsten anschreien würde. Sieht aus, als wäre sie in einer völlig anderen Welt. Wahrscheinlich hat sie sich deshalb neulich den blauen Fleck geholt, als sie bei dir in die Badewanne geplumpst ist.« Sie biß sich auf die Zunge, als sie an Cath' Gewohnheit dachte, mit offenem Mund zu kauen.

Cath putzte das Bad gar nicht. Helen hatte ausdrücklich gesagt, kümmern Sie sich nicht um das Bad, das ist das einzige, was mir wirklich nichts ausmacht, und außerdem kann ich unmöglich jemand bitten, mein Klo sauberzumachen. Das Badezimmer war heilig. Helen fühlte sich angegriffen und antwortete ausweichend.

»Ich habe Cath nach dem erstenmal so gut wie gar nicht mehr gesehen«, sagte sie vorsichtig. »Ist auch nicht nötig. Gewöhnlich geht sie gerade, wenn ich komme. Ansonsten habe ich nur gemerkt, daß sie alles kann. Ach übrigens, wer kam denn neulich abend zum Dinner?«

Emily verbarg das Gesicht in den Händen.

»Drei Richter, alles Vegetarier. Mit Frauen. Und ich hatte Lammkeule gekocht.«

Der schwüle Tag war nach einem kurzen Schauer in einen herrlichen Sommerabend übergegangen. Das Licht war wunderbar. Die Bäume in Helens Straße und den Gärten hinter den Häusern verneigten sich, dankbar für die Erleichterung nach dem Regen, der ihre Blätter glänzend grün gewaschen hatte. Es sah beinahe aus, als winkten ihr die Zweige, wenn sie sich träge bewegten – wie lustlose Schulkinder, die angeheuert worden waren, um einen verspäteten Prominenten zu begrüßen.

Vorhangstoff und Farbe waren besorgt, jetzt konnte die Renovierung beginnen. Im Augenblick gab es nichts Wichtigeres auf der Welt.

Bailey würde heute nicht kommen, also keine Hand, kein Körper, im Dunkeln gehalten. Helen schloß die Wohnungstür auf und bemerkte, wie sauber die Fenster waren. Ihr blasses Gesicht und das lange schwarze Haar, ein bißchen zerzaust, spiegelten sich in den Scheiben. Und ihr fiel der Geruch auf, der unverwechselbare, mittlerweile vertraute und angenehme Duft nach Cath. Lavendelpolitur und ein Hauch von Bleiche. Sie sorgte dafür, daß auch das kleinste Staubkörnchen und alle anderen Gerüche verschwanden. Helen genoß diese Mischung so sehr, daß sie sogar ihre Abneigung überwunden hatte, einer Fremden die Hausschlüssel anzuvertrauen. Das war der einzige Aspekt ihres Arrangements, mit dem sie bis heute nicht zurechtkam. Anders als Emily Eliot mochte sie eigentlich kein offenes Haus.

Aber da war mehr als nur ein Geruch, da war noch jemand im Haus. Sie spürte die Brise, die durch den langen Korridor strich und die Vordertür zuzuschlagen drohte, weil die Terrassentür im Schlafzimmer offenstand. Als Helen, von einer plötzlichen Angst überwältigt, die Arme sinken ließ, knallte die Tür hinter ihr zu. Einen Augenblick lang schnürte es ihr den Hals zu vor Panik, doch als ihre Augen sich an das trübe Licht im Flur gewöhnten, verflog die Angst. Sie erkannte den Staubsauger, der dalag wie ein schlafendes Tier, daneben ein Staubtuch, und aus dem Schlafzimmer drang eine Stimme, die mißtönend *Onward, Christian Soldiers* brummte. Einbrecher machten nicht sauber. Das war Cath. Helens Erleichterung verwandelte sich in Ärger.

»Was zum Teufel machen Sie hier?«

Es war eine dumme Frage, und schon während sie sie aussprach, verebbte der Ärger. Cath putzte die Terrassentür und hielt mitten im Vers mit offenem Mund inne. Die Katze hatte sich zu ihren Füßen zusammengerollt, und die Frau selbst roch nach Arbeit. Sie hatte die Bluse ausgezogen und trug nur ein Hemd, das mehr schlecht als recht saß. Helen und Cath starrten sich gleichermaßen erschrocken an.

»Ich putze die Fenster, was sonst?« verteidigte sich Cath. Das Licht war hell, wie immer im hinteren Teil des Hauses. Helen blinzelte, als ihre Augen sich erneut umgewöhnten und registrierten, was unübersehbar war: Cath' Oberarme und die Brust waren mit Blutergüssen übersät. Cath folgte ihrem Blick und wandte sich rasch ab.

»Sie haben mich zu Tode erschreckt«, sagte Helen und ging zum Bett, das mitten im Zimmer stand. Sie zog die Jacke aus und warf sie über Cath' weiße Bluse. Die andere Frau sagte kein Wort und nahm auch den Gesang nicht wieder auf.

»Machen Sie Überstunden?«

»Ja.«

»Dann koche ich uns einen Tee.«

Es war wirklich grausam, die Frau im hellen Licht der Küche zu betrachten, wo die sauberen Fenster weder ihre Blöße noch die Feindseligkeit verschleierten, die ihre Miene verfinstert hatte. Sie saß mit über der Brust verschränkten Armen da, der Inbegriff von Trotz, gepaart mit Schutzlosigkeit. Sie schwitzte genau wie die Zeugin. Und ihre Augen waren so wachsam wie die von Shirley Rix.

»Ich dachte, Sie kämen von drei bis fünf«, sagte Helen und warf einen Blick auf die Uhr. »Jetzt ist es halb acht.«

Cath murmelte irgendwas und schüttelte heftig den Kopf. Sie hat hübsches Haar, dachte Helen. Dick und lockig. Instinktiv griff sie nach ihrem eigenen, das unter der Hitze im Gerichtssaal gelitten hatte.

»Was haben Sie gesagt, Cath? Ich hab Sie nicht verstanden, Entschuldigung.«

»Ich habe gesagt, es war so heiß, daß ich den Gedanken an den Bus nicht ertragen konnte.«

»Haben Sie dann im Garten gesessen? Sind Sie eingeschlafen, oder was?«

Helen hätte die einfache Kunst des Kreuzverhörs gern aufgegeben und sich von der Angewohnheit, ständig Fragen zu stellen, befreit. Am liebsten hätte sie ein Auge zugedrückt, und die Frau flehte sie mit ihrem Blick an, genau das zu tun. Helen stellte die Teekanne auf den Tisch. Es schien unpassend, Cath Wein anzubieten, besonders wenn sie sich daran erinnerte, wie peinlich es war, daß die Frau jetzt Woche für Woche ihre leeren Flaschen in der Mülltonne entdeckte. Helen gab sich einen Ruck und beugte sich vor.

»Hören Sie, Cath, Sie kennen mich nicht, und ich kenne Sie nicht. Vielleicht macht es das leichter. Aber Sie werden meine Wohnung nicht verlassen, bevor Sie mir erklärt haben, woher diese Blutergüsse stammen. Haben Sie verstanden?«

»Haben Sie verstanden?« sagte Bailey zu Ryan. »Keine dummen Sprüche in dieser Umgebung. Wir müssen nüchtern bleiben und klar im Kopf.«

»Ich bin immer klar im Kopf«, protestierte Ryan.

»Sprach der Fuchs im Hühnerhof. Wir geben uns den Anschein von zwei Bullen, die zusammen einen trinken und dabei ein Schwätzchen halten.«

»Dann brauchen wir nicht unbedingt nüchtern zu sein.« Ryan war leicht aufsässig. Er haßte es, sich beim Trinken zurückzuhalten, fast genausosehr, wie das Vergnügen mit der Arbeit zu verbinden.

»Was wollen wir hier eigentlich?« fragte er. »Haben Sie nicht gerade gesagt, daß wir nur einen trinken wollen? Ich war schon nicht mehr richtig einen trinken seit …«

»Letzter Woche«, unterbrach Bailey ihn trocken. »Ich hab gesehen, in welchem Zustand Sie am Freitag morgen waren. Halten Sie mich für blind? Ihre Augen sahen aus wie zwei glasierte Äpfel.«

»Widerliches Zeug! Also, erklären Sie's mir noch mal. Den Mordfall Damien Flood haben wir doch längst unter Dach und Fach. Was zum Teufel machen wir also hier?«

»Oh, nicht viel. Mickey Gat treffen, vielleicht. Uns unterhalten, wenn uns einer anspricht.«

»Wer ist Mickey Gat? Im übrigen ist es eher unwahrscheinlich, daß sich irgendwer mit uns unterhalten will, oder?«

Bailey seufzte. Daß Ryan nicht wußte, wer Mickey Gat war, machte ziemlich deutlich, wieviel Mühe er sich mit diesem Fall gegeben hatte.

»Oh, keine Ahnung. Das da drüben ist Dave Jones' Cousin, der Bursche, der uns so freundlich zuzwinkert. Erstaunlich, daß sie ihn reingelassen haben.«

Es war kein übler Pub. Natürlich fehlte die leicht bedrohliche Atmosphäre der East-End-Spelunken, die Ryan insgeheim genoß. Dort war ein Polizist so auffällig wie eine Flagge und so beliebt wie eine Kakerlake. Man spürte, daß die schweren Stiefel nur darauf warteten zuzutreten, Aggression lag in der Luft, und man schmeckte den Haß auf der Zunge. Anders als hier, in dieser gutgeführten Kneipe, die alte Knastbrüder ebenso frequentierten wie junges Blut. Alle Rassen waren vertreten. Die eigentliche *raison d'être* aber waren die Billardtische. Die meisten Gäste spielten Billard. Damit war für eine Atmosphäre gesorgt, in der jede andere Art von Kontroverse irrelevant war. Ebenso überflüssig waren Ehefrauen, Freundinnen und alle, die nicht spielten, jedenfalls meistens.

»Die verdienen sich dumm und dämlich mit ihren Tischen«, bemerkte Ryan. »Hätten Sie Lust auf eine Partie?«

Bailey schüttelte den Kopf.

Die Bar bildete einen scharfen Gegensatz zum Spoon and Fiddle. Hier fühlte Mickey Gat sich zu Hause, umgeben von zivilisierten Trinkern. Mickey würde es nicht auf einen Streit ankommen lassen. Finanzielle Risiken waren was anderes; in ihren Augen verstieß Unehrlichkeit nicht gegen die gesellschaftlichen Regeln.

Und deshalb war es so merkwürdig, daß der Ort, wo sie jetzt saßen, Schauplatz eines heftigen Streites geworden war, der mit einem Mord geendet hatte. Nicht hier. Mickey Gat duldete kein Blut auf ihrem Fußboden. Es war in dem kleinen Park um die Ecke passiert, unweit des Freizeitzentrums.

»Ich verstehe immer noch nicht, warum.« In Ryans Stimme klang Unlust an, die Bailey zwar irritierte, ihm aber auch leichte Gewissensbisse verursachte. Gott allein wußte, warum: Ryan schuldete Bailey mehr Gefallen, als jeder von ihnen zählen konnte. Die beiden Männer befanden sich so gut wie nie im Einklang mit der irrationalen Verbundenheit, die zwischen ihnen bestand. Meistens blödelten sie nur herum. Und Ryan war sauer, weil das in dieser Atmosphäre einfach nicht möglich war. Mürrisch blickte er auf seine Füße und ein Paar neue Schuhe, die viel zu schwer und zu heiß für den Sommer waren. Er bewegte die Zehen im Innern des starren Leders. Das half auch nicht. Und an neue Schuhe war nicht mehr zu denken, seit die Kinder zur Schule gingen und seine Frau davon redete, ihn mit Sandwiches durchzubringen. Ein bißchen war sie wie Baileys Freundin, obgleich er aus dessen gelegentlichen Bemerkungen schloß, daß sie sich gebessert hatte. Er bückte sich, um die Schnürsenkel zu lockern, und erstarrte.

Neben ihnen war Mickey in Abendkleidung aufgetaucht. Die Füße steckten in weißen hochhackigen Schuhen. An einem Knöchel blitzte ein goldenes Kettchen. Schwarze Leggins spannten sich über muskulöse Waden und mächtige Schenkel und verschwanden schließlich unter dem strahlendweißen Hemd. Über dem stattlichen Busen, der mit dem Bauch zusammen einen üppigen Wulst bildete, war mit schimmerndem Goldfaden der Name »Michaela« eingestickt. Das Doppel- oder Dreifachkinn ging über in ein breites Gesicht, umrahmt von hellblonden Locken, die nur ein Friseur bändigen konnte. Die Lippen waren korallenrot geschminkt, der Lidschatten von einem durchdringenden Blau und das Alter dieser Erscheinung undefinierbar. Schließlich richtete

Ryan sich auf und hatte nun zwei riesige Pranken mit manikürten Fingern vor Augen, die ein Glas Orangensaft hielten.

»Kann ich euch was anbieten, Jungs?« fragte Mickey Gat. Ryan war wie versteinert. Deshalb also hatte Bailey ihn unter dem Vorwand eines besonderen Vergnügens hierhergelotst. Er hatte einen Leibwächter gebraucht oder vielleicht auch ein Opfer, das er den Löwen zum Fraß vorwerfen konnte.

»Ich hab Sie schon seit Ewigkeiten nicht mehr gesehen, Mr. Bailey«, fuhr Mickey mit dröhnender Stimme fort. »Sie müssen mir unbedingt verraten, was mir diese Ehre verschafft. Was trinken Sie?«

Sie war die größte Frau, die Ryan je gesehen hatte, mindestens einsachtzig hoch und breit. Er hätte lieber versucht, einen Öltanker aufzuhalten als sie. Ryan spürte, wie bei jedem ihrer Atemzüge die Erde bebte. Er hob den Blick zu Mickey Gats großem, breiigem Gesicht und entdeckte, daß sie von einem Ohr zum anderen grinste. Selbst Ryan wußte, wann ein Grinsen nicht bedrohlich ist. Es bedeutete, daß sie entweder zuerst ein bißchen mit ihnen spielen würde oder daß sie sich wirklich freute, sie zu sehen. Der Schlag auf den Rücken, mit dem sie Bailey begrüßte, hätte jeden anderen in die Knie gehen lassen. So aber verschob sich nur der Tisch um zwei Zentimeter. Die Stuhlbeine ächzten unheilvoll, als Mickey Platz nahm.

»Wie geht's, Michaela? Stimmt, wir haben uns lange nicht gesehen.«

»Jammerschade, Mr. Bailey, denn es war ein bißchen schwierig in letzter Zeit. Oh, ich meine, den Kindern geht's gut, dem Alten auch, und die Geschäfte laufen nicht übel. Ich nehme an, Sie sind nicht hier, um meine Lizenz zu überprüfen oder so was. Wenn doch, vergessen Sie's. Ansonsten ...«

»Nein, Mickey, nichts dergleichen. Sie müßten mich doch besser kennen.«

Sie seufzte. »Na ja, das dachte ich, aber man weiß ja nie.« Sie brach in dröhnendes Gelächter aus, so daß die Lampe über ihrem Kopf anfing zu zittern. Die Zecher an der Bar hatten innegehalten, um zuzuhören, doch jetzt wandten sie sich ab und nahmen ihre Gespräche wieder auf. Ryan atmete wieder normal.

»Es freut mich immer, Sie zu sehen, Mickey. Mehr Glück, als ich erwartet hätte. Ich bin am Spoon vorbeigefahren, um mit Ihnen zu reden, hübscher Pub übrigens, aber Sie waren zu beschäftigt. Es geht um Damien.«

»Sie haben den Täter geschnappt, nicht wahr? Diesen pickligen Halbstarken, der's gewesen ist? Mistkerl.«

»Wir haben einen von ihnen, Mickey. Nur einen.«

Mickey schüttelte langsam den Kopf. Es erinnerte Ryan an einen Bullen, der lästige Fliegen verscheucht.

»Das war eine üble Sache, Mr. Bailey. Ganz übel. Die Jungs waren nicht von hier. Wir hätten sie gar nicht erst reinlassen sollen.«

Dasselbe könntest du über uns sagen, dachte Ryan und schwor sich, den Mund nicht aufzumachen, außer zum Trinken.

»Gibt es irgendwas, was ich wissen sollte, Mickey? Ich meine, es ist noch nicht alles geklärt. Der Junge ist wiedergekommen, bewaffnet, das steht fest, aber er behauptet, er hätte mit seinem Messer Damien höchstens geschrammt.«

Mickey schnaubte. »Was sollte er auch anderes sagen?«

»Und dieser Damien«, fuhr Bailey fort und steckte seine Zigaretten in die Tasche, »er war was Besonderes, nicht wahr? Ich meine, hatte er denn keine Feinde, von denen Sie wußten?«

Mickey nickte anerkennend, als sie sah, wie die Zigaretten verschwanden. Sie konnte jeden im Saal unter den Tisch trinken, aber fürs Rauchen hatte sie nicht viel übrig; es war schlecht für Sportler. Sie schüttelte den Kopf und lächelte traurig. Die Zigaretten erinnerten sie an den alten Harry zu Hause, der sich die Lunge aus dem Hals hustete.

»Nein, Mr. Bailey, er hatte keine Feinde, und ich würde Sie nicht anlügen. Er war unschlagbar im Billard, da beißt die Maus keinen Faden ab, unschlagbar und basta. Und immer gut drauf. Er hätte ein erstklassiger Boxer sein können, wenn ihm das andere Leben nicht mehr Spaß gemacht hätte. Klar, es gab Leute, die wurden stinksauer, wenn er am Ende einer Partie sein Geld forderte, aber das hielt nie lange vor. Wenn sie ihn anständig darum baten, hat er's ihnen sogar zurückgegeben. Jeder mochte Damien. Nein, nein, es war eine Gang aus einem anderen Pub. Der arme Kerl, es ist einfach gräßlich!«

Mickey war eine empfindsame Person. Ryan bemerkte, daß sie den Tränen nahe war. Der Anblick war erschreckend. Der Arm eines normal großen Mannes hätte höchstens halb um diese Schultern gereicht.

»Familie?« fragte Bailey vorsichtig.

»Nur eine Schwester. Anfangs nahm er sie überallhin mit, bis sie Joe Boyce kennenlernte. Ich glaub, sie waren Waisenkinder oder so was, auf jeden Fall standen sie sich sehr nahe. Nett, nicht? Eine Familie, die zusammenhält. Na ja, sie hatten nur sich, wahrscheinlich deshalb. Ich schuldete Damien ein paar Gefallen, Mr. Bailey. Deshalb hab ich Joe den Job im Spoon angeboten. Er ist auch einer von denen, die zuviel trinken, aber nicht so, daß es auffällt.« In ihrer Stimme schwang ein Anflug von Vorsicht. Plötzlich standen zwei Pints auf dem Tisch. Ryan bezwang das Verlangen, danach zu greifen, starrte sie bloß gierig an und bedankte sich mit einem Nicken.

»Nun, dieser Joe Boyce war keine große Hilfe, wie?« fragte Bailey weiter. Er tappte im dunkeln, Ryan erkannte es an seiner Stimme. Er verstand diesen Mann einfach nicht, nein, wirklich nicht. Sie hatten doch die Lösung in diesem billigen Mordfall, oder nicht? Jedenfalls mußten sie nur das Verfahren abwarten. Wozu die Zeitverschwendung, wenn sie längst hätten aufbrechen können? Da draußen gab es noch jede Menge andere Leichen. Mickey spreizte die Hände und brach erneut in dröhnendes Gelächter aus.

»Kommen Sie, Mr. Bailey. Der kleine Joe Boyce ist doch bloß 'ne Klette. Hängt sich an starke Männer und tut, als sei er selbst einer, dabei könnte er keiner Fliege was zuleide tun. Damien war gut zu ihm, kein Zweifel, aber er hätte nie erwartet, daß Joe ihn beschützte oder so was. Joe mußte sich um seine Frau kümmern, und außerdem wäre er sowieso zu nichts nütze gewesen. Sie gingen häufig zusammen einen trinken, dann gab Damien Joe ein Geschenk mit, Parfum oder so was, für Cath zu Hause, und der zog ab wie ein braver Junge. Das ist Joe Boyce, wie er leibt und lebt. Er tut, was ihm gesagt wird.«

»Dann ist er genauso wie der da«, antwortete Bailey und nickte in Ryans Richtung. »Immer gehorsam und respektvoll, was, Ryan?« Ryan nickte stumm, dann folgte er Baileys Beispiel und stand auf.

»Und deshalb muß ich ihn jetzt nach Hause bringen«, fuhr Bailey fort. »Sie wissen ja, wie Ehefrauen sind.«

»Und ob«, sagte Mickey und fuhr mit einer manikürten Pranke in die Hemdtasche und wieder raus, bevor sie sie Ryan entgegenstreckte. »Wir sind wie Katzen, wir Frauen, verstehen Sie. Wir bleiben nur, wenn man uns füttert.«

»Warum bleiben Sie bei ihm?« Helen hatte das Gefühl, sie wüßte es bereits, konnte aber trotzdem die Verständnislosigkeit nicht aus ihrer Stimme verbannen.

Cath dagegen gelang es, ihre Überraschung zu verbergen. »Oh, ich würde nicht von ihm wegwollen. Er ist gut zu mir, wirklich. Ich weiß auch nicht, was manchmal mit ihm los ist, aber so ist er. Es ist bloß der Alkohol, ohne Alkohol wäre er halb so schlimm. Manchmal ist er einfach umwerfend, mein Joe.« Cath konnte den Anflug von Stolz in ihrer Stimme nicht unterdrücken.

»Haben Sie je Emily davon erzählt?«

»Natürlich nicht. Warum sollte ich? Sie ist eine anständige, verheiratete Frau.« Mit anderen Worten, Helen war es nicht. Es gab genügend Hinweise auf Baileys Präsenz in der Wohnung: seine zweitbesten Hemden in ihrem Kleiderschrank, hin und wieder eine Unterhose oder ein Paar Schuhe, die nur einem Mann passen konnten. Cath hatte sie ganz offensichtlich entdeckt, aber ihre entsprechenden Gefühlsregungen – Mitleid oder Mißbilligung – berührten Helen nur wenig. Sie hatte viel zu lange allein gelebt, um sich der Meinung anderer Leute zu beugen; ihr Privatleben war ihre Privatsache. Sie schüttelte sich. Schließlich war es doch eine gute Idee gewesen, Cath ein Glas Wein anzubieten. Er löste ihre Zunge.

»Aber was ist letztlich die Ursache für die Gewalt? Doch nicht nur der Alkohol?«

»Es kommt immer mehreres zusammen«, murmelte Cath. »Zum Beispiel, daß ich was aus zweiter Hand gekauft habe. Er kann es nicht ausstehen, wenn jemand was schon vor ihm benutzt hat. Es sei denn, es ist Militärkram. Ich bin genau das Gegenteil. Ich finde es albern, neue Sachen zu kaufen, wenn man auch alte kriegen kann, die noch was hermachen. Abgesehen von einem Bett natürlich. Ein Bett aus zweiter Hand würde ich auch nicht wollen.«

Plötzlich rollten Cath Tränen über das Gesicht, und sie schluchzte mehrmals hintereinander laut auf. Es klang wie ein Niesanfall. Häßlich. Helen rührte sich nicht. Allmählich wurde es kühl hier draußen im Garten. Der herrliche Abend hatte mit einem blutroten Sonnenuntergang geendet. Sie kannte, oder besser gesagt, mochte Cath Boyce nicht genug, um ihr Trost zu spenden. Irgendwie verstand sie plötzlich, warum sie Emily so aufbrachte. Helen hätte Cath ebensowenig berühren können wie Emily. Vielleicht war es aber auch Mary Secura, die sie durch ihr Negativbeispiel lehrte, auf Distanz zu bleiben. Als wüßte sie, daß es sowieso vergeblich wäre, versuchte Cath nicht, ihre Tränen zu unterdrücken. Sie unternahm nicht den kleinsten Anlauf, sie zu trocknen, sich die Nase zu putzen oder sich zusammenzureißen, bis der Sturm ebenso abrupt endete, wie er begonnen hatte.

»Ich bin gern hier oder bei Mrs. Eliot. Ich wollte Mrs. Eliot nichts sagen, weil ich den Job brauche.«

»Sie würde Sie doch nicht entlassen, weil … weil Sie es zu Hause schwer haben.«

Cath hob eine Braue, zuckte die Achseln und sagte dann vorsichtig: »Nein, vermutlich nicht. Wie auch immer, Joe dreht manchmal einfach durch. Er ist nie dahintergekommen, was er mit seinem Leben eigentlich anstellen soll, verstehen Sie? Außer mich zu heiraten. Ich arbeitete damals in einem der großen Hotels als Zimmermädchen, er war beim Militär gewesen. Ich glaube, er hat meinen Bruder beim Boxen kennengelernt oder vielleicht beim Billard, jedenfalls gehe ich eines Abends los, um Damien zu treffen, und da sitzt er. Mein Joe.« Plötzlich beugte sie sich vor und preßte die Hände auf den Magen. »Haben Sie irgendwas zu essen da?« fragte sie.

Helen fand drei Packungen Erdnüsse, die sie für ein typisches Abendessen ohne Bailey reserviert hatte. Cath riß die Packung so gierig auf, daß sie den Inhalt überall verstreute. Sie schien es gar nicht zu merken und kaute laut und hastig. Helen wandte den Blick ab.

»Nun ja, ich habe ihn geliebt. Damien hat immer gesagt, er würde jemand für mich finden. Er ist mein Bruder. Wir waren immer zusammen, seit wir damals abgehauen sind. Fast immer, jedenfalls. Joe lebte in einem Wohnheim. Es war nicht gut, wir konnten nirgends hin, verstehen Sie? Wir haben trotzdem geheiratet, Damien hatte damals eine Menge Geld. Joe mochte Damien, jeder mochte ihn. Er kannte Mickey Gat, Harry und die anderen Jungs. Ob ich wohl eine von Ihren Zigaretten haben könnte?«

»Ja, sicher.«

»Joe hat uns die Wohnung besorgt, und Damien hat Joe den Job bei Mickey Gat vermittelt. Ich glaube, es war ungefähr um die Zeit, daß es anfing.« Sie nahm einen Zug von der extra leichten Silk Cut und starrte dann verwirrt auf die Zigarette. Offenbar war ihr übel. An das Mittagessen konnte sie sich kaum noch erinnern, ein halbes Sandwich irgendwo. Plötzlich wurde es auch Helen übel.

»Wie wird er heute abend sein?«

Cath schwenkte lässig die Hand. »Oh, ganz normal. An Donnerstagen ist er gewöhnlich normal. Jedenfalls ist er friedlich, solange ich nicht an ihm rumnörgele.« Doch dann stand sie so plötzlich auf, daß es die übermütige Geste ihrer schweißnassen Hand Lügen strafte. Ihr Gesicht war vor Verlegenheit gerötet.

»Ich muß los«, verkündete sie. »Wo habe ich mein Hemd hingelegt?«

»Aufs Bett.«

»Ich muß los«, wiederholte Cath. »Ich muß los.«

»Setzen Sie sich«, befahl Helen. »Ich kann Sie entweder mit dem Wagen nach Hause bringen oder Ihnen ein Taxi rufen. Was wäre Ihnen lieber?«

»Der Bus«, sagte Cath.

»Sie haben eben gesagt, Sie wären heute so lange geblieben, weil sie die 59 nicht ausstehen können.«

»Ich lebe an dieser Strecke. Damien und ich hatten eine Wohnung an dieser Strecke. Joe hab ich in einem Pub an der Strecke kennengelernt. Ich arbeite an dieser Strecke, genau wie Joe. Ich hab die Nase voll von ihrem Anblick. Nicht immer. Aber jetzt.« Sie war gewachsen. Sie schien sich vor Helens Augen auszudehnen zu etwas, was sie noch nie gesehen hatte, und dann wieder in Cath' alte Haut zurückzuschrumpfen.

»Ihr Bruder? Kann der nicht helfen?«

Cath warf ihr einen haßerfüllten Blick zu. »Natürlich nicht. Er ist tot.«

Das darauffolgende Schweigen war stärker als alle Worte.

»Tut mir leid«, murmelte Helen. »Ich hätte den Mund halten sollen. Werden Sie irgendwas unternehmen? Wegen Joe, meine ich.«

»Nein, und Sie können mich auch nicht dazu bringen.«

»Nein, kann ich nicht.« Helen fiel Mary Secura ein. Man kann sie nicht dazu zwingen; sie müssen schon von selbst wollen.

»Und Sie werden Mrs. Eliot nichts erzählen?«

»Warum sollte ich? Sie haben doch nichts verbrochen.«

»Nein«, sagte Cath unsicher. »Hab ich nicht, oder?«

Als sich die Vordertür schloß, verspürte Helen nur Erleichterung, vermischt mit Schuldgefühlen. Sie wußte jetzt, was sie alle meinten, die Mary Securas, die Richter und die breite britische Öffentlichkeit. Doch tief in ihrem Inneren hätte sie es lieber nicht gewußt.

Sie wollte es nicht wissen, weil sie bereits viel zuviel über Schuldgefühle und Elend wußte. Sie wollte nicht empfindsam, mitleidig oder gar eine Verbündete sein. Wenn sie schon kein eintöniges Leben haben konnte, dann wenigstens ein sicheres, eins hinter Mauern, in dem sich alle Probleme auf morgen verschieben ließen, nur die eigenen nicht. Ein Leben ohne Putzfrau, die Schmutz hereintrug, statt ihn zu entfernen, an einem Ort, wo es niemanden gab, der bemitleidet werden wollte oder sie bat, etwas zu behandeln, was unheilbar war. Das tat sie ohnehin den ganzen Tag.

Während Bailey und Ryan mit nüchternem Kopf Mickey Gats Pub verließen, um sich gemütlicheren Gegenden zuzuwenden, fing Helen West, erst halbherzig, dann mit wachsender Energie an, die Wände des rot gestrichenen Zimmers zu reinigen. Sie nahm alle Bilder ab und bearbeitete die Oberflächen mit einer Bürste. Sie war bereit, die Wohnung auf den Kopf zu stellen, alles zu renovieren, Mauern hochzuziehen.

Teil II

7

Draußen regnete es. Da es zu warm war, um die Heizung anzustellen, andererseits zu kühl, um das Fenster offenzulassen, hockten sie hinter beschlagenen Scheiben, die den Mief und die Enge in dem ohnehin viel zu kleinen Büro noch verstärkten. Das Foto von Shirley Rix war verschwunden. Statt dessen hing jetzt eine Sammlung von Postkarten an der Pinnwand, die leuchtendblaues Meer und goldenen Sand zeigten. Dort vergnügten sich gerade Horden von Kollegen. Nur Kinderlose blieben im August zu Hause. Wenn du keinen Spaß verstehst, hättest du hier nicht einsteigen dürfen, hatte Sylvia jetzt schon zum fünfzehntenmal in dieser Woche gesagt.

»Also schön, Mike Ryan, wenn du dich nützlich machen willst, dann schnapp dir einen Eimer Wasser und mach sauber. Offenbar regnet es durch die brandneuen Fenster rein. Und wenn du deinen Arsch nicht schleunigst von meinem Schreibtisch runterbewegst, schrei ich wegen Belästigung am Arbeitsplatz um Hilfe.«

»Du bist so süß, wenn du dich aufregst«, murmelte er. »Ich werde nicht kämpfen, ich akzeptiere die Abfindung. Liest du schon wieder Pornohefte, Mary?«

Ryan rutschte von Marys Schreibtisch, riß ihr die neueste Nummer von *Good Housekeeping* aus der Hand und fing an zu blättern. Er war häufig Gast in der Abteilung für Gewalt in der Ehe. Es zog ihn vor allem deshalb dorthin, weil nur Frauen dort arbeiteten. Von seiner Schwäche für Mary mal ganz abgesehen. Ryan gefielen grundsätzlich alle Frauen zwischen sechzehn und sechzig, doch Mary war imstande, hinter seinem augenzwinkernden, zuweilen derben Humor eine seltsame Zuverlässigkeit zu entdecken. Nicht zu vergessen das angenehme Knistern gegenseitiger Anziehungskraft, das jedoch von beiden Seiten sorgfältig überspielt wurde.

»Besser, du sprichst sie nicht an. Sie ist heute mit dem linken Fuß zuerst aufgestanden«, sagte Sylvia, schwang sich die Handtasche über die Schulter und machte Anstalten zu gehen.

Ryan hörte nicht auf sie. »Was ihr Frauen alles lest«, murmelte er und studierte die Abbildung eines perfekten Badezimmers mit einer Wanne voll Schaum, aus dem schüchtern zwei Zehen lugten. »Und bist du's wirklich?« fuhr er fort, ohne aufzusehen, als die Tür ins Schloß fiel. »Mit dem linken Fuß zuerst aufgestanden, meine ich.«

»Ja«, sagte Mary.

»Was ist denn los?«

Mary lehnte sich zurück, warf einen Blick auf das Nichtraucherschild an der Wand und zündete sich lässig eine Zigarette an.

»Nun, du kennst doch den Fall Shirley Rix, nicht? Nein, kennst du nicht, aber ich hab dir davon erzählt. Wir haben ihren Mistkerl von Ehemann geschnappt, er sitzt, der Gerichtstermin steht fest, alles klar. Am Tag der Gerichtsverhandlung kneift die Frau, aber der Staatsanwältin gelingt es, den Termin um einen Monat aufzuschieben. Schlau, wie? Dummerweise wird Shirley am gleichen Tag überfahren. Sie macht also keine Zeugenaussage mehr, es sei denn im Himmel. Und ich hab den Mund gehalten, verstehst du? Ich war so unglaublich sauer, daß dieser Kerl einfach so davonkommen wird, von mir aus sollte er ruhig noch ein paar Wochen im Knast schmoren.«

»Du hast es nicht erzählt? Keinem?«

Mary zuckte die Achseln. »Na ja, ich hab's seinem Anwalt erzählt. Der hat den liebenden Ehemann darüber in Kenntnis gesetzt, daß er jetzt Witwer ist. Das war kurz bevor der Anwalt in Urlaub fuhr. Aber ich hätte es der Staatsanwaltschaft melden müssen, oder? Damit sie das Verfahren einstellt und die kleine Ratte auf freien Fuß setzt. Und genau das hab ich nicht getan. Ich hab ihn die Wände raufgehen lassen, und jetzt sitz ich mächtig in der Scheiße. Ebenso wie die Staatsanwältin, dabei – was hätte sie schon tun sollen? Übrigens hat sie sich wirklich anständig benommen. Heute morgen hat sie mich angerufen, als wäre nichts, aber sie wollte auch, daß ich ihr einen Gefallen tue. Glaubst du, sie werden mich feuern?«

»Ach was«, sagte Ryan. »Sie sollten dir einen Orden verleihen.« Er klaute sich eine Zigarette von ihr. »Und der arme Unschuldige schmachtet immer noch im Gefängnis?«

»Unschuldig, daß ich nicht lache. Er wird seinen Sohn wiederkriegen und ihn zu einem alkoholabhängigen kleinen Rowdy erziehen.«

»Hör mal«, sagte Ryan, obwohl er nicht gerade ein Fachmann war, nachdem es Bailey gelungen war, ihm alle Disziplinarverfahren bis auf drei zu ersparen. »Du solltest auf Fehler wegen Überarbeitung plädieren. Schieb's dem Anwalt in die Schuhe. Sag, daß du die Anweisung rausgegeben hast. Laß bloß nicht durchblicken, daß es Absicht war, okay? Dann bist du aus dem Schneider, wirst schon sehen. Am besten gehst du mit deinem kürzesten Rock und jeder Menge Parfum.«

Sie sah ihn an, ein wenig erschöpft. »Genau«, sagte sie. »Genau. Das wird den Ausschlag geben.«

Das anschließende Schweigen lastete schwer. Der Regen fiel, als wollte er den Sommer verspotten.

»Wie läuft's denn zu Hause?« fragte er beiläufig und warf einen Blick auf die Zeitschrift. »Bist du am Renovieren, oder fängst du jetzt etwa auch schon an, ein Nest für die Kleinen zu bauen?«

Mary gab ein ersticktes Lachen von sich. »Sieht eher nach Brückenabbrechen aus.« Sie fuhr sich mit ihren abgekauten Fingernägeln durchs Haar. Es war eine Geste, die er hinreißend fand. »Nein«, fügte sie hinzu. »Vergiß, daß ich das gesagt habe, so habe ich es nicht gemeint. Er würde gern ein Nest bauen. Ich finde die Idee zum Kotzen. Die Arbeit hier bringt einen nicht nur von den Männern ab, sondern auch von der Vorstellung, mit ihnen zusammenzuleben.«

»Wenn ihr zwei euch trennt, hätte ich ja vielleicht eine Chance«, sagte Ryan und schenkte ihr ein schmachtendes Lächeln.

Diesmal lachte sie, stand auf und schob ihn von ihrem Schreibtisch runter. »Na los, Mike, was willst du wirklich?«

Er seufzte dramatisch. »Deinen Körper. Und einen Gefallen. Nicht unbedingt in dieser Reihenfolge.«

Es dauerte nicht mal eine Minute, bis sie den Namen in der Kartei gefunden hatten. Mary Catherine Boyce. Ein Besuch, vor neun Monaten, negativ. Nachbarn hatten die Polizei alarmiert, Mrs. Boyce war ins Krankenhaus eingeliefert worden und hatte es auf eigene Gefahr am gleichen Abend wieder verlassen. Am nächsten Morgen war Mary bei ihr gewesen. Mrs. Boyce hatte weitere Hilfe abgelehnt.

»Wir behalten diese Berichte, für alle Fälle. Es könnte sein, daß sie wieder auftauchen, kommt gar nicht so selten vor. Außerdem lassen wir ihnen eine Telefonnummer da, unter der sie uns direkt erreichen können. Manche rufen Monate später an.«

»Sie nicht«, sagte Ryan. »Sie ist ein einmaliger Fall. Nicht mal eine weitere verdammte Anzeige wegen Ruhestörung.«

»Trotzdem ist was komisch an der Sache«, grübelte Mary. »Sie war halbnackt, als sie ins Krankenhaus eingeliefert wurde. Deshalb hatten alle Panik, und die Jungs hielten es für viel schlimmer, als es dann tatsächlich war, ein paar Blutergüsse, nicht besonders hübsch, aber auch nicht allzu schlimm. Jedenfalls hatte sie diese riesige Narbe quer über dem Bauch, verstehst du, ein Mordsding. Sah aus, als hätte ihr Alter eines Tages versucht, sie umzulegen. Doch als wir danach fragten, erklärte sie, es sei die Narbe eines Kaiserschnitts. Aus ihrer Jugend, sagte sie, es hätte nichts mit ihrem Mann zu tun. Der Arzt muß Metzgerlehrling gewesen sein. Ja, ich erinnere mich. Sie war nicht wie die anderen, ich meine, sie hatte keine Angst. Erzählst du mir, worum es geht?«

»Nein. Es ist eine fixe Idee meines Chefs. Er hat nicht genug zu tun.«

»Ich würde gern für Bailey arbeiten«, sagte Mary. »Falls sie mich hier vor die Tür setzen, heißt das.«

»Wenn du deine Karten richtig spielst, warum nicht?« Ryan kniff ein Auge zusammen und studierte die Karteikarte, als wartete er auf eine Inspiration. Schließlich zuckte er die Achseln. »Bailey wollte wissen, ob der Mann irgendeinen Hang zur Gewalt hat, weiß der Himmel, wie er darauf kommt. Ich persönlich glaube nicht, daß ein einmaliger Krach mit der eigenen Frau zählt.«

»Deine Sache. Aber wie kommst du darauf, daß er einmalig war?«

Ryan schnippte mit dem Finger gegen die Karte. »Weil hier steht: ›Akte ruht‹, du Dummchen.«

Mary beugte sich vor. »Ich habe dir doch erzählt, daß die Staatsanwältin mich heute morgen um einen Gefallen gebeten hat. Es war alles ein bißchen vage oder hypothetisch. Na ja, jedenfalls ging es um ihre Putzfrau. Cath, Nachname unbekannt, aber die Telefonnummer ist die gleiche wie die auf der Karteikarte. Sie sei voller Blutergüsse, was sie machen solle. Nichts, hab ich geantwortet, es gibt nichts, was Sie machen können. Aber es sieht ganz so aus, als wäre dein Mr. Boyce noch aktiv.«

Ryan sank ächzend auf einen Stuhl und fegte dabei das Magazin vom Tisch.

»Oh, meine umwerfende Mary«, sagte er. »Fühlst du dich im Interesse deiner Karriere imstande, mir noch einen weiteren Gefallen zu tun?«

»Was soll ich tun?«

Diesmal war das lüsterne Grinsen ausgeprägter. Er beugte sich vor und küßte sie auf den Mund, so kurz, daß es kaum mehr als eine Berührung war. Dann lehnte er sich wieder zurück.

»Nein«, seufzte er. »Das nicht. Geh bloß noch mal hin und sieh nach ihr, okay?«

Am Nachmittag prasselte der Regen gegen Helens Fenster. Fasziniert preßte sie die Nase an die Scheibe. Die Angestellten im Büro gegenüber waren alle viel besser gekleidet als bei ihnen. Sie liefen zwischen Unmengen von technischen Geräten hin und her, die die Staatsanwaltschaft nicht besaß, erreichten Ziele, von denen jede Regierungsstelle nur träumen konnte, und hatten obendrein saubere Fenster.

Es gab einen leitenden Angestellten mittleren Alters, den sie besonders aufmerksam beobachtete. Er hatte schütteres Haar, trug eine Brille, war schlank, durchtrainiert und immer sehr beschäftigt. Er verfügte über ein eigenes Büro mit Sekretärin, genau wie sein Kollege, der ein Zimmer am anderen Ende des Ganges hatte. Helen konnte sogar hineinspähen, wenn sie sich den Hals verrenkte. Die beiden Männer sahen sich, genau wie ihre Sekretärinnen, so ähnlich, daß man sie miteinander verwechseln konnte. Nr. 2 (ohne Brille) rührte sich nie aus seinem kleinen Heiligtum, während Nr. 1 (mit Brille) nicht nur hemmungslos mit seiner eigenen Sekretärin flirtete, sondern auch mit der seines Gegenspielers sechs Zimmer weiter. Offenbar war das bisher noch niemand aufgefallen. Aus der Distanz konnte Helen es jedoch sehr klar verfolgen und spielte jetzt im Geist mit mehreren Möglichkeiten. Sie könnte eine Notiz an ihrem Fenster befestigen. Des weiteren bot sich das kompliziertere Szenario einer Erpressung an. Sie würde sich Nr. 1 schnappen, ihm erklären, daß sie sein kleines Spiel durchschaut hatte, und ihm Schweigen anbieten, vorausgesetzt, er hielt die Augen offen und erwiderte das Entgegenkommen, indem er ihr einen wöchentlichen Videobericht über Redwood lieferte. Redwood, wie er in fremden Büros rumstöberte und ständig neue Verfahrensweisen entwarf, war nicht gerade eine aufregende Aussicht, aber wenn er ihn erwischte, wie er Gymnastik machte oder die Hose wechselte, das wäre doch was! Ich könnte es bei der Konferenz heute nachmittag zeigen, dachte sie, und uns alle vor dem Tiefschlaf bewahren.

Sie hatte getan, als sei sie nicht im geringsten schockiert über Mary Securas Versäumnisse, als glaubte sie nicht, daß dahinter Absicht steckte, und murmelte etwas von Kommunikationsproblemen, obwohl sie ganz genau wußte, wie grundsätzlich falsch es war, jemanden nicht aus der Haft zu entlassen, wenn keine Beweise mehr gegen ihn vorlagen, selbst wenn es nur Untersuchungshaft war. Eine grausame Gerechtigkeit, das ja, aber auf einer solchen Basis waren schon allzu viele Lügen gerechtfertigt worden. Gerechtigkeit, ein Thema, das sie mit stiller Leidenschaft erfüllte – deswegen ihre ständige Frustration. Gerechtigkeit war kein Gott, dem man mit pathetischen Rachegelüsten diente. Gerechtigkeit war nur dann erreichbar, wenn man die umständlichen Methoden und Verfahrensweisen beachtete, die das Gesetz vorschrieb, wie unzulänglich es auch sein mochte, denn letztlich gab es nichts, was besser funktionierte. Recht und Wahrheit waren die einzigen Formeln, mit denen sich arbeiten ließ. Sie wußte das. Sich selbst Gerechtigkeit zu verschaffen hieß, sich darüber hinwegzusetzen, und zeugte von willkürlicher und zerstörerischer Arroganz.

Sieh dir das an, da drüben. Der Mann mit Brille dreht seine Runde. Er steckt den Kopf in mehrere Büros, sagt guten Tag und zieht sich dann höflich wieder zurück. So weiß er, wo alle sind, wechselt hin und wieder ein paar Worte, geht weiter und läßt alle starr vor Schreck zurück. Dann sorgt er dafür, daß Nr. 2 für mindestens zehn Minuten in ein Telefongespräch verwickelt wird. Durch den klärenden Filter zweier beschlagener Fenster sieht Helen, wie der kleine Romeo leidenschaftlich die Sekretärin von Nr. 2 umarmt, nachdem er gerade erst seine eigene geküßt hat. Er hat sie sogar auf seinen Schoß gezogen, und sie, mein Gott, sie scheint auch noch dankbar zu sein.

Das Telefon läutete. »Beeilen Sie sich, Sie kommen schon wieder zu spät!« Redwood. Helen seufzte in den Hörer.

»Wir müssen rausfinden, worauf diese Fehlschläge zurückzuführen sind«, sagte er gerade vor versammelter Mannschaft, als sie eintrat und sich einen Platz ganz hinten suchte. Er hob die Hände und starrte sie an, als seien sie seine einzige Inspiration. Helen mußte an eine alte Dame denken, die einer Strickanleitung folgt.

»Wir brauchen ein System«, fuhr Redwood fort und warf einen Blick in Helens Richtung, »um wenigstens die auffälligsten Fehlschläge in unserer Kommunikation mit der Polizei zu kontrollieren. Das bedeutet natürlich nichts anderes, als Beziehungen aufzubauen, die von wechselseitigem Vertrauen gekennzeichnet sind.«

Ein paar nickten weise, blieben aber stumm. Niemand fiel der schreiende Widerspruch in diesem Mann auf, dem jede Art von Vertrauen fremd war und der erst in einer Atmosphäre wechselseitiger Verunsicherung richtig aufblühte. Helen kritzelte auf ihrem Block herum und sah nicht auf. Wenn die Wände in der Wohnung gestrichen waren, vorausgesetzt, die Farbe reichte, um sämtliche Dellen zu bedecken, dann war es Zeit für die neuen Vorhänge. Ob Cath diese Woche kam? Und was würde sie von dem Chaos halten? »Wir müssen den Polizeibeamten klarmachen, wie wichtig es ist, daß sie uns alles erzählen, alles. Zum Beispiel, daß ein bestimmter Zeuge nie vor Gericht erscheinen wird.«

»Zum Beispiel, weil er tot ist«, sagte Helen deutlich, aber nicht allzulaut.

»Haben Sie was gesagt, Miss West?«

»Nichts.«

»Gut.«

Entschuldigen Sie, daß ich noch lebe. Unverschämtheit wäre ihr Untergang. Hier ging es nur um die arme Shirley Rix mit den riesigen Augen, die sie von einem Foto anstarrten, eine namenlose, nummernlose Person, deren Bild sie gesehen hatte, ohne sie je kennenzulernen. Die Erinnerung an sie würde ihnen ein Stachel im Fleisch sein, ein weiterer Minuspunkt im Bericht persönlicher Fehlschläge. Und Redwood würde ihn genauso bejammern wie alle anderen Ursachen ihrer Mißerfolge. Helen saß störrisch in der letzten Reihe. Selbst aus dieser Entfernung spürte er ihre verbissene Ungeduld.

»Wir haben ein kleines Mißgeschick einstecken müssen«, fuhr Redwood fort. »In einem Fall, der längst ad acta gehört hätte. Meine Damen und Herren, ich bitte Sie, wenn es feststeht, daß ein Zeuge nicht aussagen wird, dann fällen Sie eine klare Entscheidung, lieber früher als später. Stellen Sie keine Vertagungsanträge, nur um das Gesicht zu wahren. Sonst muß sich später nur jemand anders damit rumschlagen.«

Helen krümmte sich innerlich. Sie beobachtete, wie die anderen ein wenig verwirrt nickten; sie spürten, daß jemand aus ihrer Mitte in Ungnade gefallen war, weil er Redwoods Dienststelle entehrt hatte, und fragten sich, wer es sein könnte.

Sie zeichnete eine grobe Skizze der neu arrangierten Möbel in ihrem Wohnzimmer, verpaßte sich zur Strafe einen Klaps auf die Hand und versuchte, die Tränen zu unterdrücken. Bedauern weniger für ihre eigene Demütigung als für Shirley Rix und weil sie es nicht geschafft hatte zu überleben. Auch für ihre eigene Zurückhaltung, die sie daran hinderte, an die Scheibe ihres Bürofensters zu klopfen und irgendwem in dem Gebäude auf der anderen Straßenseite zuzuwinken. Es war die gleiche Zurückhaltung, um derentwillen sie heute morgen gezögert hatte, bevor sie Mary Secura anrief und um Hilfe bat, tief beschämt darüber, daß sie nichts unternommen hatte und nicht mal Cath' Nachnamen wußte. Was für ein Narr war doch das Gewissen, so stark, wenn es darum ging, sich rauszuhalten, und so schwach, wenn positives Handeln gefragt war.

Sie war dankbar für den Schutz, den ihr Zuhause ihr bot.

Diese Wohnung als chaotisch zu bezeichnen ist die Untertreibung des Jahres, dachte Bailey später, als er sich durch die Tür quetschte. Er erkannte in dem Chaos Helens augenblickliche Stimmung wieder, obgleich er sie nur selten so extrem erlebt hatte. Es war unmöglich, sich irgendwo hinzusetzen. Die Möbel aus dem Wohnzimmer füllten den Gang und die Küche; er mußte sich mit eingezogenem Bauch um die Tür und an einer Kommode vorbeischlängeln. Schließlich erstarb das Heulen des Staubsaugers, und er blieb wie angewurzelt stehen. Sie war in dem kleinen Raum, den sie als Arbeits- und Eßzimmer benutzte. Er hörte sie dramatisch seufzen, bevor sie völlig aufgelöst im Eingang erschien.

»Wen wolltest du dir denn so dringend vom Leib halten?« fragte er und deutete auf die Kommode. »Oder gibt's hier jemanden, den du unbedingt einsperren willst?«

»Ich mache die Schränke sauber«, sagte sie würdevoll. »Und ja, ich weiß, daß es komisch klingt, aber ich habe einen Mann gefunden, der mir die Decken streicht, morgen früh. Ein anderer Termin ist ausgefallen, deshalb ging es so schnell. Ein Glück, was?«

Bailey schien nicht ihrer Meinung zu sein. Er wirkte eher verstört. Er hatte nichts zu essen mitgebracht, und die Küche sah nicht so aus, als sei sie im Moment zu irgendwas zu gebrauchen. Der Fußboden war zu einem Abstellplatz für die Pflanzen und Bilder geworden. Auf sämtlichen freien Oberflächen stapelten sich Bücher. Als sie seinem Blick folgte, wirkte sie bedrückt.

»Wie wär's mit einem Drink?« fragte sie eifrig. Er lächelte.

»Keine Sorge, ich bediene mich schon. Mach nicht so ein schuldbewußtes Gesicht. Du bist kein kleines Frauchen, das mir die Hausschuhe anwärmen muß, weißt du.«

Sie spürte die Gereiztheit hinter den leichthin gesagten Worten und begegnete ihr mit zunehmendem Ärger. Nein, sie war kein kleines Frauchen und auch keine *grande dame,* die mit Gin und Tonic wartete, daß ihr Held und treusorgender Ehemann nach Hause kam. Sie gehörte selbst zur arbeitenden Bevölkerung und hatte die klebrigen Reste des täglichen schlechten Gewissens noch nicht abschütteln können.

»Ich glaubte, deine wunderbare Cath würde sich um so was kümmern«, sagte er.

»Du hast selbst gesehen, was sie macht. Sie putzt alles, was sich bewegt. Aber sie wischt nicht die Wände ab oder räumt die Bude leer, bevor der Maler kommt. So was erledige ich selbst.«

Helen folgte ihm in die Küche und lehnte sich gegen den Kühlschrank. Obendrauf stand eine verstaubte Schale mit Schlüsseln, die sie alle nicht zuordnen konnte und sinnloserweise trotzdem aufbewahrte.

»Hör mal, Bailey, ich muß dich was fragen wegen Cath …«

Bailey trat unbehaglich von einem Fuß auf den anderen und hielt ihr weiter den Rücken zugekehrt. Er hatte überlegt, ob er von Cath' Beziehung zu dem toten Damien Flood reden sollte, und nach ein, zwei Tagen Nachdenkens entschieden, daß es einfacher wäre, den Mund zu halten. Das war im Zweifelsfall immer Baileys Art, obgleich er fuchsteufelswild werden konnte, wenn Helen dem Beispiel seiner Verschwiegenheit folgte. Es gab nicht den geringsten Grund, warum sich sein berufliches Wissen auf Helens Leben auswirken sollte oder auf das der Eliots. Was würde es bringen außer Unsicherheit, wenn einer von ihnen wußte, daß die Frau, die ihre Staubtücher schwenkte, einen Bruder hatte, der bei einer Messerstecherei umgekommen war, und als Ehemann einen Barkeeper mit einem dubiosen Boß? Er zuckte die Achseln. Schweigen war nicht immer Gold.

»Was ist mit ihr?«

»Sie wird von ihrem Mann verprügelt.«

»Ja, ich weiß.«

»Was?« Sie war wütend. »Du hast es gewußt und mir nichts gesagt?« Sie reichte ihm ein Glas Bier, doch in ihrem Gesicht war zu lesen, daß sie es ihm am liebsten an den Kopf geworfen hätte.

»Lieber Himmel, jetzt komm mal runter von deinem hohen Roß. Ich weiß es selbst erst seit kurzer Zeit und aus einem ganz anderen Zusammenhang. Hintergrundmaterial. Erinnerst du dich noch an den Mordfall, von dem ich dir vor einer Woche oder so erzählt habe? Die Schlägerei? Das Opfer war Cath' Bruder.«

»Was bist du für ein Scheißtyp, Bailey! Wie bringst du es fertig, so was für dich zu behalten? Hättest du mir auch nichts gesagt, wenn ich meine Schlüssel einem wahnsinnigen Mörder anvertraut hätte?«

»Jetzt mach aber mal einen Punkt! Wenn einer von uns beruflich mit vertraulichen Informationen zu tun hat, dann sollten sie auch vertraulich bleiben. Natürlich hätte ich es dir gesagt, wenn ich es gewußt hätte, bevor du sie eingestellt hast, aber sie hat doch nichts verbrochen, oder? Sie hat weder dir noch Emily Eliot ihre Familiengeschichte anvertraut, warum sollte ich es dann tun? Was macht das für einen Unterschied?«

»Den zwischen Wissen und Nichtwissen, verdammt noch mal! Und daß du glaubst, ich könnte die Informationen mit einem Lautsprecher rausposaunen, womöglich noch mit genauen Angaben, woher ich sie habe ...«

»Das habe ich nicht gesagt. Nicht mal gedacht.«

»Lieber Himmel, Bailey, manchmal frage ich mich, ob du irgendwo eine heimliche Ehefrau und einen Haufen Kinder vor mir versteckt hältst. Gibt's vielleicht noch irgend etwas, was du mir sagen möchtest, zum Beispiel, daß du morgen früh nach Timbuktu verschwindest und bloß vergessen hast, es mir zu erzählen?«

»Okay, okay. Tut mir leid.«

Es tat ihm überhaupt nicht leid, er war wütend, und die Tatsache, daß es eine völlig unbegründete Wut war, machte es nur noch schlimmer.

»Was kann ich tun, um ihr zu helfen?« fragte Helen.

»Nichts. Nicht das geringste. Übrigens werden wir deine und Ryans Freundin Mary Secura bei ihr vorbeischicken. Ich möchte, daß irgendwer diese Wohnung betritt. Frag mich bloß nicht, warum. Findest du nicht, wir sollten das Thema jetzt beenden?«

Er hatte sein Glas geleert, ohne das Jackett abzulegen, das er zum Schutz gegen den Regen getragen hatte. In dem Durcheinander hatte er auch keine Lust, es zu tun. Die Sauberkeit und Ordnung seiner eigenen Wohnung erschien ihm plötzlich sehr verlockend.

»Brauchst du Hilfe?« fragte er zögernd.

»Nein, danke«, antwortete sie gleichermaßen zurückhaltend.

»Was soll ich dann tun?«

»Setz dich hin und lies die Zeitung, aber da es ohnehin so aussieht, als wolltest du gleich wieder gehen, überleg es dir gut. Ich hatte eigentlich vor, mich frisch zu machen und dich dann irgendwohin zum Essen einzuladen.«

»Aber du bist noch nicht soweit und würdest am liebsten erst die ganze Wohnung putzen, wie?«

Ein paar Sekunden standen sie nur da und starrten sich an. Dann nickte er und wandte sich ab, um zu gehen. Seinem würdevollen Abgang stand die Kommode im Weg. Es blieb ihm nichts anderes übrig, als sich mit eingezogenem Bauch an ihr vorbeizuquetschen. Bei dieser dummen kleinen Szene mußte sie lächeln, aber nur, bis seine Schritte draußen erstarben.

Oh, Scheiße. Diese unterkühlte Verstimmung war schlimmer als jeder offene Streit. Sie wanderte, noch immer wütend, in das rotgestrichene Wohnzimmer und horchte auf das Geräusch von Baileys Wagen. Eine innere Stimme sagte ihr, daß sie Bailey mittler weile doch kannte und wissen müßte, daß er bestimmte Dinge von ihr fernhielt, und bei allem Sinn für Gerechtigkeit – sie machte es umgekehrt genauso. Aber sie hatte sich auf ihn gefreut, so wie immer, und heute abend hatte sie ein ganz besonderes Bedürfnis gehabt, mit ihm zu reden. Er war ein fairer, netter und anständiger Mann, und er hätte ihr Vorschläge gemacht, mit denen sie das Gefühl ihrer Unzulänglichkeit hätte beschwichtigen können, selbst wenn sein Rat in letzter Konsequenz nur bedeutet hätte, damit zu leben. Wenn sie ehrlich war, hatte die Bemerkung mit dem kleinen Frauchen sie getroffen wie ein gut gezielter Pfeil. Was mußte sie tun, um sich an seiner Gesellschaft freuen zu dürfen? Sich kämmen, schminken, ihn mit Vivaldi im Hintergrund und Kaffeeduft aus der Küche im Negligé erwarten? Jetzt war ihr die Lust am Saubermachen vergangen. Sie betrachtete das leere Wohnzimmer, die hellen

Stellen an den Wänden, wo die Bilder gehangen hatten, die Löcher von den Nägeln. Es sah aus wie ein Gangsterunterschlupf, dessen Wände von Schüssen durchsiebt waren. Wenn Bailey schließlich ginge – und das würde er sicher tun, wenn er weder das Engagement noch die Unterstützung bekam, die lebenswichtig für jede Art von Beziehung waren –, würde auch er Spuren hinterlassen? Würde es verblaßte Stellen in ihrem Leben geben, Hinweise auf ihrem Körper, die auf seine frühere Präsenz hindeuteten? Und sie – würde sie einfach weitermachen? Sollte sie gegen das Unausweichliche ankämpfen, eine zweite Emily werden? Im Augenblick konnte sie nur ihrem Instinkt fürs Praktische gehorchen. Die Wände abwischen. Cath ihre Unterstützung anbieten. In dieser Reihenfolge.

Blaue und gelbe Vorhänge, nächste Woche um diese Zeit. Und morgen die Decken.

Joe war nicht der einzige, der seine Sachen verstecken konnte. Der gestrige Abend war ruhig verlaufen. Er war spät nach Hause gekommen, hatte sich vor die Kiste gehockt und das Sandwich, das Cath ihm gemacht hatte, abgelehnt. Er war so schweigsam gewesen, daß sie es nicht wagte, den Mund aufzumachen. So war es häufig nach einem Streit. Beide zogen sich völlig in sich selbst zurück, bis schließlich einer schüchtern und verzweifelt den ersten Schritt auf den anderen zuging: eine zufällige Berührung, eine Tasse Tee, die mit einem gemurmelten Dank angenommen wurde, eine Bemerkung über das Wetter. Und dann ein paar friedliche Tage seliger Normalität, bis der ganze Tanz von neuem begann. Es war bloß der Alkohol und die schreckliche Tatsache, daß Joe einen gewissen Grad an Wut brauchte, um mit ihr zu schlafen. Sie vermutete, daß es die Narbe war, die ihn abstieß. Er berührte sie gern, aber er fand sie auch widerlich. Sie mußte daran denken, wie die Polizeibeamtin in Zivil, deren Stimme sie gelegentlich per Telefon bestellte, indem sie mit dem Anrufbeantworter spielte, bei ihnen aufgetaucht war. Nun, was die Frau sagte, hatte nicht gerade viel Sinn ergeben, trotzdem konnte Cath sich noch an jedes Wort erinnern. Sagen Sie nicht, daß er Sie bloß schlägt, weil er trinkt, hatte die Beamtin ihr erklärt. Es liegt an ihm und am Alkohol, verstehen Sie? Andere Männer trinken und gehen einfach schlafen oder kaufen ihren Frauen Parfum oder schmusen mit der Katze. Gegen besseres Wissen hatte Cath gelacht und geantwortet, daß ihr Mann Katzen nicht ausstehen könne. Daß er allergisch gegen Parfum sei und die meiste Zeit ein wirklich guter Mann, obwohl das überhaupt nicht zur Sache gehöre. Es ist Ihre Entscheidung, hatte die Frau gesagt. Ja, das stimmt, hatte Cath geantwortet. Meine Entscheidung.

Jeder hat seine Grenzen, sagte die Frau, rufen Sie uns an, wenn Ihre erreicht sind.

Cath hätte sich nie von Joe getrennt. Es sei denn, Damien hätte es verlangt. Bis jetzt.

Beide versteckten Dinge voreinander, kleine Sachen, die für Reibereien sorgen könnten. Es fing an mit seinen militärischen Andenken, die er für den sehnsüchtig erwarteten Fall einer erneuten Einberufung aufbewahrte. Er hatte das Leben beim Militär geliebt und träumte heute noch davon. Wie alles, was er anfing, hatte er auch diese Sammlung nur halbherzig angelegt: Uniformen, Mützen, Abzeichen vor allem, Bajonette, die billig zu erwerben und ebenso billig zu schleifen waren, damit sie wieder was taugten. Am Ende aber bewirkten Joes Widerwille gegen alles, was aus zweiter Hand stammte, und die Entdeckung, wie viele Leute dasselbe taten, daß er von seiner Leidenschaft abließ und die kleine Kollektion mit einem Anflug von Scham versteckte. Cath hatte sie ohnehin von Anfang an gehaßt. Das meiste war im Spoon gelandet. Es hatte Zeiten gegeben, in denen er tat, was sie wollte. Sie wußte nicht mehr, wann sich das geändert hatte, nur daß es schon lange her war. Vor Damiens Tod.

Cath sagte nie »Mord«. Sie sagte »Tod«.

Sie holte tief Luft. Unter dem Dach klangen alle Geräusche gedämpft. Alles war reduziert auf das rhythmische Stampfen von unten und das noch gleichmäßigere Tröpfeln von Regenwasser aus einer undichten Stelle im Dach. Ein paar Kisten waren vom unteren Stockwerk nach oben transportiert worden. Joes Rasenmäher oder seiner Hängematte durfte keinesfalls etwas passieren, bevor sie einen eigenen Garten mit zwei Bäumen und einer Hecke hatten. Was für eine Verschwendung! Sie hatte den Altar unter dem Fenster aufgebaut, an einem trockenen Platz im Schutz von Joes Kisten, und gehofft, daß er unentdeckt bliebe. Jetzt lagen die Blumen, die zugegebenermaßen schon halb verwelkt waren, als sie ihnen das letztemal frisches Wasser gegeben hatte, zertrampelt auf dem Holzboden, und bunte Flecken wiesen auf die Farbe der Stiefmütterchen hin, die sie aus Helen Wests Garten geklaut hatte. Die Fotos waren verschwunden. Die Kerze, die sie entzündet hatte, um Damien anzulocken wie eine helle Flamme eine Motte, lag auf dem Fenstersims. Cath berührte die frischen dunkelblauen Flecken auf ihrem Oberschenkel. Sie waren nicht wichtig. Es war die Entweihung der Erinnerung, die das Faß zum Überlaufen brachte.

Von weit unten kam das heisere Krächzen der Klingel. Cath empfand keine Panik. Langsam und gefaßt stieg sie die Treppe vom Dachboden herunter. Es spielte keine Rolle mehr, wer es war.

Ich bin wütend, sagte sich Mary Secura. Und ich wünschte, das hieße, daß ich böse und gefährlich bin. Sie hatte die gute Lederhandtasche quer über die Brust gehängt und war unerklärlicherweise dankbar für den rauhen Rhythmus, der aus dem Erdgeschoß kam. Die Tür sprang auf, und eine Stimme rief von oben. Mary folgte dem Klang, weg vom Leben hier unten, und kramte in ihrer Tasche nach einer Karte, einem Faltblatt und dem Funkgerät.

Die Tür ganz oben stand offen. »Hallo?« rief sie mit gespielter Munterkeit und warf einen Blick in den Flur und in den dahinterliegenden Raum, die beide blitzsauber waren. Dann tauchte die Frau auf. Ihr langes Haar fiel lockig auf die Schultern, und seltsamerweise lächelte sie. Sie trug einen farblosen Rock und eine langärmlige weiße Bluse. Kein Zeichen von Vernachlässigung, alles völlig normal; sie ging nur ein bißchen gebückt.

»Lassen Sie sich nicht stören, wenn Sie zu tun haben«, sagte Mary und zeigte ihren Dienstausweis. »Ich komme vom Dezernat für Gewalt in der Ehe. Ich würde mich gern noch mal mit Ihnen unterhalten, wenn es Ihnen recht ist. Meinen Sie, eine Tasse Kaffee wäre drin?«

Die adrette kleine Person zeigte nicht das geringste Anzeichen von Nervosität. Cath glaubte, daß sie den Grund für diesen Besuch kannte. Er ging auf diese Miss West zurück. Gestern hätte sie ihr den Bruch ihres Versprechens, diese massive Einmischung in ihr Leben noch übelgenommen, doch heute war ihr der Eingriff des Schicksals gleichgültig. Ihr Lächeln wurde breiter. Mary war verwirrt und betroffen von so viel Ergebenheit.

»Ich habe keinen Kaffee da«, sagte Cath. »Nur Tee. Wie spät ist es?«

»Halb zehn.«

»Nun, ich denke, dann haben wir noch Zeit. Er kommt erst gegen Mitternacht, aber ich muß noch packen.«

»Prima«, antwortete Mary. »Wirklich prima. Was soll ich tun?«

»Den Kessel aufsetzen, nehme ich an, Sie wollten doch Tee. Und danach könnten Sie mich zum Apartment meines Bruders fahren. Ich habe den Schlüssel nie zurückgegeben, wissen Sie.«

»Sie ziehen aus?« fragte Mary. »Jetzt?«

»Was habe ich denn gerade gesagt?«

»Und wo wollen Sie hin?« Mary war verblüfft. Sie fühlte sich unbehaglich und rätselte über die Situation, die sie da offenbar ausgelöst hatte, und ob die Frau noch ganz richtig im Kopf war.

Cath war ungeduldig. Sie schien zu glauben, daß Mary mit einer Tagesordnung angerückt war, die vollkommen mit ihrer eigenen übereinstimmte.

»Ich weiß, wo ich hin kann, ich hab's doch schon gesagt. In die Wohnung von meinem Bruder.«

»Hören Sie …«, begann Mary.

»Na schön«, sagte Cath und wandte sich ab. »Dann gehe ich zu Fuß oder nehme den Bus. Es ist bloß eine Haltestelle von hier, aber ich muß ein paar Sachen mitnehmen.«

»Hören Sie«, wiederholte Mary verzweifelt, »wollen Sie Ihren Mann anzeigen?«

»Was würde das ändern?«

»Aber warum wollen Sie ihn dann verlassen?«

»Das geht Sie nichts an. Wollen Sie mir nun helfen oder nicht?«

Mary dachte an Shirley Rix. Shirley war auch langsam mit ihren Erklärungen gewesen, und dann war die Hilfe zu spät gekommen.

»Ich helfe Ihnen«, sagte sie. »Vergessen Sie den Tee.«

Der kleine Garten der Eliots war so lange vernachlässigt worden, daß er einem kümmerlichen Fußballfeld nach einer langen, regenlosen Saison glich. Jetzt war er sumpfig, wie Jane Eliot es am liebsten hatte. Sie hatte den Untergang der wenigen übriggebliebenen Blumenbeete beschleunigt, indem sie sich angewöhnte, aus dem Fenster direkt in den Garten zu springen. Bequemerweise lag ihr Zimmer im Erdgeschoß. Den Weg aus dem Fenster, ums Haus zur Hintertür und über einen Flur wieder zurück konnte sie endlos wiederholen. Sie schwang sich von der Bettkante auf den Fenstersims, sprang runter und lief ums Haus, einmal, zweimal, dreimal hintereinander, ohne anderes Ziel als einen leichten Nervenkitzel. An diesem Abend trug sie schon ihr Nachthemd, als sie sich in der Dämmerung bückte, um eine übriggebliebene Blume zu retten. Allerdings vergaß sie, sich dafür zu entschuldigen, daß sie alle anderen in wochenlanger Achtlosigkeit zertrampelt hatte.

Leute gruben Löcher in den Boden und versteckten dort Sachen. Ihre Freundin Susan hatte einen Hund, der Knochen im Garten verscharrte. Und auch Jane besaß ein paar geklaute Sachen. Der Diebstahl selbst war ganz einfach gewesen (aus der untersten Schublade von Daddys Schreibtisch, wo er kleine Überraschungen für seine Lieben aufbewahrte, besonders für Mummy), doch das schlechte Gewissen machte sich auf die eine oder andere Art immer wieder bemerkbar. Jane liebte Parfum und mußte immer darum betteln wie um andere Privilegien des Erwachsenenlebens, dabei sah sie überhaupt nicht ein, warum das so sein sollte. Deshalb hatte sie die größten Packungen genommen, die sie finden konnte. Die Blumenbeete schienen sich prima dafür zu eignen, die Schmuggelware so lange zu verstecken, bis die großen Ferien vorbei waren und sie das Diebesgut in die Schule transferieren konnte. Sie hörte Mark und die anderen in der Küche kreischen. Jane buddelte mit beiden Händen ein Loch in die Erde unter ihrem Fenster. Gerade als ihr klar wurde, daß sie unmöglich all den Dreck auf ihrem Nachthemd verbergen konnte und irgendwas erfinden mußte, um ihn zu erklären, stieß sie auf Gold.

Nicht wirklich Gold, aber die goldene Lösung für ihr Problem: ganz gewöhnliches Metall, irgendwas sehr Altes, aber sie könnte jedenfalls sagen, sie hätte nach Gold gesucht. Vielleicht war es ein Vermögen wert, und – igitt! Würmer! Sie zog das Ding aus der Erde, legte es hin und trat einen Schritt zurück, um es mit zusammengekniffenen Augen zu begutachten. Es war ein Dolch oder so was, mit einem Griff wie ein Schwert, und es steckte in einer rostigen Metallscheide, die sich unangenehm anfühlte. Jane sah sich um, ging dann drei Meter weiter und grub rasch ein neues, flacheres Loch für die Givenchy-Flasche.

Dann trug sie das Bajonett ins Haus und mußte einsehen, daß sie sich geirrt hatte. Ihre Eltern fanden das Ding überhaupt nicht aufregend, und seine Entdeckung entschuldigte auch keineswegs den Schmutz auf ihrem Nachthemd. Also wurde sie in leichter Ungnade, aber mit frischem Nachthemd ins Bett geschickt. Das Bajonett blieb in der Küche. Sie waren nicht beunruhigt. Möglich, daß es schon ewig dort lag, obgleich Emily auffiel, daß die Klinge geschliffen worden war.

Alistair schlug vor, es im Winter als Feuerhaken zu benutzen.

Seine Eltern hatten es auch so gemacht. Sie hörten nicht auf Jane, als sie sagte, daß es vielleicht dem Mann gehörte, der sich immer im Garten rumtrieb. Der mit der Angst vor Parfum.

Es war eine gute Geschichte; sie beschwor den Geist vom schwarzen Mann, der ihr nicht mehr dieselbe Aufmerksamkeit verschaffte wie früher, aber es war so wie mit allen guten Geschichten: Niemand glaubte einem.

8

Vorbesprechungen zum Prozeß. Ryan haßte sie. Alte Erkenntnisse durchkauen mit einem neuen Barrister, der so tat, als verstünde er. Mit Bailey, der aggressiv und unsicher zugleich war, und einem schüchternen jungen Mann von der Staatsanwaltschaft, der sich Notizen machte.

»So sieht die Sache aus«, erklärte Bailey. »Nein, besser gesagt, danach stinkt sie. So fühlt sie sich an, wenn Sie wollen«, setzte er hinzu, als er sah, wie sich Ryans Gesicht bei der bloßen Erwähnung von Intuition verzog. »Wie ein rohes Ei, das einem übers Gesicht läuft.«

»Nun, ich verstehe, warum Sie so unzufrieden sind«, antwortete Alistair Eliot. »Aber jetzt ist es ein bißchen spät, meinen Sie nicht? So, wie Sie mir den Fall darstellen, haben Sie Ihre Ermittlungen abgeschlossen. Der Gerichtstermin steht fest, er ist in einem Monat. Mittlerweile sind sämtliche Spuren verwischt, und es bleibt auch kaum noch Zeit für weitere Ermittlungen. Natürlich ist das nicht ganz fair. Es gab auf jeder Seite drei Männer, die in die Schlägerei verwickelt waren. Die drei, die wiederkamen, um sich das verlorene Geld zurückzuholen, hatten Waffen: Queues und ein oder zwei Messer. Die anderen drei, darunter auch das Opfer, Damien Flood, waren unbewaffnet und damit auf unfaire Weise im Nachteil, könnte man sagen.«

Ryan dachte an das Größenverhältnis zwischen den Männern und den Jungs und schüttelte den Kopf. Schlägereien zwischen Betrunkenen waren nie fair.

»Damien Flood scheint der Nachteil nichts ausgemacht zu haben, wenn man der Aussage eines seiner Freunde glauben will. Er begibt sich in den Kampf, gerät in ein Handgemenge mit unserem Angeklagten, und der trifft ihn am Kopf. Damien taumelt zurück. Seine Freunde sind so groß, daß sie einen Jugendlichen in die Flucht geschlagen und den anderen entwaffnet haben. Statt sich um Damien zu kümmern, nehmen sie die Verfolgung auf. Tatsächlich erwischen sie den Burschen, der sich mit dem Ermordeten angelegt hatte. Bemerkenswert zurückhaltend geben sie sich damit zufrieden, ihn bloß zu verprügeln. Nachdem sie raushaben, wo er wohnt, lassen sie ihn laufen. Dann gehen sie zurück und suchen Mr. Flood, der anscheinend nach Hause gegangen ist. Jedenfalls ist er nicht mehr da, wo sie ihn, leicht verletzt, wie sie glaubten, zurückgelassen haben. Sie gehen zu Damiens Wohnung. Keine Spur von ihm. Bei der Rückkehr nehmen sie den Weg am Freizeitzentrum vorbei. Finden ihn und alarmieren die Polizei.«

Alistair schüttelte den Kopf. Er hatte sie in seinem Büro empfangen – einem kleinen Raum, den er mit drei anderen teilte und der von oben bis unten mit Büchern vollgestopft war. Ryan fand einen Barrister ohne Perücke und Robe einfach lächerlich. Entsetzt starrte er auf das unübersehbare Brandloch in Alistairs Hemd und registrierte, daß sein Haar flach am Schädel lag, als wartete es nur auf seine Kopfbedeckung. Als Alistair den aufmerksamen Blick von Ryan bemerkte, grinste er so unverhohlen freundlich, daß dieser errötete.

»Wie auch immer«, fuhr Alistair fort, »weil Damiens Freunde wußten, wo der Junge wohnte, den sie verfolgt hatten, wurde er verhaftet. Er hat sich hartnäckig geweigert, die Namen der anderen beiden aus seiner Gang preiszugeben, und behauptet steif und fest, daß außer ihm keiner ein Messer bei sich hatte. Er behauptet auch, daß er seins gar nicht benutzt hat, aber die Indizien beweisen eindeutig das Gegenteil.« Damit warf er einen Blick auf das gräßliche Foto auf dem Schreibtisch und schreckte leicht zurück.

»Ein kleines Schnappmesser«, murmelte Bailey.

»Nicht groß genug, um so viel Schaden anzurichten, meinen Sie?« fragte Alistair sanft.

»Der Pathologe sagt, es geht, aber nur unter erheblichem Kraftaufwand. Da wir das eigentliche Messer nicht haben, sondern nur eins, das mit dem, das die Jungen beschrieben haben, identisch ist, fehlt der endgültige Beweis.«

Wir hätten das Messer finden müssen, dachte Bailey. Der Junge sagt, er hat es weggeworfen, weiß aber nicht mehr, wo. Dafür hat er uns ein anderes, identisches gezeigt, das er noch zu Hause hatte.

»Jedenfalls spielt das keine große Rolle«, fuhr Alistair fort. »Wir ziehen den Fall nicht so auf, daß wir von der alleinigen Verantwortung dieses Jungen ausgehen. Wir nehmen an, daß unser Angeklagter wegging und sich bewaffnet hat, wie er selbst zugibt. Er kam zum Ort des Geschehens zurück, um seinen Gegner ernsthaft zu verletzen. Bei der darauffolgenden Schlägerei wurde ein Mann getötet. Wir brauchen nicht mehr zu beweisen als die Absicht, den anderen verletzen zu wollen. Wenn er dabei umkommt, und sei es aus Fahrlässigkeit, dann ist es Totschlag. So lautet das Gesetz. Zu einem Totschlag gehört nicht unbedingt die Absicht zu töten. Selbst wenn seine Kumpel gleichermaßen schuldig sind, spricht es ihn nicht frei von Totschlag. Was meinen Sie mit dem Ei, Mr. Bailey? Mir scheint, Sie haben das Bestmögliche getan.«

Nachnamen. Hier im Amtszimmer sprachen sie eine andere Sprache als sonst, wenn sie am Küchentisch der Eliots saßen und herumalberten.

Alistair breitete die Hände aus. »Aber nachdem ich Ihnen nun erklärt habe, daß ich den Fall ziemlich unkompliziert finde, obwohl er Grund zu einiger Unzufriedenheit bietet und es dem Angeklagten freisteht, seine abwesenden Freunde zu belasten, muß ich Ihnen sagen, daß ich mich daraus zurückziehen werde. Die Staatsanwaltschaft ist ebenfalls der Meinung, daß jemand anders ihn übernehmen soll. Wir Juniors sind leicht austauschbar, wissen Sie«, setzte er hinzu, als er Ryans verächtlichen Blick bemerkte. Unberechenbare Schweinebande, dachte Ryan. Sie akzeptieren das Mandat und das Geld, und dann lassen sie einen kurz vor Prozeßbeginn in der Scheiße sitzen.

»Ja, ich verstehe«, sagte Bailey und sah Ryan streng an, ehe er nachgab und erklärte: »Hab ich es Ihnen nicht erzählt, Ryan? Damien Floods Schwester arbeitet für Mr. Eliots Frau. Er gilt sozusagen als befangen, sehen Sie?«

Doch Ryan sah von seinem unbequemen Sitzplatz neben dem dritten Schreibtisch in diesem Raum nur eins: das Foto, das ganz oben lag. Eine Blitzlichtaufnahme vom Tatort. Damien Flood lag ausgestreckt unter einem Baum, mit offener Hose und entblößtem Bauch. Aber man sah nicht nur den Bauch, sondern auch die Eingeweide, die herausquollen. Das war keine Messerstecherei, sondern ein Gemetzel. Lungen und Leber, wie sie seine Granny immer für die Hunde gekocht hatte, und zum erstenmal bei diesem Fall, der ihm eigentlich ziemlich egal war, verstand Ryan, warum Bailey keine Ruhe gab. Dieser kleine Scheißer in Untersuchungshaft hätte das nie und nimmer schaffen können, jedenfalls nicht ohne fremde Hilfe. Oder doch? Eine Fliege landete auf dem schaurig bunten Foto. Bailey verscheuchte sie – aus Respekt vor dem Toten.

»Tut mir leid«, sagte Alistair Eliot, als die anderen gegangen waren und sie allein in dem vollgestopften sonnigen Büro saßen. »Aber ich hatte keine andere Wahl. Ich habe mich vor einem Pub mit einem Mann unterhalten, der als Zeuge in dem Fall benannt ist, die Schwester des Toten arbeitet jeden Tag in meinem Haus ... Kannst du dir vorstellen, an so einem Verfahren teilzunehmen, und sei es als Junior, wenn Quinn das Reden übernimmt und mich nur die Hausaufgaben machen läßt? Ich müßte doch der armen Cath erklären, was los ist, nicht wahr? Und das wäre für sie und mich und Emily und uns alle ziemlich unangenehm.«

»Kein Grund, sich zu entschuldigen«, sagte Bailey. »Laß dich von meinem empfindlichen Sergeant nicht beirren. Noch ist nichts verloren. Du hast die verdammte Akte erst vor drei Wochen bekommen. Und wir haben noch Zeit genug, sie jemand anders zu übergeben.«

»Ich brauche deinen Rat in einer Familienangelegenheit«, sagte Alistair plötzlich.

Bailey grinste. »Und da fragst du mich? Wieso versuchst du's nicht mit einem Fachmann?«

»Du genügst mir. Du verstehst mehr von Frauen. Bisher habe ich Emily noch nichts von Cath' Problemen verraten. Ich vergöttere meine Frau, Bailey, das weißt du, aber ich habe das Gefühl, daß sie Cath mit Freundlichkeit und guten Ratschlägen überschütten würde. Sie würde zum Spoon and Fiddle rennen und den Mann an den Haaren rauszerren. Emily glaubt, daß man immer was tun kann, verstehst du? Egal, bei wem oder was. Ich dagegen glaube das nicht.«

»Ich auch nicht. Ist das deine Frage?«

»Ich hasse es, etwas vor ihr zu verbergen, aber was soll ich machen? Glaubst du, es würde sich lohnen, wenn ich zu dem Pub gehe, so wie sonst auch, und Joe Boyce einen Hinweis gebe, irgendwas, um ihm klarzumachen, daß ich weiß, daß er seine Frau schlägt? Ich hab nicht viel Ahnung von solchen Sachen, sie liegen mehr auf Helens Linie, aber ich habe immer geglaubt, daß es einen Mann zurückhalten kann, wenn ein anderer davon weiß, daß er seine Frau schlägt. Weil er sich schämt.«

»Es könnte auch dazu führen, daß er sie hindert, weiter bei euch zu arbeiten.«

»Oh«, sagte Alistair verwirrt. »Daran habe ich gar nicht gedacht. Lieber Himmel, was für ein privilegiertes, beschütztes Leben wir doch führen.«

»Und noch was«, sagte Bailey in dem Wunsch, ihn zu trösten. »Meine Informationen stammen von Ryan, und der hat sie von einer Frau im Dezernat für Gewalt in der Ehe. Sie sind streng vertraulich, du verstehst mich. Deine Putzfrau kümmert sich bereits selbst um ihre Probleme. Sie hat ihren Alten verlassen und sich in dem Loch eingeigelt, wo ihr Bruder gewohnt hatte und von dessen Existenz ihr Mann angeblich nichts weiß. Es liegt an derselben Busstrecke«, setzte er hinzu, obwohl das eine nichts mit dem anderen zu tun hatte, und dachte an den Vorteil, den die Eliots genossen. »Macht das die Sache leichter?«

»Ja, sehr sogar. Trotzdem habe ich das Gefühl, ich sollte mich mit Mr. Boyce unterhalten.«

»Ah«, sagte Bailey, »ich dachte daran, Ryan auf ihn anzusetzen.«

Alistair sah überrascht auf. »Ob das klug ist?«

Bailey seufzte. »Ich weiß es auch nicht.«

»Wie geht's Helen?« fragte Alistair, der sich zusammennahm. Der Themenwechsel erfüllte ihn mit sichtlicher Erleichterung.

»Prima«, sagte Bailey eine Spur zu jovial. »Sie hat jede Menge zu tun.«

Liebe Cath,
es tut mir leid, daß das Putzen heute etwas schwierig wird, wegen des Malers. Er streicht nur die Decken, den Rest überläßt er mir. Putzen Sie, was Sie können, vor allem die Küchenfenster. Schlage vor, daß Sie sich in den Garten setzen und ausruhen, wenn Sie sonst nichts zu tun haben. Falls Sie das Bedürfnis verspüren, Unkraut zu jäten, tun Sie sich keinen Zwang an. Übrigens sollten Sie wissen, daß Sie stets willkommen sind, wenn Sie tagsüber herkommen wollen.

Das war Anfang der Woche gewesen. Beim Nachhausekommen hatte sie eine Antwort gefunden.

Liebe Helen,
ich bin dem Maler zur Hand gegangen, hoffe, das war in Ordnung. Komme morgen nachmittag wieder und mache weiter, wenn das ebenfalls in Ordnung ist. Ich streiche gern. Sind Sie mit 5 Pfund pro Stunde einverstanden?
P. S. Ich kenne einen guten Teppichladen bei mir um die Ecke, in Clapton. Er liegt an der Strecke der 59.

In Ordnung? Es war umwerfend. Helen Wests handwerkliches Geschick schloß auch die Fähigkeit mit ein, Farbe an eine Wand zu klatschen und ein bißchen dicker aufzutragen, wenn's nötig war, um Risse zu kitten, aber sie brauchte immer elend lange, um in die Gänge zu kommen. Ihr Sparsamkeitsfimmel hatte sie dazu verleitet, dem Maler bloß die schwierigen Teile zu überlassen – das hieß noch lange nicht, daß es ihr Spaß machte, den Rest selbst zu streichen. Als sie Cath' hastig hingekritzelte Nachricht fand und den ersten goldweißen Anstrich im Schlafzimmer entdeckte, hatte sie daher das Gefühl, auf einen Schatz gestoßen zu sein. Nicht einmal Sex ist erregender als der Anblick einer frisch gestrichenen Wand, sagte sich Helen. Und wenn Bailey unbedingt bei seiner distanzierten Haltung bleiben wollte, dann konnte sie's auch nicht ändern. Sollte er wegbleiben und schmollen, bis alles fertig war. Dank Cath' überraschender Hilfe würde es höchstens eine Woche dauern statt einen Monat. Wenn Emily Eliots Näherin so schnell arbeitete, wie sie es versprochen hatte, würde die Revolution allerhöchstens sieben Tage dauern. Sie versetzte dem aufgerollten Teppich im Wohnzimmer einen Tritt. Sie hatte geglaubt, er würde es noch tun. Doch Cath' Wink mit dem Zaunpfahl hätte nicht deutlicher sein können.

Es war ein langweiliger alter Teppich, lauter Stückwerk, da, wo die blutbefleckten Teile ausgetauscht worden waren. Daran wollte sie nicht denken.

Billiger Teppichladen, Clapton. Nummer 59. Am besten nahm sie Cath mit. Offenbar gefiel ihr das Zeug, und vielleicht würde es sie zum Reden bringen. Ein Ausflug. Zwei freie Tage waren bereits ausgebucht. Ein Schauer der Erregung lief ihr über den Rücken. Einen Teppich zu kaufen war ungefähr so spannend wie Waffen zu schmuggeln. Cath' unübersehbare Energie beim Streichen bedeutete, daß es ihr gutging. Kein Grund zu direkter Sorge, höchstens zu leisem Zweifel.

Damien Flood war viel rumgekommen. Er hatte sich mit Haut und Haaren der Unbeständigkeit verschrieben und dieses Ziel durch eine ausgetüftelte Täuschungstaktik erreicht. Wurzeln zu schlagen kam nicht in Frage. Und deshalb hatte er das Einzimmer-Apartment im obersten Stockwerk eines Mietshauses mit lauter Sozialwohnungen auch so leicht bekommen, trotz Warteliste, denn kein anderer – weder ein Rentner noch eine alleinstehende Frau mit Kind, Leute, die was gegen Einbrüche hatten oder solche, die keine Treppen steigen wollten – hätte eine so unzugängliche Wohnung genommen. Damien dagegen hatte nichts gegen eine Bude, bei der es an schlechten Tagen eine dreiviertel Stunde dauern konnte, bis man seinen Müll rausgeschafft hatte. Dank Mickey Gats Gunst hatte er mal wieder einen Unterschlupf gefunden, einen von einem guten Dutzend, die er in den dreißig fetten und mageren Jahren seines Lebens bewohnt hatte. Cath hatte immer gesagt, daß Damien eine heimliche Todessehnsucht mit sich herumschleppte. Er liebte Stockwerke ganz oben, wo er sich aus dem Fenster stürzen konnte, und entzog sich allen Ankern, die das Überleben gewährleistet hätten – auch der Liebe einer anständigen Frau. Beim letzten Punkt gab es nichts zu deuteln. Warum sollte er sich auf eine Frau beschränken, wenn er einen ganzen Harem haben konnte? Nicht daß das der Fall gewesen wäre, jedenfalls zeigte er es nicht nach außen. Cath konnte sich gar nicht mehr erinnern, wie er sich nach außen gegeben hatte, sie wußte bloß noch, daß sie ihn nie mit einer festen Freundin gesehen hatte. Oder in einem anderen Ambiente als diesem, vor dem jede feste Freundin, egal, wie dumm sie war und wie niedrig ihre Erwartungen, die Flucht ergriffen hätte. Ein Zimmer mit einer Matratze auf dem Boden und einem Sessel, einer Küchenzeile und einer Sammlung weiterer, nicht zueinander passender Stühle, die verloren um einen weißen Melamintisch herumstanden. Ein Poster an der Wand, Regale aus Leichtstein. Ein düsteres Bad. Die ganze Wohnung war trist, heruntergekommen, ohne wirklich dreckig zu sein, bewohnt von einem Mann, der sich und seine Klamotten mit zwanghafter Besessenheit gewaschen und den Rest sich selbst überlassen hatte, bis es schon fast anfing zu stinken. Kein Wunder, daß die Gemeinde keinerlei Anstalten gemacht hatte, die Wohnung zurückzubekommen. Cath fragte sich sogar, ob Damiens frühere Vermieter überhaupt wußten, daß er tot war. Einige Zeit nach seinem Tod hatte ihr irgend jemand den Inhalt seiner Taschen ausgehändigt, vermutlich ein Freund oder ein Polizist, auf alle Fälle waren auch die Schlüssel dabei.

Mickey Gats Schlüssel hatte sie über Joe sofort zurückgegeben, ohne zu erwähnen, daß sie noch die anderen hatte. Soweit sie wußte, war sie die einzige Besucherin hier oben gewesen, als Damien noch lebte, und die Zufluchtsmöglichkeit, die die Wohnung nun darstellte, war wie ein Geschenk des Himmels, ein Zeichen göttlichen Schutzes und möglicherweise ein Hinweis darauf, daß Damiens Seele am richtigen Ort war. Cath vermißte nichts von zu Hause, höchstens das Telefon. Im Wohnzimmer gab es ein Loch in der Wand, vielleicht war da mal eine Buchse gewesen. Cath wurde mit Schrecken klar, daß sie keine Ahnung hatte, wie man ein Telefon anschließt. Doch dann riß sie sich zusammen. Letztlich würde sie nicht ewig hierbleiben. Es war, als lebte man in einem Treibhaus hoch über der Welt, und sie sehnte sich nach tiefergelegenen Räumen, fern von dem milchigen Licht, den Fenstern mit Aussicht, so weit das Auge reichte, dem leichten Schwanken im Wind und der Bewegung des Wassers in der braunen Kloschüssel.

Cath zog leise die Tür hinter sich zu und ging in der frühen Morgenhitze, die sich im Gebäude emporwälzte wie Rauch in einem Kamin, zum Aufzug. Heute funktionierte er ausnahmsweise. Um diese Stunde fühlte sie sich völlig sicher. Niemand außer ihr schien vor Mittag das Tageslicht zu bemerken, und auch dann nur, um loszuziehen und Alkohol zu besorgen, den Scheck vom Arbeitsamt abzuholen oder den Sozialarbeiter reinzulassen. Sie zog die Nase kraus aus Ekel vor dem Gestank und den Graffiti. Im zehnten Stock hielt der Aufzug, um eine weiße Mutter mit einem schwarzen Kind mitzunehmen. Beide weinten leise vor sich hin, bis sie im Erdgeschoß ausstiegen.

Cath stieg in die 59. Sie war ruhig und resigniert, denn sie hatte den leisen Verdacht, daß Joe heute zu den Eliots kommen würde, um sie zu holen. Drei Tage hatte er sie in Ruhe gelassen. Doch Emily Eliot würde ihr sicher helfen und ihm sagen, daß Cath sich eine Woche freigenommen hatte oder was in der Art. Joe würde sich vormittags nicht lange aus dem Spoon verdrücken können, aus Angst vor Mickey Gat. Es konnte also nur ein kurzer Besuch werden, und am Nachmittag wartete der sichere Hafen von Helens Souterrainwohnung auf Cath. Für den Rest der Woche gab es genug zu tun, und weiter dachte sie nicht.

Jane Eliot begrüßte sie vor der Haustür. Sie trug eine goldene Krone aus Pappe (Werbegeschenk von McDonald's) und den alten seidenen Morgenmantel ihrer Mutter. Obwohl sie ihn um den Bauch geschlungen hatte wie eine Wurst, fiel der Saum als Schleppe über die nackten Füße bis auf den Boden. Sie legte einen Finger auf den Mund und führte Cath so streng und zielstrebig ins Haus, daß man nicht wußte, ob sie gerade König oder Höfling war. Als Cath in Gelächter ausbrach, stampfte sie wütend mit dem Fuß auf. Was für ein Schätzchen: so süß und schuldbewußt! Aber der Klang von Cath' Lachen, das ihren eigenen Ohren fremd war, verblüffte sie beide. Jane vergaß, wo sie war.

»Was ist los mit dir, Cath? Du lachst doch sonst nie!«

Wie alle Kinder konnte sie es nicht leiden, wenn Erwachsene sich widersprüchlich verhielten. Cath umarmte sie, was ebenfalls höchst ungewöhnlich war. Das Kind duftete wie ein ganzer Parfumladen.

»Nun ja, aber heute mache ich eine Ausnahme. Wo ist deine Mummy?«

»Ausgeflogen. Dad hat frei, und sie haben sich gedacht, soll uns alles gestohlen bleiben, wir gehen aus. Ohne uns!« Die Empörung war echt, obwohl die kleine Jane bereits zu dem Schluß gekommen war, daß es jede Menge Entschädigungen für die Abwesenheit ihrer Eltern gab. Jedenfalls war es eine Rache wert. »Mark soll auf mich aufpassen«, erzählte sie munter weiter. »Er hat es Mummy feierlich versprechen müssen, aber natürlich wußte sie nichts von seinem Kater. Jedenfalls hat er sich noch mal hingelegt. Du paßt auf mich auf, ja? Wir könnten was spielen.«

»Wo ist denn deine Schwester?« fragte Cath und empfand leichte Besorgnis, als sie nach oben sah und einen Stapel Endlospapier entdeckte, das vom Geländer flatterte wie eine Flagge. Jane stampfte ungeduldig mit dem Fuß auf.

»Das steht alles auf Mummys Zettel, du Dummkopf. In der Küche. Sie ist bei ihrer blöden Freundin. Sie wollten ins Schwimmbad.«

»Und du«, erklärte Cath streng, »wirst dir ganz schön was anhören müssen, wenn deine Mummy nach Hause kommt.«

Wie recht sie hatte, wurde Cath wenig später klar, als sie durch das schmale hohe Haus pfiff. Ihre Freude über die Verantwortung, die man ihr übertragen hatte, diese Auszeichnung von Vertrauen und die damit verbundene Freiheit begannen zu schwinden, noch bevor sie Mr. Eliots Arbeitszimmer erreichte. Es gab sowieso immer viel zu tun während der drei Stunden, und jetzt mußte sie auch noch Jane bei Laune halten. Da sie wußte, wie vergeblich es war, einen Jugendlichen wecken zu wollen, der seinen Rausch ausschlief, versuchte sie es gar nicht erst. Das Unheil, das seine jüngere und eifersüchtige Schwester anrichten konnte, war schlimm genug. Vor allem aber wollte Cath, die keine Arbeit scheute, angesichts dieser kleinen Machtübertragung jedermann gerecht werden und zugleich beweisen, was sie wert war. Das Glück erfüllte sie mit Kraft. Sie wollte das Kind vor Schelte bewahren und seinem großen Bruder, der maßlos über die Stränge geschlagen hatte, beistehen. Sie wollte allen gerecht werden, weil sie Cath liebten und sie diese Liebe erwidern wollte. *Onward, Christian Soldiers.*

Doch an der Tür zum Arbeitszimmer, Mr. Eliots sakrosanktem Refugium, verflogen ihre guten Vorsätze. Das Kind hatte sämtliche Papiere durcheinandergebracht und sogar die Aktenstöße geöffnet, die mit rosafarbenem oder weißem Klebeband verschlossen gewesen waren. Reste davon hingen jetzt um Janes Handgelenke und Knöchel: eine Zigeunerprinzessin in Lumpen. Cath verstand nichts von Papier. Sie konnte besser lesen und schreiben als mancher Teenager, doch die schiere Masse überwältigte sie einfach. Sie wußte nur, daß sie eine vage Ähnlichkeit mit der Ordnung herstellen konnte, die das Ganze vorher gehabt hatte, und spürte einen vorübergehenden Anflug von Mitleid mit dem armen Mr. Eliot, der so schwer schuftete und immer so galant zu ihr war.

Jane war unten, erschöpft von der Anstrengung und gefesselt von dem tagsüber gewöhnlich verbotenen Fernsehen. Cath fing an aufzuräumen. Das Zimmer roch nach Parfum, was wenig zu dem maskulinen Flair des Schreibtischs, dem soliden Stuhl, dem altmodischen Füllhalter-und-Tintenfaß-Set und der Anonymität von Alistairs Computerbildschirm passen wollte. Cath' Bewegungen waren rasch und sicher. Sie stapelte die Blätter mehr oder weniger sauber zu Stößen auf; ohne richtig hinzusehen. Sie achtete nur auf die Ähnlichkeit der Schriftart und auf Knicke im Papier. Vielleicht ließe sich irgendeine Art von Ordnung erzielen. Sie hielt sich dabei völlig zurück und wich den geschriebenen Worten aus, bis sie mitten im Durcheinander plötzlich ihren eigenen Namen entdeckte. Nicht Cath. Mary Catherine Boyce. Und direkt darunter Joseph Boyce, entsprechend der alphabetischen Ordnung des Index. Der Rest des Stoßes war noch mehr oder weniger intakt. Cath spürte, wie ihr Herz heftiger gegen die Rippen schlug. Sie las die ersten Worte. Und dann konnte sie nicht mehr aufhören. Sie stand mit weichen Knien an die Wand gelehnt, und ihr Mund, der schon hatte loslachen wollen, formte tonlos Worte.

Vieles von dem, was der Tod ihres Bruders nach sich zog, war ihr gar nicht bekannt gewesen. Joe hatte sie abgeschirmt, und sie war ihm dankbar dafür gewesen und hatte ihm geglaubt, als er sagte, es sei besser, nicht alles zu wissen und den Rest so schnell wie möglich zu vergessen. Damien war tot, nichts anderes zählte. Joe war mitgekommen, als sie die Leiche identifiziert hatte. Es war nur eine Formsache. Damiens Gesicht erschien ihr vollkommener als je zuvor. Sie verstand nicht, was der Arzt mit all den Initialen nach seinem Namen sagte, sie verstand nur die Fotos von einem goldhaarigen Mann, dessen Eingeweide aus dem offenen Bauch quollen. Cath umklammerte ihren Oberkörper mit beiden Armen. Als sie spürte, wie die Übelkeit sie überschwemmte, biß sie sich auf die Lippen und las weiter. Joes Aussage war äußerst präzise, was die Uhrzeit anging; er betonte, daß er extra früh gegangen war, um zu ihr nach Hause zu kommen. Ihre Aussage enthielt die Uhrzeiten, die er ihr genannt hatte. Sein Wort war ihr immer wie ein Evangelium erschienen. Joe Boyce hatte erklärt, daß er seinen Schwager geliebt, dieser jedoch wenig Zeit für ihn gehabt habe. Lüge, alles Lüge. Damien hatte immer Zeit gehabt, und Joe hatte ihn immer beneidet, das war alles. Joe war ein gottverdammter Lügner.

»Was machst du?« fragte Jane von der Tür.

»Nichts«, sagte Cath und schob die Blätter zusammen, um die Fotos darunter zu verbergen. Warum zum Teufel schloß Mr. Eliot die Tür zu seinem Arbeitszimmer nicht ab? Kinder konnten nichts dafür, wenn die Erwachsenen unzuverlässig waren.

»Da ist ein Mann an der Tür, der nach dir fragt. Ich habe gesagt, ich glaubte, du wärst heute nicht da, ich würde aber nachsehen gehen. Bist du da?«

Das Kind war wirklich gewitzt. Cath fragte sich, woher es das hatte. Sie tat, als müsse sie gähnen.

»Oh, er meint bestimmt deine Mutter. Wahrscheinlich will er ihr irgendwas andrehen, was sie gar nicht braucht. Wenn ich runterkomme und mit ihm rede, habe ich keine Zeit mehr, um mit dir zu spielen. Geh und sag ihm, du hättest überall nachgeguckt, weil du weißt, daß ich normalerweise hier bin, und daß deine Mummy ziemlich sauer ist, weil sie eine Nachricht von mir bekommen hat, daß ich eine Woche verreist bin. Frag ihn, ob er weiß, wo ich bin. Schaffst du das?« Cath blinzelte ihr verschwörerisch zu.

»Na, hör mal! Hältst du mich für blöd?«

Das Kind stürmte davon. Was für eine Schauspielerin! Cath gab ihr drei Minuten und wartete auf dem Treppenabsatz, bis sie das dumpfe Echo der zufallenden Vordertür hörte. Dann ging sie nach unten.

»Er ist weg«, sagte Jane so resolut wie ihre Mutter. »Ich hab ihn zu einer Tasse Tee eingeladen, damit es echter wirkt, aber er wollte nicht.«

»Braves Mädchen«, sagte Cath und zwang ihre Stimme zu einer Gleichgültigkeit, von der sie weit entfernt war. Es konnte nur Joe gewesen sein. Er würde es versuchen, aber sie konnte ihm nicht in die Augen sehen.

»Ich muß mein Zimmer aufräumen«, erklärte Jane.

Cath war überrascht, aber sie fühlte sich jetzt ruhiger. Selbst ein Kind war stark genug, um Joe Paroli zu bieten. »Wie kommst du denn darauf? Ich dachte, du wolltest spielen.«

»Der Mann an der Tür. Es ist derselbe, der immer kommt, wenn die Unordnung zu groß wird. Er muß also wissen, wie unordentlich es jetzt wieder ist. Wir verscheuchen ihn mit Parfum. Eigentlich hat er nur einmal durch mein Fenster geschaut, aber ich sage allen, daß es mehr als einmal war, und außerdem hat er im Garten was verbuddelt. Willst du es sehen?« Sie hielt mitten in der Erzählung inne. »Daddy glaubt mir nicht. Und du?«

»Nein«, antwortete Cath. »Kein Wort. Du hast mindestens fünfzig Geschichten über diesen Mann erzählt, und jede ist anders. Wie sah er denn aus?« Welche Schande! Joe schlich ums Haus und spähte durch die Fenster anderer Leute wie ein Dieb. Er besudelte dieses schöne Haus. Wie konnte er! Doch Cath dachte mehr an Damien. Der Anblick seiner auf Zelluloid gebannten Leiche, der sich ihr im Arbeitszimmer geboten hatte, ging ihr nicht aus dem Kopf. Am liebsten würde ich die Fotos mitnehmen, dachte Cath. Mitnehmen und verstecken, wenn ich bloß genug Mumm hätte. Fremde dürfen Damien so nicht sehen, so nackt und häßlich. Es ist beschämend.

»Hier, das habe ich im Garten gefunden«, rief Jane triumphierend. Mittlerweile hatte sie die Nase voll vom Versteckspielen und Fernsehen und wollte bloß noch ungeteilte Aufmerksamkeit. »Dieses kleine Ding.«

Sie führte mit dem verrosteten Bajonett, das in der Scheide steckte, einen Scheinangriff gegen Cath' Zehen. Es wirkte genauso gefährlich wie ihr übriges Spielzeug. Cath betrachtete die Waffe ärgerlich und entsetzt. Es gehörte sich nicht, daß ein Kind mit Messern spielte, nicht mal im Spaß.

»Ich glaube, daß der Mann es vor Urzeiten hier versteckt hat. Echt, vor Urzeiten. Wer würde sonst so was hier verbuddeln? Aber Daddy hat gesagt, daß es innendrin sehr scharf ist. Willst du mal sehen?« Ihre Augen blitzten frech und herausfordernd.

Cath' Hand hob sich in plötzlicher Wut, um ein Haar hätte sie zugeschlagen. Statt dessen legte sie Jane die Hand schwer auf die Schulter und schüttelte sie unsanft, obwohl sie sich im gleichen Augenblick dieser Geste und der Kränkung, die sie dem Kind zugefügt hatte, schämte. Sie versuchte eine unbeholfene Umarmung daraus zu machen, doch Jane wehrte sich, und so glich es mehr einem Kräftespiel. Nach einem Augenblick gewann Cath ihre Selbstbeherrschung zurück.

»Wie hübsch«, sagte sie, ein wenig schärfer als beabsichtigt. »Aber laß uns lieber mit was anderem spielen.«

Bailey stand mit Ryan vor dem Gerichtssaal Nr. 4, Snaresbrook. Das Äußere des Gebäudes erinnerte an einen Bischofspalast, während das Innere Zeugnis von umfangreichen Renovierungsarbeiten ablegte. Keine Spur mehr von den alten viktorianischen Waschbecken, die Bailey gefielen und die Ryan nicht ausstehen konnte. Es war modern, weitläufig und vornehm, nur das Mobiliar war zum größten Teil erhalten geblieben. Gegen Mittag hatten sie bereits drei Stunden auf ihren Auftritt als Zeugen in einem Fall gewartet, der jetzt nach über einem Jahr endlich zur Verhandlung kam. Sie hatten keine Ahnung, wie lange es noch dauern konnte, und das einzige, was sie im Augenblick verband, war ihre stoische Ergebenheit. Da sich über die Tatsachen einer längst vergessenen Episode, bei der einem Ladenbesitzer schwere Verletzungen zugefügt worden waren, nicht weiter diskutieren ließ, lasen sie ihre Zeitungen, Bailey die *Times* und Ryan in fünfminütigen Anfällen den *Mirror.* Ryan hatte die übliche schlechte Laune, die durch Baileys Schweigen nicht gerade gemildert wurde.

»Jetzt weiß ich wieder, was ich Sie fragen wollte, Chef«, sagte der Sergeant plötzlich. Die Zeitungsskandale langweilten ihn zu Tode. »Erinnern Sie sich noch an gestern? Als wir diesen Mr. Eliot besucht haben? Beantworten Sie mir eine Frage. Haben alle Barrister solche Arbeitszimmer? Was für ein Chaos, also wirklich. Ich verstehe nicht, wie sie je irgendwas wiederfinden, geschweige denn studieren können. Aber unseren Schriftsatz hatte er gelesen, nicht?« Ryan hatte darauf gebrannt, dieses Phänomen mit Bailey durchzusprechen, seit dieser ihn so unvermittelt im Temple abgesetzt hatte. Doch Bailey hatte den ganzen Vormittag den Mund nicht aufgemacht.

»Sie haben nicht viel Platz«, antwortete er jetzt. »Eliot nimmt seine Akten meistens mit nach Hause. Ich muß ihn immer daran erinnern, sie zurückzugeben. Aber was macht das schon, ob sie im Chaos sitzen oder nicht? Solange sie ihre Arbeit tun.«

Ryan seufzte übertrieben laut, was Bailey irritierend fand, wie so viele seiner Angewohnheiten. Zuweilen brachten sie ihn dazu, über die willkürliche Natur der Zuneigung zwischen Menschen nachzudenken. Sie war so unberechenbar. Sie gründete sich nicht auf die Tugenden des anderen oder die eigene Bewunderung für ihn, sondern kam aus heiterem Himmel und halste einem Loyalitäten auf, die häufig ganz unverdient waren. Er wäre durchs Feuer gegangen, um Ryan aus einer Gefahr zu retten, ohne zu wissen, warum er das tun würde, besonders im Moment. Er ließ die Zeitung sinken.

»Da wir gerade bei Konferenzen mit Barristers sind, Mike, Ihre Manieren gestern waren unter aller Sau. Entweder haben Sie geseufzt wie eine schmachtende Diva oder gegrinst wie ein Affe – und dazwischen entweder geschmollt oder sich unübersehbar gelangweilt.«

»Ich habe nur gegrinst, als er sagte, es wäre alles in Ordnung mit dem Fall. Als er sagte, wir hätten getan, was wir konnten. Was soll daran falsch sein?«

»Alles.«

»Nicht falscher, als wenn er sagt, er könnte den Fall nicht übernehmen, weil er damit die Putzfrau seiner Frau in Bedrängnis bringt. So einen Schwachsinn hab ich im Leben noch nicht gehört.«

Die Türen des Gerichtssaals öffneten sich. Drei Barristers mit Perücke und Robe tauchten auf, gefolgt von anderen ohne diese prächtige Aufmachung. Die Barristers schienen die gereizte Stimmung der beiden Polizeibeamten zu spüren und wandten sich in die entgegengesetzte Richtung.

»Was ist los?« fragte Ryan. Wenigstens kam in die Sache jetzt Bewegung, wie minimal sie auch war. Bailey entdeckte einen Ausdruck von Genugtuung im Gesicht des Verteidigers, der mit seinem Gegenspieler zusammenstand. Die beiden schienen in eine ernste Unterhaltung vertieft.

»Wahrscheinlich hat das zu bedeuten, daß der Richter die Nase voll hat und unser Mann sich auf gefährliche Körperverletzung runterhandeln läßt.«

»Aber der Kerl hatte einen Schädelbruch!« protestierte Ryan.

Bailey zuckte die Achseln. »Na und?«

»Nichts«, antwortete Ryan, ohne die Stimme zu senken. »Nur daß das verdammte System zum Himmel stinkt. Perücke hin, Perücke her, es muß einfach einen besseren Weg geben.«

»Setzen Sie sich«, zischte Bailey. »Ich hab bloß einen Witz gemacht.«

Doch dann kam einer der Anwälte mit einem gewinnenden Lächeln auf sie zu, und er wußte, daß der Witz bitterer Ernst war. Er blickte auf zu der gewölbten Decke des prunkvollen Justizpalastes und versuchte sich vorzustellen, es sei eine Kathedrale.

Helen und Cath inspizierten die weißen Decken in Helens Wohnung. Der Maler war schon gegangen, obwohl er noch nicht fertig war. Helen drehte sich immer wieder um die eigene Achse; es war, als bewunderte sie die Decke der Sixtinischen Kapelle.

»Ich glaube, für heute reicht es, Cath. Sie müssen völlig erledigt sein.«

»Nein, bin ich nicht.«

»Sieht es nicht wunderbar aus?« murmelte Helen laut.

»Es ist nur weiße Farbe«, erwiderte Cath prosaisch.

Cath hatte keinen Farbspritzer abbekommen. Sie sah müde aus und schien mit den Gedanken woanders, arbeitete jedoch ruhig und präzise. Helen hatte Farbe im Haar, ihre Hände waren steif davon, und am rechten Zeigefinger bildete sich bereits eine Blase.

»Ich habe ihn verlassen, wissen Sie«, sagte Cath beiläufig.

»Oh. Möchten Sie eine Tasse Tee?« Was sollte man sonst sagen? »Wahrscheinlich will er, daß Sie zurückkommen, wie?« setzte sie hinzu.

»Wahrscheinlich.« Cath zuckte die Achseln. »Die Frau, die Sie mir geschickt haben, hat mir geholfen. Mary. Sie hat mich im Wagen mitgenommen.«

Es lag Helen auf der Zunge, zu sagen, daß sie niemand geschickt hatte. Dann dachte sie an Bailey, der einen nie wissen ließ, was er tat, und hielt lieber den Mund. Cath hatte ihre eigene Version der Ereignisse; sollte sie sie behalten.

»Was werden Sie jetzt machen?« fragte sie sanft. Sie standen, einander den Rücken zugewandt, in der Küche. Cath reinigte einen Pinsel. Helen spürte das wiederholte Achselzucken mehr, als daß sie es sah.

»Weiß noch nicht. Ist auch egal. Haben Sie sich die Adresse aufgeschrieben, die ich Ihnen gegeben hatte? Von dem Teppichladen?«

Helen erkannte allmählich einen bestimmten Kode. Cath brachte es einfach nicht fertig, zusammenhängende Erklärungen abzugeben. Kaum hatte sie irgendwas Persönliches gesagt, mußte sie das Thema wechseln. Ihr Gesprächspartner konnte sie dabei weder beeinflussen noch zu irgend etwas drängen, höchstens hoffen, daß sie den Faden irgendwann wieder aufnahm.

»Finden Sie wirklich, daß ich einen neuen Teppich brauche, Cath?«

»Ja, wenn Sie sich einen leisten können, warum nicht?« Cath gab ein überraschendes, wenn auch leicht grimmiges Kichern von sich. »Richten Sie sich neu ein. Und schnappen Sie sich auf diese Weise einen Mann. Die haben es gern gemütlich.«

»Sie hören sich an wie Mrs. Eliot. Sie sagt genau dasselbe.«

»Das glaub ich gern.«

Zwischen den langen Gesprächspausen verbrachten sie eine Menge Zeit damit, über Mrs. Eliot zu sprechen. Helen hatte gemerkt, daß Cath nie eifriger oder lebhafter war, als wenn sie über Emily sprach. Mrs. Eliot hier, Mrs. Eliot da, als wäre die Frau eine Mischung aus Göttin und Schutzheiliger. Jedenfalls entspricht sie ihrer Rolle besser als ich, dachte Helen weiter. Sie vergaß in ihrem Milieu einfach zu oft, daß eine Karrierefrau nicht jedermanns Vorstellung von einer richtigen Heldin war. In Cath' Augen war sie anscheinend mehr so was wie eine leicht beschränkte alte Jungfer.

»Glauben Sie, daß ich Ihren Rat brauche, Cath?«

»Nicht mehr als ich den Ihren. Werden Sie den Teppich kaufen? Denn wenn ich Ihnen zeigen soll, wo der Laden ist, müssen Sie jetzt mitkommen.«

»Aber mein Haar ist voller Farbe«, protestierte Helen.

»Steht Ihnen gut«, sagte Cath.

Sie fragte sich, ob das stimmte, als der Bus durch die ärmlichen Viertel von London schaukelte. Immerhin sorgte die äußere Lässigkeit dafür, daß sie mit den übrigen Fahrgästen auf derselben Stufe stand. Sie fuhren die St. Paul's Road runter bis nach Balls Pond und Dalston Junction, wo lange Schlangen an den Haltestellen warteten. Die Leute sahen aus, als seien sie gerade erst aufgestanden, dabei war es später Nachmittag. Und sie schienen weniger irgendwohin zu wollen als einfach um des Wartens willen dort herumzulungern. Dann ging's weiter Richtung Hackney. Helen blieb stumm, doch Cath war für ihre Verhältnisse recht lebhaft. Hinter vorgehaltener Hand, als sei das Ganze streng vertraulich, flüsterte sie ihrer Begleiterin ständig irgendwelche Kommentare zu.

»In dieser Gegend haben nur ganz wenige Arbeit. Ich weiß wirklich nicht, wie sie es schaffen, am Leben zu bleiben. Sie haben ein fach keine Selbstachtung. Sehen Sie mal, da drüben. Da ist das Freizeitzentrum, und den Leuten fällt nichts Besseres ein, als es auseinanderzunehmen. Schrecklich. Da ist mein Bruder bei einer Schlägerei umgekommen. Keine Sorge, jetzt ist es nicht mehr weit. Hier wohne ich«, damit deutete sie auf ein Hochhaus zur Linken, »ganz oben. Die Leute da haben auch alle keine Arbeit. Ich wette, daß sie Ihnen einen guten Preis in dem Laden machen. Bei mir haben sie's jedenfalls getan, und dann hat Joe das erstemal darauf gekotzt. Wenn da jemand reinkommt, der Geld hat, überschlagen sie sich.«

Auch in diesem anekdotischen Bericht über Cath' Leben war der Kode erkennbar. Zuerst kam ein Hinweis, eine Andeutung, eine beiläufige Bemerkung, versteckt zwischen anderen, völlig banalen Sätzen, wie Juwelen, die man aus dem Unrat kratzen mußte. Zum Beispiel, wie sehr sie die Eliots ins Herz geschlossen hatte, besonders die kleine Jane, daß Joe nicht wußte, wo sie die Nachmittage verbrachte, und dann – sehen Sie nur: der Hund, der Laden, der Fahrer, die Frau, also nein! Manche Leute haben einfach keinen Respekt, was? Und so ging es weiter mit allerlei Belanglosigkeiten, bis sie plötzlich sagte: »Ich hasse diesen Bus, wissen Sie, ich hasse ihn. Wenn Joe mich zurückhaben will, muß er irgendwas gegen diesen Bus unternehmen. Und wir müssen hier aussteigen.«

Niemand konnte etwas gegen diesen Bus unternehmen. Er bewegte sich aus eigenem Willen, rumpelnd und schnaufend, mit einem Schaffner, der an einer Sommergrippe und saisonbedingter Gleichgültigkeit litt. Der Bus blieb stehen und fuhr an, verschluckte Menschen und spuckte sie wieder aus. Der Motor vibrierte, und die Passagiere zitterten im gleichen Rhythmus. Ein Besoffener rekelte sich unten auf der Sitzbank und schrie das Fenster an, bis der Schaffner ihn am Kragen hochzog und er verstummte. Zwei voluminöse Frauen, beide fett genug, um allein einen Sitzplatz auszufüllen, hatten sich auf die Bank vor ihnen gequetscht und saßen so dicht beieinander, daß sich ihr lautes, ansteckendes Lachen durch Berge von massigem Fleisch quälen mußte. In dem unangenehmen Gefühl, Voyeur zu sein – denn sie war es nicht gewohnt, mit einer Phalanx von anderen Pendlern im Bus zu sitzen –, sah Helen plötzlich, warum Cath diesen Bus so liebte und haßte. Es gab einfach zuviel Leben in einem städtischen Bus. Viel zuviel. Und mehr wollte sie gar nicht wissen.

9

Bailey sah auf die Armbanduhr, selbst erstaunt über diese ungewohnte Geste. Vielleicht war er verwirrt von der anderen Uhr, die viel zu schnell gegangen und in wenigen Tagen über die Zeit des ganzen nächsten Jahres hinweggerast war. Er hatte das Problem beseitigt, und jetzt tickte sie wieder im Einklang mit der Armbanduhr. Die Zeiger krochen im normalen Tempo über das Zifferblatt, trotzdem war er jetzt merkwürdig enttäuscht. Echte Zeit wog schwer, wenn es Zeit ohne ein Ziel war. Sie zerfiel in viele kleine Einheiten, und jede beanspruchte ihren eigenen Anteil an Pflichten, Vergnügen, Arbeit und Bedürfnissen. Er hatte geduscht, gegessen, die Arbeit des Tages erledigt, und wenn er jetzt nicht noch Helen besuchte, blieb als einziger positiver Zeitvertreib des Abends bloß die Reparatur einer weiteren Uhr.

Er saß auf dem riesigen, mit einem schweren bunten Stoff bezogenen Sofa, dem einzigen Farbfleck im Zimmer, und überblickte zufrieden sein geräumiges Reich. Alles in allem jedoch mochte er diesen Raum im Winter lieber, wenn Kunstlicht die harten Ecken und Kanten der zweckmäßig eingerichteten Wohnung milderte und allem einen sanften Schimmer verlieh. Sich auf den Winter zu freuen und auf die Uhr zu sehen, um die Ruhelosigkeit zu vertreiben, die das endlose Tageslicht auslöste, mußte Zeichen einer Depression sein. Er aber war gar nicht deprimiert, ein wenig ratlos vielleicht wegen seiner Mißerfolge, aber andererseits konnte er sich auf seine Unabhängigkeit verlassen. Als die Weinflasche halb leer war, beschloß er, daß es jetzt zu spät war, um noch zu Helen zu fahren, und obendrein gefährlich.

Er hatte sich, ein Buch, eine Flasche und Musik. Kein Lachen, keine Unterhaltung, keine nicht lebensnotwendigen Dinge. Leute, die mit sich selbst nicht zurechtkamen, taten ihm leid. Er genoß das Alleinsein normalerweise viel zu sehr.

Joe Boyce kam überhaupt nicht zurecht. Er zitterte und nieste, bekam kaum Luft im Bus und hatte das Gefühl, daß sein Herz nicht schlug, sondern jagte. Seine Fingernägel waren schon völlig abgekaut. Andere Male befiel ihn eine seltsame Lethargie, und dann saß er mit offenem Mund hinter der Bar. Mickey Gat behauptete mit kaum verhohlenem Abscheu, er sähe aus wie ein Mummelgreis kurz nach einem Schlaganfall. Als Mickey ihn Montag morgens in dieser Verfassung entdeckte, enthielt sie sich jeglichen Mitgefühls, wie immer, wenn sich einer ihrer Angestellten als arbeitsunfähig entpuppte. Joe machte sich keinerlei Illusionen über ihr Profitdenken und die Regeln seines Berufs, trotzdem kränkte ihn Mikkeys Haltung. Joe hatte sie schon tausendmal gesehen, gehört, am eigenen Leib gespürt – die Herablassung des Großen gegenüber dem Kleinen, des Offiziers gegenüber dem Untergebenen, des Bosses gegenüber dem armen Schlucker, seines Vaters gegenüber ihm selbst. Das joviale Schulterklopfen, das Grinsen, das höhnische Lachen – all das hinderte ihn daran, zu tun, was er am liebsten tun wollte, nämlich einfach loszuheulen.

»Frauen«, sagte Mickey Gat. »Ganz schön undankbar, wie? Vermutlich ist sie ein bißchen aus dem Häuschen, wie? Hast du ihr das Parfum gegeben, oder was?« Dann brüllte sie vor Lachen. Immer mehr Kisten tauchten im Hinterzimmer des Spoon and Fiddle auf. Wieder landete Mickeys riesige Pranke zwischen Joes Schulterblättern. Sie war wie ein weicher Hammer, der auf sein Rückgrat niedersauste, als Warnung oder aus Solidarität. Joe wußte es nicht und hätte es beim besten Willen nicht sagen können. Dann tippte Mickey sich an die Nase, eine ekelhafte Angewohnheit. »Mach bloß keine Dummheiten, solange dein Frauchen nicht da ist«, sagte sie schelmisch. Die gute Mickey, sie war so sehr in die Jungenrolle geschlüpft, daß sie fast zum Mann ehrenhalber geworden war.

Als Mickeys grauer Jaguar davongeglitten war wie eine geschmeidige Raubkatze nach einem üppigen Mahl, faßte Joe wieder Mut. Doch beim Schneiden der Zitrone zitterten seine Hände. Der Saft lief über die Stummel seiner abgekauten Fingernägel, und er schrie vor Schmerz auf. Seine Wut hatte sich nach den ersten paar Tagen erschöpft. Er hatte gebrüllt und war durch die leere Wohnung gestampft. Er hatte verzückt die Kisten auf dem Dachboden inspiziert und sich an ihrer Größe berauscht. Er hatte sich sinnlos betrunken und »Ein Glück!« aus dem Dachfenster gebrüllt, doch die ganze Zeit hielt die Angst seine Brust umklammert. Joe Boyce kann eine Frau nicht halten. Joe Boyce kriegt keinen mehr hoch. Joe Boyce behält nichts, was ihm lieb ist, weder Freund noch Feind.

Jetzt saß er da und ließ den Kopf hängen, auf verzweifelte Art ernüchtert durch Mickey Gat und ihre Jovialität und doch nicht fähig, den Bus zu nehmen, der ihn nach Hause bringen würde. Das Geschäft war ohnehin flau wegen der Sommerferien. Heute empfand er es als persönliche Beleidigung, als seien sämtliche Gäste darüber informiert, was für ein Versager er war, und gingen ihm aus dem Weg wie einem Leprakranken. Joe wußte nicht so recht, ob er dafür dankbar sein sollte, denn anscheinend bedeutete Cath' Verrat, daß er etwas beweisen mußte. Harte Kerle, Freunde von Damien Flood, sitzen nicht rum und heulen über den Verlust ihrer Frauen. Er stand todmüde da, zu starr, um ein Gähnen zustande zu bringen, so überdreht, daß er jeden Moment explodieren konnte, ein gefährliches Nervenbündel. In dem Moment kam der Mann rein, den er Colonel Fogey nannte. Sternhagelvoll, dabei war es erst fünf Uhr nachmittags. Die Tatsache, daß der alte Colonel – falls er je einen solchen Rang bekleidet hatte – zu keiner Tages- oder Nachtzeit anders als sternhagelvoll oder zumindest angeheitert war, verbesserte seine Chancen nicht gerade, denn alles, woran sich Joe im Moment erinnern konnte, war, daß Cath ihn zusammengestaucht hatte, weil er dem alten Knaben Cocktails eingeflößt hatte.

»Ach – tunggg!« brüllte der Colonel, als er durch die Tür torkelte. Die Sonne bedeutete überhaupt nichts für einen Mann, der jahrelang in Indien gelebt hatte. Jedenfalls hatte er das gesagt. Joe betrachtete ihn mürrisch und feindselig, als er vor sich hin summend auf die düsterste Ecke zusteuerte. »Tunggg!« wiederholte er und setzte sich dann so plötzlich hin, daß er offensichtlich selbst erschrak. Der Colonel sah aus wie ein Frosch. Die Wangen zitterten. Vorn und hinten hing ihm das Hemd ein wenig aus der Hose. Das klägliche Leinenjackett, das im Lauf der Jahrzehnte völlig abgewetzt war, hatte sogar Stockflecken. Und die Hose mit den tadellosen Bügelfalten war um den Schritt herum verdächtig fleckig.

»Bier, mein Junge«, sagte der Colonel, klopfte auf den Tisch und sah sich im leeren Raum nach Publikum um. Dann hob er die aristokratische Stimme. »Bier, Freundchen. Aber dalli!«

Es war die vage Vision von Cath' tadelloser Sauberkeit, die Erinnerung daran, wie sie Kotze von den Wänden wischte oder seine Hemden bügelte, die Joe jetzt rotsehen ließ. Dreckiger alter Sack, der es wagte, auf den Tisch zu hämmern und Befehle zu brüllen. Kein Geld und auch sonst nichts zu bieten, abgesehen von dummen Sprüchen in aristokratischem Tonfall, ausschließlich schönen Erinnerungen und einer Stimme, die nur zum Kommandieren taugte. Joe schlenderte mit einem Bier in der Hand zum Tisch des Alten. Er leerte die Flasche über dem Colonel aus. Dann zerschmetterte er sie an der Tischkante, bis er nur noch einen gezackten Glasstumpen in der Faust hatte. Es gab so viel Fleisch im Gesicht des Colonel, das er ohne jedes Bedauern hätte verstümmeln können. Joes Hand zitterte. Wie sehnte er sich danach, die spitzen Zacken in die hohe, von glatter Haut überspannte Stirn zu bohren. Er hörte bereits das befriedigende Knirschen der Scherben auf dem nackten Knochen. Doch allein die Panik des Colonel ließ ihn zögern. Der schlaffe Bauch des Alten erschauerte, das Beben kroch von den wackligen Beinen über die Brust bis in die Hände. Joe hielt inne und schloß die Augen, unfähig, sich zu bremsen. In diesem Moment fiel eine Hand auf seine Schulter. Eine andere nahm ihm den Glasstumpen ab.

»Ha, ha, ha«, sagte eine Stimme hinter ihm. »Sehr komisch, wirklich sehr komisch. Hättest uns beinah überzeugt. Findest du nicht auch, Alter?«

Joe stand hilflos da. Eine männliche Gestalt war aufgetaucht wie aus dem Nichts. Sie klopfte dem Colonel auf die Schulter und beugte sich zu ihm herab.

»Ein Witz, Sir, nicht wahr? Zum Brüllen komisch, was? Kommen Sie, setzen Sie sich in die Sonne, Sir. Heute gibt's Freibier.«

Er half Colonel Fogey hoch und führte ihn nach draußen, wobei er im Vorübergehen ein Handtuch von der Bar mitgehen ließ. In einem fort redete er auf den alten Mann ein, ohne sich noch einmal umzusehen. Joe stand da wie in Trance, blickte hinab auf seine zitternde Faust und sah noch den tödlichen Glasstumpen vor sich. Er glaubte, Ryan erkannt zu haben, den freundlichen Burschen, der vor ein paar Wochen seine Aussage aufgenommen hatte, ein verdammter Bulle, nett, aber so nett auch wieder nicht. Sein Bewußtsein war von diesem Sturm der Gewalt betäubt, doch als ihm klar wurde, was er um ein Haar getan hätte, drehte sich plötzlich alles vor seinen Augen. Er registrierte das durch die Tür fallende Sonnenlicht, die Gegenwart des Mannes und die Stimme des Colonel draußen. Der Alte kicherte wie das Kind, das Joe heute morgen getroffen hatte. Und die andere Stimme klang nach Minzgeschmack, vertraut, aber nicht anmaßend.

»Wie komme ich an einen Drink für den Mann, Chef? Und noch ein Handtuch, wenn Sie so freundlich wären.«

Es folgte eine Pause, in der er wahrnahm, daß er irgendwas antwortete, fünf Handtücher in die Richtung warf, aus der Ryans frischer Atem kam, und ein Glas unter den Portionierer hielt, der Whisky einfach, doppelt oder dreifach abmaß. Whisky war der Lieblingsdrink des Colonel, wann immer seine Rente es erlaubte. Joe schenkte ihm einen dreifachen ein.

»Das reicht, stopp. Großartig.«

Joe beobachtete, wie dieser Pfadfinder, der in etwa seine Größe hatte, aber schlanker war als er, mit dem Glas in der Hand ins Freie eilte. Man hörte das ferne Murmeln des Verkehrs, das nicht halb so bedrohlich war wie das imaginäre Knirschen von Mickey Gats Reifen auf den Pflastersteinen. Es dauerte eine Weile, bis die Welt sich wieder scharf einstellte. Er hatte immer noch das Bedürfnis loszuheulen, genau wie heute morgen, als er erwartete, das leise Rascheln der Bettwäsche zu hören, wenn Cath aufstand. Mittlerweile hatte der Colonel einen neuen Freund. Die beiden hielten ein Schwätzchen, das nur gelegentlich vom unangenehm schrillen

Kichern des Alten unterbrochen wurde. Offenbar hatte er sich vollkommen erholt. Der Anblick des alten Säufers, der nach einer ganzen Brauerei stank und in der Sonne seine Kleider trocknete, würde für die nächste Stunde alle potentiellen Gäste abschrecken.

Ryan schwang sich mit jahrelang geübter Lässigkeit auf einen Barhocker. Bailey hatte gesagt, daß die Rechnung auf Spesen ging und auch das Taxi nach Hause. Ryan kapierte zwar nicht, was sich hinter dieser Großzügigkeit verbarg, aber warum sollte er sie nicht ausnutzen? Joe wandte den Kopf und sah dem Polizisten widerstrebend in die Augen. Ein breites, mitfühlendes Grinsen war die Antwort.

»Ein Pint Bitteres, bitte«, sagte Ryan und legte einen Geldschein auf den Tresen. Es war klar, daß er seinen Vorteil nicht ausnützen und Freibier beanspruchen würde. Das Bedürfnis loszuheulen war stärker als Joe. Nicht in sich reinzuschluchzen, sondern den Schwall von Tränen loszuwerden, der sich seit langem angestaut hatte und jetzt aus den Augenwinkeln quoll. Er schenkte ein und setzte sich wieder.

»Tut mir leid«, murmelte er. Er wußte nicht, ob Ryan glaubte, daß ihm die Tränen leid taten oder die Tatsache, daß er dem alten Knaben fast ein Auge ausgestochen hatte.

»Ich habe nichts gesehen«, antwortete Ryan würdevoll, was auf elegante Weise beide Möglichkeiten einschloß. Einen Augenblick saßen sie schweigend da. Ryan sah sich in der gemütlichen kleinen Bar um und nickte anerkennend. Auch das gefiel Joe Boyce. Er war stolz auf seinen Pub. Er konnte es nicht leiden, wenn die Leute sagten – egal, wie indirekt –, daß das Spoon and Fiddle ein bißchen plüschig war, kein richtiger Pub mit Musik und allem Drum und Dran, sondern eine Mischung aus Club und Bar für das vornehme Kensington.

»Hübsch«, sagte Ryan und meinte es ehrlich. »Sehr hübsch. Aber was ist mit Ihnen los? Sie sehen furchtbar aus, Mann, ganz erbärmlich.«

Das war zuviel für Joe. Ryans vage erinnerte Identität als Bulle war beinahe vergessen. Er goß sich einen Drink ein, putzte sich mit einer Serviette die Nase und sackte wieder in sich zusammen. »Meine Frau hat mich verlassen«, sagte er trostlos.

Ryan beugte sich vor und berührte ihn leicht am Arm. »Meine mich auch«, sagte er. »Sie brauchen mir nichts zu erzählen.«

So fing Joe an zu erzählen.

Um fünf Uhr nachmittags hatte Mary Secura, angetan mit einer tadellosen weißen Bluse, einem perfekt sitzenden Rock und Unmengen Parfum, vor dem Schreibtisch ihres Abteilungsleiters gesessen und sich für ihr rufschädigendes Verhalten zurechtstauchen lassen. Es gab kein besonders dickes Ende, nur eine Anspielung, daß ihre Beförderung zunächst auf Eis gelegt war und zwei Jahre im Dezernat für Gewalt in der Ehe vielleicht lang genug für jede Mitarbeiterin waren. Er war freundlicher, als sie es erwartet hatte, und schien zu akzeptieren, daß die Verantwortung dafür, daß Mr. Rix zwei Wochen länger als notwendig im Kittchen gesessen hatte, bei der Staatsanwaltschaft lag, der man alles mögliche in die Schuhe schieben konnte. Mary wußte nicht genau, wie es ihr gelungen war, so glimpflich davonzukommen. Vermutlich lag es an ihrer makellosen Personalakte. Doch dann erkannte sie in dem herzlichen Händedruck des Abteilungsleiters, der um ein Haar zu einer Umarmung ausgeartet wäre, einen Hinweis. Es mußte doch das Parfum gewesen sein. Sie ging zurück ins Büro und rief Ryan an, der versprochen hatte, sie zur Feier des Tages zu einem Drink einzuladen. Er war nicht an seinem Platz. Soviel zu leeren Versprechungen. Es blieb ihr nichts anderes übrig, als nach Hause zu gehen. Nach Hause in die Maisonnette-Wohnung, die sie sich mit Dave teilte. Und Dave hatte Nachtschicht. Großartig.

Sie schloß die Wohnungstür auf und trat ein. Ryan war bestimmt zu Hause bei seiner Frau. Sie hätte ihre Mutter anrufen können, aber das tat sie normalerweise nur mit guten Neuigkeiten.

Jeder andere hatte jemanden. Sie nicht. Es war nicht fair. Sie war der einzige Mensch auf der Welt, der zu Hause saß und nichts zu tun hatte. Dann fiel ihr Mary Catherine Boyce ein, die sich im obersten Stock eines Hochhauses versteckte, und sie fühlte sich mit einem kleinen Stich von Schuldbewußtsein plötzlich besser und mordsmäßig wütend.

Helen Wests Zementböden waren mit Farbe bekleckert. Vermutlich kamen Designer auch nur durch Zufall auf den gewünschten Effekt von minimalistischem Chaos. Die Zeitschriften waren voll mit Abbildungen von Räumen, die einer Einöde ähnelten: ein Stück um eine Vorhangstange gewickelte Spitze, Blätter auf dem Boden und, wenn's hoch kam, ein Eisenstuhl – Bilder der Verwüstung. Wenn sie die Wohnung so ließ, wie sie jetzt war, die meisten Wände schon mit einer dünnen gold-weißen Farbschicht bedeckt, könnte sie womöglich einen Preis gewinnen. Bailey würde der augenblickliche Zustand bestimmt gefallen, ihr dagegen nicht, abgesehen von den Teppichmustern. Es waren Dreißigzentimeterquadrate, die von der Haustür zum Wohnzimmer führten und weiter den Gang entlang – wie Trittsteine durch einen Fluß. Sie sprang immer von einem zum anderen. Währenddessen schleppten sich auf der Straße müde Fußgänger nach Hause. Sie sah die unterschiedlichsten Beine an ihrem Souterrainfenster vorbeigehen und verspürte den absurden Wunsch, rauszulaufen und zu bitten: Kommen Sie rein und sagen Sie mir, welche Farbe Ihnen am besten gefällt. Wie sie sich auch entschied, Ende der Woche konnten sie den Teppich liefern und auch gleich verlegen. Cath hatte recht gehabt. Barzahler wurden behandelt wie Könige. Volle Lager, keine Käufer, der Alptraum aller Händler. Das Zeug war so billig, daß man glauben konnte, es sei von einem Laster gefallen.

Warte nur, Bailey, warte.

Sie hatte darauf bestanden, ein Taxi zu nehmen, um Cath nach Hause zu bringen, und die Muster mitgenommen. Cath hatte keinen Widerspruch eingelegt. Am Freizeitzentrum vorbei, das mehr nach einem Gefängnis oder einem Lagerhaus aussah, dann links, rechts und wieder rechts. Cath war auf das Haus zugegangen und hatte dabei ihre Talisman-Tasche umklammert. Plötzlich wirkte sie unglaublich verletzlich. Die Vorstellung, daß sie in dieses riesige Gebäude hineinging, das von Horden kreischender Kinder umzingelt wurde, erfüllte Helen mit Mitgefühl und Frustration. Als sie die Tür ihrer eigenen Wohnung hinter sich schloß und ihre Trittsteine ausbreitete, war sie froh, allein zu sein. Ihr Alleinsein war besser als manch andere Version desselben Übels.

Cath fand, daß es nur wenige Übel gab, die so schlimm waren. Der Aufzug funktionierte nicht, also schleppte sie sich zwanzig Stockwerke hoch und blieb an jedem Absatz stehen, um Luft zu holen. Es gab keine offenen Räume in diesem Gebäude, man hatte das Gefühl, durch das Innere eines Tunnels nach oben zu klettern, und mit jeder Treppe wurde die Luft dünner. Sie hörte leise Stimmen hinter Türen und Schritte in den Gängen. Auf dem ersten, dritten und fünften Absatz blickte sie noch durch den verglasten Treppenschacht, doch dann nicht mehr, denn der Erdboden wich immer mehr zurück, wodurch sich das Gefühl der Distanz von allem, was wirklich war, verstärkte. Wie hatte Damien es hier bloß ausgehalten? Ganz gut, dachte sie. Aber sie war böse auf ihn.

Die obersten beiden Stockwerke lagen verlassen da. Ganz am Ende eines langen Ganges im vorletzten Stock hörte man Geräusche, das Kreischen eines Bohrers und dumpfe Hammerschläge. Türen wurden verstärkt. Es war der stümperhafte Versuch, sich zu schützen, doch konnte die Maßnahme nicht nur Fremde abschrecken, sondern aus der Wohnung auch ein Gefängnis machen. Unter ihren Füßen knirschten ein paar Glassplitter. Plötzlich überrollte sie eine Welle von Heimweh. Dann hörte sie das Echo fremder Schritte und ein Scharren auf dem nächsthöheren Treppenabsatz. Husten, die Bewegungen eines Menschen, der lauscht. Sie zögerte.

Einen wunderbaren Augenblick lang glaubte sie, es sei Damien, der sie vor seiner Wohnungstür erwartete. Bei dieser Vorstellung flog sie mit klappernden Absätzen die Steintreppe empor. Doch auf der letzten Stufe wurde ihr klar, welchen Lärm sie machte. Es war eine Illusion, und sie beraubte sich jeder Möglichkeit des Rückzugs. Mit einemmal bekam sie Angst, und zugleich verachtete sie sich für ihre Dummheit. Schließlich ging sie sorglos und energisch weiter, als sei es ganz egal, wer es war. Im übrigen hatte sie das völlig unbegründete, instinktive Gefühl, daß derjenige, der da oben so geduldig und auffällig wartete, nichts Böses im Schild führen konnte.

Mickey Gat stand auf dem Treppenabsatz und sah aus dem Fenster. Ihr massiver Körper sperrte das Licht aus.

»Bist du's, Cath?« fragte sie freundlich und wandte sich wieder der Aussicht zu. »Runter geht's sicher doppelt so schnell, wie? Man braucht ja fast eine halbe Stunde, um hier raufzukommen. Hättest du wohl eine Tasse Tee für mich, Kleines?« Das schrille Rosa ihres Trainingsanzugs brannte in Cath' Augen.

Ohne ein Wort und ohne ein Lächeln nahm sie den Schlüssel aus der Tasche und schloß auf. Die Enttäuschung darüber, daß es doch nicht Damien gewesen war, lähmte sie, und noch war es zu früh, um sich zu fragen, was Mickey Gat wollte, oder ihren Besuch verdächtig zu finden. Natürlich wußte Mickey über alle Verstecke Damiens Bescheid, das war normal. Weniger normal war es, daß sie all die Treppen heraufgestiegen war.

»Nicht besonders anheimelnd, was, Kleines?« sagte Mickey, als sie auf einem der schlecht zusammenpassenden Stühle am Tisch Platz nahm. »Aber du könntest es dir bestimmt gemütlich machen. Falls du vorhast zu bleiben, meine ich.«

Der Kessel, ein billiges Aluminiumteil, erhitzte sich rasch auf einer der beiden Kochplatten. Sie reichten völlig aus für eine Person. Zu Mary Securas Erstaunen hatte Cath kaum was anderes von zu Hause mitgenommen als Putzmittel: Bleiche, Scheuerpulver, Putzlappen, Glasreiniger. Im letzten Moment hatte sie vernünftigerweise noch an einen geschnittenen Laib Brot gedacht, von der Sorte, die sich eine Woche hielt, und an Margarine, Tee und Milchpulver.

Mit Mickey Gat war sie schon immer gut zurechtgekommen. Frauen stellten niemals eine Bedrohung dar, egal, wie groß sie waren. Sie war an einen großen Bruder gewöhnt und entdeckte, daß es eine Art von Liebenswürdigkeit gab, die proportional zur Größe des jeweiligen Individuums wuchs. Sie hatte immer gewußt, woran sie mit Mickey Gat war. Sie war Damiens Schwester, das war die Hauptsache. Es bedeutete, daß Mickey sie respektvoll behandelte, doch wie alle Frauen im Grunde für unwichtig und völlig überflüssig hielt. Mickey Gat würde nie darüber diskutieren, ob Frauen Verstand oder klar definierte Bedürfnisse hatten. Da sie selbst beides besaß, war sie anderen Frauen gegenüber genauso machohaft wie jeder Mann, wenn nicht sogar geringschätziger.

»Was kann ich für dich tun, Mickey? Du bist doch nicht umsonst die vielen Treppen heraufgeklettert.«

»Und ich habe auch Joe nicht gesagt, wo er dich möglicherweise finden konnte«, sagte Mickey listig.

»Du hast doch bloß geraten. Ich hätte überall und nirgends sein können. Ich habe auch Freunde, weißt du.« Sie dachte an Helen West, die nette Mary Secura, die Eliots – sie alle gaben ihr Kraft. Es war eine zerbrechliche Energie, aber trotzdem hilfreich.

»Ich bin deine Freundin«, sagte Mickey, als sei die Idee, daß Cath je eine andere brauchen könnte, eine Beleidigung. »Ich war Damiens Freundin. Ich habe den Burschen geliebt, Cath. Genau wie du.«

Nicht ganz so wie ich, dachte Cath. Es war eine glühende, schwesterliche Liebe gewesen, und er der einzige in ihrem Leben, der je wirklich zählte. Niemand hatte Damien so geliebt wie sie.

»Was willst du also, Mickey?«

»Ich war heute morgen im Spoon, um deinen Mann zu treffen, Schätzchen. Er sagt mir, daß du auf und davon bist. Nun, er muß wohl recht haben, sonst wärst du ja nicht hier, oder?« Mickey lachte, und ihr ganzer Körper schüttelte sich, bis sie plötzlich verstummte, als Cath nicht mal ein Lächeln zustande brachte.

»Also ehrlich gesagt, er ist in einem jämmerlichen Zustand, Cath. Du wärst entsetzt, ich schwör's dir. Ich weiß ja, daß er kein ganzer Mann ist, aber ich meine ... Könntest du es dir nicht noch mal überlegen?«

»Was meinst du damit, kein ganzer Mann?« fragte Cath, als müßte sie ihn verteidigen.

»Ich meine, er ist halt nur ein Mann, Cath, kein Heiliger. Ich wollte ihn nicht kritisieren, wirklich nicht. Wir haben alle unsere Höhen und Tiefen, nicht wahr? Du hast ein schönes Zuhause, Cath, das kannst du doch nicht einfach so aufgeben. Ich sehe ihn nicht gern in diesem Zustand, bei Gott nicht. Wer weiß, wozu er imstande ist. Und er sieht nicht schlecht aus, weißt du. Er wird keine Probleme haben, eine andere zu finden, aber mir täte es leid, wenn du dann ganz allein dastehen würdest. Und Damien hätte es auch nicht gefallen.«

Das stimmte allerdings. Ich kann nicht immer bei dir sein, hatte er gesagt. Du mußt jemanden finden, der nett zu dir ist. Ich werde immer für dich dasein, Cath, aber das ist keine Art zu leben, du brauchst noch jemanden außer mir, den du liebst. Eine Frau ganz allein auf der Welt, das geht nicht gut, hörst du? Sie spürte, wie ihr das Herz schwer wurde. Damien hatte immer recht gehabt. Eine Frau allein, das war eine Schande.

»Du meinst, ich soll zu einem Mann, der mich schlägt, zurückgehen, damit er wieder ordentlich arbeitet. So wäre es wohl richtiger ausgedrückt, nicht wahr?«

Mickey spreizte die Finger, eine Geste, die den ganzen Raum zu füllen schien. Ihr Ehering blitzte. Wenn sie merkte, daß sie mit einer Lüge nicht durchkam, hielt sie sich stets an die Wahrheit.

»Nun, das ist ein Teil davon, Cath, zugegeben. Typen wie Joe sind rar gesät. Ohne ihn kann ich den Pub vergessen. Er ist der einzige, der diese Art von Gästen versteht. Und wenn er dich schlägt, tja, das tut mir leid, aber das ist immer noch besser, als wenn er mit einer anderen durchbrennt.«

»Ich habe einen Job«, antwortete Cath heftig. »Zwei sogar, und ich kann noch mehr kriegen, wenn ich will, ihr werdet schon sehen. Ich habe genug Leute, die mich brauchen.«

»Ah, spielen wir jetzt die Karrierefrau? Joe braucht dich, Cath. Und du brauchst Joe.«

Es stimmte, sie wußte, daß es stimmte, aber das würde sie nicht zugeben.

»Ich sag dir was«, fuhr Mickey fort. »Überleg's dir ein paar Tage. Er braucht eine Lektion, okay? Du mußt ihm zeigen, wer der Herr im Haus ist, okay? Sorg dafür, daß er dich mit anderen Augen sieht. Dann wird er sich mit dir verabreden und dich irgendwohin ausführen, wo es wirklich nett ist, und dann könnt ihr euch aussprechen. Das ist alles, worum ich dich bitte, Cath. Tu's für mich und Damien, ja? Wie wär's nächsten Montag? Verabredet euch im Spoon. Ich sag's ihm und gebe ihm den Abend frei.«

Cath wußte, daß sie keine Wahl hatte. Wenn sie nicht zustimmte, würde Mickey Joe erzahlen, wo sie war. Joe würde sie am Kragen packen und sämtliche Treppen runterschleifen, und niemand in diesem Haus bekäme davon etwas mit. Außerdem war es als Kompromiß gar nicht schlecht. Die Vorstellung, daß es Joe schlechtging, gefiel ihr. Sie nickte.

»Braves Mädchen.« Mickey lächelte. Eine Pranke verschwand in der Hosentasche und kam mit einem Bündel Geldscheine und einer Schachtel wieder zum Vorschein. Parfum. Sie sah es ganz deutlich. Falsches Estee Lauder. Als Damien noch für Mickey arbeitete, hatte er ihr jeden Monat Parfum geschenkt. Und Joe hatte es ihr weggenommen, wie alle Geschenke von Damien.

»Kauf dir was Hübsches zum Anziehen, Schätzchen.«

Der Preis der Macht: hundert Pfund in bar. Ein Mann braucht seine Frau, damit er sich um die wirkliche Arbeit kümmern kann; andere Frauen werden bloß gekauft und verkauft. Mickey Gat rappelte sich auf und ging zur Tür. Wie als Antwort auf die Autorität ihrer Erscheinung und ihrer Forderung nach Bequemlichkeit hörte Cath das ferne Ächzen des Aufzugs, der wieder funktionierte.

Emily Eliot unterdrückte den Wunsch, ihre Tochter zu ohrfeigen. Sie ertrug es einfach nicht, das Kind schluchzen zu sehen. Nicht immer konnte sie sich beherrschen, obwohl es noch nie vorgekommen war, daß sie Jane verletzt hatte. Es war gar nicht schlecht, notfalls eine lose Hand zu haben – Katharsis für die Mutter, Demütigung für das Kind, letztes Mittel in der Reihe milder Strafen und nur für wirkliche Vergehen reserviert. Das aber war es nicht, nicht ganz, und obendrein ließ es sich rechtfertigen. Kinder können einem wirklich zu schaffen machen, hatte sie ihren wenigen kinderlosen Freunden zu erklären versucht. Erst bringen sie einen dazu, einen halben Tag zu flüchten, und dann ertragen sie es nicht, daß man diese Zeit für sich braucht. Also bleibt einem nichts anderes übrig, als es wiedergutzumachen, und trotzdem bestrafen sie einen.

Alistair war noch mal ins Büro gefahren, aber er würde bald nach Hause kommen. Heute abend erwarteten sie keine Gäste, vielleicht konnten sie gemütlich zu zweit essen und dann früh zu Bett gehen. Das hatte sie gedacht, bevor sie sein Arbeitszimmer gesehen hatte, aber danach wußte sie, daß Marks Rolle in der Beaufsichtigung seiner Schwester darin bestanden hatte, sie völlig zu ignorieren. Es folgten Vorhaltungen mit erhobener Stimme, mürrische Rechtfertigungen und Beschimpfungen, die im Vorwurf der Undankbarkeit gipfelten. Außerdem knallten die Türen. Am Spielfeldrand stand die kleine Jane und schäumte vor Wut. Keiner hatte Zeit für sie gehabt. Nicht mal Cath, die mit ihren Gedanken derart weit weg gewesen war, daß sie Zucker statt Salz in die Suppe streute. Dieselbe Cath, die sie geschüttelt, sie um ein Haar geschlagen und sich dann geweigert hatte, mit ihr zu spielen. Die Beleidigungen prasselten knüppelhageldick auf Janes Stolz herab, und Cath' Beitrag war der schlimmste. Draußen schien die Sonne, doch Mark wollte nicht mit ihr rausgehen. Angeblich tat das Licht seinen Augen weh.

All das brach unter Schluchzen aus ihr heraus. Ihre Mutter achtete nicht darauf. Sie schleifte Jane ins Arbeitszimmer, damit sie das Schlachtfeld, zu dem sie beigetragen hatte, mit eigenen Augen sah. Cath hatte Mark geweckt, bevor sie ging. Er sollte auf Jane aufpassen. Doch die Kleine hatte nicht auf Cath' dringende Warnung gehört, nachdem sie jetzt auch von ihr die Nase voll hatte und der Frust des Tages seinen Höhepunkt erreicht hatte. Nicht nur, daß keiner sie beachtete, was sie ebenso heftig übelnahm wie ihre Mutter heftig in Rage geraten konnte – jetzt sollte sie dafür auch noch bestraft werden.

»Ist dir eigentlich klar, wie lange dein Vater brauchen wird, um wieder Ordnung in dieses Durcheinander zu bringen, du kleines Scheusal?« Emily hatte die Arme in die Hüften gestützt und sprach mit unheilverkündend leiser Stimme. »Hast du dir darüber schon mal Gedanken gemacht, selbstsüchtig, wie du bist? Weißt du, wie schwer Daddy arbeitet? Müssen wir etwa die Türen abschließen, um dich am Betreten zu hindern? Am liebsten würde ich dich einsperren.«

Hier brach die Predigt ab. Emily blickte auf die offenen Schreibtischschubladen, um insgeheim Inventur zu machen. Geschenke verbargen sich darin, Einwickelpapier, Überraschungen, Alistairs Privatversteck für allerlei Mitbringsel von unterwegs. Einem ungeschriebenen Gesetz zufolge war es auch ihr nicht gestattet, seinen Schreibtisch anzurühren, doch kannte sie natürlich dessen Inhalt. Ihre Miene war starr. Jane sah, daß ihre Mutter – ein bißchen zu spät, um es tatsächlich wahrzumachen – überlegte, ob das endlich eine Gelegenheit war, ihr die Ohren langzuziehen. Sie folgte ihrem Blick, und einen unbemerkten kurzen Moment lang nahm ihr Gesicht einen Ausdruck listiger Selbstgerechtigkeit an.

»Was ist los, Mummy? Was hab ich denn gemacht? Warum schreist du mich so an?«

»Weil du …« die Verschlagenheit in Janes klarem Blick ließ sie innehalten »… ein Chaos angerichtet hast«, schloß sie lahm.

»Das ist nicht wahr, Mummy, nicht wirklich. Ich bin hergekommen, um mir Papier zu holen, das war alles, Mummy, ich schwör's. Ach ja, und ein paar Stifte habe ich noch mitgenommen«, setzte sie mit überzeugender Zerknirschtheit hinzu und nickte in Richtung oberste Schublade, wo Alistair die Textmarker aufbewahrte, mit denen er seine Akten zu bearbeiten pflegte. Emily erinnerte sich, daß er einmal gesagt hatte, er wüßte nicht, wie sein Berufsstand ohne diese Stifte auskommen sollte.

»Cath hat mit mir geschimpft«, fuhr sie mit leiserer Stimme fort und scharrte mit der Sandalenspitze über den Teppich. »Weil ich vorher schon mal drin gewesen bin und sie hinter mir herräumen mußte. Sie hat mich rausgejagt, aber dann ist sie selbst eine ganze Weile im Zimmer geblieben. Um zu lesen, glaube ich. Sie hat gesagt, ich soll gehen und mein Zimmer aufräumen, und das hab ich gemacht, Mummy, das hab ich gemacht. Sie war schrecklich heute, Mummy, sie stinkt nach Bleichmittel. Soll ich die Stifte zurückbringen?«

»Mach, daß du rauskommst. Geh runter und setz dich vor den Fernseher. Rühr dich nicht vom Fleck.«

Emily stand mitten im Zimmer, von Ekel geschüttelt. Sie hatte das überwältigende Gefühl, die Kontrolle zu verlieren. Vielleicht war es Janes Bemerkung über die billige Seife, den anhaltenden, für Cath so typischen Geruch nach Sauberkeit, der nicht nur angenehm war. Emily selbst hatte sich damit ihre Abneigung gegen jede Art von Nähe zu der Frau erklärt, besonders in geschlossenen Räumen. Es war eine snobistische Abneigung, ebenso unmerklich wie das Abwenden des Blicks, wenn Cath mit offenem Mund kaute, aber trotzdem löste die Vorstellung, daß die Frau in ihren Sachen herumschnüffeln könnte, Abscheu aus. Die gleiche Reaktion, aber um einiges stärker, traf für die Möglichkeit zu, daß Cath sich an den persönlichen Dingen ihres Mannes zu schaffen machte.

Emily konnte ihre Privatsphäre mit anderen teilen, wenn sie wollte; Alistair dagegen hatte keine Wahl. Niemand schützte sein Territorium, wenn er nicht da war, nur seine Familie. Cath hatte kein Recht, mit ihren Wurstfingern und dem scheinbar so anspruchslosen Körper in dem kleinen unantastbaren Raum herumzuwuseln, ganz egal, wie es darin aussah.

Außerdem unterlag automatisch jedermann in Emilys Haus ihrer Kontrolle. Man konnte so gut oder böse sein, wie man wollte, aber bestimmte Regeln mußte man akzeptieren. Vor allem mußte man nett zu den Kindern sein, den Glanzlichtern ihres Lebens. Emily schäumte vor Wut und Empörung, wohl wissend, daß im Moment die Pferde mit ihr durchgingen. Sie hätte ihr Reich nie so lange im Stich lassen dürfen, daß jemand anders darin die Kontrolle übernehmen konnte. In ihrer Herrschaft über alle, ihrer zielstrebigen Mission, sie zu den besten Menschen der Welt zu erklären, duldete sie weder Abtrünnige, noch machte sie Gefangene. Der arme Alistair. Die arme Jane, die so ungerecht behandelt worden war, obwohl sie den Mut hatte, einen kleinen Diebstahl und unbefugtes Betreten des Zimmers zuzugeben. Wirklich mutig, nicht? Emily, ganz Mutter, ignorierte das flüchtige Aufblitzen von Arglist, das sie in den Augen ihres schändlich vernachlässigten Kindes gesehen hatte, verdrängte das Geräusch seines Schluchzens und konzentrierte sich statt dessen auf die leeren Schubladen von Alistairs Schreibtisch. Und bei der Suche nach einem Sündenbock kam ihr ein schrecklicher Verdacht.

Er verfestigte sich zur Gewißheit, als sie anfing, systematisch Janes Zimmer zu durchsuchen. Das Kind hatte einfach nicht genügend Phantasie, um das Parfum irgendwo anders zu verstecken, denn in ihrem völlig offenen Haus war ein Vergehen wie Täuschung unverzeihlich. Janes Zimmer im Erdgeschoß enthielt keinerlei Geheimnisse. Die Leuchtstifte lagen zwischen zerknülltem Endlospapier auf ihrem Bett verstreut, und Emilys Wut wich mehr und mehr dem Schuldbewußtsein. Wie hatte sie bloß ihrer süßen

Kleinen vorwerfen können, im Arbeitszimmer ihres Vaters herumgeschnüffelt und das Parfum aus der Schublade stibitzt zu haben? Wie war sie auf so eine Idee gekommen? Die traurige Logik deutete auf Cath. Kaum überließ man ihr Verantwortung, ergriff sie die Gelegenheit, bestahl sie und, noch schlimmer, versuchte, es der armen Jane in die Schuhe zu schieben. So was tun Leute, wenn sie arm sind, nach Armut stinken und sich armselig benehmen, aber es rechtfertigte weder ein solches Verhalten, noch minderte es den Betrug. Die Wut schwoll wieder an und richtete sich gegen ihr neues Ziel. Niemand überschritt die Grenzen von Mrs. Eliots Hausregeln ohne die fürchterlichsten Konsequenzen.

Es reichte, um ihnen den Abend zu verderben. Mark ging aus. Die beste Kur gegen den noch verbliebenen Kater war es, weiterzutrinken, und die beste Kur gegen die Mißbilligung seiner Eltern, sie noch mehr in Rage zu bringen. Jane war still und heute besonders anhänglich, ihre Schwester nur müde. Sie waren eine Familie, die ihren ganzen Vorrat an Hysterie verpulvert hatte, und die Entspannung von Emilys halbem freiem Tag schien bereits tausend Jahre herzusein. Statt früh ins Bett zu gehen, tranken Alistair und Emily viel zuviel Wein, der sie schläfrig machte und philosophisch stimmte. Alistair bedrückte irgendwas, das hatte sie bereits beim Lunch bemerkt, als ihre Fröhlichkeit seine Gedankenabwesenheit verschleiert hatte. Beim Abendessen, eine ganze Weile nach Janes hastigem Gutenachtkuß auf Papas Wange, hatte sie von der Verwüstung in seinem Arbeitszimmer berichtet. Schon vor seiner Rückkehr hatte sie die Ordnung dort so gut wie möglich wiederhergestellt und die Schubladen fest verschlossen. Bei dem fehlenden Parfum hielt sie sich nicht lange auf, weil sie ja offiziell nichts davon wußte und weil das, was sie deswegen unternehmen würde, allein ihre Entscheidung war. Sie erwähnte Cath ebensowenig wie er. In der Zeitung stand eine Geschichte, die er ihr vorlas. Es ging um einen Mann, der seine Familie verließ, um drei Jahre als Missionar zu arbeiten. Was sagte sie dazu? Nicht viel, antwortete sie knapp, nicht wenn die Kinder noch klein sind, nein. Sie hielt überhaupt nichts davon, es machte ihr angst. Sie erwähnte nicht, daß sie sich ohnehin bedroht fühlte, dafür, daß sie ein Urteil gefällt hatte, für alles.

Dürfen Menschen mit Familien denn keine anderen Verpflichtungen eingehen? fragte er. Gibt es nichts, was sonst noch zählt? Er dachte an seine Verantwortung gegenüber Mandanten und daß er sich aus einem Fall zurückzog, weil seine Familie darin verwickelt war. Man konnte doch nicht die Sorge um andere aufgeben, nur weil man seine Kinder schützen wollte, oder? Doch, das konnte man, erwiderte Emily kurz. Die Familie kam als erstes, alle anderen mußten sehen, wo sie blieben. Das war alles. Und wenn er Missionar werden wollte, ob er dann bitte Jane mitnehmen würde? Danach hatten sie sich nicht mehr viel zu sagen.

Gib jemanden einen Drink aus, und er wird quasseln, bis er umfällt. Bitte jemanden, der Drinks mixen kann, um eine Demonstration, und du kannst für nichts mehr garantieren, dachte Ryan. Joe Boyce konnte nicht nur mit schwindelerregender Schnelligkeit Cocktails mixen, sondern er war auch selbst kein Kostverächter. Jedenfalls hob es seine Stimmung. Zuerst setzte er Ryan ein Gebräu namens Scotch Kiss vor.

»Ein Teil besten Scotch, jede Sorte tut's, aber je besser die Zutaten, desto besser das Ganze, ein Teil Tia Maria und ein Teil Malibu, mit Ananassaft vermischt, die verdammten Früchte lassen wir weg. Dieselben Cocktails kriegt man mit irischem oder kanadischem Whiskey nicht hin, müssen Sie wissen. Was meinen Sie?« Während er sprach, schüttete er alle Zutaten nach Gefühl in einen Shaker.

»Tut mir leid, aber ich find's widerlich«, sagte Ryan.

»Dann bringen Sie es dem Colonel.« Der alte Mann saß immer noch draußen und pöbelte Passanten an. Er akzeptierte das leicht schäumende Getränk ohne jede Gemütsbewegung. Ryan fragte sich, ob er unter Schock stand.

»Ich weiß, was ein Mann wie Sie braucht«, erklärte Joe, der hinter der Bar herumwirbelte und sich gerade einen einfachen Malt eingoß. »Was Einfacheres. Ich selbst mag alles, was auf Whisky basiert. Haben Sie irgendwelche Vorlieben?«

»Nein, nein«, sagte Ryan munter. »Whisky ist immer recht.«

»Die Leute haben sich umgebracht für Cocktails, wissen Sie? Wie für die meisten anderen Sachen, die ich gut kann. Hier, probieren Sie das.«

Ryan nahm einen Schluck. Es schmeckte. Ein bißchen süß, aber nicht schlecht – und verdammt stark. »Yeah«, nickte er. Von dem würde der Colonel nichts sehen.

»Ich glaube, ich nehme dasselbe«, sinnierte Joe, »es ist gut zum Nachdenken. Rusty Nail heißt es, blöder Name. Je ein Teil besten Scotch, und ich meine besten, und Drambuie. Die Japaner haben ihre eigenen Cocktails, wußten Sie das? Manchmal kommen Japaner hierher. Nette Leute. Und alle kleiner als ich, Gott sei Dank. Was jetzt?«

Ryan hatte immer geglaubt, daß man Cocktails, jedenfalls die, zu denen er gelegentlich eine Frau einlud, genüßlich nippte und so lange wie möglich auskostete. Joes Rusty Nail hielt sich nicht lange genug, um Rost anzusetzen. Währenddessen machte Joe sich an einem Eiskübel zu schaffen.

»Was rein Irisches, zwei Teile Whiskey, aber es muß irischer sein, warum, weiß ich nicht genau. Und mindestens fünf Jahre gereift, dann ist er viel besser. Zwei Teile davon, die reinste Verschwendung, wenn ich es recht bedenke, dazu je ein halber Teil Pernod und Curaçao und ein paar Spritzer Magenbitter und Maraschino. Es gibt Leute, die sind ganz wild darauf.«

Ryans Begeisterung hielt sich in Grenzen. Den zweiten gaben sie dem Colonel, der angefangen hatte, Hymnen zu summen, als die Dämmerung hereinbrach. Ein paar Fußgänger trotzten auf dem Weg nach Hause der Barrikade, die er darstellte, blieben aber nur kurz, während Ryan und sein Freund zu Whisky Sour à la

Boyce übergingen. Whisky mit Zitronensaft, bar aller Süßstoffe, entsprach Ryans Geschmack am meisten, aber nichts war süßer als der Glenfiddich, der anschließend folgte. Dann kam jemand rein und sagte, man müsse sich um den Colonel kümmern. Sie setzten ihn in ein Taxi, bezahlten im voraus und nahmen seufzend wieder ihre Plätze ein. Ryan bot hartnäckig an zu bezahlen. Zu seiner Erleichterung lehnte der Barmann ebenso hartnäckig ab. Die Pflanze links von Ryans Ellbogen würde sich nie von seinen aufmerksam dargebotenen Trankopfern erholen, doch er hatte es sich inzwischen gemütlich gemacht und stützte den Kopf in die Hand. Hier zu trinken war so etwas Ähnliches wie eine Baustelle zu betreten, hatte er entschieden. Wenn man selbst keinen Dickschädel hatte, brauchte man einen Helm. Egal, nach welchem Maßstab, er hatte eine Menge getrunken, und die Nacht war zwar nicht mehr jung, aber auch noch nicht grau.

»Das Problem mit meiner Frau ist, oder vielleicht sollte ich sagen, war«, log er in Anspielung auf alles, was er von Mary Catherine Boyce wußte, »daß sie zu selbständig wurde. Sie hat sich einen Job gesucht, verstehen Sie? Wenn sie anfangen zu denken, steigt ihnen das meistens zu Kopf. Dafür vertrocknet dann das, was sie zwischen den Beinen haben. Sie mochte es nicht, wenn ich sie anfaßte, verstehen Sie, dabei trug sie die ganze Zeit diese kurzen Röcke. Um verdammt noch mal zur Arbeit zu gehen, also ich bitte Sie! Sie sollte sich schämen, hab ich gesagt. Dabei hatte sie bloß Angst, Kinder zu kriegen, das war's. Kinder zu kriegen und abhängig zu werden. ›Warum zum Teufel nicht?‹ hab ich sie gefragt. Ich bin derjenige, der seit fünf Jahren die verdammten Rechnungen bezahlt, und all das bloß, um dann nicht mal zu ficken …«

Ryan hatte drei Kinder, sein ganzer Stolz, und eine Frau, die um einiges tüchtiger war als er. Er war sich dieser Tatsache ohne den geringsten Funken von Schuldgefühl bewußt und fand sogar ein gewisses Vergnügen an seiner neuen Rolle. Schließlich machte, was er sagte, nicht wirklich etwas aus. Er war ein bescheidener

Mensch und hatte es häufig genug getan, um zu wissen, daß der Gedankenaustausch zweier Betrunkener durch die Tatsache, daß einer dem anderen gar nicht richtig zuhörte, nicht gestört wurde. Frauen waren da anders, Bailey übrigens auch. An Bailey erinnerte er sich mit einem Gefühl von aufrichtiger Zuneigung, verkniff sich jedoch klugerweise, seinen Namen zu erwähnen. Joe blinzelte an die Decke. Die Tränen waren getrocknet, sein Gesicht aber war gerötet.

»Die Sache mit meiner ist, daß ihr Bruder sie völlig fertiggemacht hat.«

Ryan wollte sich schon aufrichten, doch dann fiel ihm ein, daß er das lieber nicht tun sollte. »Meine Frau hat nämlich auch einen Bruder«, sagte er. »Blöder Wichser. Kommt und erzählt mir, was ich zu machen habe.«

Joe nickte. »Und ihr auch, klar. Besser gesagt, andersrum. Er hat ihr nicht gesagt, was sie tun soll. Da war sie ungefähr vierzehn. Vielleicht auch jünger, sie hat's mir nie verraten.«

»Sie machen Witze«, murmelte Ryan. »Jetzt hören Sie aber auf.«

»Von wegen. Sie wurde schwanger. Es ging schief, das Kind starb. Natürlich hab ich das erst erfahren, als ich die Schlampe geheiratet hatte. Na, ich wußte, daß sie diese Narbe am Bauch hatte, und ich wußte auch, daß sie keine Jungfrau mehr war, aber wen stört so was schon? Sie tat mir leid, ehrlich gesagt, ich wollte für sie sorgen. Nur wußte ich nicht, daß er derjenige war, der für sie hätte sorgen müssen, als sie es brauchte. Die dumme Kuh hat nichts gesagt, sie hatte niemanden, dem sie was sagen konnte, außer ihm, und was hat er gemacht? Nichts! Warum hat er sich nicht um sie gekümmert? Warum haben sie ihn nicht nach Hause geholt, um einen verdammten Kurpfuscher, der seit sechzig Stunden auf den Beinen war, daran zu hindern, ein solches Gemetzel zu veranstalten? Sie hat mir gesagt, daß sie am liebsten gestorben wäre. Und dieser verdammte Damien, wo war er? Lernte Boxen beim Militär oder so was. Unser Held. Unser Tausendsassa. Wichser!«

»Was hätte er machen können?«

Joes Tränen waren zurückgekehrt, sein Gesicht war bewegend offen. Er hielt ein Glas unter den Portionierer und dann noch eins und füllte beide großzügig mit dem besten Malt des Hauses.

»Hätte machen können?« rief er. »Hätte machen können? Völlig egal, was er hätte machen können, aber was sollte sie machen? Als erstes hätte sie aufhören können, ihn zu lieben, oder? Und hat sie ihn geliebt? O ja. Und wie: Damien hier, Damien da ... Wo zum Teufel war er, als sie ihn verdammt noch mal brauchte? Weiß der Geier, wo. Bei irgendeiner Meisterschaft wahrscheinlich. Sie waren so, die beiden.« Er legte Zeige- und Mittelfinger der linken Hand übereinander. Es wirkte wie eine Geste der Zusammengehörigkeit, nicht obszön. »So!« wiederholte er.

»So meinen Sie?« wiederholte Ryan und ahmte die Gebärde mit den Fingern der rechten Hand nach.

»Er hat unser ganzes verfluchtes Leben beherrscht, ich meine, wirklich«, sagte Joe. »Ich schwör's Ihnen. Was er sagte, wurde gemacht. Mein Job, meine Bude, mein Wagen. Und meine Frau.«

»Muß schrecklich gewesen sein«, bemerkte Ryan, immer noch in sich zusammengesunken.

»Allerdings«, sagte Joe und wandte sich wieder dem Portionierer zu. Erstaunlich, dachte Ryan, daß seine Hände so ruhig sind, obwohl er sonst so zappelig ist. Wirklich erstaunlich.

»Schön war's jedenfalls nicht«, sagte Joe und wirkte mit einem Mal ganz nüchtern. »Alles andere als schön. Ich meine, er hat mich mit Cath bekannt gemacht, aber ich habe diesen Scheißkerl gehaßt, verstehen Sie? Gehaßt. Wie ein verfluchtes Gift.«

»Geben Sie uns noch einen.« Mehr sagte Ryan nicht.

Er war bereits vergiftet; nun kam es auch nicht mehr drauf an. Er brauchte etwas, um das grausame Gefühl des Schocks loszuwerden. Und noch etwas, was er kaum zuzugeben wagte: Mitleid mit dem Mann und Angst, aber auch das Gefühl von Halbwahrheiten, die kein Ganzes ergaben. Der Mann sprach verschlüsselt.

Er sehnte sich nach seiner Frau und wünschte, er könnte nach Hause ins Bett.

10

Er fühlte sich geborgen und sicher, aber das Licht schmerzte in seinen Augen. Bailey stand vor ihm. Sein finsteres Gesicht verhieß, daß er genügend Mittel kannte, um einen Mann zum Reden zu bringen.

»Was hat er Ihnen gesagt, Ryan?«

»Lassen Sie mich in Ruhe, okay? Er hat mir einiges erzählt, aber nicht alles. Da war noch was anderes, irgendwas, womit er angeben wollte, außer den Cocktails. Irgendwas, worauf er stolz ist, was ihm aber auch ein schlechtes Gewissen macht. Ich weiß nicht. Er hat eine Heldentat vollbracht, dieser Mann, und das will er loswerden. Aber jetzt lassen Sie mich endlich schlafen.«

»Ich glaube, er trägt sein schlechtes Gewissen in der falschen Tasche. Mit anderen Worten, er fühlt sich aus den falschen Gründen schuldig. Genauso wie er auf die falschen Sachen stolz ist.«

»Waren Sie eigentlich schon immer der Meinung, daß er was mit dem Mord an Damien Flood zu tun hat?«

»War ich das? Hab ich das gesagt? Ich weiß nur, daß es jemand gewesen sein muß, der ihn abgrundtief haßte.«

»Na ja, mit Haß kennt er sich aus.« Ryan fielen die Augen zu; die Lider fühlten sich an wie schwere Münzen.

»Aber Damiens Schwester vielleicht noch mehr. Sie war von ihm schwanger, als sie selbst noch ein halbes Kind war. Ich habe eine Geburts- und eine Sterbeurkunde mit Floods Namen drauf gefunden. Sieht aus, als hätte er den Ehemann gespielt. Kein Wunder, daß niemand was gemerkt hat.«

Ryan schlug die Augen auf. »Lieber Himmel! Wieso habe ich daran nicht gedacht? Verdammt! Sie sind ein kluger Mann.« Wieder fielen ihm die Augen zu. Neuigkeiten aller Art, wie außergewöhnlich sie auch sein mochten, mußten sich anderen Bedürfnissen unterordnen. Seine Stimme war nur noch ein leises Murmeln, als wollte er seine Verlegenheit überspielen.

»O nein, seine Schwester hat ihn geliebt. Aber ich glaube nicht, daß unser Joe weiß, von wem das Baby war. Ich glaube, sonst hätte er was gesagt.«

»Glauben Sie wirklich? … Warum können Sie mich nicht endlich schlafen lassen, verdammt?«

Draußen donnerte es. Joe zuckte im Schlaf. Glorreiche Technicolorträume in schmutziger Bettwäsche. Damien Flood, der goldene Prinz, in einer Lache von grünem Blut. Derselbe hübsche Damien, der von dem kleinen Joseph Boyce vergöttert wurde. Er hatte sich an seine Rockschöße geklammert, bis Damien ihm eines Tages seine Schwester vorstellte, ein Geschenk des Himmels, so anbetungswürdig war sie. Sie brauchte jemanden, der sie beschützte. Das würde endlich einen richtigen Mann aus ihm machen und ihm den Zugang zum innersten Kreis von Damiens Gang ermöglichen. Joe Boyce badete im Ruhm dieser Hochzeit. Und zugleich waren von einem Tag auf den anderen all seine Bedürfnisse nach Job oder Wohnung befriedigt. Schließlich drehte sich sein ganzes Leben, abgesehen von den Kisten in den Dachzimmern, um Damiens Almosen und Damiens Kontakte. Und trotzdem liebte ihn seine kleine Frau nicht wirklich. Vielleicht lag es an der Narbe auf ihrem Bauch, daß sie nicht imstande war, Liebe anzunehmen oder auch nur daran zu glauben, doch wenn es um die Liebe ging, war sie genau wie alle anderen: Damien kam zuerst. Der Mistkerl.

Jetzt im Traum übernahm Joe das Kommando. Er ließ die Wolke von Erinnerungen, eine demütigender als die andere, hinter sich, bis der Traum stärker war als die Wirklichkeit.

Da waren sie, eine verschworene Gemeinschaft, die zusammenhockte, soff und ihren Spaß hatte. Bloß war Joe im Traum kein

Diener oder Laufbursche, mit dem sie mehr der Alkohol verband als das Gefühl, auf gleicher Stufe zu stehen. Trotzdem war er der, der immer als erster nach Hause ging. Aus freien Stücken, nicht etwa, weil er Angst hatte, daß sie ihn sitzenlassen könnten.

Damien kam vom Herrenklo, zog den Reißverschluß der Hose zu und legte kurz die Arme um die Schultern der beiden anderen, bevor er als erster schwankend rausging. Der Blick der Frau, die hinter der Bar aufräumte, folgte seinem strammen Hintern und dem blonden Haarschopf über dem strahlendweißen Hemd, bevor sie sich wieder dem Leeren der Aschenbecher widmete. Wie ist es möglich, daß ein Mann genauso geht, wie er redet – gedehnt und doch federnd? Seine Freunde waren größer, schlanker, unauffälliger und irgendwie weniger beeindruckend als er; selbst wenn man ihn von hinten sah, strahlte Damien ein gewisses Charisma aus. Ein bißchen besoffen, ja, auf seine Art besoffen, nie ausfällig, aggressiv oder laut, nie fielen wirklich dreckige Witze oder Grobheiten. Schon möglich, daß er ein wenig heruntergekommen war, doch er hatte eine jugendliche Würde, und in seinem Lachen lag echte Lebensfreude.

Joe konnte den Traum nicht abschütteln. Er hatte ihn unzählige Male durchgespielt und mit der Zeit so verfeinert, daß er jetzt fast so was war wie eine visuelle Realität. Sobald er nach draußen trat, spürte er die kühle Luft auf der Haut, ein wenig feucht vom winterlichen Nieselregen, und hörte das unverwechselbare Dröhnen eines Dieselmotors, der sich den Hügel emporkämpfte. Sie überquerten die Straße und schlenderten in Richtung Parkplatz neben dem Freizeitzentrum. Es war dunkel hier draußen. Joe stand im Schatten der Bäume und beobachtete sie aufgeregt und neugierig. Er hätte sich nichts auf der Welt so sehnlich gewünscht, wie bei ihnen zu sein, wohl wissend, daß sie die drei Fremden weder hätten auslachen noch um Geld betrügen dürfen.

Und dann fielen sie plötzlich fauchend wie Katzen über sie her, aber so unbeholfen, daß Joe Mitleid mit ihnen hatte und ihre sinnlose Aggression nachfühlen konnte. Sie waren Kätzchen, keine Kater, geradezu rührend mit ihren abgebrochenen Queues. Es war, als wollte ein Schwarm von Fliegen eine Mauer attackieren, doch in diesem Traum gab es nichts Unüberwindliches. Schon rannte der erste los, ein kleiner Zwerg mit ausdruckslosem Gesicht und bläulicher Haut, und fällte Goliath. Joe war verblüfft. Um ein Haar wäre er hinter dem Baum hervorgesprungen und Damien zu Hilfe geeilt, doch sein seit drei Jahren schwelender Haß zwang ihn zu bleiben, wo er war. Hu! Er sah sich selbst, wie er sich die Augen zuhielt und nur auf die Geräusche horchte: Grunzen, Stöhnen, klatschende Fausthiebe, kurze scharfe Schreie, die Musik der Macht, die er selbst höchstens an Cath ausprobieren konnte, und das auch nur unter entsetzlichen Qualen. Ihm war heiß, er fieberte in seiner Jacke, trotz des kalten Regens unter den kahlen Bäumen. Als er sich entfernende Schritte hörte, die Hände von den Augen nahm und sich dabei seines übelriechenden Atems bewußt wurde, konnte er kaum glauben, daß Damien, der Unsterbliche, immer noch da war. Alle beide hatten ihre Position verlassen. Er selbst war auf dem Rückzug, und Damien torkelte, nach Luft schnappend, auf den dunklen Park zu, wo er sich gegen einen Baum lehnte, um auszuruhen. Er sah ganz friedlich aus, wie er so dalehnte und jedem, der ihn genügend haßte, die perfekte Zielscheibe bot. Unheimlich perfekt geradezu. Obendrein gab es einen dritten, auf den man alle Verantwortung schieben könnte. Auch in seinen Träumen hatte Joe seine Tasche stets dabei, und diesmal enthielt sie das Bajonett, das er geschliffen und nur eingesteckt hatte, um es Damien zu zeigen. Damien hatte gesagt, daß er sich dafür interessierte, aber das stimmte gar nicht, und Joe war nicht zu Wort gekommen. Eilige Schritte, Geschrei in der Ferne, das leere Kreischen der Busbremsen und das Flüstern der Bäume, ein dröhnendes Schweigen. Damien stöhnte, behielt jedoch seine seltsame Würde.

Joe wälzte sich im Bett hin und her. An diesem Punkt waren die Bilder, die er sah, mehr Tagtraum als nächtliche Vision, alles wirkte viel schärfer. Er hörte Worte, wenn auch aus der Ferne, Stimmen ohne jede Intonation oder Eigenart. Was würde er sagen? Würde er sagen: Hier, sieh mal, Damien. Siehst du das? Ich hab's für dich mitgebracht. Schau doch. Er würde sehen, wie sich Damiens Augen weiteten und trotz des Kratzers auf der Stirn eine vertraute Wärme sein Gesicht erhellte. Ach, du bist es, murmelte er. Ja, ich bin's, hörte Joe sich sagen, als er ihm zum erstenmal die Klinge in die Brust stieß. Damien war so muskulös, daß es aussah, als spürte er gar nichts. Doch dann hörte er ihn wieder was murmeln: Nein, nein, tu das nicht, und seine großen Hände preßten Joes Schultern zusammen wie eine Schraubzwinge. Tu das nicht, Joe, bitte. Was hab ich dir getan, Joe, bitte. Es war zu spät, um aufzuhören. Die Klinge war nur auf einer Seite geschliffen, nicht wie bei einem Dolch, aber sie war schwer, und er brauchte seine ganze Kraft, um sie wieder rauszuziehen. Er war erleichtert, daß kaum Blut floß, und trat einen Schritt zurück, wollte fliehen. Und dann kam ein Augenblick schrecklicher Realität, als Joe nichts, aber auch gar nichts einfiel, wofür Damien das verdient hätte. Das Blut spritzte jetzt wie eine Fontäne, und dann kam die tonlose Stimme wieder, laut, fast wie ein Schrei. Cath … O meine kleine Cath, rette mich.

Das war der Moment absoluter Klarheit, als der Traum beinahe faßbar wurde. Joe versenkte sein Bajonett mit aller Kraft in die weichste Stelle des Bauchs, jenen Teil, der zeigte, daß es mit Damien bergab ging, daß er allmählich Fett ansetzte. Joe sah sich verwundert zu, als er beide Hände benutzte, um die Klinge von links nach rechts zu ziehen, als er gegen einen Knochen stieß, weiches und hartes Gewebe durchtrennte und jedesmal, wenn Damien »Cath« sagte, noch tiefer zustieß, bis er die Wirbelsäule spürte. Doch der Wichser war immer noch nicht tot. Das Gemetzel war unbeschreiblich. Als er die Eingeweide aus dem flachen Unterleib quellen sah und Damiens abgehacktes Heulen hörte, mußte er an ein ungeborenes Kind denken. Cath, Cath. Wieder und wieder stöhnte Damien ihren Namen und weigerte sich, zu sterben, bis

Joe es nicht länger aushielt, seine plumpe Waffe aus der stöhnenden Masse mit dem offenen Mund riß, vor Anstrengung stolperte und sich über das feuchte Gras wälzen sah, weg von all dem Blut. Er warf keinen Blick zurück. Er wischte die Klinge ab und taumelte weg von der Stimme, die noch durch den Regen rief, weg von den Händen, die sich gegen das nackte rote Gedärm preßten, wie um das Leben selbst zu umklammern.

Joe landete mit steifem Körper auf dem Teppich vor seinem Bett, die Fäuste an die Brust gedrückt. Es stank nach Whisky und Erbrochenem. Er schlug die Augen auf. Eine verirrte Fliege prallte gegen die Fensterscheibe. Joe versuchte hochzukommen, indem er sich herumwälzte, halb aufrappelte und sich dann unsicher am Bett hinaufzog, bis er stand. Einen Augenblick hielt er es so aus, dann stürzte er seitlich auf die Matratze, wo er liegenblieb und an die Decke starrte. Jetzt hörte er keinen Donner mehr, nur den Widerhall in seinem Schädel. Die Fliege summte, und hinter Cath' selbstgenähten Vorhängen zeigten sich erste Vorboten der Dämmerung. Es war ein Traum gewesen, ein blendender Alptraum. Nur ein Traum. So hätte es passieren können. Wenn sie ihn schlugen, würde er zugeben müssen, daß es genau so passiert war. Er würde schreckliche Angst vor diesem Geständnis haben, aber auch stolz darauf sein. Dann fiel ihm der Abend vor dem Traum wieder ein, als eine Folge von langsamen Bildern. Er hatte mit diesem Mann im Spoon geredet. Er hatte nicht geprahlt, nur geweint. Der Mann hatte Mitleid mit ihm gehabt und ihn nach Hause gebracht, aber nicht im Bus. So waren sie also sicher, jetzt und in alle Ewigkeit, doch wenn der Traum stimmte, warum konnte er sich dann ums Verrecken nicht daran erinnern, was er mit dem Bajonett gemacht hatte? Träume waren immer nur ein wirres Durcheinander ohne jedes praktische Detail. Dieser Teil seines Bewußtseins blieb leer, vermutlich war es der Schock, der ihn ins Vergessen katapultiert hatte. Die Bitterkeit in Joe war ebenso stark wie der süße Whiskygeschmack in seinem

Mund. Jetzt würde nie wieder jemand kommen und ihn suchen. Niemand würde ihn je ansehen und den Helden erkennen.

Der Nebel hatte sich gelichtet. Ryan wußte, daß Kaffee am Morgen nicht gerade das beste Mittel war, um übermäßigen Whiskygenuß vom vergangenen Abend zu bekämpfen, aber Kaffee war alles, was er wollte, und Bailey machte den besten. Ryan erhob sich übertrieben stöhnend von seinem Schmerzenslager auf der Couch. Alles in allem fühlte er sich nicht schlecht, besser, als er es seiner Meinung nach verdiente. Die Unterhaltung im Morgengrauen hatte mehr Verwirrung in seinem Kopf gestiftet als der Alkohol. Später hatte er von Frauen in erniedrigenden pornographischen Posen geträumt, und das hatte die Erinnerung noch weiter verwischt. Bailey redete. Bailey konnte inmitten eines Gewitters, einer Überschwemmung oder eines Feuers reden, ohne auch nur die Stimme zu erheben. Ryan blinzelte, schüttelte den Kopf und sah sich um. Die Farben des Sofas, auf dem er gelegen hatte, stachen ihm grell ins Auge, alles andere war angenehm und hell. Es war so sauber hier, kein Staubkörnchen zu sehen, und der Gestank mußte von ihm kommen. Die Tatsache, daß Bailey ein tüchtiger Hausmann oder ein guter Gastgeber war, schmälerte sein Selbstbewußtsein keineswegs und hinderte ihn auch nicht am Reden.

»Sie stimmen mir also zu?«

»Klar. Worin?«

»Daß Joe Boyce gewalttätig und unberechenbar ist. Hinterhältig, gefährlich.«

Wieder schüttelte Ryan den Kopf. »Vorher nicht. Ich habe ihn für einen harmlosen kleinen Wichtigtuer gehalten, der hin und wieder seine Frustrationen an seiner Frau ausläßt, das ist alles. Bis ich ihn mit der abgebrochenen Flasche in der Hand sah. Er war bereit, einem alten Säufer ein Auge auszustechen, nur weil er ihn im falschen Augenblick mit dem falschen Akzent angesprochen hatte. Ja, er ist gewalttätig. Mehr als der Durchschnitt. So gewalttätig, daß er Damien Flood eine derartige Verletzung hätte beibringen können.«

»Und wenn seine Frau zu ihm zurückkehrt, wäre sie auch in Gefahr?«

»Nicht unbedingt. Er liebt sie.«

»Irgendwann muß er auch ihren Bruder geliebt haben. Und wenn Joe der Täter war, wird sie sich doch an irgendwas erinnern, oder? Wenn sie über Damiens Tod hinweg ist, wird ihr bestimmt irgendein winziges Detail einfallen. Zum Beispiel, daß ihr treusorgender Ehemann doch nicht ganz genau zu der Zeit nach Hause gekommen war, die sie in ihrer Aussage angegeben hat. Wie er noch am gleichen Abend sofort ein Bad genommen und am nächsten Morgen seine Klamotten in eine Plastiktüte gestopft und mitgenommen hat, als er das Haus verließ. Irgendwas in der Art.«

»Es hat geregnet«, erinnerte sich Ryan. »Es hat geregnet, als ich am Tatort eintraf.« Mein Fall, dachte er bitter. Es war mein Fall, und du solltest bloß ein Auge drauf haben. Bailey hatte ihm gestattet, die Flügel auszubreiten, nur um sie ihm nachher um so kräftiger zu stutzen. Das Blut war in die Erde eingesickert, das helle Haar des Toten klebte an seinem Schädel.

Bailey setzte Wasser für frischen Kaffee auf. »Jedenfalls ist es so gefährlich für die Frau, daß wir jetzt offiziell Ihre Mary Secura einschalten sollten.«

»Werden Sie ihn verhaften?«

»Wen?«

»Joe Boyce.«

»Auf welcher Grundlage? Es gibt nicht mehr Indizien als vorher auch. Selbst wenn Mary Catherine Boyce uns interessante Hinweise geben könnte, wären wir noch lange nicht am Ziel.«

»Wozu dann das alles?« schrie Ryan. »Wozu diese verdammten Kopfschmerzen?«

»Weil ich es wissen mußte, deshalb. Brauchen Sie ein frisches Hemd?«

Cath war der Luxus offener Trauer verwehrt geblieben, aber sie hatte dennoch getrauert. Sie war benommen gewesen und hatte ständig das Gefühl, auf Watte zu gehen, wie jemand, der Beruhigungsmittel nimmt. Sie schwebte etwa auf der Höhe, wo andere Leute ihre Knie haben, und war kaum imstande, aufzusehen oder sich länger als eine Minute zu konzentrieren. Selbst im Eliot-Haushalt agierte sie wie fremdgesteuert; sie wanderte von Zimmer zu Zimmer, um etwas zu suchen, und vergaß, was es war. Manchmal saß sie im Bus, entdeckte verblüfft einen Orientierungspunkt und hätte schwören können, daß sie ihn bereits passiert hatten. Heute sah sie alles sehr klar vor sich. Joe hatte ihr keine Tränen erlaubt. Wenn sie weinte, hatte er sie geschlagen und dann selbst geweint, als wollte er sagen: Und was ist mit mir, was ist mit mir? Cath saß in der 59 und war in einem Zustand, der fast an Zufriedenheit grenzte. Nicht Glück – was das war, hatte sie längst vergessen. Es war mehr so was wie eifrige Entschlossenheit. Sie hatte das Gefühl, sich selbst beglückwünschen zu müssen, obwohl sie gar nicht hätte sagen können, wozu eigentlich.

Weil sie mit Mickey Gat fertig geworden war, hundert Pfund geschenkt bekommen und erfahren hatte, daß Joe sie vermißte? Oder, noch besser, weil Mrs. Eliot ihr den Haushalt anvertraut hatte? Ja, auch das war ein Grund, stolz auf sich zu sein. Daß sie sich bei Helen West als unersetzlich erwiesen hatte, verlieh der Sache zusätzliches Gewicht, war aber nicht so bedeutsam. Ihren kleinen Ausflug in Mr. Eliots Arbeitszimmer verbannte sie in den hintersten Winkel ihres Gedächtnisses, obgleich sie sich halb und halb bewußt war, daß er das Wichtigste war und eines Tages wieder hervorgekramt werden mußte. Seine unmittelbare Auswirkung war deutlicher, weil sie ein gewisses Maß an Erleichterung mit sich brachte. All die Akten in dem Arbeitszimmer konnten nur bedeuten, daß der nette Mr. Eliot (und damit auch seine Frau) mehr über Cath wußten, als diese sich je hätte träumen lassen. Sie wußten zum Beispiel von Damien und konnten sich ungefähr vorstellen, was sie in den letzten

Monaten durchgemacht hatte und wie tapfer sie gewesen war. Wenn sie also den gewaltigen Schritt machte, den sie heute morgen vorhatte, nämlich Emily um Hilfe zu bitten, würde sie nicht ganz von vorn erzählen müssen, denn Emily war bereits halbwegs informiert. Wie nett und rücksichtsvoll von den beiden, sich nicht in Cath' Angelegenheiten einzumischen. Inmitten all dieser Folgerungen und Pläne kam Cath, die sich nervös, aber zuversichtlich dem Hin- und Herschaukeln des Busses überließ, eins gar nicht in den Sinn. Da die meisten stets in bar zahlenden Arbeitgeber ihre Putzfrauen nur beim Vornamen kannten, war es ziemlich unwahrscheinlich, daß irgendwer ihren vollen Namen in einer Akte automatisch mit seiner Cath zu Hause in Verbindung brachte, und falls doch, war noch lange nicht gesagt, daß er es seiner Frau weitererzählen würde. Putzfrauen waren Perlen mit Telefonnummern. Ihr voller Name und ihre Identität wurden, abgesehen von irgendwelchen persönlichen Eigenschaften, auf eine Art Abstellgleis verbannt. Je zuverlässiger eine Putzfrau war, um so anonymer blieb sie.

Die Sonne fiel durch die schmutzige Scheibe auf Cath' Gesicht. Flüchtig schoß ihr durch den Kopf, wie es wohl im Winter in ihrem Vogelhorst sein würde. Ja genau, sie würde ruhig und knapp ihre Situation schildern und dann um Hilfe bitten. Der Plan schien ganz einfach und war doch schwierig. Andererseits erwartete sie nicht viel und mit Sicherheit nichts, was die Eliots nicht leisten konnten. Sie hätte bloß gern ein bißchen mehr Arbeit, genug für etwa drei Nachmittage in der Woche. Sie würde auf Kinder aufpassen oder was auch immer. Sie hatten so viele Freunde, vielleicht konnten sie etwas für Cath arrangieren. Emily hatte ihr doch auch den Job bei Helen West besorgt. Wahrscheinlich gab es noch mehr. So viel, daß sie weiter illegal in Damiens Wohnung bleiben konnte, bis sie was Besseres gefunden hatte. Sie durfte Mrs. Eliot aber auch nicht zuviel aufhalsen, die arme Frau hatte schon genug zu tun. Außerdem mußte sie Helen West nach Sozialhilfe und dem ganzen Kram fragen oder das Angebot dieser anderen Freundin annehmen, Mary Soundso. Sie wurde immer gewitzter, demnächst würde sie sich Merkzettel schreiben müssen, um ihre Termine zu behalten. Die Eliots liebten sie. Sie gehörte zur Familie, das hatten sie oft gesagt. Heute würde sie ihre Anerkennung akzeptieren und mit den Gewohnheiten eines ganzen Lebens brechen. Sie würde um etwas bitten.

Als der Bus sich der vornehmen Gegend von Knightsbridge näherte, schien alles ganz einfach.

Sie schloß die Haustür auf und wurde sofort von der Wärme des Haushalts umhüllt, die so ganz anders war als die Wärme der Sonne. Der Geruch von verbranntem Toast lag darin, von Seife, von nackten Füßen, und die Verheißung fröhlicher Stimmen. Sie stellte ihre Einkaufstasche, ohne die sie nie ausging – egal, ob sie sie brauchte oder nicht –, im Flur ab und öffnete den Schrank mit dem Staubsauger. Das tat sie immer als erstes, damit es nicht so aussah, als wartete sie auf besondere Anweisungen. Ohnehin gab es keinen Tag in der Woche, an dem der Flur das Staubsaugen nicht nötig gehabt hätte. Das Haus war still, es war fast eine Schande, es mit dem ungezogenen Lärm des Staubsaugers zum Leben zu erwecken.

Trotz ihres Eifers wartete Cath ungeduldig auf die Kaffeepause – im Gegensatz zu Emily Eliot. Diese winkte Cath nur kurz zu und verschwand dann eilig in die oberen Regionen. Dort legte sie Make-up auf und machte sich eine Liste der Dinge, die erledigt werden mußten. Hormsbies zum Abendessen einladen, schreckliche Leute, aber ihre Tochter war mit Jane befreundet, und sie waren schon zweimal bei ihnen gewesen. Ihrer Mutter schreiben, um sich für Marks Geschenk zu bedanken. Mark brauchte neue Klamotten, obwohl er sie nicht verdient hatte. Es war bestimmt seine Schuld, daß die Jeans an den Knien durch waren, oder hatte er vielleicht sogar Löcher reingeschnitten? Plötzlich warf Emily den Stift quer durchs Zimmer. Das war doch alles nur Verzögerungstaktik. Bring es hinter dich, Emily, nun mach schon. Zu keiner

Frau hätte dieses Motto besser gepaßt als zu ihr. Sie sollte es sich auf ein T-Shirt pressen lassen.

»Ich will mit Ihnen reden«, schrie sie über den Lärm des Staubsaugers hinweg. Wo war Jane, das rebellische, neugierige kleine Scheusal mit seiner Leidenschaft für Dreck? Ach ja, sie wartete auf die Freundin, die heute rüberkommen sollte, und räumte ihr Zimmer so um, daß es deren Vorstellungen entsprach. Cath strahlte Mrs. Eliot an und folgte ihr lammfromm. Emily war gereizt. Zu allem Überfluß mußte Cath auch noch mit unübersehbarer, aber kritischer Zuneigung die Kiefernholzplatte des Küchentischs inspizieren, die sie schon so oft geschrubbt hatte. Verkleckerter Honig vom Frühstück, jede Menge Krümel, die Alistair an seinem Platz verteilt hatte, Cornflakes von irgendwem anders. Dieselben alten Flecken auf der Decke, Essensreste, die sich in sämtlichen Ecken und Ritzen versteckten.

»Mr. Eliots Zimmer«, sagte Emily, stellte dabei Brot und Butter auf den Tisch und fummelte an der Kaffeedose herum.

»Ja«, sagte Cath. Sie schnappte sich ein Stück Brot und sprach hastig mit vollem Mund. »Das wollte ich Ihnen gerade erzählen.« Sie sah sich um, ein wenig verschlagen, als suchte sie nach Jane. Sie wollte erzählen, wie das Kind bloß nach Papier gesucht hatte und daß es ihr sehr leid getan und sie, Cath, dann alles mehr oder weniger wieder in Ordnung gebracht hätte. Emily sah den offenen Mund, und ihr wurde übel. Wie auf ein Stichwort hin kam Jane hereingeschlichen. Keine Begrüßung. Sie schob sich nur ein, zwei Schritte seitlich neben die Tür und hielt sich dabei am Schrank fest.

»Sieh mal, was ich gefunden habe, Mummy.«

»Wo?«

»In Cath' Tasche.« Dabei hielt sie eine noch eingepackte Flasche Estee Lauder, White Linen, hoch. Mickey Gats Bestechungsgeschenk, das Cath mitgebracht hatte, um es der kleinen Jane zu schenken. Sie liebte so was. Emily stand auf und stellte den Wasserkessel aus. Dann legte sie die Reste des Vollkornbrots in den

Brotkasten zurück. Cath aß es mit dem größten Vergnügen und amüsierte damit die Kinder, die nicht verstehen konnten, daß sie nicht viel lieber Biskuits mochte.

»Ich glaube, Sie sollten Ihre Sachen packen und gehen, Cath. Es tut mir sehr leid, aber ich glaube, es ist das beste für uns alle.«

Cath starrte sie fassungslos an. Sie hatte gerade loslachen wollen, und ihr Gesicht war noch halb zu einem Lächeln verzogen. Sie hatte ihnen erklären wollen, daß Mickey Gats Parfums nichts taugten, da sie alle nicht echt waren, trotz ihrer Etiketten. Trotzdem war es nett, wenn man sie geschenkt bekam. Und jetzt saß Emily Eliot da, kramte in ihrer Handtasche und reichte ihr fünf Zwanzigpfundscheine, frisch aus dem Automaten.

»Eine Woche im voraus«, sagte Emily, und ihre Stimme knisterte genauso wie die Banknoten. »Kümmern Sie sich nicht um den Staubsauger, ich räume ihn schon weg.«

Dann hatte Joe also doch recht, wie? Joe hatte mit ziemlich vielem recht, zum Beispiel, was die Besitzer von großen Häusern anging. Cath stand auf der Türschwelle und umklammerte ihre Tasche. Ihr Kopf schien sich ganz von selbst von rechts nach links und von links nach rechts zu bewegen, wie bei einem blinden alten Köter. Sie hatte das Geld in der Faust und die Tasche über dem Arm. Sie war noch nie so hastig aus einem Haus gestürzt und hatte nicht die geringste Ahnung, warum. Am liebsten hätte sie sich auf die Stufen gesetzt, die auf die Straße führten, doch der Gedanke, sich noch länger da aufzuhalten, wo die Kälte und Grausamkeit der anderen sich auf sie übertrugen, trieb sie fort. Im Gehen erinnerte sie sich daran, das Geld ins Portemonnaie zu stecken. Es waren die zweiten hundert Pfund Schmiergeld innerhalb von vierundzwanzig Stunden; wenn sie so weitermachte, würde sie bald reich sein. Fünf Häuser weiter setzte sie sich auf die Stufe vor einer Haustür.

Sie wußten es, das war der Grund. Die schlimmen Sachen ebenso wie die guten. Mit ihrer Intelligenz und ihrem Wissen hatten sie alles entschlüsselt. Daß Damien und sie allein aufgewachsen waren, zusammen in einer Einzimmerbude gehaust hatten, der Bruder mit einer Vorstrafe wegen Diebstahls und sie mit dem Baby, das nicht überlebte. Sie wußten alles, was es zu wissen gab über ihre in die Aussage von Mary Catherine Boyce eingewobene Lebensgeschichte. Und vom Sockel ihrer Allmacht aus hatten sie beschlossen, daß sie nicht die Butter auf ihrem Brot wert war. Vier Stunden am Tag, manchmal mehr, an fünf Tagen der Woche hatte Cath, ohne zu klagen, seit einem Jahr alles getan, was ihr aufgetragen wurde, und jetzt hörte man sie nicht einmal an. Sie ertappte sich dabei, wie sie die Straße hinabsah, die zu den Mews und dem Spoon and Fiddle führte, widerstand jedoch der Versuchung, hinzugehen und Joe zu sagen, daß er recht hatte. Über eine Stunde blieb sie auf den kalten Steinen sitzen. Dann hatte sie Kraft genug, um sich aus der Reichweite der Eliots zu entfernen, doch alle Entschlossenheit des Morgens war verflogen und nichts übriggeblieben bis auf einen Rest von Pflichtbewußtsein. Der Nachmittag war versprochen, nur noch hundert Meter bis zur Bushaltestelle und den gold-gelben Wänden von Helen West, die nicht imstande war, ihr eigenes Badezimmer zu streichen, und keinen Mann hatte.

Außerdem hatte sie die Nase voll von der Einkaufstasche. Mrs. Eliot hatte sie ihr letztes Jahr zu Weihnachten geschenkt. Cath hatte vor, sie an der Haltestelle in den Papierkorb zu stopfen, merkte dann aber, daß noch etwas Schweres darin war, und warf einen Blick hinein. Auf ihrem Schirm lag das kleine Bajonett, das Jane ihr gestern gezeigt hatte. Offenbar fand sie es völlig in Ordnung, ihren Müll der Putzfrau aufzuhalsen. Einen Augenblick lang empfand Cath höchste Panik, doch dann beruhigte sie sich. Das Kind war nicht böse, es wußte nichts, und es klagte auch nicht an. Es war nur eine verächtliche Geste. Sie wollte etwas loswerden, was sie ärgerte. Genau wie ihre Mutter, die ihre von Motten befallenen Klamotten wegschenkte. Es war eine Schicksalsgabe, es lag nichts Böses darin, nur Gleichgültigkeit.

Bailey fand keine Ruhe. Er sah sich in einem Vakuum, entstanden durch nutzloses Wissen, das er aus Mangel an Beweisen mit niemandem teilen konnte. Es würde ihm wie unverdauliches Essen im Magen liegen. Bei der Polizei interessierte sich kein Mensch für Wissen, das zu nichts führte. Er konnte den Sachbearbeiter im örtlichen Knast bitten, sämtliche Dateien und Schriftsätze nach Joe Boyce abzuklappern, aber was würde es bringen? Bailey war wütend auf sich selbst, weil er einen Hasen jagte, den er einfach nicht fassen konnte. Er hatte Ryan völlig umsonst bis ins Mark erschüttert. Es gab niemanden zu retten und fast niemanden zum Reden. Er saß an seinem Schreibtisch, trommelte mit den Fingern auf die Platte und sah aus dem Fenster in den Hof, der vor Hitze und Abgasen kochte. Er hörte Gelächter von nebenan und dachte an seine ordentlich aufgeräumte Wohnung. Dann dachte er an Helens Wohnung.

Tja, es sah ganz so aus, als hätte er sich dort einiges verscherzt. Sie hätte ihm eine gute, objektive Einschätzung liefern können, oder? Unter normalen Umständen ja, aber vielleicht nicht, wenn ihr persönliches Leben so unmittelbar davon betroffen war. Bailey war klar, daß er sich gerade weigerte, im Zweifelsfall für die Angeklagte zu entscheiden. Er wußte auch, daß er mit ihr am Rand einer Katastrophe stand und daß das teilweise seine Schuld war, weil er erklärt hatte, er wolle sie vor dem Wochenende nicht wiedersehen. Sollte sie mit ihrem häuslichen Chaos doch allein fertig werden und ihn damit verschonen. Egoistisch, ja, aber sie hatte zugestimmt. Sie wußte verdammt gut, wie halbherzig seine Hilfsangebote gemeint waren. Bailey mochte keine Veränderungen. Halsstarrig, wie er nun mal war, konnte er Veränderungen nicht ausstehen, genausowenig wie er es aushielt, auf der Stelle zu treten.

Der Park neben dem Freizeitzentrum, wo Damien Flood gestorben war, lag nicht weit vom Polizeipräsidium entfernt. Auf Baileys Schreibtisch häuften sich die Akten. Es gab andere, jüngere Mordfälle, und doch ließ ihn dieser hier nicht los. Irgendwann in naher Zukunft würde er beruflich in neue Jagdgründe versetzt werden, da half auch sein Sträuben nichts. Und ebenso zwang jetzt das Leben Helen und ihm eine andere Gangart auf. Er wollte etwas erledigt haben, bevor die Revolution ausbrach, die er am Horizont aufziehen sah wie ein Gewitter. Und er wollte nicht, daß der Junge wegen Mordes verurteilt wurde, wenn alles, was man ihm vorwerfen konnte, ein lahmer Versuch war, Rache zu üben.

Bailey ging um den Park herum, und es wollte ihm nicht gelingen, sich diese Gegend im tiefsten Winter vorzustellen. Vermutlich gab es wenige Stellen, wo man sich verstecken konnte. Die äußere Erscheinung eines Ortes in Gedanken in eine andere Jahreszeit zu versetzen war ähnlich nutzlos, wie verkehrt herum durch ein Fernglas zu blicken. Jetzt, am Nachmittag, sah hier alles völlig harmlos aus. Hinter den Tennisplätzen gab es einen kleinen Spielplatz. Mütter saßen dort mit ihren Kinderwagen und riefen: »Val! Komm sofort da runter!« oder »Danny, laß das!« Selbst wenn sie Ausdrücke gebrauchten, die nicht für die Ohren ihrer Kinder bestimmt waren, trübte das nicht das allgemein friedliche Bild. In ihm spiegelte sich Eintracht zwischen Menschen verschiedener Hautfarbe ebenso wie auf den Tennisplätzen, wo hauptsächlich Halbwüchsige wilde Spiele veranstalteten. Sie nahmen die Tennisplätze genauso in Beschlag wie jeden anderen Platz auch. Herdeninstinkt, dachte Bailey, wie bei Tieren, die einander zubrüllen und die Sonne genießen.

Er fand die Stelle, die er sich von den Fotos eingeprägt hatte. Den Baum, an dem der Körper gelehnt hatte, das Stoppelgras, das zu der Aschenbahn führte. Wenn man sich quer durchs Gelände schlug, kam man zu dem Pub; nahm man die andere Richtung, landete man fast genau an dem Gebäude, wo Joe Boyce wohnte. Er hatte nicht gewußt, daß die Entfernungen derart gering waren. Ansonsten gab es nicht viel zu entdecken. Er war nicht ganz sicher, was er erwartet hatte. Einen Blumenstrauß vielleicht, der an die Tragödie erinnerte, als sei Damien Flood ein gefallener Held.

Was immer er noch gewesen sein mochte, Flood hatte keinen besonderen Status gehabt. Niemand würde eine Büste aufstellen zum Gedenken an all die Überfälle in dieser Gegend, trotzdem erschien es ihm als gute Idee. Zur Erinnerung an die Opfer, dachte Bailey, amüsiert von der Vorstellung. Er kehrte an seinen Schreibtisch zurück und rief in Helens Büro an. Sie sei nicht im Hause, erklärte man ihm mit leicht mißbilligendem Unterton. Hätte sich einen Tag freigenommen, um ihre Wohnung zu streichen.

Sie saßen in der Küche vor einem zusammengewürfelten frühen Abendessen – gebackene Kartoffeln mit Käse und Salat für Helen, Brot und Butter für Cath. Kein Wunder, daß sie trotz ihrer leicht untersetzten Figur halb verhungert war. Helen dachte, daß Bailey vielleicht gut daran tat, wegzubleiben, denn eine so chaotische Küche war nicht gerade dazu angetan, Vertrauen, Appetit, Zuversicht oder Mitgefühl zu erwecken, jedenfalls nicht bei Catherine Boyce. Die redselige Cath von gestern hatte sich in ein Häufchen Elend mit rotgeweinten Augen verwandelt. Energisch war sie immer noch, aber zum Reden aufgelegt sicher nicht. Sie war früher gekommen als sonst, hatte ihr kurz erzählt, was passiert war, und dann erklärt, sie würde jetzt weitermachen mit den Wänden.

Ich spreche mit Emily, hatte Helen vor Wut kochend erklärt. Wie konnte sie Ihnen das antun? Sie hat es getan, und Sie werden nicht mit ihr sprechen, hatte Cath heftig geantwortet. Bitte. Anschließend hatte sie sich der Teppichfrage gewidmet. Sie ging von einem Trittstein zum anderen, nickte anerkennend, traf eine Wahl und änderte dann ihre Meinung, als suchte ihr gebeuteltes Ego nur Zuflucht bei allerlei Spielen, bis sie schließlich einräumte, daß Helen richtig entschieden hatte. Und wenn Helen West geglaubt hatte, daß sie jetzt ein wenig aus sich herausgehen und bei Brot und Butter die intimen Einzelheiten ihres Lebens preisgeben würde, hatte sie sich getäuscht. Genau das hatte Cath heute morgen tun wollen und dann gesehen, was dabei herauskam.

Das Schweigen war unangenehm. Cath spürte Helens Enttäuschung und den hilflosen Wunsch, etwas wiedergutzumachen. Dieses Gefühl durchströmte sie wie ein beruhigendes und zugleich anregendes Getränk. Im Bus von Knightsbridge hierher hatte sie einige Erkenntnisse gewonnen, die sie jetzt in dem für sie charakteristischen Kode ausspuckte. Schlüsse, die sich entwickelt hatten, als sie auf der Stufe vor dem Haus saß, die sich trotz der Sonne nicht erwärmen wollte, und über das Ende ihrer ungeborenen Hoffnungen nachdachte.

»Verstehen Sie? Es tut nicht gut, wenn man es ohne Mann versuchen will!« platzte sie heraus. »Es tut einfach nicht gut. Solange ich Joe hatte, konnte mich wenigstens keiner herumschubsen. Aber vermutlich gewöhnt man sich dran. Mir bleibt jedenfalls nicht viel anderes übrig, oder?«

Helen dachte an Redwood, an die Schikanen am Arbeitsplatz, vor denen Emily Eliot sicher war, und runzelte die Stirn.

»Als ich einen Mann hatte, hat das niemanden davon abgehalten, mich rumzuschubsen«, sagte sie.

Cath hörte nicht hin. »Ich brauche was Neues zum Anziehen«, erklärte sie. Das klang vielversprechend.

»Ja, sicher«, stimmte Helen zu, keineswegs überrascht von Cath' unzusammenhängenden Äußerungen.

»Es gibt mir ein besseres Gefühl. Man kann sich tatsächlich besser fühlen, man muß es nur versuchen. Hab ich recht?«

»Klar haben Sie recht.«

»Wir gehen nächsten Montag zusammen aus«, erklärte Cath beiläufig. »Joe und ich. Um uns auszusprechen.«

»Ist es das erstemal, daß Sie ihn verlassen haben?« fragte Helen traurig. Cath brachte es fertig, den Kopf zu schütteln und gleichzeitig zu nicken.

»Einmal vorher schon. Aber das ging nicht gut. Diesmal muß ich es schaffen. Und wenigstens dafür sorgen, daß ich einigermaßen aussehe.«

Helen dachte daran, sich von Bailey zu trennen, und an all die Male, da diese Entscheidung in der Luft gelegen hatte. Aber nie war es so konkret wie diesmal gewesen, ihre Bedürfnisse schienen einfach unvereinbar. Mehr war zwischen Männern und Frauen eben nicht zu erwarten, nur eine endlose Reihe von Bedürfnissen, die mit einer ebenso endlosen Reihe von immer erniedrigenderen Kompromissen beantwortet wurde. Da merkte sie, daß sie nicht imstande war, Cath anders als auf geringste und praktischste Art zu helfen. Die Leute machen ja doch, was sie wollen. Schließlich kann man sie nicht zwingen, einem zu vertrauen oder das zu tun, was am besten für sie ist.

»Montag?« fragte sie. »Na ja, vermutlich ist ein Tag so gut wie jeder andere. Wo treffen Sie sich denn? Kommen Sie, Cath, sagen Sie schon. Wohin würden Sie am liebsten gehen? Was wünschen Sie sich?« Sie versuchte, aufmunternd zu klingen, einen undurchdringlichen Kode zu knacken. Sehr anstrengend.

Cath blickte hinab auf das Brot und die Butter, schob das letzte Stück auf die andere Seite des Tellers und hielt es dort fest, als könnte es entwischen. Sie spürte nur Verzweiflung. Sie wußte nicht, wann sie das letztemal glücklich gewesen war, außer wenn sie ganz in ihrer Arbeit aufgegangen war oder an Eliots Küchentisch sitzend Jane beim Spielen im Garten zugeschaut hatte. Bei dieser Vorstellung hätte sie am liebsten losgeheult.

»Ich glaube«, sagte sie, schluckte rasch und versuchte, Helens Lächeln nachzueifern. »Ich glaube, was ich mir am meisten wünsche, ist, nie wieder mit der 59 zu fahren.«

»Scheint nicht zuviel verlangt«, sagte Helen.

Verzweifelt überlegte sie, ob ihr etwas einfiele, was wirklich helfen könnte. Irgendwas.

»Haben Sie eigentlich heißes Wasser in Ihrer neuen Wohnung, Cath?«

»Davon hab ich nichts bemerkt. Aber es geht auch so.«

Helen stellte sich das leere Wochenende vor, das Cath erwartete. Sie fragte sich, was eine Frau an einem stickigen Sonntag im obersten Stock eines Hochhauses machte.

»Wenn Sie mir am Samstag ein paar Stunden helfen könnten und Sonntag auch, und Montag, falls das ginge, Cath, das wäre großartig. Dann könnten wir alles fertigbekommen, zu Ende streichen, die Vorhänge aufhängen und alles wieder einräumen. Allein schaffe ich das nicht. Außerdem kann ich Ihnen bestimmt mehr Arbeit besorgen, und im übrigen gibt es auch hier noch jede Menge zu tun. Angefangen beim Garten. Einverstanden?«

Es war genau das richtige Angebot. Praktisch. Cath nickte heftig. Helen wünschte, sie könnte sie mögen. Mehr für sie empfinden als diese Art von schuldbewußter Bewunderung. Es war richtig, was Bailey und Mary Secura, jeder auf seine Weise, gesagt hatten. Sie hatte einfach keine Ahnung.

II

»Weißt du, was auf dem Briefpapier der Staatsanwaltschaft steht? ›Im Dienst der Gerechtigkeit.‹ Die haben sie nicht mehr alle! Es ist wirklich nicht zu fassen!« Mary Secura starrte auf das Glas in ihren Händen, bemerkte die abgekauten Fingernägel und versteckte sie schnell unter dem Tisch.

»Helen West hat mir erzählt, wie ein Typ ihr mal geantwortet hat. Er fragte, was diese aufgedruckte Zeile mit dem Rest des Briefes zu tun hätte. Warum haben wir nicht auch so was auf unserem Briefpapier? So ein kleines Extra, in die Vorladung verpackt, ähnlich wie bei der Stromrechnung zum Beispiel, daß alles nur zum Besten des Empfängers ist oder so was?«

Ryan lächelte über Mary Securas Spott. »Wir hatten mal einen Werbeslogan, vor Jahren«, sagte er. »›Alles andere als langweilig!‹ Das stand auf den Postern in der U-Bahn. War auch nicht wahr. Noch einen?«

Erstaunlich, wie schnell sich sein Kater diesmal verflüchtigte. Vielleicht hieß das, daß er ein echter Alkoholiker war und nicht bloß so tat. Womöglich hatten ihm aber auch die zwei Tage nach dem letzten Besäufnis, die er im Schoß seiner Familie verbracht hatte, gutgetan. Am wahrscheinlichsten war, daß es an Mary Secura lag.

Da hockten sie, zogen über die Welt her und brachten alles wieder ins rechte Lot. Ryan hätte Mary lieber nackt und mit zerwühltem Haar gesehen, aber so wählerisch durfte man nicht sein. Da dieser Anblick bisher kein Thema war, begnügte er sich damit, sich an der Gesellschaft einer Frau zu freuen, die sich genauso schlecht behandelt fühlte wie er. Es gibt viele Wege zum Glück, das war nur einer. Niemand redet davon, wie angenehm es sein kann, sich hinzusetzen und zu jammern.

»Ich glaube, du wirst gut mit Bailey klarkommen«, deutete er an. Beinahe hätte er hinzugesetzt, daß er ein gutes Wort für sie eingelegt hatte. Doch das wäre eine glatte Lüge, die Mary im Nu entdeckt hätte. Die beiden hatten einen schönen Abend, und Ryan wollte ihn nicht verderben. PC Mary Secura hatte sich immer noch nicht von der Entdeckung erholt, daß ihre Karriere in der Hand von Göttern lag, die Intelligenz und Engagement weniger hochschätzten als Parfum und Miniröcke. Mit einem mulmigen Gefühl dachte sie an ihre Verwarnung, den überlangen Händedruck und die Reaktion ihres Partners zu Hause, ebenfalls Polizist, der sich aufführte, als hätte sie am Montag mittag bereits ein Dutzend Männer flachgelegt. Er war wütend und schockiert, machte sich Sorgen über den Einfluß ihres Fehltritts auf seine eigene Karriere und so weiter. Die übliche Scheiße. Und mit der Flut all dieser Mißstimmungen trieb das Bild von Shirley Rix: es war wie das Gesicht einer Ertrunkenen, von ihrem Haar umflossen. In diesem Bild ballte sich die ganze wütende Liebe zusammen, die Mary noch immer für ihren frei gewählten Beruf und die Opfer empfand, deren sie sich annahm. Abgesehen vom Fall Rix hatte sie sich stets an die Vorschriften gehalten. Jetzt erschien ihr das weniger relevant, und sie sah Ryan und seine alternativen Methoden, etwas zu erreichen, in einem anderen Licht.

»Es ist mehr als irgendein Job, Mike, nicht wahr? Mehr als eine Arbeit von neun bis fünf wie jede andere, bei der man tut, was man kann, oder nicht? Nein, ist es nicht, ich seh's dir an. Im Dienst der Gerechtigkeit, was? Zum Totlachen. Das letztemal, daß ich Gerechtigkeit gesehen habe, war auf einer Party, wo einer mit einem blauen Auge abzog und es verdient hatte.«

Ryan nippte an seinem Drink. Nicht schlecht, der Pub, aber kein Vergleich mit dem Spoon and Fiddle, Schauplatz seines letzten Besäufnisses. Vielleicht würde er Mary einmal mit dorthin nehmen, vorausgesetzt, der Laden erhielt einen neuen Besitzer und einen neuen Leiter. Ein Pub, der Mickey Gat gehörte und von einem Typen geführt wurde, den er vielleicht wegen Mordes drankriegen würde, gehörte sich nicht für eine anständige Frau, die schon vergeben war. Er versuchte, sich zu erinnern, was Bailey neulich nachts gesagt hatte über das Vergnügen an einer Unterhaltung, die frei ist von allen Doppeldeutigkeiten, versteckten Anspielungen und mindestens drei Motiven. Ein Luxus und viel zu kompliziert für Ryan. Er selbst kannte solche Unterhaltungen nicht, vor allem nicht mit Frauen.

»Wie kommst du mit Mary Catherine Boyce voran?«

Vermutlich würde sie jetzt sagen, sie hätte geglaubt, daß sie sich rein privat träfen, aber das tat sie nicht. Mary vermischte Arbeit und Vergnügen, ohne einen Unterschied zu sehen. Sie nahm sich nicht nur Arbeit mit nach Hause, sondern sie schleppte sie auch mit sich herum, wenn sie abends unterwegs war – wie andere Leute ihre Kinder. Es muß toll sein, mit ihr ins Bett zu gehen, dachte Ryan, wahrscheinlich redet sie im Schlaf von ihrer Arbeit.

»Komisch, ich war gerade heute bei ihr. Ihr Mann ist gestern bei uns aufgetaucht und hat behauptet, wir hätten sie entführt. Er hätte die ganze Wohnung auseinandergenommen, übrigens keine schlechte Wohnung, wenn man nichts gegen undichte Dächer hat, und dabei eins von unseren Faltblättern gefunden. Wir haben ihn beruhigt und zu Everyman geschickt – der Klinik für gewalttätige Männer. Natürlich wird er nie hingehen. Cath war die meiste Zeit unterwegs, arbeiten, sagt sie, und ich weiß sogar, wo. Es tut ihr gut, nicht viele von unseren Frauen arbeiten oder wüßten, wie sie das anstellen sollten, und noch weniger ihre Mütter. Ich wünschte, es wäre anders. Wir haben darüber gesprochen, wie wir es deichseln könnten, daß sie die Wohnung legal übernimmt, Sozialhilfe kriegt und so weiter. Aber ich hätte genausogut gegen die Wand reden können. Dann haben wir darüber gesprochen, daß sie sich einen Anwalt nehmen soll, um die Scheidung zu erwirken, und plötzlich fragt sie – und jetzt halt dich fest – völlig ruhig, was sie am besten anziehen soll, wenn sie am Montag mit ihrem Mann ausgeht. Ich schwöre dir, in dem Moment hätte ich sie erwürgen können. Was macht man da? Ich meine, was kann man machen?«

»Aufgeben«, schlug Ryan vor.

»Klingt vernünftig. Nicht leicht, aber verdammt vernünftig.«

Ryan hatte noch nie eine abstrakte Leidenschaft für Gerechtigkeit gehabt. Sie war für ihn ein beweglicher Maßstab irgendwo weit hinten am Horizont. Was er an seinem Job vor allem schätzte, waren die Freiheit, die Macht und die seltenen Augenblicke, in denen man etwas beeinflussen konnte. Er spürte, daß auch jetzt wieder ein solcher Augenblick kam. Er spürte, daß Bailey recht hatte mit seiner Philosophie, die sich grob übersetzt etwa so zusammenfassen ließ: Wenn du die meiste Zeit die meisten Regeln beachtest und dann die Geduld hast zu warten, wirst du sie am Ende schnappen. Ryan konnte sich den Rat nur als Bild vorstellen, als altes Familienwappen etwa, in Holz geschnitzt unter einem grauen Bussard, was dem Ganzen eine gewisse Respektabilität verlieh. Er selbst hatte sich nie ganz dazu durchringen können, daran zu glauben. Es gab immer auch einen schnelleren Weg für die Gerechtigkeit.

»Hör mal, was ich über den Ehemann der armen Frau rausgekriegt habe«, fing Ryan an. Beim Reden vergaß er, daß Ehrlichkeit eine Tugend ist, im Gegensatz zu Mutmaßungen. Statt dessen sonnte er sich in der Aufmerksamkeit dieser Frau, die jünger war und mehr Sex ausstrahlte als viele andere, bei denen er seine Diskretion schon vergessen hatte. Na schön, Bailey und er hatten sich neulich morgens einen Tathergang ausgedacht, der weitaus plausibler war als Erklärung für Damien Floods Ermordung als das, was sie bisher gefunden hatten. Jetzt erzählte er Mary, wie er die anderen Mieter des Hauses, in dem Boyce wohnte, befragt und rausgekriegt hatte, daß dieser in der Mordnacht tatsächlich erst viel später nach Hause gekommen war, als seiner Aussage und der seiner tränenüberströmten Frau zu entnehmen war. Trotz des Lärms, den sie selbst veranstalteten, wußten die Leute genau, daß das Ehepaar Boyce nachts niemals badete, bis auf dieses eine Mal, als einer von beiden die Gewohnheit brach und das Wasser durch ihre Decke geströmt war. So was war noch nie vorgekommen. Und es war nicht etwa ein Rinnsal, sondern die reinste Überschwemmung: Jemand hatte vergessen, den Hahn zuzudrehen. Doch waren sie vielleicht bereit, ihre Aussage vor Gericht zu wiederholen? Von wegen. Sie hatten sich nur deshalb daran erinnert, weil es am Tag vor dem Arbeitslosengeld war und weil Joe Boyce, ganz anders als sonst, fast unterwürfig reagierte, als sie sich am nächsten Morgen beschwerten. Seitdem war er wieder ganz der alte.

Ryan vergaß zu erwähnen, daß er nur deshalb soweit gekommen war, weil er ihnen mit einer saftigen Drogenrazzia gedroht hatte, obwohl so etwas gar nicht in seinen Kompetenzbereich fiel. Er ging auch nicht weiter darauf ein, daß er eigentlich selbst und schon viel früher an diese späten und unzuverlässigen Ermittlungen hätte denken sollen, gleich nach dem Mord nämlich. Bailey hätte daran gedacht, aber Bailey hatte zu dieser Zeit drei oder vier andere Fälle, um die er sich kümmern mußte. Man konnte anfangen, Baileys Vorbild zu hassen, wenn man lange genug für ihn arbeitete. Für Ryan traf das noch nicht zu.

Mary Secura zündete ihre vierte Zigarette an. Sie schien nur deshalb zu rauchen, damit sie sich anschließend noch schlechter fühlen konnte; eine Frau mit einem Schuldkomplex, den sie vor lauter Verblüffung und Empörung nicht ruhen lassen konnte. Wenn er mit ihr zusammen war, teilte Ryan ihre Frustration; es war, als schwirrte sie ständig zwischen ihnen hin und her. Als er fertig war, saß sie wie vom Donner gerührt da.

»Er bringt ihren Bruder um, und sie überlegt sich, was sie zur Versöhnung anziehen soll«, murmelte Mary. »Das schlägt dem Faß den Boden aus.«

Vor ihren Augen tanzte eine Vision. Sie würde zur Wohnung der Boyces gehen, klingeln, einen Schritt zurücktreten und warten, daß das Blut über die Türschwelle sickerte. Oder, wie sie es einmal erlebt hatte, zu einem Haus voller gieriger blauer Fliegen kommen, die um eine Leiche summten. Cath wäre genau der Typ von mißhandelter Frau, die eisern an ihrer Liebe festhält, sämtliche Warnschilder übersieht, ihren Mann verläßt und zu ihm zurückkehrt, ihn erneut verläßt und erneut zurückkehrt, bis man sie schließlich im Sarg hinausträgt. Und dann rechtfertigt sich der Mann damit, daß sie ihn provoziert hätte.

»Ich glaube nicht, daß sie ahnt, was Joe möglicherweise getan hat«, meinte Ryan.

»Und ich glaube nicht, daß ihr dafür Beweise habt«, antwortete Mary, aber er wußte, daß sie angebissen hatte. Sie konnte sich Joe Boyce durchaus als Mörder vorstellen. Sie sah sowieso alle Ehemänner als potentielle Mörder; das war ein Nebenprodukt ihres Jobs.

»Wirst du sie noch mal besuchen? Innerhalb der nächsten vierundzwanzig Stunden, meine ich?« fragte er.

»Könnte sein«, antwortete sie, gähnte und streckte sich wie eine prächtige, Aerobic-gewöhnte Katze. Stell sie dir in einem Body vor, sagte sich Ryan. Noch besser als nackt, diese Bodys.

»Hättest du Lust, dir meine Briefmarkensammlung anzuschauen?«

Sie seufzte und rutschte unruhig hin und her wie jemand, der diesen ausgeleierten Spruch schon mehr als tausendmal gehört hat.

»Was macht eigentlich deine Frau heute abend, Mike?«

»Spanischunterricht.«

»Oh«, sagte sie, zerrte ihre gute Handtasche über den Tisch, küßte Ryan auf die Stirn und strich ihm so zärtlich über die Wange, daß ihm schwindlig wurde. »Ich dachte schon, sie ist zu Hause und bügelt deine Hemden. Du bist ein Schatz, Mike. Danke für den Drink.«

Alistair Eliot schaute auf dem Nachhauseweg im Pub vorbei. Er wußte, daß er es nicht tat, weil er das Spoon als Allheilmittel betrachtete oder weil zwei Tage ohne professionelle Putzfrau sein Haus in ein Minenfeld verwandelt hatten, auf dem ein normaler Mann sich den Hals brechen konnte. Er saß hier, weil er nicht nach Hause wollte. Er hatte einen Streit mit Emily, der alles bisher Dagewesene überstieg. Sein Zuhause war kein Hort der Freude mehr, und sein Gewissen war ein schwarzes Loch. Wie hatte sie die arme Frau entlassen können, nur weil sie Parfum gestohlen hatte? Parfum war einfach nicht wichtig genug, um eine solche Reaktion zu rechtfertigen, vor allem, wenn jemand so loyal war wie Cath. In einem geregelten Arbeitsverhältnis hätte sie eine Abmahnung bekommen. Alistairs Empörung war mit Verständnislosigkeit gepaart und mit Enttäuschung über seine Frau, bevor ihm einfiel, daß Emily gar nicht genau wissen konnte, wie unglücklich Cath war. Es spielte keine Rolle, wer Besitzer des in seiner Schreibtischschublade versteckten Parfums war, hatte er erklärt. Cath zu entlassen war eine Sauerei. Arme Cath, hatte er zu Emilys offensichtlichem Mißvergnügen immer wieder geseufzt, arme Cath. Cath ist nicht arm, hatte Emily geschrien. Sie stinkt, sie macht mich nervös, sie hat keine Tischmanieren, und sie klaut! Es klang aggressiv und defensiv zugleich. Sie klaut! Und du bist keinen Deut besser, hatte er ernst geantwortet, wenn du sie auf diese Weise behandelst, ohne ihr eine zweite Chance zu geben oder dich zu bemühen, die Wahrheit herauszukriegen. Ohne jeden Versuch, die Situation richtig einzuschätzen oder dich zu fragen, warum eine Frau, die dich so eindeutig bewundert und respektiert, sich dermaßen verhalten konnte.

Ich habe ihr hundert Pfund gegeben, und sie hat sie genommen, gab Emily wütend zurück. Ist es nicht das, was ihr Anwälte Eingeständnis nennt? Höchstens ein Eingeständnis ihrer Bedürftigkeit, sagte er. Stell dir mal vor, du würdest unschuldig eines Verbrechens angeklagt, würdest du das Geld etwa nicht nehmen? Der Gipfel aber war, als er ihr von Cath' Situation erzählte, daß sie den geliebten Bruder verloren hatte und von einem ansonsten fürsorglichen Ehemann mißhandelt wurde. Zu Alistairs Verblüffung erklärte Emily, das mache überhaupt keinen Unterschied. Es gehöre keineswegs zu ihren Pflichten, sich die Probleme anderer Leute aufzuhalsen. Sie wolle sie genausowenig im Haus haben wie Motten. Und das war der Grund, warum Alistair jetzt im Spoon saß, mit der verschwommenen Vorstellung, mit einer Erklärung vielleicht etwas wiedergutmachen zu können. Oder weitere hundert Pfund zu opfern. Er wollte durch Wort oder Tat Buße tun. Dabei war ihm völlig klar, daß alles, was er tat, ziemlich ungeschickt wirken mußte. Es war ein verhangener, schwüler Abend. Die Pflanzen in den Blumenkästen ließen die Köpfe hängen und erinnerten daran, daß alles irgendwann zu Ende geht, selbst der Sommer, der fast unbemerkt das Haltbarkeitsdatum überschritt. Alistair saß in ihrem erstickenden Duft, und zum erstenmal im Leben haßte er ihn.

Joe Boyce hatte seine zögernden Schritte draußen auf der Straße bemerkt, als er an dem Sprossenfenster stand und Gläser polierte. Anders als an den Tagen zuvor war er heute gut gelaunt. Er dachte an Mickey Gat, die gestern hiergewesen war. Hör mal, Joe, hatte sie gesäuselt, ich habe gute Neuigkeiten für dich. Irgendwie hatte Joe vergessen, sich darüber aufzuregen, daß Mickey Gat im Gegensatz zu ihm wußte, wo seine Frau steckte. Diese weibliche Solidarität erschien ihm vollkommen akzeptabel in der Ordnung der Dinge und erinnerte daran, daß Mickey trotz allem auch eine Frau war. Herablassend, ja, aber auch das war akzeptabel, solange sie sich nicht als Herr aufspielte und nur bescheiden erklärte, daß sie als Vermittlerin käme. Ob es nicht eine gute Idee wäre, wenn sie beide es noch mal miteinander versuchen würden? Joe und Cath. Ob sie nicht völlig neu anfangen wollten, am besten mit einem Abend zu zweit? Am Montag? Sie vermißt dich schrecklich, sagte Mickey Gat, ja wirklich, Joe, sie sagt es immer wieder, aber diesmal mußt du dich anständig benehmen, wenn du deine Frau behalten willst. Zeig ihr, wie du sie in Zukunft behandeln willst. Also, am nächsten Montag nimmst du dir frei und führst sie aus. Joe nickte, schwitzend vor Erleichterung, und versuchte, das Lachen zu unterdrücken, als sie ihre Pranke aus der Tasche zog und ihm eine neue Packung Parfum offerierte. Wenn Mickey das bloß lassen könnte. Es sah aus, als hätte sie das letzte und vorletzte Mal vergessen.

Innerhalb von vierundzwanzig Stunden aber verwischten sich die Tatsachen, und Joes alte Arroganz kam wieder zum Vorschein. Die Aussicht auf den kommenden Montag abend hatte eine leichte Wandlung erfahren. Jetzt war es kein sanftes, spielerisches Experiment, bei dem er seine kleine Frau wie ein rohes Ei behandeln und ihr klarmachen würde, daß er sie auf Händen tragen wollte. Statt dessen war es bereits ein *fait accompli,* daß Cath zu ihm zurückkommen und um Verzeihung bitten würde. Daß sie bereit war, auf der Stelle nach Hause zurückzukehren und ihr normales Eheleben wiederaufnehmen würde, als wäre nie etwas gewesen. Joe wußte noch nicht, ob er ihre Entschuldigung annehmen würde oder nicht. Schließlich war er nicht derjenige, der um Vergebung bat, sondern sie.

Daher hatte sich Mr. Eliot einen guten Moment ausgesucht. Joe Boyce übernahm allmählich wieder das Steuer. Er war bereit, über die Tatsache hinwegzusehen, daß sein Lieblingsgast schon eine ganze Weile nicht mehr dagewesen war.

»Hallo, Mr. Eliot? Wie geht's? Nein, bleiben Sie sitzen, ich bringe Ihnen das Übliche.« Alistair war verwirrt von dieser Freundlichkeit. Joe setzte sich zu ihm, wie immer, bloß fühlte sich einer von ihnen diesmal zutiefst unbehaglich.

»Ich habe gehört, daß meine Frau letzte Woche nicht für Ihre Frau gearbeitet hat, Mr. Eliot. Sie hat Verwandte besucht, wissen Sie, ich hoffe, es hat keine Unannehmlichkeiten für Sie bedeutet. An einem Tag – ich weiß nicht mehr, welchem – hatte ich es vergessen und wollte sie daran erinnern, mir auf dem Nachhauseweg etwas mitzubringen. Ich habe mit Ihrer Tochter gesprochen. Wirklich dumm von mir. Aber Cath wird bald wieder im Geschirr gehen.«

»Oh.« Bei dem Ausdruck zuckte Alistair zusammen.

Wir arbeiten alle gegeneinander, dachte er. Jeder ist ein kleines bißchen verrückt, jeder hat ein Stück des Puzzles in der Hand, während die Wahrheit über uns schwebt wie eine große schwarze Regenwolke. Alistair kannte einen Teil der Geschichte, Bailey wußte etwas, Helen West etwas anderes, und der Mann, der ihm gegenübersaß, hatte wieder eine ganz andere Version von allem. Alistair trank sein Alibibier und machte Small talk. Schließlich konnte man sich nicht entschuldigen, wenn der andere gar nicht wußte, worum es ging, vor allem, wenn es ein Mann war, der seine Frau verprügelte. Benommen und verwirrt stand er schließlich auf, um zu gehen.

»Warten Sie noch einen Augenblick, Sir«, sagte Joe und tippte mit einem Finger an die Nase wie Mickey Gat. »Nehmen Sie doch ein kleines Geschenk für Mrs. Eliot mit.« Zu Alistairs kaum verhohlenem Entsetzen drückte Joe Boyce ihm eine Packung Parfum in die Hand. Ma Griffe.

»Wir haben jede Menge davon im Haus«, flüsterte Joe verschwörerisch und zwinkerte ihm gräßlich zu. »Es ist nicht ganz das Wahre, wenn Sie verstehen, was ich meine, aber bei den Frauen zieht es.«

Alistair konnte nur noch ein Dankeschön stammeln. Jetzt war er noch konfuser als vorher. Warum mußte Cath Parfum stehlen, wenn sie so viel davon hatten?

In Damiens Wohnung gab es einen Spiegel. Damien hätte niemals das Haus verlassen, ohne einen Blick in den Spiegel zu werfen, nicht mal samstags abends, wenn er darauf brannte, mit seinen Kumpels loszuziehen. Jetzt stand Cath vor dem Spiegel und weinte, wie sie es nur konnte, wenn sie allein war. Helen West hatte es gut gemeint. Sie hatte Cath das Versprechen auf drei Jobs mitgegeben und sie von morgens bis abends auf Trab gehalten. Sie hatte die Fensterrahmen lackiert und ein neues Heim geschaffen, die hübschen Vorhänge aufgehängt, ohne Punkt und Komma geredet und dann mit der üblichen Achtlosigkeit, die für solche Gesten reserviert war, dasselbe getan wie Emily Eliot: Cath ihre Klamotten angeboten. Was sie jetzt in Tränen ausbrechen ließ, war nicht der Stapel Kleider, den sie im Bus nach Hause geschafft hatte, sondern der Gedanke, daß Helen West, für die sie beinahe Verachtung empfunden hatte, im Unterschied zu Emily Eliot nicht das verschenkte, was sie sowieso ausgemustert hätte. Helen gab ihre besten Klamotten her und tat so, als würden sie nicht mehr gebraucht, dabei hatte sie in Wirklichkeit lauter Stücke ausgesucht, die zu Cath' stämmiger Figur passen und ihr auch stehen würden. Cath war gerührt von dieser Geste, genau wie von der Souterrainwohnung, die weder im Wind schwankte noch sich mit Hitze auflud wie ein Ofen, noch nach Einsamkeit stank. Flüchtig schoß ihr die Idee durch den Kopf, Helen West um ihre Katze zu bitten. Die dumme Person würde einen Augenblick zögern und dann sagen, ja sicher, Cath, wenn Sie sie gut behandeln und glauben, daß es Ihnen hilft. Ja, das würde sie tun, diese dumme Person.

Das Weinen machte sie taub, bis sie beim Klang des Klopfens erstarrte. Sie hörte Schritte vor der Tür und dann erneut das entschiedene Klopfen. Es war zu spät, um das Licht auszumachen und einfach so zu tun, als sei sie nicht da. Cath schloß vor Panik die Augen: diesmal konnte es nicht Mickey Gat sein. Was hatte Damien ihr noch über Jugendliche erzählt, die, high vom Schnüffeln oder Schlimmerem, in fremde Wohnungen einbrachen und nichts fanden, was sie mitnehmen konnten? Sie zerschmetterten einem die Knochen, jawohl. Die alten Leute, die hier wohnten, hatten sich verbarrikadiert und würden bei einem Brand in den Flammen sterben, wenn sie nicht rechtzeitig rauskamen. Wieder klopfte es, jemand rief ihren Namen, eine weibliche Stimme, leise, aber fordernd. Cath öffnete Mary Secura die Tür.

»Ich war zufällig in der Nähe«, sagte sie. Selbst Cath merkte, daß es eine Lüge war. Niemand kam zufällig vorbei, wenn er vorher zwanzig Stockwerke Treppen steigen mußte.

»Sie sehen gut aus«, bemerkte Mary mit nicht gerade schmeichelhafter Überraschung. Stimmt irgendwie, dachte Cath und wandte sich wieder der alten Schranktür zu, die als Spiegel diente. Besser als sonst – mit dieser dunklen Bluse und dem weiten Rock mit dunklem Blumenmuster, der um ihre Waden wippte. Sie konnte immer nur einen Gedanken auf einmal fassen. Sie zog die Bluse aus und ließ den Rock bis auf die Knöchel fallen, ohne sich ihres halbnackten Zustands zu schämen. Mary Secura schnappte nach Luft und hustete dann, um es zu verbergen. Sie hatte schon Schlimmeres gesehen, brutalere Verletzungen, doch jetzt starrte sie entsetzt auf die Narbe, die sich häßlich, runzelig und entstellend über Cath' Bauch zog. Es dauerte nur einen kurzen Augenblick, bevor Cath ein weites Kleid über den Kopf zog, die Knöpfe am Hals schloß und sich umdrehte.

»Weniger gut«, murmelte sie.

»Sie könnten diese Narbe unauffälliger machen lassen, wenn Sie wollen. Es würde Sie nicht mal was kosten«, sagte Mary leichthin.

»Will ich nicht, vielen Dank«, sagte Cath und sah sie zum erstenmal an. »Sie gehört mir. Ich glaube, ich behalte sie. Joe macht sie nichts aus.«

Mary hörte gar nicht zu. Sie war auf einem anderen Stern. Sie schwebte über der Hemisphäre, verwirrt von der Höhe, und dachte daran, wie weit weg der Wagen geparkt war. Gut möglich, daß er gar nicht mehr da war, wenn sie zurückkam. Sie setzte sich auf einen der unbequemen Stühle und ließ ihre Handtasche fallen.

»Cath, wie können Sie diesen Mann verlassen und auch nur dran denken, wieder zu ihm zurückzukehren? Wenn ich meinen verlassen sollte, würde ich nie wieder zurückwollen.«

»Ihr Pech«, antwortete Cath.

»Ich bin hier, um Ihnen etwas zu sagen. Über Ihren Mann Joe.«

»Ich weiß alles über ihn.«

»Nein, Cath. Das glauben Sie, aber es stimmt nicht. Wann kommt er normalerweise nach Hause? Und wann kam er nach Hause, als er mit Ihrem Bruder einen trinken gegangen war?«

Cath fummelte an ihrem Kleid herum.

»Er kam immer kurz vor der Sperrstunde. Freitag abends ging er aus. Normalerweise hat er freitags frei.« Sie sprach sehr leise und wirkte leicht verstört. Sie starrte in den Spiegel und sah nicht sich, sondern das Foto von Damien, das sie in Mr. Eliots Arbeitszimmer gefunden hatte. Mary Securas aufreizende Stimme kam von weit her. Cath wünschte, sie würde endlich gehen.

»Hat er je eine Waffe getragen, Cath? Zum Beispiel, wenn er die Einnahmen aus dem Pub dabeihatte? Vielleicht brauchte er sie gelegentlich. Er war eifersüchtig auf Ihren Bruder, nicht wahr?«

Cath knöpfte die obersten Knöpfe auf und drehte sich vor dem Spiegel.

»Wir werden uns wunderbar amüsieren am Montag«, flötete sie. »Joe und ich. Wir werden über alles reden. Das hat Mickey Gat gesagt. Wir gehen aus, irgendwohin, wo es besonders nett ist. Er hat es versprochen.«

»Hat Joe je eine Waffe zu Hause gehabt?« fuhr Mary unerbittlich fort. »Oben in den Dachzimmern vielleicht? Irgendwas, womit man einen Mann zweiteilen könnte?«

»Wer hat Sie eigentlich eingeladen?« rief Cath plötzlich. »Raus! Raus mit Ihnen, oder ich bringe Sie um!«

Sie deutete mit dem dicken Wurstfinger auf das Fenster, doch das Fenster ließ sich nicht öffnen. Sie stand neben der Scheibe, und Mary redete immer noch. Es war ein langer Weg bis nach unten: Cath verspürte den Trieb, zu springen und endlos lange zu schweben, bevor sie auf dem Pflaster aufprallen würde, und Mary Secura hörte einfach nicht auf zu reden.

»Wollen wohl einen draufmachen«, sagte Bailey und sah auf die andere Straßenseite. Es war das, was Helen seinen brutalen Blick nannte, voller Herausforderung, die Art von Blick, bei der sich jeder nur noch schlimmer benahm als vorher. Sie wußte schon lange, daß sie selbst ein Feigling war. Sollte man sie überfallen, würde sie lächeln und sagen, aber klar, hier haben Sie mein Portemonnaie, genauso, wie sie vorgab zu lachen, wenn man sie neckte. Sie hätte lieber einen Bogen gemacht um den Trupp angetrunkener Halbwüchsiger, die sie auf dem Bürgersteig anrempelten. Auch Bailey ging einer Konfrontation normalerweise aus dem Weg, doch deuteten die Runzeln auf seiner Stirn auf ein geringeres Maß an Zurückhaltung. Es war Sonntag abend, und sie wollten essen gehen. Das Restaurant, das er ausgesucht hatte, war selten so voll wie heute, und das Warten auf einen Tisch machte ihn nervös. Eigentlich hätten sie bei den Eliots essen sollen, aber dann waren ein paar Worte zwischen Emily und Helen gefallen, nach denen die Einladung vorläufig verschoben worden war. Bailey konnte nicht verstehen, warum Helen nicht einfach ins Telefon brüllte, Emily, du hast das alles falsch verstanden, genauso wie er Ryan zur Sau gemacht und es dann wieder vergessen hätte, doch Frauen waren Frauen, und ihr diplomatisches Vorgehen war ein Geheimnis. Auf der Jagd nach was Eßbarem hatte er Helen tief in sein eigenes Territorium gelockt. Es war eine häßliche, rauhe, unberechenbare, teilweise akzeptable, ansonsten unerträgliche Gegend. Die Restaurants taugten nicht für die Reichen und Berühmten, vor allem nicht für letztere, da niemand hier gewußt hätte, wer sie waren.

Das Innere des Arrivederci ließ Helen genüßlich aufseufzen. Bailey sah, wie sie sich entspannte, bevor ihre farbverschmierten langen Finger unschlüssig über dem Brot und den würzigen Oliven zuckten. Doch dann verwarf sie schuldbewußt alle kalorienreichen Vorspeisen und kramte erst mal nach einer Zigarette. In diesem italienischen Ambiente mußte man essen wie die Römer. Die Pflanzen waren verstaubt, und der Besitzer war ein Tyrann, der Leute mit wenig Appetit nicht ausstehen konnte. Gäste dagegen, die sich die Serviette in den Kragen stopften, die Oliven wegputzten und den Brotkorb leerten, wurden mit größter Zuvorkommenheit bedient.

Ich liebe es, wenn du so glücklich und gierig bist, wollte Bailey sagen, und meine Ausflüchte diese Woche tun mir ebenso leid wie deine. Er glaubte, sie wären, was Cath, die Putzfrau, betraf, auf dem neuesten Stand. Er hatte ihr das meiste von dem, was er wußte, erzählt, auch, daß PC Mary Secura Cath in ihrer Hochhauswohnung mit Rat und Tat unterstützt hatte. Allerdings wußte er nichts davon, was Cath die ganze Woche über in Helens Wohnung gemacht hatte. Nachdem er, wie sie es ausdrückte, vor dem Chaos geflüchtet war, hatte er Zutritt entweder nicht gesucht, oder er war ihm verweigert worden. Jetzt aber, da alle derartigen Differenzen vergessen waren, strahlte sie mit dem Wetter an diesem schönen Sonntagabend um die Wette. Bailey umfaßte ihre Hand, um irgendwas Bedeutsames zu sagen, etwas, was eine Entschuldigung und eine Erklärung zugleich enthielt, aber er hatte es sich im Kopf noch nicht zurechtgelegt. Im gleichen Augenblick streckte sie die andere Hand aus, um ihm rasch etwas aus dem Mundwinkel zu wischen.

»Schwarze Olive«, sagte sie. »Du bekleckerst dich immer beim Essen. Hast du eigentlich die Uhr repariert?«

»Welche Uhr?« Bei der letzten Inventur war er auf siebenunddreißig Uhren gekommen, nicht eingerechnet die unzähligen Einzelteile, aus denen er fünf weitere hätte basteln können. Trotzdem hatte er sich merkwürdigerweise angewöhnt, auf die Armbanduhr zu sehen.

»Die uns ins nächste Jahrzehnt katapultiert.«

»Ah, hab ich vergessen, dir zu zeigen. Ja, ich hab sie repariert, aber es hat mich fast wahnsinnig gemacht.«

Er hatte Hunger, und zwar nicht nur aufs Essen. Er hungerte nach dem Humor und dem intimen Vertrauen, das sie ihm mit jener klugen Formel vom gegenseitigen Respekt geschenkt hatte. Ich habe diesen gegenseitigen Respekt mißbraucht, dachte er, sie weiß es, und ich weiß es auch. Ich habe obendrein eine ehrwürdige Tradition verletzt. Man muß eine Frau um ihre Hand bitten, weil sie sonst einen anderen findet oder zumindest eine andere Lebensweise.

Der Besitzer erschien und warf einen eifrigen Blick auf den Brotkorb. Helen wollte gerade etwas sagen, doch Bailey warf ihr einen warnenden Blick zu, wohl wissend, daß man in diesem Lokal aß, was der Besitzer einem vorsetzte. Der Augenblick, sich einen Ruck zu geben und etwas Persönliches zu sagen, war vorbei. Vergangen wie der erste Geschmack von Knoblauch, und Bailey überspielte das leichte Brennen auf der Zunge mit einer Frage.

»Hör mal, was genau stellst du eigentlich an mit deiner Wohnung, Helen? Baust du dir einen Tunnel in die Freiheit? Reißt du Wände ein?«

»Ich verwandle sie in ein Bordell«, antwortete sie vollkommen ernst. »Die feierliche Eröffnung ist nächsten Dienstag, glaube ich. Rechne aber bitte nicht mit einem Rabatt.«

Er lachte, doch sein Herz war schwer.

Lamm, hatte der Besitzer angeordnet. Sie nehmen Lamm und essen alles auf. Bei dieser Aussicht hob sich seine Stimmung. Bailey bemerkte die Zufriedenheit, die sich in ihrem Gesicht spiegelte, und fragte sich, ob diese noch irgendwas mit seiner Gegenwart zu tun hatte.

»Wie groß war Emily Eliots Anteil bei der Inneneinrichtung?«

»Du meinst, allein würde ich das nicht schaffen, wie? Aber du hast recht, sie hat mir ziemlich viel geholfen. Du weißt ja, Emily kann Unschlüssigkeit nicht ausstehen. Wenn du mit ihr einkaufen gehst, gibt es weder Zögern noch Schwelgen in der Qual der Wahl. Außerdem kennt sie immer irgendwen, der einen kennt, der irgendwas ganz billig erledigt. Das ist eine Kunst. Sie ist klug.«

»Mit Cath war sie nicht besonders klug.«

Helen schwieg. »Weißt du, ich bin froh, allein zu leben«, sagte sie schließlich. »Ich könnte es nicht ertragen, eine größenwahnsinnige Hausfrau und Mutter zu sein. Mütter führen ihr Leben wie ein Buch mit sieben Siegeln. Sie schließen die übrige Welt einfach aus und halten sich so alles vom Leib, was unbequem ist. Als wäre Muttersein und Verantwortung für eine Familie genügend Rechtfertigung und Erklärung für ihr Dasein, so daß sie sich nie wieder irgendwas vorzuwerfen brauchen. Es macht mich krank.«

Voller Vorurteile, Wertungen, politisch nicht korrekt, parteiisch und unbeeindruckt – die Helen, die er liebte.

»Man sieht sie in Geschäften und in Autos«, fuhr Helen aufgebracht fort, »immer in der Erwartung, daß alle anderen Platz für sie machen. Nimm Emily. Sie hätte Cath ins Gefängnis gebracht, ohne einen Blick zurück zu werfen, wenn das ihren inneren Frieden als Mutter gerettet hätte, und was noch schlimmer ist, sie hätte es nicht mal bereut. Sie schuldet Cath nichts. Cath gehört nicht zur Familie. Hüte dich vor Familien, die behaupten, man gehöre zu ihnen. Sie meinen es einfach nicht.«

Bailey genoß das alles. »Immerhin geht es ums Überleben der Menschheit«, protestierte er.

»Nein, geht es gar nicht. Sie überlebt von selbst. Vermutlich weil Leute ohne Familien sich um die mit Familien kümmern müssen. Und dann liegen sie plötzlich auf der Straße und werden beschimpft, weil sie nicht normal sind. Ich finde mal wieder kein Ende, wie? Das Lamm ist köstlich.«

»Ich hör dir gern zu.«

»Was mich so aufregt, ist, daß Leute wie Emily sich überlegen fühlen und mir das Gefühl geben, minderwertig zu sein. Sie hat das Recht auf knallharte Intoleranz, ich nicht. Weißt du, was sie mir am Telefon gesagt hat? Daß sie ...« Helen schluckte »... daß sie mich bemitleidet. Und daß ich sie verstehen würde, wenn ich selbst Kinder hätte.«

»Das war allerdings unklug«, sagte Bailey.

Der Samstag ging über in den Sonntag. Oben unterm Dach, wo Joe Boyce wohnte, war es stickig. Licht kam nur von den Straßenlaternen und von einem milchigen Mond. Man hörte etwas scharren, nervöses Lachen, Geflüster im Halbschatten und Geräusche, die klangen, als schleifte man einen Körper über den Boden, dann polterte etwas von ganz oben die Treppe runter, langsam, mit Pausen dazwischen, eine Kiste nach der anderen. Stille, Wums, Stille, Wums: unregelmäßig, aber stetig.

Die Leute unten machten ihre Musik aus, um zu horchen. Dann stellten sie sie etwas leiser wieder an, damit sie lauschen und gleichzeitig so tun konnten, als hörten sie nichts. Die Tür hielten sie geschlossen. Ob das Schwein sie jetzt umgebracht hat? fragte einer dramatisch flüsternd. Hat er es endlich geschafft? Sie waren fasziniert von der Vorstellung, bis sie noch mehr unterdrücktes Gelächter und dann ein scharfes Kommando von oben hörten, die Vorboten weiteren Scharrens und Polterns auf der Treppe, die an ihrer Wohnungstür vorbeiführte. Sie stellten die Musik ein bißchen lauter und wünschten, die Vorhänge an den Fenstern wären nicht dermaßen zerfetzt; die Riesenlücken waren ihnen bisher nie aufgefallen. Die Geräusche des Abtransports wurden von der Musik nicht übertönt, aber der Baß hatte mehr Resonanz als die Schritte draußen auf der Straße, die schwer klangen, als trüge jemand eine große Last. Hatte er sie umgebracht, dieser Schweinehund, der die Mitbewohner wegen des kleinsten Lärms anschrie, selbst aber nicht die geringste Rücksicht nahm, wenn er seine Frau windelweich prügelte? Hatte er es endlich geschafft? Doch keiner der fünf Bewohner, die sich jetzt zu wilden Theorien verstiegen, kam auf die Idee, mehr zu tun, als einfach dazusitzen und zu lauschen. Einer war schon seit mittags betrunken, drei andere bekifft, und ein Mädchen, die fünfte im Bunde, war gerade erst vierzehn und heilfroh, ihrem eigenen Zuhause entronnen zu sein. Sie schüttelte sich, erstickte fast an ihrer Zigarette, trank Apfelwein und sah sich nach der dunkelsten Ecke um. Als sie die Spannung nicht länger ertrug, kroch sie zu einem Spalt in den Vorhängen und spähte nach draußen, und die anderen sahen ihr zu.

Schließlich drehte sie sich um und schimpfte, weil sie einfach nur dasaßen und sich vor Angst in die Hose machten, auch wenn es der zweite Besuch der Bullen innerhalb einer Woche war. Sie hatten schließlich nichts verbrochen, oder? Sie tanzte im gleichen gespenstischen Licht, das auch die Dachwohnung erhellte, durchs Zimmer und tippte sich mit dem Daumen an die Nase. Blödsinn, sagte sie, keiner ist tot. Es sind bloß die Kisten, die er dauernd kriegt. Er schafft sie weg. Vielleicht will er sich bei Nacht und Nebel davonmachen. Nee, wahrscheinlich räumt man ihm gerade die Bude aus. Sie wälzten sich am Boden vor Lachen. Kein Grund zur Sorge, aber trotzdem behielt das Mädchen die Straße im Auge. Die Einbrecher, die Joe Boyce in irgendeinem Pub hatten prahlen hören, beluden den Lieferwagen. Als der schließlich losfuhr, winkte sie ihm nach, als wollte sie sagen, nehmt mich mit.

Der Samstag war vergangen und mit ihm der Begriff »Wochenende« für Joe Boyce, den letzten Fahrgast im beinahe letzten Bus, der in dieser Nacht durch London fuhr, ohnehin ein Fremdwort. Er saß im Oberdeck und hatte den Kopf gegen die kühle Fensterscheibe gelehnt. Die 59 raste um Viertel nach eins an verlassenen Geschäften vorbei, rüttelte seine müden Knochen durch und hielt ihn so gerade eben wach. Arschlöcher, sagte er leise vor sich hin, ihr könnt mich mal, und dann sang er ein paar Liedzeilen, bis ihm die Worte ausgingen. *Onward, Christian Soldiers, Hit the road Jack, ain't you coming back no more, no more?* Und irgendwie auch noch *God rest ye merry gentlemen* zur Erinnerung an den Colonel, der heute abend dagewesen war und ihn behandelt hatte, als sei er – Joe – der Herr im Haus. O ja, es geht wieder aufwärts mit unserem kleinen Joe. Dann schlidderte der Bus um die Ecke wie ein Spürhund auf einer Fährte. Joe war nicht betrunken, nur ein bißchen beschwipst. *In vino,* hatte er dem Colonel erklärt und sich dabei wie Mickey Gat mit dem Finger an die Nase getippt, heißt nicht dasselbe wie *in veritas,* was meinen Sie, alter Knabe? Unter Alkoholeinfluß läßt die Erinnerung nach, aber hatten wir nicht neulich nachts einen Heidenspaß? O ja, sagte der Colonel, mit einemmal ein wenig verunsichert, weil die Drinks immer noch so großzügig bemessen wurden und übrigens auch umsonst waren.

Vielleicht war Cath zu Hause. Vielleicht hatte sie es nicht ausgehalten, bis Montag zu warten, weil sie merkte, daß sie ohne ihn nicht leben konnte. Vielleicht war sie da und schlief wie ein Baby. Er konnte immer nur in Klischees denken. Jetzt sang er *Hello, Dolly,* als er aufrecht die Treppen emporging, ohne zu schwanken. Und dann bemerkte er, daß das Licht brannte.

Die Tür war auch nicht doppelt verschlossen, aber als er eintrat und sah, daß die Wohnung ausgeräumt war, traf es ihn doch unvorbereitet wie ein Schlag in den Magen. Er irrte von einem Zimmer zum anderen. »Cath, wo bist du?« jammerte er, und seine Stimme hallte zwischen Decke und Fußboden wider. Ein Streich, das war es, jemand hatte ihm einen Streich gespielt. Wie es hier aussah! Aus der Wohnung war so gut wie alles mitgenommen worden. Es gab gerade noch Tische und Stühle, den Teppich auf dem Boden, Küchenzeug, das Sofa, das Bett und den üblichen Krimskrams, den Cath aus Second-Hand-Läden angeschleppt hatte. Aus den Dachzimmern war alles verschwunden bis auf die fleckigen Böden und achtlos zurückgelassenes Verpackungsmaterial.

Sie hatten ein paar alte Kleiderschränke dort oben, auch so ein Einfall von Cath, doch die Türen, die früher vom Gewicht aller möglichen davor aufgestapelten Kisten verschlossen gewesen waren, standen jetzt halb offen. In einem davon fand er im obersten Fach die letzte Kiste. Sie war ein wenig klamm, als er sie öffnete, und vollgestopft mit militärischen Abzeichen, seiner Uniformmütze, drei olivfarbenen, von Motten zerfressenen Pullovern und drei alten Bajonetten, den letzten aus seiner Sammlung.

Der bleiche Mond blinzelte wie zum Spott durchs Fenster, als Joe Boyce dastand und über den Verlust seiner einzigen Besitztümer und der unzähligen Träume weinte, die er sich mit dem Erwerb dieser nutzlosen Dinge hatte erfüllen wollen. Er hätte die Einbrecher am liebsten angefleht, ihm alles zurückzugeben, doch irgendwann ging sein Selbstmitleid in Bitterkeit über. Das wäre alles nicht passiert, wenn Cath zu Hause gewesen wäre und ihre Pflicht getan hätte. So ging es immer weiter, er schwankte zwischen Rührseligkeit und Verbitterung.

Komm nach Hause zurück, Cath. Er war nichts ohne sie. Er hatte das Gefühl, daß er sie liebte, so weit er zurückdenken konnte, und er zählte an den Fingern beider Hände ab, was sie ihm alles schuldete.

Und als er endlich einschlief, fiel ihm plötzlich auch wieder ein, wo er das andere Bajonett vielleicht versteckt haben könnte, das aus dem Traum. Oben im Schrank. So war das einzig Gute, das er den Einbrechern verdankte, daß sie auch das mitgenommen hatten.

12

Helen beobachtete sie durch das Fenster ihres Büros im unbarmherzigen Licht des frühen Montagmorgens.

Irgendwas ging da vor. Auf der anderen Straßenseite betrat gerade die Sekretärin des leitenden Angestellten Nr. 2 (ohne Brille) ihr kleines Büro linker Hand, und im gleichen Augenblick die von Nr. 1 (Büro-Lebemann, mit Brille) das ihre am anderen Ende des Gangs. Auf beiden Schreibtischen stand eine übers Wochenende halb verblühte rote Rose, die eine in einer Glasvase, die andere in einem blauen Becher. Beide Sekretärinnen versorgten als erstes ihre Rose mit frischem Wasser. Dann verließen beide scheinbar völlig grundlos ihr Büro und begaben sich quer durch Helens Blickfeld ans andere Ende des Ganges.

Ihre Begegnung in der Mitte hatte gewisse Ähnlichkeit mit einem Square dance und traf offensichtlich beide wie ein Schock. Doch wurden sie gut damit fertig, indem sie einander flüchtig zulächelten und sich den Anschein gaben, etwas Wichtiges erledigen zu müssen. Die Sekretärin von Nr. 2 ging mit einem Stapel Papier zum Kopierer, der neben der Bürotür von Nr. 1 stand, während die von Nr. 1 auf das Faxgerät zusteuerte. Als sie zehn Schritte voneinander entfernt und durch diverse Trennwände des Großraumbüros verborgen waren, stürzten beide ins Büro ihrer jeweiligen Gegenspielerin und fingen an, deren Schreibtisch zu durchwühlen. Die Durchsuchung verlief rasch und tolpatschig; beide hinterließen eine Menge Fingerabdrücke, wie Helen mißbilligend bemerkte. Schließlich köpften sie sogar jeweils die rote Rose der anderen. Helen seufzte. Sie hätte ihnen sagen können, daß beide die Visitenkarte von Nr. 1, dem mit der Brille und dem gepflegten Äußeren, in der rechten oberen Schreibtischschublade aufbewahrten. Außerdem, daß er sie beide gern auf dem Schoß sitzen hatte. Und daß er eine mittwochs zu Drinks und Versprechungen einlud und die andere dienstags und donnerstags. Sie hätte ihnen ersparen können, am Montag morgen extra früh zu kommen. Sie hätten bloß zu winken brauchen, und sie hätte ihnen im Morsekode geantwortet.

Wieder begegneten sich die beiden Damen genau in der Mitte, hocherhobenen Hauptes und diesmal ohne Gruß. Inzwischen trafen auch andere Angestellte ein, und das Büro füllte sich allmählich. Eine der beiden Frauen weinte.

Helen wandte sich bedauernd ab. Die Sonne stieg ein wenig höher. Der Tag war restlos verplant: zwei Stunden Formulare ausfüllen – ein gnadenlos stupider bürokratischer Fluch, wenn man einen schlechtbezahlten Job bei der schlampig geführten Justiz annahm –, dann eine Beerdigung, und schließlich die letzten Renovierungsarbeiten in der Wohnung. Nicht schlecht für einen freien Tag, über den Redwood sich ärgern würde, denn es war Sommer, und sie hatte keine Kinder.

Es hatte eine Weile gedauert, Shirley Rix für den Übergang von Leiche zu Asche vorzubereiten. Der Ehemann hatte Krach geschlagen und erklärt, er wolle lieber einen richtigen, von mit Federbüschen geschmückten Pferden gezogenen Leichenwagen, bis ihm aufging, daß der Krach ihn einiges kosten würde und er Unterstützung nur für eine einfache Feuerbestattung bekam. Mr. Rix trauerte vielleicht genauso wie Mary Secura, doch sein vorherrschendes Gefühl war Groll. Er saß auf einer Seite der kleinen Kapelle, noch gezeichnet von der Blässe seines Gefängnisaufenthalts, inmitten anderer, leicht gebräunter Gesichter. Sein Sohn saß zwischen ihm und Rix' Mutter, dahinter ein paar bedrückte Familienangehörige. Auf der anderen Seite waren Shirleys Leute, spielten mit dem Gedanken, das Kind zu entführen, und waren so voller Haß, daß sie kaum ihre Gebete sprechen konnten. Diese Einteilung in Kriegszonen hätte besser zu einer Hochzeit gepaßt. Mary Secura war angespannt, aber keineswegs entschlossen, den Frieden zu wahren, und starrte wütend vor sich hin, als Helen neben ihr in die Kirchenbank rutschte.

Sie ertrug es nicht, weder den körperlosen Klang vorproduzierter Orgelmusik noch das Gefühl, von der Menschenmenge, die draußen auf die nächste Beerdigung wartete, erdrückt zu werden.

»Was wollen Sie hier?« fauchte sie. »Wozu mußten Sie unbedingt herkommen?«

»Um ihr die letzte Ehre zu erweisen, genau wie Sie.«

Es roch nach Blumen, nach dem durchdringenden Duft exotischer Blüten im üblichen Tribut der Kränze und Treibhausgestecke. Die sterilen Lilien wurden übertrumpft von süßlich riechenden Rosen- und Wickensträußen aus eigenen Gärten.

»Woher wußten Sie davon?« zischte Mary. Ihre Stimme ging in dem schleppend gesungenen Kirchenlied unter. Helen wünschte, religiöse Überlieferungen würden sich ihrer Zeit besser anpassen. In einem Gebäude, dessen Fenster in einen Supermarkt paßten, wirkte Musik, die in eine dunkle Kirche gehörte, einfach deplaziert.

»Von Ihnen. Sie haben mich letzte Woche angerufen und es mir erzählt. Wissen Sie nicht mehr, wie Sie mich angeschnauzt haben?«

»Trotzdem verstehe ich nicht, was Sie hier wollen.«

»Ich will nicht, daß Sie glauben, ich hätte es vergessen, das ist alles.«

Sie erhoben sich mit den anderen und gingen hintereinander hinaus. Am Ausgang kam es zu einem heftigen kurzen Zusammenstoß, der rasch in unheilvollem Schweigen erstickt wurde. Shirleys kleiner Sohn lief zum Großvater mütterlicherseits, wurde nicht gerade sanft zurückgezerrt und brach in Tränen aus. Er war sehr hübsch, fand Helen, mit braunen Kulleraugen und weichem strohblonden Haar. Alle atmeten auf und zerstreuten sich rasch draußen in der Hitze, während die nächste Schlange bereits hereindrängte. Helen und Mary Secura setzten sich auf eine Bank, rauchten und sahen zu, wie die Trauergäste in ihre Wagen stiegen. Nur ein älterer Mann blieb und ordnete die Kränze, als suchte er nach seinem eigenen.

»Der da hält sich für Shirleys Vater«, sagte Mary. »Könnte sogar stimmen. Shirley glaubte es allerdings nicht. Er hat sich zurückgezogen, als sie seine Hilfe brauchte. Sie haben die Fotos gesehen: Was denken Sie?«

»Keine Ahnung, aber das spielt auch keine Rolle«, antwortete Helen. »Ich habe mich nur gefragt, ob Shirleys süßer kleiner Sohn wirklich das Blut des Mannes hat, der glaubt, sein Vater zu sein. Ich meine, schauen Sie sich die beiden an. Sie sehen sich nicht mal entfernt ähnlich. Shirley muß eine bewegte Vergangenheit gehabt haben, wie? Nicht falsch verstehen, ich bin nicht drauf aus, ihre Tugendhaftigkeit zu untersuchen, aber wenn es je dazu kommen sollte, daß man den Jungen seinem Vater wegnehmen muß, na ja, dann könnte es vielleicht helfen, die Ansprüche des Mannes anzuzweifeln. Shirl kann es ja nicht mehr schaden. Schlagen Sie's der Familie vor. Ein DNS-Test könnte den Beweis liefern. Ziemlich schmutzige Sache allerdings.«

»Lieber Himmel«, sagte Mary. »Daran habe ich noch gar nicht gedacht.« Sie zitterte. Sie wußte nicht genau, warum es so unangenehm war, Helen West zu mögen oder zu bewundern.

»Sie kennen doch Michael Ryan, nicht wahr? Er hat mir erzählt, daß Sie mal zusammengeschlagen worden sind. Von einem Kerl. Ist das wahr? Haben Sie davon die Narbe auf der Stirn behalten?«

»Ich bin gegen eine Tür gelaufen.«

Rauch kräuselte sich durch die Kränze.

»Sie sind meinetwegen zu dieser Beerdigung gekommen, nicht wahr? Sie beobachten mich.«

»Was ist denn so wichtig an Ihnen? Ich bin wegen Shirley gekommen. Falls sonst keiner dran gedacht hätte.«

»Ach, hören Sie auf. Sie sind genau wie alle Anwälte, die ich kenne. Eine verdammte Lügnerin, nur, Sie machen es auf die nette Tour. Man muß ein Ziel haben, ich meine, irgendwas muß man ja wollen, nicht? Na schön. Ich gebe es zu. Ich habe Ihre Putzfrau besucht.«

»Ich habe Sie nicht drum gebeten.«

Es lag Helen auf der Zunge, zu sagen, daß sie überhaupt nicht wußte, wie sie die Macht der Polizei zu ihren privaten Zwecken mißbrauchen konnte, daß der Einflußbereich ihrer Autorität kleiner war, als eine von ihnen es sich hätte träumen lassen, und daß sie zwei Stunden damit verbracht hatte, Formulare auszufüllen, um ihre Rolle als Rädchen im Getriebe zu bekräftigen.

Doch als sie jetzt auf der warmen Holzbank saß und den Park voller Trauergäste betrachtete, spürte sie plötzlich, daß es vergeblich war, Vorurteile in Fakten verwandeln zu wollen.

»Klar, daß Sie mich nicht drum gebeten haben«, sagte Mary und äffte dabei ihre Stimme nach. »Nicht mit diesen Worten jedenfalls. Könnte Sie beim besten Willen nicht bezichtigen, so geradeheraus zu sein. Nur ist es zufälligerweise so, daß Ryan, Baileys attraktiver kleiner Laufbursche, zu mir gekommen ist und mir ein paar Fragen gestellt hat, verstehen Sie? Ist das nun Zufall oder nicht? Sie brauchen nicht zu antworten, ich will es gar nicht wissen. Übrigens, wie läuft's mit der Renovierung? Gefällt es ihm?«

»Nicht so, daß man es merken würde. Er hat es noch gar nicht richtig gesehen.«

»Nach dem, was ich von ihr gehört habe, Cath Boyce meine ich, sieht die Bude großartig aus, und sie war mächtig dran beteiligt.«

»Stimmt, war sie. Und ist sie immer noch. Ich dachte, das Beste, was ich für sie tun kann, ist, sie zu beschäftigen und ihr Geld zu geben. Ich glaube nicht, daß irgendwer aufgrund meiner guten Ratschläge in den Himmel kommt.«

Mary drückte ihre Zigarette mit dem Absatz aus.

»Billige Arbeitskraft, wie? Trotzdem ist es vermutlich besser als überhaupt kein Job. Um die Frage zu beantworten, die Sie eigentlich stellen wollten, Ihre Cath scheint ganz gut zurechtzukommen. Sie hat alles in allem doch das bessere Los gezogen. Zum Beispiel hat sich ihr Mann bisher noch nicht getraut, sie ins Gesicht zu schlagen. Sie hat einen Platz, wo sie sich verstecken konnte, als sie ging, und keine Kinder, mit denen sie sich gegenseitig erpressen könnten. Das ist mehr, als die meisten meiner Frauen sich wünschen könnten. Und Angst hat sie auch nicht, unsere Cath.«

»Doch, hat sie. Wie kann jemand in ihrer Situation keine Angst haben? Trotzdem hat sie ihn verlassen. Ich wünschte, ich wüßte, wann man gehen und wann man lieber bleiben soll, aber ich hoffe, sie geht nicht zurück.«

Helen sagte das bedauernd. Es schien so egoistisch, dabei an Bailey zu denken: Baileys Distanz, Baileys Rückzug von allem und seine Verschwiegenheit, die von Perioden großer Offenheit abgelöst wurde. Letztlich vermittelte er ihr das Gefühl, eine angenehme Gastrolle in seinem Leben zu spielen, ohne irgendeinen Einfluß zu haben.

»Ich habe nichts über Cath gesagt«, fing sie an. »Ich bin auch nicht hergekommen, um über sie zu reden. Cath hat ihren eigenen Willen. Ich will nicht über Cath reden, und ich muß es auch nicht. Ich bin überhaupt nicht gut im Verstellen.«

»Ich auch nicht, aber wir müssen ja alle so tun, als wären wir es nicht, oder?« fiel Mary ihr ins Wort und lachte so laut, daß die Lilien schwankten. »Trotzdem erzähl ich Ihnen, was Sie wissen wollen, falls Sie es nicht schon tun. Cath wird sich noch heute abend mit ihrem Ehemann versöhnen. Was er auch getan hat, sie liebt ihn immer noch. Deshalb putzt sie sich nach der Arbeit so richtig schön raus und geht mit ihm aus. Soweit ich verstehe, haben Sie ihr ja sogar die passenden Klamotten geschenkt; sie hat sie mir gezeigt. Gutes Zeug übrigens, Sie scheinen im Geld zu schwimmen. Oder Sie haben ein furchtbar schlechtes Gewissen, daß Sie das einfach so weggeben. Übrigens hat sie behauptet, daß Sie sie nicht bezahlt hätten.« Sie zog an einer neuen Zigarette. »Nicht für all die Arbeit, die sie gemacht hat. Anstreichen und so weiter.«

Helen war still und wurde noch stiller. Sie sah vor sich, wie Cath die Kleider mit nach Hause genommen hatte.

»Jetzt fangen Sie an zu spinnen, Mary. Sie ist sicher billiger als ein professioneller Maler, aber das ist nicht der Grund … Was meinen Sie? Klar, ich habe ihr Kleider geschenkt, aber das ist meine Sache, und ich bezahle ihr weit mehr, als sie verlangt hat.«

Mary achtete nicht auf sie.

»Wie auch immer, jedenfalls geht sie heute abend mit dem kleinen Wichser aus. Der Mann hat möglicherweise ihren Bruder auf dem Gewissen, und sie geht mit ihm aus wie eine erwartungsvolle

Jungfrau, und die Staatsanwaltschaft sorgt für die passende Ausstattung, um Kosten zu sparen. Ich bitte Sie. Sie können Ihr Taschentuch ruhig steckenlassen, ich hab mein eigenes dabei.«

Wieder kramte sie in ihrer riesigen Handtasche zwischen Funkgerät, Papiertüchern, Schal, Notizbuch und all dem Krimskrams, den eine Frau wie sie offenbar ihr Leben lang mit sich herumträgt. Das Ding sah fast aus wie ein Sandsack. Mary hätte ihn über dem Kopf schwingen und wie einen Hammer werfen können. Stark genug war sie – und wütend genug auch. Doch erst mußte Helen noch eine Frage loswerden.

»Wo treffen sie sich? Cath und ihr Mann, meine ich?«

»Ich dachte, das wüßten Sie«, fauchte Mary. »Sie haben ihnen doch bestimmt den Tisch reserviert.«

Helen stand auf und schüttelte die Blüten aus den Rockfalten. Sie dachte an Cath, die das ganze Wochenende über mürrisch und schweigsam gewesen war und kein Wort davon erzählt hatte.

»Genug, Mary. Genug. Wenn Sie mir sagen, wie ich Cath helfen kann, höre ich zu, sonst nicht.«

Mary war verstummt. Sie wollte ausspucken oder sich entschuldigen. Aber wie immer war es zu spät, und dann konnte sie doch nicht aufhören und machte alles noch schlimmer.

»Sie wollen Ratschläge? Wegen Cath? Kommt mir vor, als hätten Sie ihr bereits welche gegeben. Es gibt nichts, was Sie tun könnten. Sie wird sich ihre Freiheit schon nehmen – oder auch nicht. Außerdem würden Sie doch nicht wollen, daß sie aufhört, Ihre Fensterrahmen zu streichen, oder? Halten Sie sich einfach raus. Sie machen es auch nicht besser. Keiner kann ihr da helfen.«

Sich raushalten. Bailey fiel diese typisch englische Haltung auf, die überall entlang der Linie 59 respektiert wurde – in der Gegend um Knightsbridge mehr als in der Nachbarschaft von Mickey Gats Pub, aber immerhin. Die Abneigung, sich irgendwo einzumischen oder auch nur Informationen weiterzugeben, damit andere sich einmischten, war seinen Landsleuten anscheinend angeboren. In Mickey Gats Pub jedoch handelte es sich eher um die Frage, ob man imstande war, eins und eins zusammenzuzählen oder Bedürfnisse zu artikulieren. Hier konnte es passieren, daß ein Gruß wie eine höhnische Bemerkung klang. Montags um die Mittagszeit war es fast leer, und die Langeweile machte Mickey Gat gesprächiger als sonst.

»Wo haben Sie denn Ihren Freund gelassen, Mr. Bailey? Der Kleine, der sich abends von seinem Frauchen die Ohren saubermachen läßt?«

»Der hat heute frei«, sagte Bailey grinsend. »Wahrscheinlich ist er mit seinen Kindern im Park, damit sie lernen, wie man andere Kinder überfällt und ausraubt.«

»Das ist aber gar nicht nett, Mr. Bailey. Setzen Sie sich doch. Hier ist sowieso nichts los.«

So saßen sie nebeneinander, die massige Frau und der schlanke Mann. Wenn niemand zusah, bestand Mickey nicht unbedingt auf dem männlichen Ritual, ihre Gäste zum Trinken zu animieren. Beide hatten Orangensaft vor sich stehen.

»Irgendwas stimmt nicht, irgendwas stimmt da einfach nicht, verstehen Sie?« Bailey mußte nicht weiter ausführen, was er meinte.

»Als spielte das eine Rolle! Es ist doch sowieso eher die Ausnahme, wenn bei euch Brüdern mal was stimmt, oder? Was soll denn jetzt anders sein?« Bailey schwieg. Mickeys Seufzer klang wie ein verebbender Hurrikan. Sie duftete wunderbar. Für Mickey kam nur echtes Parfum in Frage.

»Ich habe diesen Damien geliebt wie einen Bruder, Mr. Bailey. Trotzdem konnte ich nicht viel für ihn tun, außer ihm helfen, sich um seine Familie zu kümmern. Also habe ich eine Wohnung für seine Schwester und einen Job für seinen Schwager besorgt und passe auch heute noch auf, wie sie zurechtkommen. Man kann schließlich nicht aufhören, sich um Leute zu kümmern, bloß weil einer umgebracht worden ist, nicht wahr, Mr. Bailey? Ich weiß nicht, was Sie wissen wollen. Sie scheinen hinter irgendwas herzusein. Sie wieseln in letzter Zeit so oft hier herum. Sie sehen ja selbst schon fast aus wie ein Wiesel. Mein Vater hat früher welche gezüchtet.«

»Erzählen Sie mir einfach von Damien. Alles, was Ihnen einfällt.«

Noch während er das sagte, fragte sich Bailey träge, wie Helen sich in einer solchen Umgebung zurechtfinden würde. Leicht erstaunt kam er zu dem Schluß, daß sie nicht die geringsten Schwierigkeiten hätte. Sie würde Mickey Gat die manikürte Pranke schütteln, ohne eine unpassende Bemerkung zu machen, mit ihrer eigenwilligen Erscheinung fertig werden, wahrscheinlich sogar das Parfum mit strahlendem Lächeln entgegennehmen und ihr anschließend anbieten, ein Testament für sie aufzusetzen.

»Ich glaube, sie kamen zurecht, Joe Boyce und Catherine, wissen Sie. Trotzdem machte Damien sich Sorgen um sie. Ich meine, Joe wollte nicht, daß seine Frau arbeitet, können Sie sich das vorstellen? Aber sie ließ nicht locker, bis Damien zu ihm sagte, um Himmels willen, laß sie machen, was sie will, sie wird dir schon nicht weglaufen. Also hat Joe zugestimmt, aber nur unter der Bedingung, daß er ihr den Job suchen würde. Es sollte nicht weit von seinem eigenen Arbeitsplatz sein, damit er ein Auge auf sie haben konnte und sie im gleichen Bus nach Hause fahren würden. So war er, aber ich glaube, es hat nicht ganz so geklappt, wie er sich das vorgestellt hatte. Sie verstehen doch, was ich meine? Er ist so eifersüchtig, dieser Joe Boyce, daß er eines Abends sogar zu dem Haus gegangen ist, wo sie arbeitet, und in die Fenster geglotzt hat, nur um sie zu kontrollieren. Blöder Wichser. Er erzählte Damien so was, wenn er besoffen war. Damien fand es lustig, hat er mir selbst gesagt. Das war letztes Jahr, kurz nachdem sie angefangen hatte. Aber vermutlich sind wir ja alle irgendwie eifersüchtig, was, Mr. Bailey?«

Mickey beugte sich über ihren Orangensaft und tippte sich an die Nase. »Also hab ich seine Arbeitszeit im Spoon verlängert. Jetzt arbeitet er sechs Tage die Woche und hat weniger Zeit, Dummheiten zu machen. Aber er ist in Ordnung, ja, wirklich.«

»Werden Sie ihn behalten?« Bailey gab sich Mühe, seine Neugier zu verbergen und kein Zeichen von Ungeduld zu zeigen, als wäre diese Information nicht von großer Bedeutung.

»Na klar, warum nicht? Er ist zuverlässig. Außerdem habe ich mir überlegt, was Damien gewollt hätte. Für seine Schwester ist es am besten, wenn Joe seinen Job behält und sie bleibt, wo sie ist, bei ihrem Mann. Es ist nicht gut, wenn eine Frau sich allein durchschlagen muß.«

»Oh, hat sie ihn denn verlassen?« Natürlich wußte er das selbst, aber bei Mickey war es immer gut, Ahnungslosigkeit zu heucheln.

Mickey nickte traurig. »Ja. Sie ist in Damiens alter Bude untergekrochen, aber ich habe schon mit ihr geredet. Und mit ihm auch. Also haben sie sich für heute abend verabredet. Ich habe ihr sogar ein bißchen Taschengeld und ihm einen freien Abend spendiert. Frauen, wissen Sie, manchmal schäme ich mich für sie ... Aber eins steht fest ...«

»Ja, ich weiß.« Bailey ahnte schon, was als nächstes kam. »Wie Katzen, wenn man sie nicht füttert.« Beide starrten in ihren ungeliebten Orangensaft, niedergeschlagen von ihrer Weisheit. Bailey stand auf und streckte sich.

»Dann fällt Ihnen also niemand ein, der es auf Damien abgesehen haben könnte?«

Michaela Gat schüttelte den Kopf und sah zu Bailey auf.

»Es sei denn, jemand hätte ihn beneidet. Damien konnte alles mögliche, er konnte sogar auf dem Markt Parfum verkaufen. Er konnte fünfhundert Pfund am Tag verdienen, ja, wirklich. Keine Ahnung, warum Joe Boyce nie mitmachen wollte. Er ist so empfindlich.«

»Wahrscheinlich hat er deshalb seine Frau geschlagen.«

Mickey stand achselzuckend auf.

»Das ist seine Sache, Mr. Bailey. Es zeigt, daß er sie liebt.«

Sie standen Schulter an Schulter. Mickey musterte Bailey von oben bis unten – wie ein Pferd vor einem Rennen.

»Sie sind noch immer topfit, Mr. Bailey, lassen Sie sich das von mir gesagt sein. Wann hören Sie endlich auf bei der Polizei? Sie werden dort nur verheizt. Wir kommen aus dem gleichen Stall, Sie und ich, und sehen Sie, was ich aus meinem Leben gemacht habe. Und dann sehen Sie sich Ihres an. Ich habe ein hübsches Haus in Wanstead, eine Familie und einen Swimmingpool, und Sie haben nur Scheiße am Hals. Eine Schande, wirklich. Lassen Sie es mich wissen, wenn Sie einen richtigen Job wollen. Ich könnte ein Wiesel wie Sie gebrauchen und zahle gut.«

Mit diesem Zeichen ihrer Anerkennung verabschiedete sie sich. Bailey fühlte sich elend, trotz seines Lachens. Es war ein merkwürdiges Gefühl, bemitleidet zu werden. Irgendwie erniedrigend, daß man ihn als Diener eines anderen sah und damit als Versager.

Am späten Nachmittag war die Hitze im obersten Stockwerk des Bevan House unerträglich. Mary Catherine Boyce wusch sich erneut mit kaltem Wasser, obwohl sie bei Helen West gebadet hatte, bevor sie deren Wohnung verließ. Sie war versucht gewesen, einfach dazubleiben, sich umzuziehen und erst abends zu ihrem Treffen mit Joe aufzubrechen, doch damit würde sie sich eine Freiheit herausnehmen, die nur zu gutgemeinten Fragen führen konnte, und deshalb war sie trotz der Hitze doch erst nach Hause gefahren. Helen hatte sich offenbar mit dem Geld vertan, aber selbst wenn Cath es nicht verdient hätte, dafür, daß sie im Morgengrauen aufgestanden war, die Teppichleger besänftigt und nachher die ganze Wohnung staubgesaugt hatte, würde es ihr nicht leid tun.

Cath hatte den Spiegel geputzt, damit sie sich besser fühlte, wenn sie sich, wie jetzt, darin betrachtete. Sie war so blaß. Make-up also. Sie besaß selbst ein wenig, und in Helens Badezimmer hatte sie ein paar Sachen gefunden, die so eindeutig nicht mehr benutzt wurden, daß sie sie ohne schlechtes Gewissen nehmen konnte. Cath war nicht besonders geschickt im Umgang mit Kosmetik, doch ein Hauch von Lidschatten und ein wenig sorgfältig aufgetragene

Wimperntusche machten eine Menge aus. Sie errötete vor ihrem eigenen Spiegelbild und fühlte sich gestärkt genug, um die Kleiderfrage anzugehen. Früher, als sie sich noch etwas aus Kleidern machte, hatte sie schwere Stoffe bevorzugt, dicke Wolle und bunte Strümpfe, keine dünne Baumwolle. Der Sommer war die Zeit der jungen Mädchen; der Winter bevorzugte die Frauen. Trotzdem nicht schlecht: schwarze Bluse, ein weiter Rock mit dunklem Blumenmuster und Schuhe mit kleinem Absatz. Alles sehr vorteilhaft für ihre Figur, fand sie, als sie sich vor dem Spiegel drehte und die schmalen Fesseln und breiten Hüften begutachtete. Eine Schande, daß sie die kleine Einkaufstasche mitnehmen mußte, da sie nichts Praktischeres besaß, aber was sollte sie machen? Vielleicht würde Joe sie ohne die Tasche gar nicht erkennen, und außerdem wollte es das Schicksal, daß sie das Ding in der Tasche bei sich hatte.

Sie wünschte, es wäre Parfum da, und fing an, Damiens Bude zu durchsuchen. Vielleicht hatte er noch irgendwo welches versteckt. Dann schüttelte sie vor dem Spiegel den Kopf und schalt sich für ihre Dummheit. Parfum war ein schreckliches Zeug. Männer schenkten es einer Frau, damit sie es trug und ihnen gefiel, und das war nichts als Erpressung. Doch in Erinnerung an ganz anders gemeinte Geschenke, in Erinnerung an Damien wünschte sie sich jetzt ein paar Tropfen auf den Handgelenken – es wäre wie ein Zauber.

Im Bus würde es gar nicht gut riechen. Joe und sie gingen zusammen aus, und sie würde sich benehmen wie eine Dame, damit er sie auch so behandelte. In der Hitze des Nachmittags stieg sie langsam die Treppe hinab. Sie wollte nicht ins Schwitzen kommen. Dann trat sie durch den Haupteingang und wandte sich elegant nach links, Richtung Freizeitzentrum. Dort kriegte man immer ein Taxi.

Als Helen die Wohnungstür aufschloß, spürte sie als erstes den neuen Teppich unter den Füßen. Die Tür bewegte sich steif über die jungfräuliche tiefgoldene Oberfläche. Jemand hatte die Tür zum Wohnzimmer ausgehängt und mit einem Zettel versehen stehenlassen. Alle Räume wirkten ein wenig kleiner, die Decken tiefer. Ihre Füße federten wie auf einem Trampolin, als sie von einem Zimmer zum anderen lief und dann auf die Idee kam, ihre Schuhe auszuziehen, falls sie schmutzig waren. Goldene und blaue Reflexe tanzten über die weiße Zimmerdecke. Selbst die Küche war gestrichen, die Fensterscheiben repariert und blitzblank, die Holzflächen auf Hochglanz poliert. Alles war plötzlich so respektabel. Es war, als hätte sie einen Preis gewonnen, eine Tonne voll Selbstbewußtsein. Aber wie zu Hause fühlte es sich nicht unbedingt an. Der alte Schrank da drüben sah aus, als hätte er sich aus den Kulissen eines historischen Sozialdramas in die einer modernen Romanze verirrt, und einen Augenblick lang fühlte sie sich genauso: altmodisch. Sie hatte das Bedürfnis, sich zu kämmen und ein wenig herzurichten, um mithalten zu können. Selbst die Katze war infiziert. Sie kam durch die Klappe in der Küchentür und saß einsam auf dem Boden, wo sie sich hingebungsvoll das Fell leckte. Dann sprang sie auf den Tisch, duckte sich und sah sich mit dem aufmerksamen Blick eines Richters um. Ihr Schwanz zuckte geschmeidig und unheilvoll, als sie anfing, sich die Pfoten zu säubern.

»Na schön«, gestand Joe Boyce dem Colonel, »ich bin wahrhaftig ein bißchen nervös wegen heute abend. Würde es Ihnen etwa anders gehen? Meine Frau läßt mich sitzen und ist nicht da, als bei mir eingebrochen wird, und wenn sie soweit ist, beschließt sie, sich wieder mit mir zu versöhnen, und ich kann bloß daran denken, was wir alles verloren haben. Alles, mein Freund, alles, was wir je besaßen. Eine Schande, wie? Bloß, sie schämt sich nicht, sie nicht. So sind die Weiber – sie kennen einfach keine Scham, glauben Sie mir.«

Sie saßen vor dem Spoon. Die Blumen verströmten einen leichten Geruch von Verwesung. Joe hatte sie in der Mittagspause mit Mineralwasser begossen, und insbesondere die Lobelien schienen ihm das übelzunehmen. Mickey hatte jemand, der regelmäßig kam und sich um die Pflanzen kümmerte, doch dessen Besuche richteten sich nicht danach, ob es gerade besonders heiß war, und Joe hatte geglaubt, daß die Blumen genauso durstig sein mußten wie der Colonel und er selbst.

Mit dem Colonel könnte man sich den ganzen Tag unterhalten, dachte er jetzt, vorausgesetzt, er antwortete nicht, sondern murmelte nur irgendwas oder nickte zustimmend. Viel mehr hatte er nicht getan, seit er um drei gekommen war, der schlaue Alte, um sich zu überzeugen, daß auch Joe da war. Genau die Art von Gesellschaft, die Joe jetzt brauchte. Nach all den traumatischen Erfahrungen der letzten Woche war er geneigt, den Colonel zu bemuttern wie einen treuen alten Hund, dessen Besitzer sein Gestank nichts mehr ausmacht. Der Colonel hatte sich seit einer Stunde nicht vom Fleck bewegt, während Joe ein und aus ging und zwischendurch mit wachsender Entrüstung allerlei Episoden aus seinem Leben zum besten gab. Mein lieber Junge, murmelte der Colonel nach jedem Drink und jeder Anekdote, wie entsetzlich für Sie.

Seine Haltung glich der einer Statue. Als Joe das nächstemal mit Drinks für sie beide auftauchte, entdeckte er zu seiner Überraschung, daß der Colonel aufgesprungen war. Aufspringen war sonst nicht sein Stil; er keuchte von der ungewohnten Anstrengung. Seine Stimme war schleppend und akzentuiert zugleich, und trotzdem lag Wärme darin.

»Madam«, sagte er. »Reizend, wie reizend.« Dann machte er den Versuch einer Verbeugung, die beinahe in einen Hofknicks übergegangen wäre. Cath half ihm wieder auf seinen Platz. Rotzfrech saß sie da und tat, als gehörte der Pub ihr. Als sie zu ihm aufsah, schob sie die Sonnenbrille nach oben. Cath mit Sonnenbrille und geschminkten Augen. Sie lächelte mit ihrem roten Mund, hatte die Beine übereinandergeschlagen, die Tasche unter ihren Stuhl gestellt und fächelte sich gegen die Hitze Luft zu. Sie sah aus wie eine völlig andere Frau. Die Vorstellung, daß die Zeit ohne ihn eine solche Veränderung bewirkt haben könnte, gefiel Joe ganz und gar nicht.

»Hallo, Joe. Wenn du mich schon nicht begrüßen willst, könntest du mir dann wenigstens ein Glas Wasser besorgen? Ich bin am Verdursten.«

Worte hallten in ihm nach ... Joe, kannst du mir einen Tee machen, bitte, mir tut alles weh ... Er starrte sie an, unfähig, sich zu rühren. Sie unterhielt sich weiter mit dem Colonel. »Schönes Wetter, wie?« »Ja, bißchen heiß, Ma'am, aber trotzdem besser als die Kälte, nicht wahr?«

»O ja, da haben Sie recht. Ich hasse die Kälte auch, aber was zieht man bloß an, wenn es so ist wie jetzt?« Die Pflanzen ließen noch immer die Köpfe hängen, als hätte Joe ihnen Gin statt Wasser gegeben. Cath lächelte wie eine Fremde und sah dem alten Mann tief in die Augen. All das war schon schlimm genug, und dann tauchte zu allem Überfluß auch noch Alistair Eliot auf. Hastig verschwand Joe im Inneren des Spoon. Es war zuviel für ihn, er hielt es nicht aus. Es war, als hätten sich all seine Verbündeten verschworen, um ihn zu erledigen. Seine Frau wirkte geradezu sexy, und sein Freund war gekommen, um ihm Vorwürfe zu machen. Alle sahen einander an, bloß ihn nicht, denn er war überflüssig. Immer noch die Null, die sich woanders anhängen mußte, nicht nur bei seiner eigenen Party, sondern auch bei allen anderen, die er je besucht hatte.

Alistair Eliot lächelte den beiden vor dem Spoon zu. Sie wirkten wie ein netter alter Herr und seine Tochter; er konnte sich plötzlich selbst in dieser Rolle sehen, wenn Jane erwachsen wäre. In ihrer modischen Aufmachung erkannte er Mary Catherine Boyce nicht, obgleich sie eine dunkle Erinnerung in ihm weckte. Aber er war auch zerstreuter als sonst. Jedenfalls hatte sie nichts mit der Cath gemein, die er so häufig mit Kittelschürze beim Putzen gesehen hatte. Unterschiedliche Frauen, unterschiedliches Territorium, wie verwandt sie auch sein mochten. Joe sah ihm erleichtert, Cath dagegen verbittert nach.

»Du kannst ruhig abhauen, wenn du willst«, sagte Joe zu dem jungen Mann hinter der Bar. »Ich glaub nicht, daß ich noch irgendwohin gehe. Meine liebende Gattin – da draußen, siehst du sie? – kann mir helfen. Wird auch Zeit.«

Der junge Mann schüttelte den Kopf. Das Angebot war verlockend, aber dann fiel ihm Big Mickey Gat ein.

»Kann ich nicht machen, Mr. Boyce. Ich hab meine Anweisungen.«

Cath saß mit dem Colonel draußen und merkte, wie sich ihre Erwartungen in Luft auflösten. Ein Grüppchen von durstigen Gästen kam auf dem Heimweg vom Büro vorbei. Sie lärmten durcheinander wie die Spatzen, in der Hoffnung, sich von der Last des Tages zu befreien. Der Aushilfs-Barmann brachte ihr ein Glas Wasser mit Eis und Zitrone, doch Joe beachtete sie nicht. Nach zwei Stunden, in denen ihr trotz der feuchten Hitze immer kälter ums Herz wurde, kam er endlich und setzte sich mürrisch und stumm zu ihr. Als sie zaghaft die Hand auf seinen Arm legte, meinte er höhnisch: »Gut siehst du aus. Hast du was Besonderes vor?«

Einen Augenblick lang hatte sie das Gefühl, daß er ihr das Herz brach. Trotzdem hörte sie nicht auf, zu lächeln und beinahe unterwürfig seinen Arm zu streicheln. Es war das leichte Flehen in dieser Geste, das ihn endlich besänftigte, obwohl er bereits betrunken war. Betrunken auf die Art, die Joe Boyce bei der Arbeit kennzeichnete. Es machte sich kaum bemerkbar, daß er alkoholisiert war, höchstens in einer leichten Unberechenbarkeit.

»Komm schon«, befahl er. »Gehen wir.« Damit marschierte er die Straße voraus und ließ Cath hinter sich herlaufen. »Wir suchen uns einen hübschen Pub«, rief er über die Schulter und beobachtete mit Genugtuung, wie sie versuchte, mit ihm Schritt zu halten. Die Tränen, mit denen sie gekämpft hatte, als sie mit dem Colonel plauderte, hatten das ungewohnte Mascara verwischt. Die hart erkämpfte Würde ihres Auftritts schwand zusehends dahin. Schon war ihre Bluse zerknittert, die Achselhöhlen klebten, und noch immer umklammerte sie ihre Plastiktasche. Zwei Straßen weiter betraten sie ein Etablissement, das so gut wie nichts mit der vornehmen Ausstrahlung des Spoon gemein hatte. Jede Menge Touristen drängten sich hier, junge, unglaublich hübsche, freche blonde Mädchen, die knappe Shorts trugen, über das warme Bier die Nase rümpften und dann doch noch eins bestellten.

Sie blieben eine Stunde. Cath trank Bitter Lemon, Joe kippte seine Whiskys und beäugte die Mädchen. Cath bezahlte eine Runde nach der anderen, ohne zu murren. Dann zogen sie weiter zur nächsten Kneipe, die noch schlimmer und noch voller war. Er führte, Cath folgte. Joe erzählte von dem Einbruch und bekam ansonsten den Mund nicht auf. Nicht ein einziges Mal erkundigte er sich danach, wie es ihr ging, was sie machte, was sie erlebt hatte. Sie fragte, ob er ordentlich gegessen hätte, und er verneinte. Ihr Gesicht wurde ganz starr vom Lächeln, während Joe sich angeregt mit wildfremden Menschen unterhielt, als wollte er Cath genüßlich, beinahe rituell erniedrigen. Im letzten der vier Pubs gerieten sie in eine Geburtstagsfeier, die trotz der vorgerückten Stunde noch im Gange war, und Cath verschwand durch eine Hintertür neben dem Damenklo.

Der Himmel verdunkelte sich sanft. Dann hörte es eine Weile auf zu regnen, und wer das in einem Londoner Sommer riskieren wollte, konnte am Abend draußen sitzen. Am Sloane Square wandten sich die Wagen anderen Zielen zu, und die Straßen glänzten vor Nässe. In Emily Eliots Haushalt herrschte durchdringendes Schweigen. Jane war in ihrem Zimmer und beschäftigte sich wütend mit Buntstiften und Endlospapier, obwohl sie schon seit Stunden hätte schlafen sollen. Emily war vor einer Weile allein zu Bett gegangen. Alistair saß in seinem Zimmer, doch von Arbeit konnte nicht die Rede sein. Er starrte an die Wand und dachte an andere Verhandlungen als die, die morgen begann. Er zerbrach sich den

Kopf über die Gesellschaft, das Universum, die Haushaltskosten und alles mögliche andere, bloß nicht über sich selbst. Er hätte gern Vergessen im Alkohol gesucht, nur um sich nicht eingestehen zu müssen, daß es Zeiten gab, in denen er Mrs. Eliot nicht besonders mochte, obwohl er sie liebte.

Irgendwann inmitten eines diffusen Schuldbewußtseins über alles, was er möglicherweise falsch machte, sah sich Alistair noch einmal am frühen Abend am Spoon vorbeigehen und der Versuchung widerstehen, auf einen Drink einzutreten. Irgend etwas Vertrautes im Gesicht der Frau hatte ihn auf dem Nachhauseweg nicht mehr losgelassen. Cath: Jetzt fiel es ihm ein, bloß machte es das schlechte Gewissen noch schlimmer. Natürlich war es Cath gewesen, die in ihrer typischen zusammengekauerten Art neben dem alten Mann saß und in sich hineinlächelte. Und er hatte sie nicht mal beachtet. Alistair hatte plötzlich das unwiderstehliche Bedürfnis, sich mit einem vernünftigen Menschen außerhalb seines eigenen Familienkreises zu unterhalten, um sich über seine Gefühle klarzuwerden. Die einzigen, die ihm einfielen, waren Helen West oder Geoffrey Bailey. Sie hatten die notwendige Distanz, um ihm einfach nur zuzuhören, wenn ihm selbst noch nicht klar war, was er sagen wollte. Er ging zum Zimmer seines Sohnes im hinteren Teil des Hauses und stellte fest, daß das Fenster weit offenstand und der Junge nicht da war. Ein schwacher Zigarettengeruch hing im Raum – deshalb das plötzliche Verlangen nach frischer Luft. Warum rauchte Mark nicht offen, statt ein heimliches Vergnügen draus zu machen? Es gab so viel schlimmere Verbrechen, Feindseligkeit zum Beispiel, Gemeinheit, Unehrlichkeit und vorsätzliche Blindheit.

Als es wieder anfing zu regnen, fühlte er sich besser. Er beugte sich aus dem Fenster. Unter ihm fiel das Licht aus Janes Zimmer in den Garten und beleuchtete die zertrampelte Erde vor ihrem Fenster. Seine Gedanken kreisten unaufhörlich um das Parfum in der untersten Schreibtischschublade, das Alistair von Joe Boyce angenommen und seiner Frau bisher noch nicht gezeigt hatte. Tief im

Inneren wußte er, daß seine Frau instinktiv gehandelt hatte, doch ebenso wußte er, daß Cath, ihr Opfer, keine Diebin war.

Cath konnte sich nicht rühren. Sie ließ zwei oder drei Busse vorbeifahren, blieb im Schutz der Haltestelle stehen und wartete auf ihn. Joe Boyce hatte den Punkt erreicht, den Cath von vielen Abenden zu Hause kannte. Wenn alle Wut und alle Aggressionen verpufft waren, geriet er in einen Zustand, in dem er so sanft und nachgiebig war wie ein Kuscheltier. Als er auf die Bushaltestelle zutorkelte, war er überglücklich, Cath zu sehen, liebevoll und doch kaum fähig, sich auf den Beinen zu halten. Die letzten Reste der jüngsten Erinnerungen waren verschwunden. Unter dem Dach des Unterstands bildeten ihre Körper ein Dreieck. Er lehnte sich gegen sie, um nicht das Gleichgewicht zu verlieren, und sie hielt sich an der Wand fest. »O Cath, es tut mir leid, ich liebe dich … Warum tust du mir das an, Cath, warum hast du … Ich liebe dich, Cath«, sabberte er ihr ins Ohr. Eine endlose Litanei, unterbrochen nur hin und wieder von einem Fluch über den verspäteten Bus. Die Schande dieses Abends machte ihr nichts mehr aus. Sie hatte Geld für ein Taxi, blieb aber trotzdem stehen und wartete auf die 59, den letzten Bus, der sie beide nach Hause bringen würde, als hätte sie schon die ganze Zeit gewußt, daß es so enden würde.

Dann kam er endlich. Der untere Teil war halb leer, das Oberdeck nur zu einem Drittel besetzt. Ein paar Leute beobachteten sie mißbilligend, als sie Joe nach oben und ganz nach vorn schleuste, wo er keinen Schaden anrichten konnte. Sie schob ihn vorwärts, und er kicherte, als wäre er kitzelig. Sie setzten sich in die vorderste Reihe. Er legte seinen schweren Arm um ihre Schultern, wobei er sie fast vom Sitz stieß. Immer noch murmelte er: »Ich liebe dich, Cath, das weißt du doch.« Sie brachte ihn zum Schweigen, wie man ein Kind zum Schweigen bringt, während der Schaffner einen Blick auf ihre Fahrkarten warf und sich angesichts der Dummheit der Menschen kopfschüttelnd abwandte. Schließlich kippte Joe seufzend gegen die Buswand und lehnte den Kopf ans Fenster. Sie hatte ihn schon immer um seine Fähigkeit beneidet, nicht nur alles um sich herum vergessen, sondern auch jederzeit tief und fest einschlafen zu können. Es war ein Talent, das sie selbst gern gehabt hätte, das ihr oft fehlte.

Der Schlaf löste die harten Konturen seines Gesichts. Jetzt wirkte der Mund nicht mehr mürrisch, sondern großzügig. Cath starrte vor sich hin, als der Bus durch den Nieselregen rumpelte, an den verlassenen Theatern der Shaftesbury Avenue vorbei. Die Lichter hier versprachen noch Leben in den Spielhallen und billigen Kneipen, letzte Zuflucht für Zuhälter, Schlepper und jene wenigen, die verzweifelt auf der Suche nach Vergnügen waren. Vor ihren Augen nahm das nächtliche London Gestalt an und zeigte sich von seiner beschämenden Seite: Menschen, die sich in Hauseingängen zum Schlafen niederließen, betrunkene Nachtschwärmer, die ein paar Haltestellen mitfuhren, und Kellner, die als letzte ins Dunkel der Nacht tauchten. Als der Bus Islington erreichte, war er fast wieder leer. Unverdrossen rumpelte er nach Osten und brachte dabei die dunklen Fenster in den schmalen Straßen zum Klirren. Joe versank noch tiefer in seinen Sitz und schnarchte. Seine Hände waren über der Brust verschränkt und die Beine ausgestreckt, so daß ihr kaum Platz blieb, selbst bequem zu sitzen. Cath drehte sich um. Hinter ihr schliefen unweit der Treppe drei weitere Fahrgäste, einer davon gab ziemlich laute Geräusche von sich. Joes Hose war beim Raufklettern ein wenig heruntergerutscht, und sein Hemd hatte sich nach oben verschoben. Man konnte sehen, daß er genau wie sein Schwager um den Bauch herum allmählich Fett ansetzte.

Cath beugte sich vor und küßte ihn auf die Wange. »Ich hab dir die Gelegenheit gegeben«, flüsterte sie. »Du hättest für mich sorgen können, aber du hast es nicht getan. Jetzt kann ich nicht mehr anders, Liebling.« Sie kramte in ihrer Plastiktasche und zog das Bajonett heraus. Rostig, ja, aber wieder und wieder und bis zur Perfektion geschliffen, zuerst mit einem irgendwo aufgegabelten Leder und später mit Stein, bis die blitzende Klinge nur noch halb so breit war wie vorher. Damien hatte ihr beigebracht, wie es ging, vor langer Zeit, als beide lernten, alles irgendwie zu gebrauchen, sogar ein Bajonett. Joe oder Damien, sie hatte vergessen, wer von beiden. Männer glaubten, nur sie wüßten, wie man eine Klinge schärft, weil sie es in Gesellschaft anderer Männer gelernt hatten.

Ihr linker Arm ruhte auf seiner Schulter, damit sie das Gleichgewicht nicht verlor, als sie ihm die Klinge in den Bauch stieß. Flüchtig schoß ihr der Gedanke durch den Kopf, wieviel leichter es mit einem Küchenmesser wäre, wenn diese Geräte nicht irgendwie heilig wären. Während sie mit derselben Energie, die sie bei der Hausarbeit an den Tag legte, zustieß, preßte sie sich noch enger an ihn und legte ihm eine Hand über den Mund, wie schon vorher, als der Schaffner zu ihnen herübersah. Sie zog die Klinge auf sich zu, drehte sie um und drückte sie in die andere Richtung, trotz des Widerstands, und dann das Ganze noch mal, von links nach rechts, systematisch, so wie sie eine Treppe staubsaugen würde. Die große dünne Plastikfolie, die von Emilys aus der Reinigung abgeholten Kleidern stammte und jetzt als eine Art Schürze diente, raschelte, als sie die Klinge zum zweitenmal umdrehte. Cath hatte einen Sauberkeitsfimmel. Sie wollte sich nicht schmutzig machen; der Rock war wichtig. Joes Augen öffneten sich weit, Speichel schäumte aus seinem Mund, und der ganze Körper bäumte sich schwach auf, als er um sein Leben kämpfte. Sie hielt ihn fester, sie war stark wie ein Ochse. Von hinten sahen sie aus wie ein Paar, das sich leidenschaftlich umarmte. Die kleinen Geräusche, die er von sich gab, hätten auch auf intimere Akte schließen lassen können.

Bevor das Blut herausströmte, bedeckte Cath ihn mit dem Jackett, das lose um seine Schultern gehangen hatte, als er auf die Bushaltestelle zutorkelte. Doch zuerst wischte sie sich die Hände daran ab. Sie sah sich erneut um und zog dann das Bajonett heraus, erstaunt, wieviel Kraft es erforderte. Sie fluchte leise und untersuchte gleichzeitig den geblümten Rock und die schwarze Bluse nach Blutflecken. Es war kaum was zu sehen. Der Bus rauschte an der St. Paul's Road vorbei und nach Hackney hinein. Cath wartete einen Augenblick und zog sich dann sorgfältig von Joe zurück. Es war nur noch eine knappe Meile bis nach Hause.

Das Schicksal hatte ihr die Waffe zugespielt. Das Schicksal beschützte sie. Ein Kind hatte ihr die Klinge gegeben. Es war vorherbestimmt.

Als sie fünf Haltestellen vor der Endstation ausstieg, zusammen mit drei Teenagern auf der Suche nach einem Club, der angeblich die ganze Nacht geöffnet hatte, sah sie aus wie eine gewöhnliche kleine Kellnerin, die von der Arbeit kommt, nicht wie eine Frau, die sich den Abend über amüsiert hatte. Sie ermahnte sich, den Mund zu halten, und ging in Richtung Bevan House. Mit dem Bajonett in der Plastiktasche marschierte Cath rasch die Hauptstraße entlang. Ihre kleinen Absätze hallten herausfordernd auf dem Pflaster wider. Die Gegend lag verlassen da, keine Abkürzungen, keine Angst vor Schatten. Geh aufrecht: Irgendwer hatte ihr mal gesagt, daß man sich so viel sicherer fühlte.

Als sie in der nach oben zunehmenden Hitze des Hochhauses die Hälfte der Treppen geschafft hatte und sich die letzten Reste der Wimperntusche wegwischte, die ihre Tränen in schwarze Schlieren verwandelt hatten, dachte sie daran, wie gefährlich es da draußen war. Und brach erneut in Schluchzen aus, denn sie hatte ihn geliebt.

13

Helen West spielte im Geist mehrere Szenen durch. Erste Szene: Die Tür ging auf, Bailey kam rein, schnappte bewundernd nach Luft und fiel ihr zu Füßen. Zweite Szene: Sie beide gaben eine Party, ohne daß es zum Streit kam. Dritte Szene: Sie saß in diesem Zimmer und hielt Emily Eliot und Redwood eine scheinheilige

Predigt über die Freuden des Alleinlebens. In der vierten Szene ging ebenfalls die Tür auf, doch diesmal kam ein Wildfremder herein, ein zuverlässig wirkender Mann, untersetzt, ganz das Gegenteil von Bailey. Er überreichte ihr einen Blumenstrauß und murmelte, was für ein hübsches Heim du hast, was für einen erlesenen Geschmack, heirate mich und geh nie wieder arbeiten. Fünfte Szene: noch größere Blumensträuße. In der nächsten, möglicherweise realistischsten Szene öffnete sich die Tür, und Bailey stand draußen. Er weigerte sich reinzukommen. Sie lief auf ihn zu, um ihn zu begrüßen, und rutschte auf dem neuen Teppich aus. In der letzten Einstellung saßen Bailey und sie im goldenen Wohnzimmer am Kamin wie Darby und Joan. Dann riß der Film.

Da sie außerstande war, einen Sinn in diesen närrischen Tagträumen zu entdecken, war Helen zutiefst beschämt. Es war Dienstag abend, noch relativ früh. Sie gab dem Ganzen gerade den letzten Schliff, hatte die beiden neuen Pflanzen hereingebracht und eine Vase mit Blumen in die Küche gestellt. Sie war selbst so hingerissen von dem neuen Glanz der Wohnung, daß sie um ein Haar Bailey angerufen und ihm ernste Konsequenzen angedroht hätte, falls er bei diesem Anblick nicht auf der Stelle in Ohnmacht fiel. Aber das hätte die Überraschung verdorben.

Tagträume machten sie ärgerlich, sie waren eine Schwäche. Es hatte keinen Sinn, sich vorzumachen, daß sie nicht von dem beeinflußt war, was sie las und hörte, und sie war nun mal nicht immun gegen Ansteckung, wenn Mütter und Frauenzeitschriften Romantik und Sicherheitsbedürfnisse verbreiteten, obwohl die Erfahrung sie gelehrt hatte, beinahe nichts zu erwarten. Hochzeitsglocken waren was für die Jugend. Helen wollte gar keine soliden Verhältnisse à la Emily Eliot, wußte aber andererseits auch nicht genau, wie sie sich dagegen wehren oder ihre Ohren vor dem Gesäusel der Heiratspropaganda verschließen sollte. Hier war sie, eine erwachsene Frau, emanzipierter als die meisten anderen, Herrin über alles, was sie in ihrer eleganten Wohnung überblickte, mit richtigem Essen im Kühlschrank, und wartete auf ihren Mann wie eine ausgekochte Straßennutte auf ihren Zuhälter.

Lieber Bailey, rette mich vor einem Abend, an dem ich nichts anderes tun könnte, als meine Kontoauszüge zu studieren. Selbst wenn nicht alles nur auf meinem Mist gewachsen ist – könntest du mir bitte, ein einziges Mal, ein Kompliment machen? Und wenn du mich nicht liebst, so bewundere doch wenigstens, was ich geschafft habe.

Er hatte einen eigenen Schlüssel. Sie zog den schmutzigen Trainingsanzug aus, der genau richtig war, um Bücher abzustauben und Bilder aufzuhängen, und schlüpfte in ein weites Hemd und saubere, über den Knien abgeschnittene Jeans. Außerdem streifte sie die Schuhe ab, um den Teppich besser zu genießen. Nicht mal in ihrer augenblicklichen Stimmung hätte sie so was wie Rüschen vertragen, und sie nahm auch nur gerade genug Parfum, um den Gestank nach Zigarettenrauch und Farbe zu überdecken.

Bailey küßte sie auf die Wange und marschierte schnurstracks in die Küche, den Ort, der sich am wenigsten verändert hatte. Er machte den Kühlschrank auf, ignorierte die ungewohnten Essensvorräte, nahm sich ein Bier und lehnte sich seufzend gegen die Wand.

»Was sagst du?« fragte sie.

»Wozu?« Er stand am Fenster und starrte in den Garten. »Hör mal, war deine Putzfrau heute da?«

Das war keine Bitte um Information, eher ein aggressives Verhör, und obendrein weigerte er sich, sich umzudrehen und ihr ins Gesicht zu sehen. Oder den phantastischen Flur zu bewundern. Der tyrannische Ton löste zunehmend Wut, Kälte, Angst und eine spontane Lüge aus.

»Nein. Warum?«

Cath war zu Helens Überraschung hiergewesen, als sie nach Hause kam. Eine halbe Stunde hatten sich beide zusammen hier aufgehalten, nicht lange, deshalb war die Lüge nicht so schlimm.

Die Begegnung war nicht besonders erfreulich gewesen, deshalb wollte Helen sie gern eine Weile vergessen.

»Ihr Mann ist ermordet worden«, erzählte Bailey. »Gestern nacht im Bus. Im Depot haben sie vergessen nachzusehen, ob alle ausgestiegen waren, und deswegen ist er erst heute morgen gefunden worden. Mich hat man nachmittags hinzugezogen, um ihn zu identifizieren. Wir konnten sie nirgendwo finden.«

Es klang wie eine Anklage. Helen stützte sich entsetzt auf den Küchentisch.

»Wie ist er ermordet worden?«

»Erstochen. Und zwar gründlich. Er hätte es vielleicht trotzdem überlebt, wenn er nicht die ganze Nacht dagelegen hätte und verblutet wäre. Dem Gestank seiner Kleider und dem Erbrochenen nach zu urteilen, war er sternhagelvoll.« Bailey sackte gegen die Spüle. »Ich weiß nicht, warum ich dachte, sie könnte hiersein. Die Leute neigen dazu, zu dir zu kommen, das ist alles. Ich hätte zu ihrer Wohnung gehen und auf sie warten sollen. Jemand muß es ihr sagen. Ich will eigentlich nicht, daß Ryan das übernimmt.«

»Weißt du, einen Augenblick habe ich gedacht, du meintest, sie könnte was damit zu tun haben. Mit dem Mord, meine ich.«

Er sah sie ausdruckslos an, seine Art zu lügen. »Warum denkst du so was?«

»Tu ich gar nicht …«

»Gut. Ich muß gehen.«

»Ich hol nur meine Schuhe. Warte.«

Bailey trank den letzten Schluck Bier und wandte sich zu ihr. »Schuhe? Wozu brauchst du Schuhe? Was hast du vor?«

»Ich komme mit. Paß auf, sie ist mir zwar nicht besonders ans Herz gewachsen, aber nach allem, was ich weiß, bin ich das Beste, was ihr passieren kann. Besser jedenfalls als ein großer dicker Bulle, der sich vor ihr aufbaut und sagt: ›Wußten Sie schon, daß Ihr Mann tot ist, Madam?‹ Warte.« Sie rannte aus der Küche wie in einer der Szenen, die sie sich vorgestellt hatte, und stolperte über die Teppichkante, an deren Höhe sie noch nicht gewöhnt war. Er packte sie grob am Arm.

»Nein! Ich nehme dich nirgendwohin mit. Kommt nicht in Frage. Ich will dich nicht dabeihaben, verstanden? Das ist Arbeit. Ich will nicht, daß du mitgehst, klar?«

»Aber ich will mitkommen! Lieber Himmel, es geht doch nicht um mich, mir passiert nichts. Was hast du vor, wenn du nicht mal eine Zeugin dabeihaben willst? Wenn du mich nicht mitnimmst, fahr ich selber hin.«

»Du weißt gar nicht, wo sie wohnt.«

»In einem Hochhaus an der Buslinie 59. Ganz oben. Sie hat es mir gezeigt.«

»Welches Hochhaus? Welche Apartmentnummer? Sei nicht albern.«

Sie versperrte mit beiden Armen die Tür. Plötzlich war sie ganz ruhig. »Jetzt hör mal gut zu, Bailey. Du wirst einer armen verfolgten Frau erklären, daß ihr Mann tot ist. Kann sein, daß er ein Schwein war und sie nicht meine beste Freundin ist, aber ich respektiere sie, und sie kennt mich. Warum soll ich also nicht mitkommen, und wenn ich nur in deinem Wagen sitze? Der einzige Grund ist, daß du mich an den wirklich wichtigen Momenten deines Lebens einfach nicht teilhaben lassen willst. Du scheinst dir ein dummes kleines Flittchen zu wünschen, das du auf einen Barhocker setzen kannst, ohne daß der Taxameter läuft. Wenn dir keine bessere Ausrede einfällt, werden du und ich nie wieder gemeinsam irgendwohin gehen. Hast du das verstanden? Ich hole jetzt meine Schuhe.«

Er schauderte, als sei ihm plötzlich kalt. Helen spürte den Windzug und hörte die Wohnungstür knallen, bevor sie aus dem Schlafzimmer zurück war. Und dann saß sie in ihrem goldenen Wohnzimmer und wäre vor schuldbewußter Wut am liebsten im Boden versunken. Das Jüngste Gericht. Sie war nichts als eine kleine Frau, die die ganze Welt ignorierte, bloß um ihr Haus zu streichen.

Sie hatten Damien Floods Wohnung auf den Kopf gestellt. In der Tür war ein Loch, da, wo sie unfachmännisch und geräuschvoll das Schloß herausgebrochen hatten, und nichts ließ darauf schließen, daß jemand versucht hatte, sie wieder zu sichern. Der Schaden war noch ganz frisch. In der Wohnung gab es herzlich wenig, was den Aufwand gelohnt hätte – keine Videorecorder, Kameras oder Computer, nichts. Dafür deutete einiges auf blanke Zerstörungswut, aber selbst die war begrenzt, als wären die kindischen Einbrecher irgendwann einfach müde geworden. Zucker und Milchpulver lagen auf dem Boden, überall waren Brotkrümel verstreut, ein selbstgebasteltes Bücherregal aus Holzplanken und lackiertem Leichtstein umgekippt, zwei Becher zerbrochen. Keine Fäkalien oder Graffiti, keine auf bloßen Neid hindeutenden Parolen an den Wänden in einer so kargen Wohnung. Bailey vermutete, daß Kinder sie als provisorischen Spielplatz benutzt hatten.

Er bemerkte ein Bild an der Wand, das eine Vase mit Gänseblümchen zeigte. Das Motiv kehrte auf den beiden Küchentüchern wieder, die über dem Stuhl hingen, als hätte jemand versucht, der eintönigen Wohnung einen persönlichen Anstrich zu geben. Bailey spürte, wie seine ärgerliche Frustration abflaute. Er empfand nur Mitgefühl mit der Bewohnerin des Apartments. Wo immer sie war, das Leben spielte Mary Catherine Boyce wirklich übel mit.

Sein Mitgefühl wuchs, als er das eigentliche Zuhause von Cath und Joe Boyce sah. Eine junge Hausbewohnerin einen Stock tiefer hatte versucht, ihm die Tür vor der Nase zuzuknallen, als sei er ein Zeuge Jehovas, der gekommen war, um ihre Seele zu retten. Nein, sie war den ganzen Tag nicht zu Hause gewesen, ob sie das nicht schon gesagt hätte? Und Samstag nacht war da oben eingebrochen worden, ob er deshalb da wäre? Sie alle hätten den Mann in der Wohnung hin und her gehen und schreien hören, als er nach Hause kam. Und genauso hatte er auch fast den ganzen Sonntag verbracht, aber das ging sie nichts an.

Bailey ging nach oben und drückte seine Schulter gegen die Tür. Sie zeigte Spuren einer Verstärkung, die erst kürzlich von Experten zerstört worden war, und gab beim kleinsten Druck nach. Nichts deutete auf Einbruch hin, höchstens ein Gefühl von Leere, das um so eindringlicher war, als Küche, Bad und Wohnzimmer in diesem Stock Anzeichen von krampfhaften Sparsamkeitsversuchen aufwiesen. Auch hier das Bild von der Vase mit Gänseblümchen, Regale, die auf die gleiche Art gebaut waren wie das von Damien. Es gab den üblichen Müll eines einfachen verheirateten Mannes, der seit einer Woche auf sich allein gestellt war, ungespültes Geschirr und ein schmutzstarrendes Abtropfbrett. Das alles paßte nicht zu dem überwältigenden Gestank nach Bleiche. Bailey nahm ein mit Gänseblümchen bedrucktes Geschirrtuch und schützte damit seine Hände, als er einen uralten Küchenschrank durchsuchte, der an irgendeinem Punkt seines ehrwürdigen Lebens liebevoll lackiert worden war. Zwischen den Messern im Besteckkasten lag ein altes Bajonett. Bailey nahm es mit Hilfe des Geschirrtuchs heraus und ging ins Wohnzimmer, wo das Licht besser war. Das Muster auf den Geschirrtüchern, die behelfsmäßigen Regale, das Bild an der Wand – all das schockierte ihn irgendwie mehr als die Waffe in der Schublade. Damien Floods Versteck, Joe Boyces Wohnung – beide waren offenbar von ein und derselben weiblichen Hand geprägt.

Bailey versuchte sich vorzustellen, wie lange es dauern mußte, eine derart störrische Metallklinge zu schärfen, die mehr für kraftvolle Stöße als für die Feinheiten der Chirurgie gedacht war. Irgendwann hatte jemand diese Klinge an einem Leder geschärft, um eine solche Schnittkante zu erhalten, die dann durch erneutes Schleifen vervollkommnet worden war. Spuren an den Leichtsteinregalen. Bailey erinnerte sich, wie seine Mutter vor der Hintertür gestanden und ihr Messer an der Hauswand gewetzt hatte.

Diese Wohnung war nie durchsucht worden, weil Joe Boyce nicht unter Verdacht gestanden hatte. Bailey verstand nicht, wie einer diese primitive Waffe hatte aufheben können, nicht mal Joe

Boyce. Er hätte sie unter den Militaria im Spoon verstecken oder bei sich tragen können, nachdem er auf dem Heimweg überfallen worden war. Mörder waren immer Dummköpfe; es gab sonst einfach keine überzeugende Erklärung, warum das Bajonett einerseits der sauberste und belastendste Gegenstand in einer ansonsten schmuddeligen Schublade war und andererseits ein durchdringender Geruch nach Bleiche über der Spüle hing.

Dann hörte er Geräusche von oben. Eine weinerliche Stimme fragte: »Bist du's, Joe? Mir geht's nicht gut, Joe, mach uns einen Tee. Mir tut alles weh, Joe, jeder Knochen im Leib …«

Die Stimme hallte durch die Wohnung, und plötzlich war es kalt. Die Stimme wiederholte stockend ihren Refrain. Mir tut alles weh, Joe, mach uns einen Tee. Es klang wie ein Gesang, der ihn schließlich zermürbte.

»Kommen Sie runter«, rief er.

Die arme Frau, vielleicht war sie so an Gehorsam gewöhnt, daß sie selbst den Befehlen eines Einbrechers gefolgt wäre, Hauptsache, es war ein Mann. Die Schritte auf der Treppe waren müde. Langsam kam Mary Catherine Boyce in den stickigen Raum geschlurft.

»Hallo«, murmelte sie ohne jede Spur von Feindseligkeit oder Erstaunen. »Wenn Sie gekommen sind, um noch mehr mitzunehmen, machen Sie sich keine Mühe. Es war schon jemand vor Ihnen da. Joe wird furchtbar wütend sein. Ich war nicht zu Hause. Es ist so heiß heute. Jemand hat alle Kisten mitgenommen.«

Es war die traurige Stimme eines kleinen Mädchens, dem man jedes eigenständige Denken ausgetrieben hatte, bis sie einer Schwachsinnigen glich. Cath schwankte ein wenig, seufzte und fuhr dann unter Schwierigkeiten fort: »Ich bin ein bißchen betrunken, verstehen Sie. Hab's mir unterwegs gekauft. Ich dachte, wenn es bei ihm wirkt, dann bei mir vielleicht auch, obwohl ich den Geschmack nicht ausstehen kann. Und wenn er mich schlägt, spür ich vielleicht nichts.«

Sie grinste einfältig. Sie stand völlig verwirrt da, nackt, die

Hände über der Brust verschränkt. Man sah die runzlige Narbe auf dem hervorstehenden Bauch. Sie schüttelte den Kopf.

»Aber es wirkt nicht, wissen Sie. Ich weiß nicht, warum er das glaubt, bei mir wirkt es überhaupt nicht.«

»Ich bin Polizeibeamter, Mrs. Boyce. Und Joe ist tot.«

Sie winselte wie ein Tier, das Schmerz empfindet.

Er hatte kein Funkgerät bei sich, und das teure Telefon hatten die Einbrecher mitgenommen. Es gab genügend Gründe, die Vorschriften zu ignorieren, die er hätte befolgen müssen – um Hilfe rufen oder eine Beamtin anfordern zum Beispiel. Er wandte ihr den Rücken zu, hielt den Kessel unter den Wasserhahn und rief ihr über das Geräusch des laufenden Wassers und ihres verzweifelten Schluchzens hinweg zu: »Ich mach uns erst mal Tee. Ziehen Sie sich was an, na los, seien Sie ein braves Mädchen.«

Vor Mitleid war ihm der Hals wie zugeschnürt. Er dachte daran, wie viele Menschen mißhandelt wurden, an diese hübsche Frau, die sich häßlich machte, indem sie sich so mitleiderregend gab. Er dachte an Joe Boyce, der sich im Oberdeck eines leeren Busses wälzte. Wie er dalag und an seinem Erbrochenen erstickte, wie er erstickte und verblutete zugleich. Es waren nicht die gräßlichen Wunden, die ihn umgebracht hatten. Er dachte daran, daß diese Frau in beiden Wohnungen etwas von sich hinterlassen hatte. Würden Helen oder Emily je Geschirrtücher mit Gänseblümchen in ihrer Küche aufhängen? Und während seine Gedanken rasten wie eine pflichtvergessene Uhr, fragte er sich, wie er seinen Bericht für die Staatsanwaltschaft formulieren würde, für Anwälte wie Helen, die vom wirklichen Leben keine Ahnung hatten und dennoch, im Gegensatz zu ihm, glaubten, für die Gerechtigkeit zu arbeiten. Er dachte an das Ende – nicht ausreichende Indizien oder eine gütliche Einigung – und an all den überflüssigen Mist dazwischen.

Helen hatte die Schuhe und ihre Autoschlüssel gefunden. Diese Art von Wagen war sicher, wo immer sie ihn abstellte, und da sie im Augenblick so attraktiv wie eine Leprakranke war, fühlte sie sich ebenfalls sicher. Richtung Osten. Weg von den vornehmen Häusern zu den städtischen Randgebieten der Metropole. Am Ende der Straße donnerte die 59 vorbei. Sie folgte dem Bus.

Gegen neun wurde es dunkel. Das Licht schwand mit jenem spürbaren Zögern, das dem unerbittlichen Sonnenuntergang im Sommer stets vorangeht. Lange Schatten, Hitze, die sich im Mauerwerk staute, welke Blumen und verbranntes Gras zwischen den Gebäuden. Doch die Bäume im Norden von London waren noch grün, und die Hecken in den Gärten hielten sich tapfer. Der Abendverkehr war lebhaft und zielbewußt; niemand fiel es auf, daß Helen dem Bus folgte, der an manchen Haltestellen einfach vorbeifuhr, ohne abzubremsen. Auf dem Papier kannte Helen diese Straßen. Manche prahlten mit wirklichem oder verblaßtem Glanz, andere mit ihrer Geschichte, wieder andere waren vom geschäftigen Treiben bestimmter Volksgruppen geprägt. Sie hielt Ausschau nach Orientierungspunkten, bremste wie der Bus neben Sportplätzen, warf einen Blick auf ein Fußballspiel auf braunem Rasen und fuhr weiter. Wahrscheinlich wäre sie im Bus sicherer gewesen, ohne den vom Wagen gebildeten Panzer, aber dann fiel ihr Joe Boyce ein.

Eine größere Kreuzung, eine rote Ampel. Eine Bande von Jugendlichen kam auf sie zu, bespritzte die Windschutzscheibe mit Wasser und fing an, sie zu putzen. Helen hatte kein Geld, ließ den Motor aufheulen und fuhr los, ohne zu bezahlen, als die Ampel umsprang. Einer schüttelte die Faust und schrie hinter ihr her, die anderen zogen sich zurück: Pech gehabt. Zwischen Schlieren von Dreck und Seife auf der Scheibe tauchte Hackney auf. Aus dem Auspuff des Busses qualmte blauer Rauch. Als sie sah, wo sie war, kamen Verkehrsschilder, Hinweisschilder, ein auffallender Pub und das Symbol für einen Bahnhof ins Bild. Schließlich war linker Hand das Hochhaus zu sehen, das Cath ihr gezeigt hatte. Zum Glück war niemand hinter ihr, der gegen ihr rasantes Abbiegemanöver hätte protestieren können.

Bevan House, oberstes Stockwerk, da war sie, die merkwürdige Cath, und hier parkte jetzt eine Fremde ihr Auto zwischen zwei anderen, das eine ein Wrack, das andere im ersten Stadium der Wiederinstandsetzung. Helens Wagen unterschied sich in nichts von ihnen, auch er brauchte dringend eine Generalüberholung. Hier ging sie an jenem schwülen Sommerabend entlang, hier schlenderte sie die Zufahrt hinab, in ein Gebäude, fand den Aufzug, drückte auf den Knopf und wartete vergeblich, bis jemand an ihr vorbeirannte und ihren Optimismus mit einem zweifingrigen Salut und einem Grinsen belohnte. Sie blickte auf das langsam dunkel werdende Treppenhaus, das er ihr zeigte. Sie hatte von solchen Orten gehört. Sie besaß eine Karte der Stadt, in der sie lebte. Sie konnte auch Treppen steigen.

Sie tastete nach der Narbe auf der Stirn. Die Erinnerung an Furcht und Schmerz ließ sich nie ganz unterdrücken. Sie spürte Baileys Verachtung, und dann fiel ihr endlich wieder ein, was Cath gesagt hatte. Sie wollte wohl gerade gehen, als Helen kam, und Helen war ein wenig verstört gewesen, sie zu sehen. Gestern war der letzte Tag gewesen, jetzt brauchte Helen keine besondere Hilfe mehr bis auf das regelmäßige Putzen, und Cath brauchte keine andere Hilfe als regelmäßige Jobs. Sie hatte das Gefühl gehabt, daß man in ihre Privatsphäre eingedrungen war, und hatte schroff reagiert, bis Cath unterwürfig sagte, sie hätte doch bloß noch mal sehen wollen, wie es aussah, wenn alles fertig war. Cath' Anblick mit der großen Mülltüte, in der sie die übriggebliebene Farbe wegschleppte, ohne erst zu fragen, erfüllte Helen mit Empörung und Wut. Sie brauchten sie doch nicht mehr, hatte Cath sich gekränkt verteidigt, ich war sicher, daß Sie nichts dagegen haben würden. Ich wollte unsere Wohnung renovieren, jetzt, wo ich gesehen habe, was man aus Ihrer machen kann. Und diesmal wird mir keiner mehr reinreden. Sie hatte Helen nicht eingeladen, und diese hatte noch weniger Neigung verspürt, nach ihrer großartigen Verabredung mit Joe zu fragen. Emily Eliot hatte keine Ahnung. Helen glaubte, daß auch sonst kaum einer davon wußte, außer Mary Secura, und Bailey am wenigsten. Eine wundervolle Nacht, etwas ganz Besonderes, und der Mann war betrunken. Er war mit dem Bus gefahren. Cath haßte Busse. Cath wußte, als sie die Farbe nahm, daß Joe Boyce nicht wiederkommen würde, egal, wohin er gegangen war.

Niemand hatte sie auftreiben können, hatte Bailey gesagt. Weil sie sich in Helens Wohnung versteckt hatte, bis Helen nach Hause kam. So hatte sie es geplant, sich bloß in der Zeit vertan. Und als Cath sagte, daß ihr diesmal keiner mehr reinreden würde, hatte sie nur ihn meinen können. Ihren Ehemann, bis daß der Tod sie scheide.

Irgendwann auf dem Heimweg kam Helen zu dem Schluß, daß sie nichts sagen würde, es sei denn, jemand fragte danach. Und wenn Cath an einem Tod mitschuldig war, dann war sie es eben, auch wenn ein solches Denken Helens Prinzipien und ihrem Glauben an Gerechtigkeit radikal widersprach. Der Abglanz von Marys Bitterkeit vielleicht. Kümmere dich um deine eigenen Angelegenheiten. Achte darauf, was zweckmäßig ist. Es war eine Tatsache, daß höchstens einer von zwölf potentiell gewalttätigen Ehemännern des Mordes überführt wurde. Sie hatte selbst, ohne wirkliche Hilfe anzubieten, zugesehen, wie Cath sich ein neues Leben aufbaute, sie hatte am Spielfeldrand gestanden und im Dienst der Gerechtigkeit gearbeitet. Von der man angeblich die Finger lassen sollte, solange sie noch funktionierte. Helen fuhr zurück nach Hause, zu ihrem schönen Zuhause.

»Ich nehme an, sie hat auch Sie geschickt«, sagte Cath. »Sie schickt mir einen nach dem anderen.« Sie hatte immer noch den weinerlichen Unterton in der Stimme, das Kindliche dagegen war beim Tee verschwunden.

»Wer ist sie, Cath?« fragte er sanft.

»Helen. Eine Dame, für die ich gearbeitet habe. Hab ihr beim Renovieren geholfen. Aber ich geh nicht mehr zu ihr. Sie will mich sowieso nicht. Ganz schön gemein, die Dame. Eine richtige Sklavenschinderin. Erst läßt sie mich schuften, und dann vergißt sie zu zahlen, und ich muß um mein Geld betteln.«

Bailey sah nicht die entfernteste Ähnlichkeit zwischen dieser Beschreibung und der Helen, die er kannte. Doch Mary Catherine Boyce war in einem Zustand, in dem Präzision nicht zu erwarten war und Wahrheit, falls sie überhaupt auftauchte, ein Zufall wäre. Doch genau um diese Art von Zufall betete er jetzt – daß die Wahrheit aus einer Nebenstraße auftauchte, bevor der Fahrer merkte, daß er in einer Sackgasse gelandet war. Er hatte sie unterschätzt. Cath war das gewohnt. Es war ein vertrauter Zug in ihrem Leben, und es lief ungefähr auf dasselbe hinaus wie Verachtung.

»Der Tee schmeckt nicht besonders«, brummte sie. »Haben Sie Zucker reingetan?«

»Jede Menge. Was hatte das Bajonett in der Küchenschublade zu suchen, Cath?«

»Ich konnte es doch nicht wegwerfen, oder? Ich werfe nie was weg.« Sie sah ihn an, als läge etwas Vulgäres in seiner Anspielung.

»Oh, ich weiß nicht. Manchmal ist es eine gute Idee, was wegzuwerfen, wenn es sowieso zu nichts mehr taugt, finden Sie nicht? Das sorgt für Ordnung.«

Sie nickte ernsthaft, als hätte er gerade eine altbewährte Weisheit von sich gegeben.

»Aber es gehört Joe, verstehen Sie? Ich durfte nie was wegwerfen, was Joe gehörte. Ich wußte natürlich davon, obwohl er es oben zwischen dem ganzen anderen Zeug versteckt hatte. Vielleicht haben die Einbrecher es gefunden und liegenlassen. Er hatte es letzte Nacht dabei. Er hat's mir gezeigt, als wir im Pub waren. Er hat gesagt, ich würde es zu spüren kriegen, wenn ich mich nicht benehme. Wir wollten eigentlich irgendwas Besonderes unternehmen, aber dazu kam's gar nicht erst. Er hat sich nur vollaufen lassen.« Sie fing an zu weinen, ihre Augen wurden feucht, aber es flossen keine Tränen. Bailey blieb vollkommen ruhig.

»Ich bin vor ihm weggelaufen«, sagte Cath. »Bin zur Hintertür raus und zum Bus, aber der Bus kam nicht. Sie kommen nie, wenn man sie braucht. Also hat er mich gefunden. Er war wütend. Im Bus hat er das Ding rausgeholt. Ich dachte, jetzt bringt er mich um. Ich hab versucht, es ihm wegzunehmen. Ich hab nicht geschrien, wozu auch, außerdem wollte ich nicht, daß ihn jemand sieht, so betrunken. Es ist ausgerutscht und ihm in den Bauch gefahren. Er hat noch gelacht. Ich dachte nicht, daß er so schwer verletzt war. Ich dachte bloß, diesmal muß ich weg und darf nie mehr wiederkommen. Kann ich bitte noch etwas Tee haben?«

»Sie müssen doch gewußt haben, daß Sie ihm eine hübsche kleine Narbe verpaßt haben, Cath. So wie er Damien.«

»Ja«, nickte sie heftig und legte dann schnell die Hand auf den Mund.

»Und Damien Ihnen, vor langer Zeit?«

Plötzlich hatte sie sich besser unter Kontrolle. »Oh, ich weiß nicht. Diese Polizeibeamtin, Mary, sie hat gesagt, ich könnte was dran machen, aber ich hab ihr nicht geglaubt, nicht richtig.«

Bailey schwieg, während seine Gedanken wieder zu seinem Bericht zurückkehrten. Sie würden ihn bald versetzen, er wußte es, auf einen Posten, der nichts mehr mit der Straße zu tun hatte. Von morgens bis abends nur Berichte. Berichte, die nicht auf der Glaubwürdigkeit einer Angeklagten unter ungewohnter Alkoholeinwirkung basieren dürften, zumal sie nicht einmal formell über ihre Rechte aufgeklärt worden war. Sie brauchen nicht auszusagen, aber alles, was Sie sagen, kann gegen Sie verwendet werden. Die Frau sprach verschlüsselt.

»Ich dachte, ich wüßte Bescheid über Joe und Damien«, fuhr Cath redselig fort. »Sachen, die Joe so nebenbei fallenließ, wenn er mich schlug, Sie wissen schon: ›Du und dein Bruder, die eine so schlecht wie der andere‹, so was in der Art. ›Damien muß weg‹, sagte er. ›So was darf man mit dir nicht machen.‹ Ich dachte, er meinte, daß Damien mir nicht geholfen hat, als ich schwanger war.

Er hat nie erfahren, daß es Damiens Baby war. Ich wußte nicht sicher, wie er Damien umgebracht hat, bis ich ihn gestern abend mit dem Ding sah. Die ganze Zeit dachte ich, warum hat er nicht ein richtiges Messer genommen? Aber wahrscheinlich hätte er das nicht geschafft. Ich hätte gemerkt, wenn er mir Sachen aus der Küche weggenommen hätte. Ich wußte es, als ich den alten Dolch sah. Er hätte nie was Neues benutzt. Er konnte es einfach nicht. Es hätte alles verdorben.«

Bailey goß frischen starken Tee in ihre Tasse. Orangengelb. Dann rührte er drei Löffel Zucker hinein.

»Damien hat Ihnen eine hübsche Narbe auf dem Bauch hinterlassen, wie? Und dann wird Damien zerstückelt, genauso wie vorher Sie. Bloß ohne Betäubung. Das hat Joe getan. Haben Sie Joe aus Rache getötet, Cath? Wegen Damien oder weil er Sie geschlagen hat?«

»Ihn getötet?« Cath saß zitternd und mit weit aufgerissenen Augen da. »Getötet? Ich hätte Joe nie töten können. Auf die Idee bin ich gar nicht gekommen. Ich habe ihn geliebt. Ich habe ihn geliebt. Sie scheinen überhaupt nichts zu verstehen. Irgendwer anders hat ihn getötet. Ich habe ihn geliebt.«

»Wir müssen gehen, Cath. Es könnte etwas länger dauern. Wollen Sie irgendwas mitnehmen?«

Sie sah sich verwirrt um.

»Das kann ich doch nicht, oder? Es ist alles weg, und ich ... ich hab ja nicht mal eine Tasche.«

Bailey führte sie formvollendet wie ein Tanzpartner aus dem Haus. Doch seine Gedanken rasten weit voraus. Er mußte die Wohnung unter Bewachung stellen und am nächsten Morgen durchsuchen lassen. Würde nicht viel bringen, nachdem sie gerade erst von einem Experten ausgeräumt worden war. Ein Pro-forma-Verhör nach Rechtsmittelbelehrung, am besten durch eine Frau. Selbst in halbwegs nüchternem Zustand war Cath imstande, auf Mitgefühl zu reagieren, indem sie plötzlich dichtmachte, und das konnte er ihr beim besten Willen nicht verübeln. Ja, sie hatte mit Joe dasselbe gemacht wie der mit ihrem Bruder, doch was, wenn sie die Aussage verweigerte oder behauptete, allein nach Hause gegangen zu sein? Was er bereits wußte, deutete darauf hin, daß sie irgendeinen Pub lange vor Joe verlassen hatte. Es wäre also bestenfalls eine Pro-forma-Anklage, mit einem gewissen Grad an öffentlicher Aufmerksamkeit, weil das Ganze in einem Bus passiert war. Sie würden nicht mal eine Verurteilung wegen Totschlags durchsetzen können, nicht gegen eine mißhandelte Frau und nicht bei dieser Vorgeschichte. Ein Pro-forma-Ergebnis also. Eine Fabel der heutigen Zeit, die einen Tag lang Schlagzeilen machen würde. Na, wenigstens würde der des Mordes beschuldigte junge Mann nicht lange genug sitzen, um wirklich zu lernen, wie es ging. Das war vermutlich eine Leistung, das Beste, was Bailey erwarten konnte.

»Noch was«, sagte er, als sie in seinem Wagen saßen, wo sie den Sitz streichelte, als wäre er ein Haustier. »Haben Sie weiter mit Ihrem Bruder Damien verkehrt, sexuell, meine ich, nachdem Sie Joe geheiratet hatten?« Es war eine beiläufige Frage, die mit dem Klicken des Sicherheitsgurtes endete. Aussagen in Autos wurden heutzutage als Beweismittel nicht anerkannt. Cath' Augen schimmerten unter den Straßenlaternen wie Regenpfützen auf weißem Asphalt.

»O ja, wenn er wollte. Er war mein Bruder. Er hätte Joe alles erzählt, wenn ich mich geweigert hätte. Joe hat Damien vergöttert, wissen Sie, und ich sowieso. Fast mein ganzes Leben lang war er alles, was ich hatte.«

Sie setzte sich zurück wie ein Kind, das sich auf einen Ausflug freut. »Deshalb wollte ich eigentlich nie, daß es aufhört«, fuhr sie fort. »Nicht mal, wenn er in den Park kam, um mich abzufangen. Manchmal hat er mich erschreckt, wenn er so was machte. Er spielte gern Spielchen. Verstecken im Park oder Buhmann.« Sie kicherte leise. »Das gefiel ihm.«

Kurz vor Mitternacht rief Alistair Eliot bei Helen West an. Emily war außer Hörweite; trotzdem sprachen beide mit leisen Stimmen, als hätten sie Angst, belauscht zu werden.

»Tut mir leid, wenn ich störe.« Alistair leitete seine Erklärungen oder Bitten häufig mit einer Entschuldigung ein.

»Alistair, laß das. Ich habe Krach mit Emily, nicht mit dir.«

Er seufzte. »Ja, ich weiß. Du – und ich auch, wir alle beide. Über Cath. Das wollte ich dich fragen. Einer von uns sollte hingehen und mit Cath reden. Emily sagt, sie wüßte nicht, wo sie wohnt – weißt du es?«

Die Scham kehrte zurück und traf sie wie ein Schlag.

»Nein, keine Ahnung.«

»Tja, aber ich«, sagte er triumphierend. »Ich habe ihre Adresse in einer Akte gefunden. Meinst du, ich sollte hingehen? Ich habe ein fürchterlich schlechtes Gewissen. Wir haben ihr ganz schön was angetan. Und dann habe ich sie gestern abend gesehen, vor dem Pub, wo ihr Mann als Barkeeper arbeitet. Ich bin einfach an ihr vorbeigegangen. Sie sah gut aus, aber so traurig, Helen, und ich habe ihr nicht mal zugewinkt. Heute bin ich noch mal hingegangen. Draußen saß ein alter Mann. Er hat mir erzählt, daß Cath' Mann sie ignoriert und beschimpft und später einfach weggezerrt hat. Er war betrunken. Ich hätte sie davor bewahren können, Helen. Vielleicht hätte ich ihr das ersparen können, und statt dessen bin ich einfach weitergegangen.«

Helen hatte noch immer das eindringliche Bild der trotzigen Cath vom Nachmittag in Erinnerung. Jetzt konnte sie sich eine bessere Vorstellung von dem großen Versöhnungsabend machen, als sie je gedacht hätte. Sie umklammerte den Hörer fester.

»Nein, Alistair, ich würde nicht hingehen. Noch nicht. Es hat … neue Entwicklungen gegeben.«

»Ach ja?«

»Diebstahl, darum ging's doch, oder? Parfum? Nun, ich bezweifle, daß Cath je irgendwas stehlen würde, was neu ist, aber aus zweiter Hand nimmt sie alles. Und sie kann lügen. Vermutlich nur, wenn sie dazu getrieben wird, aber immerhin …« Sie plapperte einfach drauflos. Weil sie wollte, daß dieser nette Mann etwas verstand, ohne daß sie ihm eine Information gab, die ihn befähigen würde zu verstehen. Sie versuchte, verschlüsselt zu sprechen wie Cath. Oder wie Bailey häufig mit ihr. Plötzlich war Alistair distanziert. Seine Stimme klang verwirrt und traurig.

»Du bist genau wie Emily«, sagte er. »Du hast mit Emily gesprochen. Du klingst wie einer unserer tüchtigen Richter. Keine Spur von Phantasie. Und zuhören können die auch nicht, jedenfalls nicht immer.«

Neben dem Telefon im Flur stand ein volles Rotweinglas. Helen sah es fallen und rührte sich nicht, als der Wein in den goldenen Teppich sickerte.

14

Am zehnten September wurde die Anklage gegen den Achtzehnjährigen von Mord auf Störung der öffentlichen Ordnung und tätlichen Angriff reduziert. Der Junge hatte in der Untersuchungshaft zugenommen und würde sicherlich nie wieder Billard spielen. Kein Angehöriger des Mordopfers befand sich im Gerichtssaal, um gegen diese Gerichtsposse zu protestieren, und die Familie des Jungen war zu erleichtert, um sich auch noch darüber Gedanken zu machen. Es wurde keine detaillierte öffentliche Erklärung abgegeben, nur eine knappe Mitteilung, die Staatsanwaltschaft habe die Tatsache zur Kenntnis genommen, daß es zwischen der Schlägerei und dem Tod von Damien Flood eine Einwirkung durch Dritte gegeben hatte, durch einen Mann, der mit dem Angeklagten nicht das geringste zu tun hatte. Der Richter stellte eine Bilanz auf, in der die fast sechs Monate in Untersuchungshaft gegen ein paar kleinere Schuldsprüche aus der jüngeren Vergangenheit aufgerechnet wurden, und verurteilte den Missetäter feierlich zu weiteren neun Monaten Gefängnis. Angemessen für einen Reifeprozeß, dachte Bailey. In der Tasche hatte er den Brief, den er heute morgen auf seinem Schreibtisch gefunden hatte und in dem er zu Strafarbeit verurteilt wurde: Von nun an würde er Beschwerden gegen die Polizei bearbeiten und nicht aufhören, auf die Uhr zu sehen.

Der Anfang des Tages. Cath lag zusammengerollt in ihrem eigenen Bett wie eine Schlange in ihrem warmen Nest. Es war ein wenig kühl geworden, nicht unbedingt ein Anreiz, um aufzustehen. Besser war es, liegenzubleiben, die Augen aufzuschlagen, sich träge den Bauch zu streicheln, Arme und Beine zu bewegen, um den Kreislauf in Gang zu bringen, und sich umzusehen. So weit war sie gekommen. Sie hatte die Wände des Zimmers gelb gestrichen, das Gänseblümchenbild aus der Küche hier aufgehängt und ohne einen Anflug von schlechtem Gewissen einen brandneuen, jungfräulich weißen Bettüberwurf gekauft. Es war nicht der alte Wecker, der sie geweckt hatte, sondern die Stimme in ihrem Innern: Bist du das? Bist du das? Bist das wirklich du, die sich da so faul rekelt? Ja, so gefiel es ihr. Leer und sauber wie das Wohnzimmer. Mickey Gat hatte gesagt, sie würde bald darangehen, das Spoon zu renovieren, und Tische, Stühle und den Teppich rauswerfen. Das machte sie jedes Jahr so, hatte sie gesagt. Und Cath hatte geantwortet, schmeiß die Sachen nicht weg, ich kann sie gebrauchen. Sicher würde auch Farbe übrigbleiben. Cath gefiel die Arbeit im Spoon, sie machte ihre Sache gut und lernte schnell. Mickey hatte das auch gesagt. Besser als Joe, wie es aussah. Mickey Gat wußte nur zu gut, daß Frauen besser als Männer waren, besonders wenn sie den Mumm hatten, den Job eines Mannes zu übernehmen. Der arme Joe, immer hatte er Pech gehabt oder war in einer Sackgasse gelandet. Na, wenigstens würden sie ihm eine schöne Beerdigung spendieren. Was für eine Art zu sterben! Von einem Schläger im Bus umgebracht zu werden! Wahrscheinlich ein

Verrückter, einer aus diesen Anstalten, die eine nach der anderen geschlossen wurden. Irgendeine obskure, aber logische Denkweise hatte zu einer neuen Version von »die« und »wir« geführt.

»Wir müssen nicht unbedingt dicke Freunde sein«, sagte Helen behutsam zu Mary Secura. »Das gehört nicht notwendigerweise zu unserer Abmachung und würde vermutlich auch nicht viel nutzen. Aber wir müssen imstande sein, miteinander zu kommunizieren. Jedenfalls sagt das mein Boß.«

Sie zuckte grinsend die Achseln. Mary belohnte sie mit einem matten Lächeln. Es war mehr als ein Wink mit dem Zaunpfahl, aber sie brachte es nicht fertig, sich zu entschuldigen. All das Geld, das Cath besaß. Natürlich hatte Helen West sie bezahlt. Mary war auffallend still, ja sogar respektvoll. Sie schien ihr altes Feuer verloren zu haben wie jemand, der sich von einer Krankheit erholt. Trotz Marys Erregbarkeit, wenn sie gesund war, hoffte Helen, daß dieser Rekonvaleszenzzustand nur vorübergehend war. Die Frau, die nach allen Richtungen feuerte, war ihr entschieden lieber. Mary war in einer Verfassung, die an Schuldbewußtsein grenzte. Der Schock saß ihr noch in den Knochen und war nur von Abwehr überdeckt. Daß Helen West imstande war, immer auch noch die andere Wange hinzuhalten, machte Mary schon wieder wütend. Eine ausgebrannte Mittdreißigerin, das war Helen West. So wollte sie jedenfalls nicht werden.

»Dieser Rix-Fall. Ich kann's einfach nicht fassen. Shirley liegt kaum im Grab, da hat er eine neue Frau, und sie zeigt ihn an. Unglaublich. Der Bursche muß vollkommen verrückt sein.«

»Es ist nicht die neue Frau, die ihn angezeigt hat, sondern ihre Schwester. Und die hatte er schon, bevor Shirl ihn wegen Mißhandlung drangekriegt hat. Eine Art Nebenschauplatz sozusagen. Ich habe das Gefühl, daß Shirl was rausgekriegt hat. Das war der Tropfen, der das Faß zum Überlaufen brachte, schätze ich, nicht die Schläge. Und das Kind der letzte Strohhalm.«

»Wie auch immer, jedenfalls brauchen wir eine Bestätigung. Wir können den Fall nicht auf einem ärztlichen Attest und einer Anzeige der Schwester aufbauen. Alles Aussagen aus zweiter Hand.«

Mary schüttelte den Kopf. »Dann bleibt uns wohl nichts anderes übrig, als auf die Wiederholungsvorstellung zu warten, wie?«

»Es sei denn, das Opfer macht eine Aussage.«

»Okay. Was haben wir als nächstes?«

Es war kein großes Geheimnis, warum Redwood neuerdings für regelmäßige Treffen zwischen der Polizei und der Staatsanwaltschaft in einem frühen Stadium des jeweiligen Falles plädierte (im eigenen Haus, wohlgemerkt, auf gar keinen Fall sollten seine Leute sich ins Polizeipräsidium bemühen). Nach dem Handgemenge nebenan galt die Polizei plötzlich als Verbündeter. Bei einer der letzten Konferenzen war er geradezu dahingeschmolzen. Sie alle haben wahrscheinlich gesehen, was sich im Büro gegenüber abgespielt hat, hatte er der versammelten Mannschaft erklärt. Jedenfalls sollte man das annehmen, wenn man bedenkt, wie viele Leute an den Fenstern standen. Zwei Frauen, die sich kratzten, bissen und an den Haaren zogen, bis Blut floß. Und dann beteiligten sich auch noch die Männer, unglaublich, und man hörte das Geschrei bis hierher. Irgendein Narr aus unserem Haus, ein junger Hitzkopf, dessen Namen ich nicht nennen möchte, rannte rüber, um zu helfen, wie er sagte, weil man einem armen Mann mit Brille offenbar am übelsten mitspielte. Zum Dank hat man ihm ein blaues Auge verpaßt, Sie verstehen also, warum wir eine klare Linie brauchen. Und die lautet, wenn irgendwo was passiert, sei es bei Gericht oder in Ihrem täglichen Leben, dann mischen Sie sich nicht ein, sondern rufen Sie die Polizei, und zwar sofort. Die Polizei ist für diese Sachen zuständig; sie hatte die Lage im Nu im Griff. Sie ist dazu da, Handgreiflichkeiten zu verhindern, nicht wir. Wir arbeiten im Dienst der Gerechtigkeit, und das ist ganz was anderes.

Redwood hatte nicht gesehen, wie sich seine Leute Taschentücher vor den Mund hielten, um nicht laut herauszuplatzen.

Helen saß in der Ecke und malte Männchen. Sie fragte sich, ob sie gewalttätig werden würde, wenn sie nach Baileys neuerlicher Distanzierung Gerüchte über eine andere Frau hören sollte. Sie vermißte Bailey in dieser Phalanx von Männern in grauen Anzügen. Würde sie aus Eifersucht, wie sinnlos diese auch sein mochte, einer anderen Frau das Gesicht zerkratzen wollen? Sie hatte ihre Augen geschlossen und etwas Wildes in sich gespürt. Ja, das würde sie.

Mary sammelte Akten und Fotos ein, stopfte den Notizblock in ihre überdimensionale Handtasche und suchte nach einer Fluchtmöglichkeit. In der Gegenwart so vieler Anwälte, Blutsauger in Uniform, fühlte sie sich einfach unbehaglich.

»Setzen Sie sich noch einen Augenblick.«

Sie setzte sich.

»Cath hat ihren Mann im Bus getötet, stimmt's? Sie waren als einzige Beamtin, die sie persönlich kannte, bei ihrem Verhör anwesend. Erzählen Sie's mir.«

»Da gibt es nichts zu erzählen. Ich habe sie über ihre Rechte belehrt und gesagt, daß sie nichts zu sagen braucht, wenn sie nicht will, und sie hat nichts gesagt. Keiner kann sich dran erinnern, sie in dem verdammten Bus gesehen zu haben. Der Schaffner will nicht mehr wissen, an welchem Tag der Woche es war. Zeugen aus dem letzten Pub, den sie besucht haben, bestätigen, daß sie vor ihm gegangen ist, eine gute halbe Stunde vor ihm. Sie war sauer, weil er betrunken war und Whisky auf ihren Rock geschüttet hatte. Nichts deutet darauf hin, daß sie im gleichen Bus gefahren sind. Sie fuhr in die Wohnung ihres Bruders und ist am nächsten Morgen losgegangen wie immer. Dann sind sie bei ihr eingebrochen. Also ist sie zurück zu ihrem Kerl. Schon wieder. Aber da war er schon tot, und sie erfuhr es erst von Bailey. Dann hat sie ihm das Messer gezeigt.«

»Das Bajonett?«

»Genau. Haben Sie mit Mr. Bailey geplaudert?« Ein Anflug von Besorgnis schwang in ihrer Stimme mit.

»Nein. Kaum. Reine Vermutungen. Und Ihr Freund Ryan.«

»Wer?«

»Nicht so wichtig. Werden Sie mir verraten, was Sie wirklich glauben?«

Mary blieb sitzen, obwohl sie am liebsten gegangen wäre. Vielleicht schuldete sie dieser Frau tatsächlich etwas, weil sie selbst falschgelegen hatte. Oder weil sie einmal sehr gut miteinander ausgekommen waren und es wieder können sollten. Und weil sie Baileys Freundin war und Mary noch immer für Bailey arbeiten wollte, hauptsächlich aber, weil sie sowieso bereits jede Menge zu wissen schien.

»Es spielt keine Rolle, was ich glaube«, sagte sie. »Aber ja, ich glaube, Sie könnten recht haben. Vielleicht hat sie ihn umgelegt. Arme Frau. Ich glaube aber auch, daß das keine große Rolle spielt. Er hat es verdient.«

»Dieses Bajonett ...«, begann Helen und brach dann ab. Sie wußte genug über das Bajonett. Eines Morgens war sie im Gerichtsflur zufällig Ryan über den Weg gelaufen, und er hatte sich gefreut wie immer, wenn er sie sah. Außerdem hatte er gemeint, sie sei voll im Bilde, und mit einem erstaunlichen Mangel an Diskretion fing er an zu plaudern. Alles über das verrückte Bajonett, das Joe Boyce vor seiner Frau unter Verschluß gehalten und das Bailey dann in der Küchenschublade gefunden hatte. Komisches Versteck.

»Mit jedem x-beliebigen großen Messer hätte man Boyce derart verwunden können«, sagte Mary entschieden. »Nichts spricht dafür, daß das Bajonett je das Haus verlassen hat oder daß es überhaupt benutzt wurde, außer von Joe Boyce. Laut eigener Aussage hatte Cath keine Ahnung, wie man so ein Ding schärft. Wahrscheinlich würde man vor allem einen mächtigen Schleifstein brauchen. Joe spielte gern mit solchen Dingen. Es ist einfach in den Besteckkasten gewandert, als Cath ihn verlassen hatte. Cath sagt, es hätte sie immer abgestoßen, all der Militärkram, den er hatte, es widerte sie an. Und wenn wir ehrlich sind, gibt es in jedem stinknormalen Besteckkasten irgendeine mörderische Waffe.«

Sie stand wieder auf und blickte aus dem Fenster auf die gegenüberliegenden Büros. »Ziemlich nah, was? Wenigstens ist man im Büro sicherer als in einer Wohnung.«

»Wenn Sie meinen«, murmelte Helen.

»Sind Sie fertig mit dem Renovieren?« fragte Mary, um das Gespräch mit einer freundlicheren Note ausklingen zu lassen. »Gelb, stimmt's?«

»Ja. Und wie geht's bei Ihnen?«

Mary war schon halb zur Tür raus. »Prima«, sagte sie leichthin. »Ganz prima. Ich dachte dran, den alten Dave vor die Tür zu setzen, aber es ist den Aufwand nicht wert. Eine alleinstehende Frau. Sie wissen schon.«

Mickey Gat hievte sich aus dem Jaguar und ging mit federnden Schritten über die Pflastersteine der Mews. Das Spoon glänzte wie neu, Mickey mochte keine halben Sachen. Cath hatte den Tresen so lange gewienert, daß sie sich darin spiegeln konnte, und Cath' Gesicht gehörte nicht zu denen, die die Kundschaft abschreckten. Mickey war anfangs nicht sicher gewesen, aber jetzt wußte sie es besser. Außerdem konnte Cath die Kisten voller falscher Parfums dermaßen ignorieren, daß sie sie nicht mal abstaubte. Es wurde allmählich Zeit, die Lager für Weihnachten aufzustocken. Später wollte Mickey noch zu Harrods, um sich ein paar Ideen zu holen. Sie rauschte in einer Wolke von echtem Parfum herein und wäre fast mit einem alten Mann zusammengestoßen, der gerade herauskam. Er trug eine Mütze, die er vor ihr zog. Mickey hatte den Verdacht, daß nur Biertrinker das taten.

»Diese Knastbrüder muß man im Auge behalten«, sagte sie zu Cath. »Sie sitzen den ganzen Tag rum, belegen die Plätze und geben kein Geld aus. Wir wollen die Yuppies, das ist unsere Zielgruppe.«

Cath schüttelte den Kopf. »Ich weiß, aber die finden es gut, wenn die Alten hier herumhängen, weißt du. Es gibt dem Ganzen so was Heimeliges. Außerdem würden manche Leute keinen Fuß in einen Pub setzen, wenn er leer ist. Man braucht ein paar Dekorationsstücke, um die Nischen zu füllen.«

Einen Augenblick wußte Mickey nicht, ob Cath die Kundschaft oder das Mobiliar meinte.

»Ah ja. Wahrscheinlich hast du recht. Ich nehme einen Orangensaft.«

»Ich dachte, wir sollten uns eine Kaffeemaschine zulegen«, sagte Cath. »Die Leute glauben, Kaffee macht nüchtern, also bestellen sie einen und danach den nächsten Drink.«

»Immer mit der Ruhe, Kleines«, sagte Mickey Gat bewundernd. »Hältst du mich für einen Goldesel?«

Sie warf einen Blick auf die Einnahmen. Nicht schlecht, gar nicht schlecht für das Ende des Sommers.

Es war Zeit, die Dinge zu bereinigen. Das hatte Alistair gesagt. Man läßt Freunde nicht einfach ziehen, sagte er, sie sind zu selten und zu kostbar. Bitte, vertragt euch wieder, und lade sie zum Essen ein.

»Jemine!« seufzte Emily. Ihre Stimme klang ein bißchen zu hoch, und außerdem war sie ein kleines bißchen betrunken. Das alles war so schwierig, daß sie beschloß, sich noch einen Drink zu genehmigen. Ihr Kopf war voller fürchterlicher Vorstellungen, und die hatten zweifellos mit ihrer Freundin Helen West zu tun. Sie war nun mal sehr attraktiv. Alistair bewunderte sie auf seine distanzierte Art und hatte sie in den letzten zwei oder drei Wochen zweimal beiläufig erwähnt. Besser, sie nahm die Sache selbst in die Hand. Es war nicht gut, wenn eine liebende Ehefrau zuließ, daß ihr Mann sich so ablenken ließ wie ihrer. Wer weiß, wozu er fähig war? Außerdem hatte sie ein Gewissen, selbst wenn es sie nicht groß bekümmerte.

Liebe Helen,
okay, ich habe mich schäbig verhalten und den Bogen überspannt und war tief betroffen, als ich hörte, was mit Cath'

Mann passiert ist, aber Du fehlst mir. Könnten wir nicht zusammen zu Mittag essen oder so was?

Sie hielt inne und starrte in die Ferne. Nein, das ging nicht. Sie mußte ausführlicher schreiben, ein bißchen plaudern, Helen besänftigen. Ihr klarmachen, daß das Leben seinen gewöhnlichen hektischen Gang nahm, und versuchen, sie einzubeziehen.

… Jane, der kleine Hallodri, schickt Grüße an Bailey …

Noch eine Pause, dann lächelte Emily und schrieb lebhaft wie immer, wenn sie von den Kindern sprach.

Sie ist ein Hallodri, du weißt es ja. Du kannst dir nicht vorstellen, wie Kinder mit der Wahrheit spielen. Wir denken daran, die Küche in einen Gerichtssaal zu verwandeln, wo wir rauskriegen können, wer von uns flunkert und wer nicht. Eine Aussage gegen die andere, die einzige Möglichkeit! Ansonsten ist es erstaunlich, was man alles glauben kann, wenn man will. Ich weiß selbst nicht, warum ich so schlecht von Cath habe denken können, außer wegen ihrer komischen schlechten Manieren und ihres Geruchs, wie ein Schulklosett nach dem Putzen, herrje! Schule oder Gefängnis, Du weißt, was ich meine …

Helen vermutete, daß es Emily einige Überstunden gekostet hatte, trotz ihres so geschäftigen Alltags einen ziemlich langen Brief zu schreiben. Da Helen aber weder Hausfrau noch Mutter war, sondern nur eine unbeteiligte Zuschauerin, konnte sie ihre Privatpost lesen, wann immer sie Lust hatte, und im Augenblick hatte sie keine. Sie hatte alle Zeit der Welt. Selbst wenn der Brief ein Friedensangebot enthielt, um Emilys voreiliges Urteil wiedergutzumachen, das Cath auf ihrem Weg zu verzweifelter Gewalt durchaus bestärkt haben mochte. Helen hatte das Gefühl, daß Emily Eliot postwendende Vergebung und Versöhnung eigentlich nicht verdient hatte. Außerdem hatte sie keine Lust, sich durch einen Wust von Familiennachrichten zu ackern, die nur dazu bestimmt waren, sie einzuwickeln. Der Rest des Briefes konnte warten. Genauso wie das beiliegende Geschenk, eine kleine Schachtel, Seife, vielleicht auch Parfum.

Am Abend schien das Zimmer mit unheilverkündender Leichtigkeit in vertraute alte Zustände zurückzugleiten. Alles war von einer feinen goldenen Staubschicht bedeckt, doch Helen brachte es nicht über sich sauberzumachen. Niemand sonst würde es tun, da war sie ziemlich sicher. Irgendwo in London trieben sich noch zwei alte Schlüsselbunde von ihr herum, Cath' und Baileys, aber ein neues Schloß hatte sie sowieso gebraucht.

Die Wohnung war immer noch unglaublich, ja beeindruckend anders als früher. Nach ein paar Wochen, als die Oberflächen nicht mehr ganz so unberührt waren, nachdem ein paarmal etwas verschüttet worden war und alles ingesamt ein bißchen schludriger zuging, hatte sie nicht länger das Gefühl, sich beim Nachhausekommen die Schuhe abtreten oder sich kämmen zu müssen, wenn sie an einem Spiegel vorbeikam. Goldenes Licht fiel durchs Küchenfenster und blinkte auf dem leicht verschmierten Weinglas. Als nächstes brauchte sie eine Geschirrspülmaschine. Der Kühlschrank japste immer noch, als läge er in den Wehen, und funktionierte nur halb so gut, wie er sollte. Doch das war im Moment kein Problem, da er kaum etwas enthielt.

Und das war wohl der Grund, warum Bailey plötzlich vor der Tür stand wie ein heimgekehrter Wandervogel, mit einer Plastiktüte in der Hand. Er schien zu glauben, daß man Essen und Trinken nach all der Zeit sozusagen als Kode benutzen konnte. Sie sah seine Füße vor dem Fenster und fragte sich, was er tun würde, wenn er merkte, daß seine Schlüssel nicht mehr paßten. Aber sie wußte, daß sie ihn nicht warten lassen würde, winkte und machte ihm auf.

Fünfundfünfzigste Szene, fünfte Klappe. Bailey kam durch die Vordertür, rutschte auf dem neuen Teppich aus und stolperte ziemlich unwürdig in das schmeichelnde goldene Licht des Wohnzimmers, wo er die Tüte fallen ließ. Er schnappte nach Luft, allerdings nicht aus Bewunderung. Seine Flüche galten der Tatsache, daß er um ein Haar der Länge nach hingeschlagen wäre.

»Himmel, Arsch und Zwirn! Was ist denn hier passiert? Wieso ist alles so sauber? Gelb, wie?«

»Freut mich, daß es dir gefällt«, antwortete sie. »Nett von dir, es zu erwähnen. Du hast es schon gesehen, aber vermutlich erinnerst du dich nicht. Wo warst du?« Sie tat, als sei er nur ein paar Stunden weggewesen, nicht viel zu viele Tage.

Er wirkte ein wenig zerknirscht, als er sich umdrehte und in die Küche ging. Helen blieb, wo sie war. Sie hörte einen Korken knallen und noch mehr gedämpfte Flüche, als er die umgeräumten Schränke durchsuchte. Sie war verzweifelt gewesen, deprimiert, und ihr Selbstbewußtsein hatte sich höchstens durch Nichtvorhandensein bemerkbar gemacht. Doch jetzt spürte sie, daß ihre Stimmung stieg wie ein Luftballon und das Lachen schon in ihrer Kehle saß, als sie ihm zuhörte. So viel zum Stolz. Dann kam er mit einem Tablett und Gläsern wieder, irgendwas Sprudelndes.

»Was feiern wir?«

»Gar nichts. Oder doch. Vielleicht, daß wir leben und einigermaßen klar im Kopf sind. Es gibt jede Menge Scheiße, die wir feiern könnten.«

Schweigen breitete sich aus. Eine Sache, die sie immer an Bailey geliebt hatte, war, daß man so gut mit ihm schweigen konnte. Gesprächspausen machten ihm genausowenig aus wie ihr, und er brauchte sie, um die richtigen Worte zu finden.

»Sie hat ihn umgebracht, und du hast sie irgendwie rausgeboxt. Ist es das, was du mir sagen wolltest?« fragte Helen.

Er sah überrascht zu ihr auf, nahm einen großen Schluck und hustete.

»Ja und nein. Also, nein, das wollte ich dir nicht als erstes sagen. Eigentlich wollte ich sagen, ich finde, wir sollten endlich heiraten. Wir werden uns verlieren, wenn wir nicht heiraten. Denn ich habe diese Uhr zu Hause, die sich schon wieder wie wild im Kreis dreht, und ich kann sie genausowenig daran hindern wie dich.«

»Du bist ein Lügner.«

»Nicht mehr als du auch. Du hast mich belogen, als du gesagt hast, Cath wäre an dem Tag nach Boyces Ermordung nicht hiergewesen. Sie hat's mir erzählt, im Wagen. Soweit ich weiß, warst du über die Geschichte mit dem Bajonett im Bilde und bist auch damit nicht rausgerückt. Vielleicht hättest du es getan, wenn du geglaubt hättest, daß sie mich in die richtige Richtung führen könnte. Und das ist, soweit ich sehe, nicht eine unglückliche kleine Putzfrau mit einem unglücklichen Leben, die ins Gefängnis kommt, weil sie mit ihrem Mann gemacht hat, was der mit ihrem Bruder gemacht hat. Selbst wenn wir es beweisen könnten, was wir nicht können.«

Sie nickte. Die Zustimmung kam zögernd, aber eindeutig. Vor zwei Jahren hätte ich nie so gedacht, sagte sie sich. Ich habe immer daran geglaubt, daß die Geschworenen entscheiden sollten. Wie kann man seine Meinung so ändern? Schuldgefühle verfälschen ein Urteil, oder ist es Arroganz? Vielleicht werden wir uns einfach ähnlicher, zynischer.

»Ich wollte es dir erzählen ...«, begann sie.

»Psst«, unterbrach er sie. »Tu's nicht. Wir machen reinen Tisch, okay?« Er verschwand, um die Flasche zu holen, wie ein Butler. Sie hatte große Gläser, eine Flasche reichte nicht lange. Helen berührte die Vorhänge neben ihrem Stuhl. All die Kosten und Mühen.

»Ich glaube nicht, daß du in derselben Wohnung leben könntest wie ich«, rief sie ihm nach.

»Ich auch nicht. Aber was hat das damit zu tun? Man kann heiraten und trotzdem zwei Wohnungen haben. Lady Di und ihr

Charles machen es doch auch so. Vorausgesetzt, jeder von uns weiß, wo der andere ist, und wir treffen uns von Zeit zu Zeit.«

»Klingt gut. Das hätte ich dir schon lange vorschlagen sollen.«

Er kam wieder ins Zimmer gestürzt. »Heißt das ja? Ich könnte das nicht noch einmal durchmachen. Du mußt verrückt sein, wenn du ja sagst.«

»Und du mußt verrückt sein zu fragen.«

Es war dumm und irgendwie peinlich, aber sie war den Tränen nahe. Er strich ihr das Haar aus der Stirn, küßte die Narbe, löste sich von ihr und grinste sein breites Grinsen. Sie merkte, daß er zitterte.

»Weißt du was? Ich habe in meiner kargen Bude gesessen und mir den Kopf darüber zerbrochen, ob ich je was richtig mache.«

»O ja, das tust du. Ich bin diejenige, welche. Ich komme nicht klar mit dem Leben.«

Er lachte, beruhigend und fröhlich. »Wer sagt das? Dann bleib hier sitzen in deiner tiefen dunklen Goldmine. Was willst du zum Abendessen? Nicht jetzt, später.«

»Ein warmes Essen wäre nicht schlecht.«

»Ich könnte Ihnen ein Sandwich machen«, schlug Cath dem Colonel vor. »Wir dachten dran, Sandwiches anzubieten, richtig gute, wissen Sie. Gleich hier um die Ecke gibt es dieses köstliche Brot.«

Er schüttelte höflich den Kopf. »Das mit Ihrem Mann tut mir so leid«, sagte er zum vierzehntenmal. Seit zehn Tagen, als der Groschen endlich gefallen war, sagte er es ständig, in unterschiedlich ungläubigen Abstufungen. Der Colonel hatte eine besondere Schwäche für Witwen, auch wenn ihr Regime über sein Wasserloch bedeutete, daß er seine Drinks jetzt wieder bezahlen mußte. Aber sie war nett zu ihm. Sie sagte, daß sie seine Gesellschaft schätzte, gab ihm das Gefühl, ihr Beschützer zu sein, und ließ ihn in der Nachmittagssonne ein Nickerchen machen, solange es noch ging. In solchen Zeiten werden die Nächte kürzer, erklärte er ihr, als hätte sie nicht allen Grund, dieses Phänomen selbst zu entdecken. War es sehr ungeschickt von ihm gewesen, zu sagen, daß die Trauer irgendwann verginge und sie eines Tages vielleicht daran denken könnte, wieder zu heiraten? Es war erst ein paar Minuten her, bevor sie ihm das Sandwich angeboten hatte – na, dann war es wohl doch nicht so schlimm gewesen. Die Fleißigen Lieschen welkten fleißig dahin. Irgendwas Neues in den Blumenkästen verströmte einen schweren Duft und machte ihn müde.

Cath beobachtete aus den Augenwinkeln, wie er einnickte. Er hatte sicher einiges auf der hohen Kante, aber trotzdem war er eine Spur zu alt für sie. Es war ihr irgendwie unvorstellbar, sich vor ihm auszuziehen und ihm ihre Narbe zu zeigen, egal, wie aufmerksam er war, der alte Knabe. Und ziemlich taub obendrein, aber trotzdem ein guter Zuhörer, sogar wenn er schlief. Genau das brauchte sie, einen guten Zuhörer, der nichts verstand.

Sie tätschelte seine altersfleckige Hand, während ihm die Augen zufielen.

»Sie verstehen nicht, Mr. Colonel, Sir. Nein, wirklich nicht, aber das ist gut so, denn es würde möglicherweise Ihrer Gesundheit schaden. Natürlich bin ich traurig. Ich habe ihn geliebt. Halbwegs jedenfalls. Aber es gibt Trauer und Trauer, wenn Sie wissen, was ich meine. Damien habe ich wirklich geliebt, verstehen Sie. Ich war verrückt nach ihm. Ich hätte niemals jemanden so lieben können wie ihn. Er schwängert mich, läßt mich sitzen, läßt mich allein, ich verlier das Baby und behalte diese verdammte große Narbe. Auch damit bin ich fertig geworden, damals jedenfalls, verstehen Sie? Obwohl man sich nie wieder so sieht wie vorher. Mit einem solchen Bauch ist man keinen Pfifferling mehr wert. Jedenfalls glaubt man das mit fünfzehn.«

Sie nippte an ihrer Bloody Mary. Zwei davon pro Tag waren mehr als genug, mit viel Worcestersauce, um ihnen Geschmack zu geben. Nicht übel für eine Frau. Besser als Lunch. Dieses Glas hatte einen Sprung, sie mußte dran denken, beim Spülen vorsichtiger zu sein.

»Meine wahre große Liebe«, fuhr sie träumerisch fort. »Er schickt mir Geld, kommt nach Hause, sorgt für mich, besorgt mir einen Job im Hotel, und dann besorgt er mir Joe, und Joe liebt mich. Aber tut er das wirklich? Bis er dahinterkommt. Also, er glaubt, er ist dahintergekommen, daß ich immer noch zu Damien gehe, aber er traut sich nicht, es zu sagen, sondern verprügelt mich statt dessen. Ich meine, es hat mir nichts ausgemacht, Joe zu heiraten, denn es ist gut, wenn eine Frau verheiratet ist, da hatte Damien recht, damit muß man sich abfinden.« Es war so angenehm, sich mit dem Colonel zu unterhalten. Alte Männer mit altmodischen Überzeugungen verstanden was von Respektabilität, Status und so weiter. Anders als diese Yuppies in der Bar.

»Ich dachte, er machte das zu meinem Besten, verstehen Sie? Damien, meine ich. Aber dann begriff ich, daß er mich einfach nur abschieben wollte, und das konnte ich nicht ertragen. Er brachte Joe immer zur Räson, wenn ich mich beschwerte; ich meine, Joe konnte nichts dafür, daß er ständig untergebuttert wurde und um sich schlagen mußte, nicht wahr? Er hätte alles für mich getan – und ich für ihn. Doch als es immer schlimmer mit ihm wurde und ich mit blauen Flecken zu Damien kam, na ja … Damien mochte mich nicht mit blauen Flecken. Ich hatte eine verdammt große Narbe, aber bei den blauen Flecken verlor sich sein Interesse. Dabei war er Boxchampion gewesen!«

Sie stieß ein verächtliches Lachen aus. Der Colonel regte sich. Cath nahm den Zigarrenstummel, den er im Aschenbecher vergessen hatte, und drückte ihn heftig aus.

»Er wollte mich loswerden. Früher war er wenigstens mit mir ausgegangen, aber mit seinen Kumpeln machte es ihm mehr Spaß. Ja, er wollte mich abservieren. Also lungerte ich vor dem Pub rum und wartete auf ihn und Joe, hauptsächlich auf ihn. Nach allem, was er getan hatte. Und was ich für ihn getan hatte. Er wollte mich abschieben, ja, mich loswerden. Ich war die einzige, die ihn wirklich geliebt hat, und er wollte … wieviel Uhr ist es?«

Der Colonel zuckte im Schlaf. »Das mit Ihrem Mann tut mir ja so leid«, brummte er. Cath griff nach seinem Handgelenk, sah auf die uralte Armbanduhr und legte den Arm vorsichtig wieder hin.

»Alles in Ordnung, es ist noch früh. Ich hab auch immer auf die Uhr geguckt, wenn ich gewartet habe. Ich hatte eine Uhr, aber Joe hat sie kaputtgemacht. Joe kam vom Pub direkt nach Hause, immer etwas eher als die anderen, damit sie ihn nicht sitzenlassen und ohne ihn weiterziehen, verstehen Sie? An diesem Abend kommt er in zwei Minuten über die Laufbahn. War gut in Form, Joe, aber wütend, verstehen Sie? Erzählt mir von dem bevorstehenden Kampf, haut sich hin und schläft ein, das konnte er immer gut. Ich weiß nicht mehr, was ich dachte. Daß ich Damien retten mußte, er war ein Dummkopf, der sich immer auf Schlägereien einließ. Doch als ich durch den Park rannte, sah ich nur noch das Ende des Kampfes. Ich sah Damien kaum verletzt rumtänzeln, höchstens ein bißchen außer Atem. Er hatte den ganzen Wirbel angezettelt, und wofür? Er setzte sich unter einen Baum, und dann dachte ich, du Mistkerl, und wußte plötzlich, was ich tun wollte. Ich würde ihm genau so eine Narbe verpassen wie er mir. Also tat ich es. Ich liebte ihn. Er liebte mich. Ganz einfach. Es war unrecht, daß er mich so abschieben wollte. Mit diesem Wissen konnte ich nicht leben. Er würde mich vergessen, so wie er diese Schlägerei schon vergessen hatte, und alle anderen trugen Narben davon.«

Sie tätschelte ihren Bauch und hielt die Luft an, um ihn flacher zu machen.

»Klar, ich wußte, daß Joe dieses Bajonett in der Tasche hatte. Er schleppte es immer mit sich rum, weil er so stolz drauf war. Ich wußte, wo ich suchen mußte.«

Sie sah bedauernd auf den Zigarrenstummel. Rauch wäre angenehm gewesen, aber die Vorstellung, daß sie rauchte, war ungefähr dasselbe wie schmutzige Gedanken, und die verbot sie sich. Schmutzige Gedanken waren genauso schlimm, wie als Diebin zu gelten.

»Er hörte gar nicht mehr auf zu schreien«, sagte sie und schnalzte mißbilligend mit der Zunge. »Er hatte kein bißchen Selbstdisziplin. Es dauerte ewig, und ich fing an zu schwitzen, das kann ich Ihnen sagen. Was für ein Geschrei! Aber das machte nichts, hier hört sowieso keiner was, und ich weiß wirklich nicht, wieso Joe aufgewacht und rausgekommen ist, aber genau das tat er. Danach war er sehr nett zu mir und hat mir ein Bad eingelassen, aber das Nettsein, seine Fürsorge und das Angebot, so zu tun, als sei er es gewesen, hielten nicht lange an. Obwohl er es wirklich wollte. Aber ich habe nicht zugelassen, daß er das Bajonett versteckt. Ich hab es zu dem einzigen Ort gebracht, der mir einfiel, einem Garten. Wo hätte ich es sonst verstecken sollen? Wo durfte ich sonst schon hin? Und ich habe Joe eine Chance gegeben, ja wirklich. Ich wollte, daß er wie Damien ist, ich wünschte mir, daß er versuchte, so nett zu mir zu sein wie Damien früher, als er mich noch so liebte wie ich ihn, aber er schaffte es nicht. Und ich konnte nicht aufhören, Damien zu lieben, obwohl er tot war. Es hält nicht an, oder?«

»Was?« fragte der Colonel.

»Daß die Leute nett zu einem sind«, rief Cath. »Wollen Sie das Sandwich nun oder nicht?«

Er war zu alt. Ein Jammer! Ansonsten wäre er ideal gewesen.

Im Lauf der Nacht kam Wind auf. Helen hatte vergessen, das Gitter vor dem Schlafzimmerfenster zu öffnen. Das Geräusch des Windes erinnerte an ein wildes Tier, das an den Stäben rüttelt. Etwa um diese Zeit standen sie auf und machten sich Rühreier. Das Abendessen war ausgefallen. Zuerst hatte das schwindende Tageslicht die plötzliche Befangenheit und Nervosität verborgen. Jetzt war es dunkel. Der Herbst pustete gegen die Scheiben.

»Ich könnte ganz gut ohne diese Dinger leben«, sagte Bailey und zeigte mit der Gabel auf die Gitter, bevor er ein Stück verbrannten Toast aufspießte.

»Du mußt ja nicht mit ihnen leben.«

»Nein, nicht jeden Tag, aber es gibt bessere Versionen. Doppelglasfenster, Zeug, das mehr hermacht. Ich kümmere mich drum. Hübsche Vorhänge hast du da. Sind sie neu?«

»Fällt dir eigentlich je irgendwas auf?«

»Ja, du. Du bist immer dieselbe, egal, was du anziehst. Das fällt mir auf. Vielleicht habe ich Röntgenaugen, aber ich mag auch das, was du anziehst. Außerdem mag ich dich. Und wenn du mich morgen vor die Tür setzt, würde ich trotzdem dabei bleiben. Ich würde dich immer mögen. O ja, sogar, wenn du Angst hast – und sogar, wenn du lügst. Du hast immer einen guten Grund gehabt. Das hat was damit zu tun, daß du ein guter Mensch bist. Was mehr ist, als ich von mir behaupten könnte. He, paß auf das Ei auf.«

Sie hatte bei dem Versuch, ihren Toast durchzuschneiden, das Federbett bekleckert.

»Mary Secura hält mich für einen hoffnungslosen Fall.« Er verschluckte sich an seinem Kaffee. Der Gedanke, ob er ihr von einer Verabredung in seiner neuen Dienststelle erzählen sollte, kroch ihm träge durch den Kopf, während er über eine Antwort nachdachte.

»Sie hört nicht zu, wenn du ihr was sagst. Und sie schläft auch nicht mit dir. Gott sei Dank. Wie sollte sie also wissen, wie du bist?«

Ein heruntergefallenes Stück Rührei hatte die Katze angelockt. Helen häufte sich den Rest auf ihren Teller.

»Meinst du, wir hatten recht mit Cath?«

Er stand auf und scheuchte die Katze aus dem Zimmer. Dann schloß er die frisch gestrichene Tür mit einem Fußtritt.

»Ich glaube schon. Weshalb? Du nicht?«

»Es gab keine Geschworenen in diesem Fall, deshalb. Es sollte immer Geschworene geben. Beweise, alle Vorsichtsmaßnahmen, die dem Urteilsspruch vorangehen müßten. Ich finde es irgendwie arrogant.«

Er nickte ernst. »Ich weiß. Ich glaube zumindest, daß ich es weiß. Aber es gibt Ausnahmen. Komm her. Ich mag keine Zweifel. Ich kann sie nicht ausstehen. Hast du verstanden, was ich gesagt habe? Einmal habe ich gedacht, wenn du mich nicht heiratest, kann ich nicht mehr leben, und das denke ich heute noch mindestens einmal am Tag. Willst du Geschworene? Brief und Siegel?«

Ein himmlischer Morgen. Das Licht fiel zunehmend stärker durch die Gartenfenster. Es gab erste Anzeichen für die kommende Kälte. Ein schwarzer Käfer befand sich auf Kamikazekurs Richtung Küche. Helen West, Ehefrau in spe, ging in ihrem dünnen Hemdchen hin und her wie auf Wolken, war todmüde und hätte trotzdem Bäume ausreißen können. Statt dessen las sie die Post von gestern, während sie wartete, daß das Wasser kochte. Sie war gefeit gegen alles. Sogar gegen Rundschreiben und den Rest von Emilys Brief:

> ... Nun, während Du dich mit Deiner Version von Realität rumgeschlagen hast, habe ich dasselbe mit meiner getan, und es gibt vieles, worin ich klein beigeben mußte. Zum Beispiel, daß meine jüngste Tochter eine pathologische Lügnerin ist. Aber vielleicht sollten wir sie auch einfach kreativ nennen. Sieh mal, ich hätte nie geglaubt, daß sie IMSTANDE wäre, das Parfum zu klauen, aber sie war's, und anschließend hat sie es vergraben. Alistair hat es gefunden, als er Spuren von frisch umgegrabener Erde entdeckte und wissen wollte, ob das dumme Kind etwa das komische Bajonett da versteckt hatte, das irgendwie verschwunden war. Wenn man Jane wegen einer Schwindelei zur Rede stellt, wird sie furchtbar und erfindet schleunigst eine neue. Ja, sie hätte das Bajonett genommen (zugegeben, sie hat es damals gefunden, und deshalb gehörte es wohl tatsächlich ihr), aber da Jane nun mal ist, wie sie ist, muß sie jetzt behaupten, sie hätte es Cath zurückgegeben, denn sie hätte gesehen, wie Cath es damals dort versteckt hätte. Ich bitte dich! Also, das war wirklich der Gipfel, nachdem sie bisher behauptet hatte, ein unheimlicher Geist hätte

es dort vergraben. Oh, sie ist einfach unmöglich. Versteh mich recht, ich bin heilfroh, das Ding los zu sein, es war schrecklich scharf, und sie spielte so gern damit. Tut mir leid, daß ich Dich mit alldem behellige, aber das Leben ist nun mal kein Zuckerschlecken. Cath fehlt mir. Der Vorfall mit dem Bajonett hat mich daran erinnert, warum, unter anderem. Zum Beispiel, weil sie auf dem Heimweg immer alles mögliche für mich erledigt hat. Sie kannte immer irgendwo einen Laden, wo einem Sachen repariert wurden. Einmal hat sie all meine Messer schärfen lassen, was im East End wahrscheinlich einfacher ist als bei uns in der Gegend. Heute sind sie natürlich längst wieder stumpf, und der Kessel tut's auch nicht mehr. Nimm es mir nicht krumm, wenn ich Dich um einen Gefallen bitte, aber ich kenne Dich und weiß, was für eine treue Seele Du bist, und vielleicht hast Du ja noch Kontakt zu Cath. Könntest Du ihr bitte dieses Parfum zurückgeben? Ich weiß jetzt, daß sie es nie gestohlen hat. Es ist das mindeste, was ich tun kann, um mich zu entschuldigen. Sie muß es bei sich gehabt haben, als Jane es in ihrer Tasche fand. Wir wissen natürlich, daß es nicht unseres sein kann, weil es nicht echt ist ...! Da fingen wir an, uns über Jane Gedanken zu machen.

Helen hatte sich seitlich gegen die Arbeitsfläche gelehnt, um den Brief zu lesen. Jetzt merkte sie plötzlich, daß sie sich beim Lesen bewegt hatte und eine Ecke sich ihr schmerzhaft in den Bauch bohrte. Es war eine abgerundete Ecke, aber es tat trotzdem weh. Genauso war es mit dem Inhalt des Briefes. Sie brauchte die Konzentration auf diesen leichten Schmerz, um nachzudenken. Über Cath und ihr unechtes Parfum und ihren Ruch der Heiligkeit. Daß sie ein Messer im Garten versteckte und genau wußte, wie man es schärfte, obgleich sie es leugnete. Warum sollte sie es verstecken, wenn sie nicht wußte, daß Joe es benutzt hatte? Weil sie es selbst benutzt hatte? »Nein«, sagte Helen laut. »Nein, nein, NEIN!«

Sie ging zurück ins Schlafzimmer. Sie hatten sich gegenseitig versprochen, ihre Geheimnisse nicht länger für sich zu behalten.

Bailey schlief noch – den Schlaf der Gerechten, auf den sie kein Anrecht mehr hatte.